Yvonne Winkler

Ärztin einer neuen Ära

YVONNE WINKLER

Ärztin einer neuen Ära

Hermine Heusler-Edenhuizen –
Sie kämpfte für das Wohl werdender
Mütter und für ihre große Liebe

ROMAN

PIPER

Mehr über unsere Autorinnen, Autoren und Bücher:
www.piper.de

Wenn Ihnen dieser Roman gefallen hat, schreiben Sie uns unter Nennung des Titels »Ärztin einer neuen Ära« an *empfehlungen@piper.de*, und wir empfehlen Ihnen gerne vergleichbare Bücher.

In der Reihe »Bedeutende Frauen, die die Welt verändern« liegen vor:
Laura Baldini, Lehrerin einer neuen Zeit (Maria Montessori)
Romy Seidel, Die Tochter meines Vaters (Anna Freud)
Petra Hucke, Die Architektin von New York (Emily Warren Roebling)
Laura Baldini, Ein Traum von Schönheit (Estée Lauder)
Lea Kampe, Der Engel von Warschau (Irena Sendler)
Eva-Maria Bast, Die aufgehende Sonne von Paris (Mata Hari)
Eva-Maria Bast, Die vergessene Prinzessin (Alice von Battenberg)
Yvonne Winkler, Ärztin einer neuen Ära (Hermine Heusler-Edenhuizen)
Agnes Imhof, Die geniale Rebellin (Ada Lovelace)
Lea Kampe, Die Löwin von Kenia (Karen Blixen)

Unser Versprechen für mehr Nachhaltigkeit
• Klimaneutrales Produkt
• FSC®-zertifiziertes Papier
• Hergestellt in Europa

FSC www.fsc.org
MIX
Papier aus verantwortungsvollen Quellen
FSC® C083411

ISBN 978-3-492-06309-8

Dieses Werk wurde vermittelt durch die Michael Meller Literary Agency GmbH, München.
Redaktion: Uta Rupprecht
Satz: Uhl + Massopust, Aalen
Gesetzt aus der Adobe Devanagari
Druck und Bindung: CPI books GmbH, Leck
Printed in the EU

In der Beständigkeit liegt das Geheimnis des Erfolgs.

Helene Lange

Teil 1

Wegweiser

1896

Berlin, Pewsum in Ostfriesland

Kapitel 1

Die Schulbank war alt und morsch und eigentlich für Kinder der Volksschule gezimmert. Aber Hermine Edenhuizen war kein Kind mehr. Sie war fast vierundzwanzig und damit längst aus dem üblichen Schulalter heraus. Es lag an den neuen Gymnasialkursen, dass sie sich trotzdem noch jeden Tag hinter das Pult zwängte.

Als hochgewachsene Ostfriesin überragte sie die anderen drei Kursteilnehmerinnen deutlich und musste sich ordentlich abplagen, bis sie endlich in der Bank saß. Schmerzhaft drückten ihre Knie gegen das Holz, und bei jeder Bewegung rechnete sie damit, dass das wackelige Gestühl auseinanderfiel. Wenn sie aufstand, um die Frage eines Lehrers zu beantworten, musste sie sich erst wieder mühsam hinausschieben. Am Ende eines langen Unterrichtstages fühlten sich ihre Knie- und Hüftgelenke an wie die rostigen Angeln der alten Gartenpforte daheim in Pewsum. Manchmal bildete sie sich sogar ein, sie auf dem Weg zurück in die Pension genauso quietschen zu hören.

Und nicht allein die Bänke waren alt. Der Raum, in dem Hermine und ihre drei Mitschülerinnen unterrichtet wurden, war vermutlich der schäbigste, den die Charlottenschule zu bieten hatte. Eine Abstellkammer, in die alles hineingestopft wurde, was überflüssig oder mit Mängeln behaftet war: Abgestoßene Schränke, wurmstichige Schulbänke oder vier junge

Frauen, die sich in den Kopf gesetzt hatten, die Abiturprüfung abzulegen.

Helene Lange – ihr gemeinsames Vorbild, ihre Mentorin und eine unermüdliche Streiterin für das Recht der Frauen auf Bildung – hatte allen Widerständen zum Trotz diesen Gymnasialkurs für junge Frauen ins Leben gerufen. Jahrelang hatte sie Briefe geschrieben, Petitionen eingereicht, war persönlich auf Ämtern erschienen, hatte mit Regierungsbeamten und Studienräten lange Gespräche geführt. Schließlich hatte sie gesiegt. Seit vier Jahren konnten sich junge Frauen aus dem ganzen Kaiserreich hier in Berlin an der Charlottenschule auf die Abiturprüfung vorbereiten.

Einige der Lehrer, die Fräulein Lange für diesen Kurs zusammengesucht hatte, waren bereits im Ruhestand. Sie schrieben auf einer Tafel, die aussah, als hätte ein hungriger Riese ein Stück davon abgebissen. Die Kreide blieb kaum darauf haften und kreischte bei jedem Strich. Die beiden kleinen Fenster ließen sich nicht öffnen. Es roch muffig – nach grüner Seife, Mottenkugeln, Staub, altem Papier und den ausgestopften Tieren, die auf den Schränken standen. Der Hauswart der Charlottenschule hasste den Kurs. Der Wunsch der Frauen, das Gleiche zu lernen, was die Knaben ganz selbstverständlich an den Gymnasien lernten, war ihm sichtlich zuwider. Außerdem stellte ihre Anwesenheit eine Unterbrechung seiner seit Jahrzehnten eingeschliffenen Gewohnheiten dar. Und so ließ er es sich nicht nehmen, wenigstens einmal am Tag während ihres Unterrichts unvermittelt die Tür aufzureißen und unter lautem Geklapper seine Eimer und Besen in den Raum zurückzustellen.

Doch entgegen aller Konventionen und Bräuche, gegen den Widerstand von ehrbaren Studienräten, betagten Regierungsbeamten und einem entrüsteten Hauswart im schmierigen Kittel saßen sie hier, vier junge Frauen zwischen sechzehn und achtundzwanzig, und bereiteten sich auf das Abitur vor. Und sie, Hermine Edenhuizen aus dem beschaulichen ostfriesischen Pewsum, war eine von ihnen. Dafür war sie dankbar.

Diese Dankbarkeit erstreckte sich sogar auf den Lateinunterricht bei Herrn Doktor Pflühe.

Der Lehrer wanderte vor der Tafel auf und ab, ein kleiner, steifer Mann mit einem grau melierten Backenbart und einer strengen Falte auf der lichten Stirn.

»Die höchste Tugend des Schülers ist das Lernen«, rezitierte er, ohne die vier jungen Frauen in den Bänken vor ihm eines Blickes zu würdigen. Das lange Lineal in seiner rechten Hand wippte zum Takt der Silben. »*Non scholae, sed vitae discimus.*«

»Nicht für die Schule, für das Leben lernen wir«, sprachen sie die korrekte Übersetzung im Chor.

Latein war nicht gerade Hermines Lieblingsfach, was allerdings weniger an den Inhalten, sondern vor allem am Lehrer lag. Herr Doktor Jacob Pflühe unterrichtete sie mit einem Grimm, als wäre der Unterricht Teil einer Strafe, die ihm ungerechterweise auferlegt worden war. Dabei wusste Hermine sehr wohl, dass Fräulein Lange ihm gutes Geld für diese Stunden zahlte. Geld, das man ihm nicht erst aufdrängen musste, sondern das er bereitwillig annahm. Er hätte den Lehrauftrag auch ablehnen können. Ob er mit jemandem eine Wette abgeschlossen hatte, dass die Frauen es nicht schaffen würden, ihre Abiturprüfung erfolgreich abzulegen? Falls sie mit dieser Vermutung richtiglag, konnte er sich schon darauf einstellen, dass er die Wette verlor. Dafür würde Hermine sorgen.

Herr Doktor Pflühe schrieb einen lateinischen Satz an die Tafel, das Quietschen der Kreide schnitt schmerzhaft ins Trommelfell.

»Übersetzen.« Die Stimme des Lehrers donnerte über ihren Köpfen hinweg durch den kleinen Raum. Und um seinen Worten mehr Vehemenz zu verleihen, klopfte er mit seinem Lineal gegen die Tafel. »Sie.«

Das Lineal zeigte auf Hermine.

Sie schob sich mühsam aus der engen Bank und stand auf, so wie der Lehrer es von seinen Schülern gewohnt war. Natürlich war sie gut vorbereitet. Sie bereitete sich auf jedes Fach gut vor, doch in Latein gab sie sich immer besondere Mühe. Es war ihre Art, sich für die Ablehnung des Lehrers zu revanchieren.

Sie schaffte es, den Satz aus Tacitus' *Germania* mit nur einmaligem kurzen Stocken und ohne jeden Fehler zu übersetzen.

»Konjugieren Sie ›esse‹ im Imperfekt und Plusquamperfekt.«

»Eram, eras, erat, eramus, eratis, erant. Fueram, fueras, fuerat, fueramus, fueratis, fuerant.«

Die Unmutsfalte zwischen den Augenbrauen des Lehrers wurde tiefer.

»Setzen!«, bellte er, wandte sich ab und schrieb den nächsten Satz an die Tafel. Die Kreide quietschte, als wäre sie mindestens ebenso zornig wie der Lehrer.

Hermine lächelte still in sich hinein. Nach fast zwei Jahren Unterricht bei Herrn Doktor Pflühe konnte sie in seinem Gesicht gut lesen. Anfangs hatte sie sich vor dieser grimmigen Miene gefürchtet. Sie war dazu erzogen worden, gefallen zu wollen, und hatte nicht verstanden, warum dieser Mann so wütend auf sie alle war. Doch seitdem sie wusste, dass er es hasste, wenn sie sich durch Wissen und Können seiner vorgefassten Meinung über Frauen widersetzten, liebte sie diesen Gesichtsausdruck. Er machte sie stolz.

Als Nächste kam Frida Busch an die Reihe, doch auch sie hatte sich exzellent auf den Unterricht vorbereitet. Keine von ihnen gab sich an diesem Tag eine Blöße, die Laune des Herrn Doktors sank weiter. Am Ende der Stunde nahm er seinen Hut und stampfte grußlos hinaus. Seine Schritte, begleitet vom wütenden

Pochen seines Spazierstocks auf dem Linoleum, waren den ganzen Korridor entlang zu hören, bis er das Schulgebäude verlassen hatte.

Thekla Freytag, eine zierliche Berlinerin und mit neunzehn die Zweitjüngste unter ihnen, sprang mit einer Leichtigkeit aus ihrer Bank, um die Hermine sie glühend beneidete. Sie lachte.

»Da haben wir den Herrn Doktor heute aber schwer enttäuscht! Hoffentlich kann er gut schlafen.«

Sie sammelten ihre Bücher, Hefte und Bleistifte zusammen und gingen hinaus.

Das Schulgebäude war bereits leer. Die Mädchen, die hier in der Elementarschule bis zum 14. Lebensjahr unterrichtet wurden, waren schon längst zu Hause. Auch das an die Charlottenschule angeschlossene Lehrerinnenseminar war um diese Uhrzeit verwaist. Oft dachte Hermine daran, dass sie beinahe ebenfalls Lehrerin geworden wäre. Schließlich war das bisher die einzige Möglichkeit für eine Frau, sich weiterzubilden, zu lernen. Zum Glück hatte ihr Vater ihr davon abgeraten. Und dann hatte sie eine Anzeige entdeckt, in der Fräulein Lange auf ihren Gymnasialkurs in Berlin aufmerksam machte – und vergessen war das Lehrerinnenseminar.

Da sie als Absolventinnen von Fräulein Langes Gymnasialkurs davon abhängig waren, dass die angeworbenen Lehrer sich die Zeit nahmen, hatten sie oft zu ungewöhnlichen Tageszeiten Unterricht, mal bis in den Abend hinein, gelegentlich sogar am Wochenende. Wie es die Lehrer eben einrichten konnten oder wollten. Manchmal drängte sich Hermine der Verdacht auf, dass die Herren ihren Unterricht absichtlich zu ungünstigen Zeiten abhielten, um den vier Schülerinnen auf ihrem Weg zum Abitur weitere Steine in den Weg zu legen.

Doch auch davon ließen sie sich nicht abschrecken. Sie hatten dafür gekämpft, hier lernen zu dürfen. Nicht Handarbeit, Hauswirtschaft und Kinderpflege, sondern Latein, Griechisch, Naturwissenschaften und Mathematik. Deshalb ließen sie sich auch von ungünstigen Unterrichtszeiten nicht abhalten. Tage waren lang. Und wenn der Tag nicht ausreichte, so gab es immer noch die Nacht.

In der Beständigkeit liegt das Geheimnis des Erfolgs. Diesen Satz hatte Fräulein Lange zu Beginn des Gymnasialkurses Hermine mit auf den Weg gegeben. Er war zu ihrem Wahlspruch geworden, der sie durch jede Schwierigkeit, über jede neue Hürde hinwegtrug. Und sogar durch den Lateinunterricht.

Auf dem Gehsteig vor dem Gebäude der Charlottenschule blieb Hermine stehen. Sie drückte den Stapel Schulbücher fest an sich, schloss die Augen, reckte ihr Gesicht nach oben – der Sonne und dem Wind entgegen – und atmete tief ein. Der Februar lag erst seit wenigen Tagen hinter ihnen. Es war kalt und feucht, und in manchen Winkeln und Hinterhöfen lagen noch immer Reste von Schnee. Die Luft roch nach Holz- und Kohlefeuern. Doch die Rauchsäulen aus den Schornsteinen der Wohnhäuser, Fabriken und Werkstätten stiegen in einen zartblauen Himmel empor. Die Sonne begann bereits, ihre wärmende Kraft zu entfalten, und in der leichten Brise lag die Ahnung von jungen Trieben und ersten Blüten.

Der Frühling ließ sich nicht aufhalten. Selbst hier in Berlin, in dieser viel zu großen, lärmenden und stinkenden Stadt mit ihren vielen Menschen, den Pferdekutschen und Fuhrwerken, bahnte sich die Natur ihren Weg.

»Hermine? Nun komm schon!« Ihre Freundin Frida Busch zog scherzhaft an ihrem Ärmel. Klein, dunkelhaarig und lebhaft – so wie Frida stellte sich Hermine immer die Südländerinnen vor. Obwohl die Freundin vier Jahre älter war, schien sie das Leben viel leichter und heiterer zu nehmen als sie selbst. »Du wirst noch Wurzeln schlagen, wenn du dich nicht bald von der Stelle bewegst.«

»Sie träumt von den schönen Männern in Ostfriesland«, scherzte Thekla, und Clara kicherte, wobei sich ihre Wangen rosa färbten.

Thekla war die Einzige von ihnen, die aus Berlin stammte und deshalb immer noch im Elternhaus wohnte. Frida war Rheinländerin, ihre Mutter lebte in Bonn, wo der Vater, ein Arzt, bis zu seinem Tod praktiziert hatte. Und die sechzehnjährige Clara kam aus Breslau. Doch weder Frida noch Clara litt dermaßen unter Heimweh wie Hermine. Auch wenn es im Frühjahr bei Weitem nicht so stark war wie im Sommer, wenn die Luft drückend und schwer auf Berlin lastete und Mensch und Tier gleichermaßen nach jedem kühlenden Windhauch lechzten. Die Sehnsucht nach Ostfriesland – den Deichen, dem weiten Himmel, dem Blick, der ungehindert über endlose Wiesen schweifen konnte – blieb. Immer. Jeden Tag. Sie trug sie in sich, eingegossen wie eine Fliege in Bernstein. Hätte ihr jemand jetzt angeboten, sie könnte sich in den Zug setzen und einfach nach Hause fahren, sie wäre sofort zum Bahnhof gelaufen. Aber es galt noch bis Juni durchzuhalten. Dann erst begannen die Ferien, und sie durfte endlich wieder zurück nach Ostfriesland.

»Hermine! Guten Morgen!« Fridas Ziehen am Ärmel wurde drängender. »Willst du denn gar nicht nach Hause?«

»Natürlich, sofort!« Erst dann wurde Hermine bewusst, dass Frida nicht die Neue Burg in Pewsum meinte, in der sie geboren worden und aufgewachsen war. Die Freundin sprach von der kleinen Pension, in der sie beide wohnten. Sie war nicht daheim, sie war in Berlin. Ihr Enthusiasmus verpuffte, und sie seufzte. »Ich komme.«

Frida legte ihre Hand auf Hermines Arm. Offenbar verstand sie.

»Frau Krawuttke hat bestimmt schon das Essen fertig.«

Hermine nickte. Jetzt war sie wieder ganz in Berlin angekommen und hatte ihr Ziel vor Augen: Sie wollte das Abitur machen und Medizin studieren. Ihr Vater sollte stolz auf sie sein können.

Ach, Vater …

Ihr Vater, Dr. Martin Edenhuizen, war selbst Arzt mit eigener Praxis in Pewsum. Bisher war er eher skeptisch gewesen, ob der Weg, den seine Tochter eingeschlagen hatte, der richtige für sie war. Doch in den letzten Weihnachtsferien, die sie wie immer in ihrem Elternhaus verbracht hatte, hatte er ihr in einem sehr innigen und vertraulichen Gespräch erzählt, dass er im Laufe seines Berufslebens bei der Behandlung von Frauen und Kindern gelegentlich an Grenzen gestoßen sei, die seiner Meinung nach eine Frau viel leichter hätte überwinden können. Von diesen Worten angefeuert war sie nach Berlin zurückgekehrt und hatte sich mit noch größerem Eifer als zuvor in die Arbeit gestürzt.

»Du hast recht. Ich habe Hunger. Und außerdem müssen wir lernen. Ich muss noch die Übersetzung für den Griechisch-Unterricht morgen überprüfen, Vokabeln lernen …«

»Die pauken wir gemeinsam nach dem Essen.«

Frida hakte sich bei ihr unter. Clara und Thekla verabschiedeten sich und gingen in die andere Richtung davon. Und während sie und Frida lateinische Grammatik und geometrische Formeln wiederholten, um keine Minute unnütz zu vertrödeln, eilten sie die Straße entlang.

Die Pension, in der sie jede ein Zimmer gemietet hatten, lag zum Glück nur zwei Straßen von der Schule entfernt. Frau Krawuttke, ihre Wirtin, war eine freundliche, rundliche Frau, die das Herz auf der Zunge trug und mit der Miete ihre schmale Witwenpension aufbesserte. Dabei sorgte die gute Frau wie eine Mutter für ihre Mieterinnen. Sie stellte ihnen morgens ein ordentliches

Frühstück auf den Tisch, und abends gab es an jedem Tag der Woche eine einfache, aber kräftige warme Mahlzeit. Gelegentlich fanden Hermine und Frida sogar ein Stück Gebäck auf dem Tisch in ihren Zimmern, wenn sie vom Unterricht nach Hause kamen. »Um euch das Hocken über den Büchern etwas zu versüßen«, sagte Frau Krawuttke dann immer.

Doch an diesem Tag begrüßte ihre Pensionswirtin sie nicht mit einem fröhlichen: »Da seid ihr ja endlich!« Stattdessen erwartete sie die beiden bereits an der Tür – die Hände ineinander verschränkt, der Blick besorgt.

»Gut, dass ihr kommt.«

»Was ist geschehen?«, fragte Frida sofort.

Hermine brachte kein Wort heraus, sie begann zu frösteln, als bliese ihr ein eisiger Nordwind in den Nacken.

»Kommt in die Küche.«

Das freundliche Gesicht von Frau Krawuttke war beinahe erschreckend ernst. So ernst, dass Hermines Herz zu rasen anfing und sich ihre Beine auf dem kurzen Weg den Flur entlang anfühlten, als wären sie aus Wachs.

In der geräumigen Küche war es warm wie an jedem Tag. Es duftete nach Kernseife, nach ausgelassenem Speck, nach Erbsensuppe und dem Bohnenkaffee, den Hermine und Frida ihrer Wirtin gelegentlich zum Dank für ihre vielen kleinen Gefälligkeiten mitbrachten.

»Vorhin ist eine Depesche angekommen«, sagte Frau Krawuttke und deutete auf den weiß gescheuerten Tisch, auf dem ein Stück Papier mit dem roten Stempel der Reichspost lag. Und noch ehe ihre Hauswirtin weitersprach, wusste Hermine es bereits. »Das ist für Sie, Fräulein Hermine.«

Einen Moment stand Hermine starr. Das Herz schlug ihr im Hals, ihr Mund war trocken, ihre Kehle eng.

»Von wem …«

»Aus Pewsum. Von Ihrer Familie.«

Mechanisch reichte Hermine Frida ihre Bücher. Dann strich sie ihren Rock glatt, ihr zum Knoten hochgestecktes Haar. Alles, um das Unvermeidliche hinauszuzögern. Denn warum sollten sie ihr aus Pewsum ein Telegramm nach Berlin schicken, wenn nicht aus einem ernsten Grund? Einem sehr ernsten Grund?

»Danke.« Sie konnte nur flüstern, als sie das Papier mit zitternden Händen entgegennahm.

»Setzen Sie sich, Kindchen.« Frau Krawuttke zog einen der Stühle unter dem Tisch hervor und drückte Hermine sanft, aber bestimmt auf den Sitz. »Sie sind ja ganz bleich.«

Sie zitterte so stark, dass sie das Telegramm nicht ruhig in der Hand halten konnte und die Buchstaben vor ihren Augen verschwammen. Dann endlich gelang es ihr, die wenigen Worte zu entziffern:

Komm schnell, Vater liegt im Sterben. Jacob

Für einen kurzen Augenblick glaubte Hermine, sie träumte. Erschöpft und übernächtigt vom Lernen bis in die frühen Morgenstunden, musste sie hier am Küchentisch in einen kurzen Schlaf gefallen sein. Es war ein hässlicher Traum, aber sie träumte. Gleich würde sie aufwachen und wissen, dass es nicht wirklich geschehen war. Dass sie kein Telegramm erhalten hatte. Und ihr Vater daheim in Pewsum gesund und munter seine Patienten empfing.

Sie blinzelte, kniff sich schließlich in den Arm und hielt immer noch das Stück Papier in den Händen. Dieses gelbliche Rechteck mit seinen rechten Winkeln. Sie musste nur die Seitenlängen ausmessen, dann konnte sie die Fläche berechnen, auf der die Worte standen, geschrieben mit schwarzer Tinte in der sauberen, ordentlichen Handschrift eines Beamten der Reichspost. Sie sah den roten Eingangsstempel, das Datum, den vom Reichsadler geschmückten Formularkopf – und konnte nichts damit anfangen. In ihrem erschütterten, gelähmten Verstand ergab das alles keinen Sinn.

Es musste ein Traum sein. Einfach nur ein dummer, ein überaus abscheulicher Traum.

»Was ist denn, Hermine? Nun sag doch etwas!« Frida rüttelte an ihrer Schulter.

Hermine hob ihren Blick. Es kam ihr vor, als sähe sie die Freundin zum ersten Mal in ihrem Leben.

»Bitte«, sagte sie leise und hielt Frida die Depesche hin. »Lies du mir vor. Ich kann die Buchstaben nicht erkennen. Sie ergeben keinen Sinn.«

Frida nahm ihr das Telegramm aus der Hand und las laut.

»Komm schnell, Vater liegt im Sterben. Jacob.«

Jedes Wort traf Hermine wie der kalte nasse Lappen, mit dem sie sich morgens wusch, um nach einer langen Nacht über den Büchern schneller wach zu werden.

Dann war es also wahr.

Sie erhob sich. Es fiel ihr so schwer, als hätte ihr der Kaufmann in Pewsum eines seiner Fässer mit eingelegten Gurken auf die Schultern geladen.

»Ich ...« Einen Moment schwankte sie und musste sich an der Tischkante festhalten. Wie durch einen Nebel sah sie Frau Krawuttke nach ihrem Arm greifen. »Ich werde jetzt packen.«

»Ich helfe dir«, bot Frida sofort an.

»Tun Sie das, Fräulein Frida«, sagte Frau Krawuttke. »Mein Paule hat mir einen Fahrplan dagelassen, der ist noch gültig. Ich werde gleich nachschlagen, wann der nächste Zug fährt.«

»Danke.« Hermines Lippen bewegten sich. Es fühlte sich an, als würden sie nicht ihr gehören, sondern einer Fremden, die in ihren Körper geschlüpft war. »Das ist sehr freundlich von Ihnen.«

»Ist schon gut, Kindchen.« Frau Krawuttke tätschelte ihren Arm. »Es ist ja nicht viel, was ich tun kann. Leider.«

Das Packen übernahm zum großen Teil Frida, und dafür war Hermine ihrer Freundin unendlich dankbar. Sie selbst war kaum in der Lage, einen klaren Gedanken zu fassen, und hätte wahrscheinlich Wichtiges vergessen und dafür Unwichtiges in ihrer Reisetasche verstaut. Sie konnte nur an ihren Vater denken. Sie hatte Angst um ihn und nagende Furcht, dass sie nicht rechtzeitig in Pewsum sein würde.

»Die Droschke wartet schon vor dem Haus«, sagte Frau Krawuttke und drückte Hermine ihren Hut in die Hand. »Beeilen Sie sich.«

»Droschke? Aber ich …«

»Keine Widerrede! Sie werden mir so nicht durch halb Berlin laufen. Da muss ich ja Angst haben, dass Sie unter die Räder kommen. Nein, der Kutscher wird Sie zum Bahnhof fahren.«

»Danke. Ich …«

»Schon gut, Fräulein Hermine. Schreiben Sie nur recht schnell, damit wir Bescheid wissen, wie es um Ihren Herrn Vater steht.«

»Ja, Frau Krawuttke. Ich werde schreiben, sobald es geht.«

Hermine verabschiedete sich. Ihre Knie waren weich, als sie die Treppe hinunterstieg, der Griff ihrer Reisetasche wie ein Eisklumpen in ihren Händen. Als sie durch die Haustür trat, sprang der Kutscher vom Kutschbock. Er war ein kleiner Mann mit einem vergnügten roten Gesicht, das eine Vorliebe für Bier verriet. Er kaute Tabak und grüßte mit einem Finger am Schirm seiner Mütze. Fröhlich pfeifend nahm er ihr die Tasche ab. Bevor Hermine die Stufen zur Kabine hochkletterte, drehte sie sich noch einmal um. Oben am Fenster standen Frau Krawuttke und Frida. Ihre Gesichter erschienen klein und weiß, wie die von Gespenstern. Sie winkten leicht. Und für einen kurzen Moment kam es Hermine vor, als würde sie einfach für die Sommerferien nach Hause fahren.

Was für ein Irrtum.

Sie stieg in die Droschke und ließ sich in den Sitz sinken.

»Wohin darf ick det Fräulein wohl fahren?«

»Zum Bahnhof, bitte«, sagte Hermine und schloss die Augen. »Ja, zum Bahnhof.«

So, wie ich es mir gewünscht habe, dachte sie bitter. Heute, nach dem Lateinunterricht.

Nicht einmal drei Stunden war es her, seit sie sich danach gesehnt hatte, gleich in den Zug steigen und nach Hause fahren zu können. Der Wunsch wurde ihr nun erfüllt. Nur dass ihr Vater im Sterben liegen könnte, das hatte sie dabei nicht im Sinn gehabt.

Kapitel 2

Eigentlich mochte Hermine die Zugstrecke zwischen Emden und Berlin – vor allem natürlich die Fahrt in Richtung Emden. Wenn sie in den Ferien oder zu den Feiertagen nach Hause fuhr, schaute sie aus dem Fenster, ließ die Landschaft an sich vorüberziehen und suchte nach Anzeichen, dass sie sich Ostfriesland näherte. Dabei träumte sie von Pewsum – der Wiese im Garten mit blühendem Löwenzahn und den alten Apfelbäumen, dem Schotterweg, der zur Straße führte, ihren Geschwistern, die im Haus lärmten und ihren Beschäftigungen nachgingen. Und ihrem Vater, der mit seinem charakteristischen feinen Lächeln und sichtlichem Vergnügen das Treiben um sich herum betrachtete. An diesem Tag jedoch schenkte sie der Landschaft keine Beachtung. Steif und mit zusammengebissenen Zähnen saß sie auf der harten Bank in ihrem Abteil der dritten Klasse und hielt die Reisetasche mit kalten Händen fest umklammert auf den Knien. Statt Vorfreude empfand sie Furcht. Eine große, übermächtige Furcht, die alles in ihr gefrieren ließ. Die Mutter war gestorben, als sie neun Jahre alt war. Jetzt sollte auch ihr Vater gehen müssen? Nein. Das durfte nicht sein!

Hermine gegenüber saß eine korpulente Dame. Sie hatte ihren Hut auf den Schoß gelegt, lehnte an der Holzverkleidung des Waggons und schlief. Ihr Kopf bewegte sich im Rhythmus des Zuges, ohne dass es ihre Ruhe zu stören schien. Sie schnarchte sogar ein bisschen durch den geöffneten Mund. Draußen huschten die Elbauen vorbei, es folgten Wälder. Dann wurde die Landschaft zunehmend flacher und eintöniger. Gelegentlich hielt der Zug an kleinen Bahnhöfen. Die einen stiegen aus, andere stiegen zu. Die korpulente Dame gegenüber von Hermine suchte ihre Habseligkeiten zusammen und verließ das Abteil in Bremen. Ihren Platz nahm ein grauhaariger Herr ein, der sich in seine Zeitung vertiefte, kaum dass er sich gesetzt hatte. Selbst wenn er der Kaiser in Person gewesen wäre, hätte er Hermine kaum gleichgültiger sein können. Sie war in Gedanken bereits zu Hause in Pewsum. In immer schrecklicheren Bildern malte sie sich aus, was sie dort erwartete. Sie sah ihren Vater als abgemagertes Gespenst in seinem Bett liegen, schreiend und sich vor Schmerzen windend. Sie sah ihn halb wahnsinnig und ausgemergelt auf nackten Füßen durch die Flure des Hauses streifen. Sie sah ihn auf blutbesudelten Laken mit entsetzlich verdrehten Gliedern, als wäre er unter eine Kutsche geraten. Oder mit bis zur Unkenntlichkeit geschwollenem Gesicht.

Komm schnell, Vater liegt im Sterben. Damit war nicht viel anzufangen, das konnte alles bedeuten – Unfall, Fieber, ein Schlaganfall, das Herz… Nur über eines ließen diese wenigen Worte keinen Zweifel: Ihr Vater würde nicht mehr lange auf dieser Erde weilen. Bald würden sie ihn verlieren, er würde fortgehen. Sterben.

Vielleicht war er das sogar bereits? Gestorben? Tot?

Hermine verbot sich, länger darüber nachzudenken. Es führte ja zu nichts, machte sie nur noch trauriger, noch ängstlicher, noch nervöser, sie streckte den Rücken noch weiter durch, presste die Kiefer noch fester zusammen. Doch ihre Fantasie und Vorstellungskraft waren zu lebhaft. Einmal losgelassen, ließen sie sich nicht mehr in die Schranken weisen. Und so wurden Kehle und Herz immer enger, je mehr sich der Zug Emden näherte.

Und dann war es schließlich so weit.

Der Zug hielt an dem kleinen Bahnhof. Hermines Knie waren so kraftlos, dass sie beim Aussteigen beinahe auf der letzten Eisenstufe des Waggons ausgeglitten und der Länge nach auf den Bahnsteig geschlagen wäre. Das hätte ihr noch gefehlt! Mit schmutzigem Kleid, aufgeschürften Knien und einer großen Beule auf der Stirn am Sterbebett des Vaters erscheinen.

Oder an seinem Totenbett, flüsterte eine Stimme und hinterließ das Gefühl von Eiskristallen auf ihrer Haut.

Bald werde ich es wissen, dachte sie und schaute sich um, ob sie jemanden erkannte. Ihren Bruder Jacob vielleicht, einen ihrer beiden Onkel oder den Knecht. Jemand, der mit dem Wagen gekommen war, um sie abzuholen und heimzubringen, nach Pewsum in die Neue Burg, wie sie das Haus nannten, in dem die Familie Edenhuizen lebte. Nicht etwa, weil es tatsächlich eine Burg war oder Ähnlichkeit mit einer hatte, sondern weil es vis-à-vis der echten Manningaburg lag. Doch zwischen den Männern und Frauen, die den Zug verließen, zur Bahnhofshalle eilten und von ihren Angehörigen begrüßt wurden, fand sich kein vertrautes Gesicht. Nicht eines. Das Herz pochte ihr in den Ohren, und wieder schlug ihre Fantasie Kapriolen.

Ich bin zu spät gekommen, dachte sie verzweifelt, und jetzt stahlen sich sogar Tränen in ihre Augen. Ich bin zu spät. Vater ist tot. Ich habe zu lange gebraucht!

Dann fiel ihr ein, dass ihre Familie nichts von ihrer Ankunft wissen konnte. In ihrem lähmenden Entsetzen und der anschließenden Eile hatte sie völlig vergessen, ihren Geschwistern eine Depesche zu schicken und ihr Kommen anzukündigen. Woher sollten sie denn wissen, dass sie gerade eben in Emden eingetroffen war?

Sie packte den Griff ihrer Reisetasche und ging zum Bahnhofsausgang. Auf dem Vorplatz des Emdener Bahnhofs warteten meistens ein paar Droschken auf die Reisenden. Da sie aber eine Weile sinnlos auf dem Bahnsteig zugebracht hatte, waren natürlich bereits alle fort – gemietet von Menschen, die wussten, wie man sich verhielt, wenn man mit dem Zug irgendwo ankam. Hermine ärgerte sich über ihre eigene Dummheit. Warum nur hatte sie nicht daran gedacht, ihren Geschwistern die Ankunftszeit zu telegrafieren?

Ruhelos ging sie vor dem Bahnhofsgebäude auf und ab, und die Zeit, bis die nächste Droschke kam, erschien ihr länger als die ganze Fahrt von Berlin bis Emden. Im Zug hatte sie wenigstens gesehen, wie es voranging, dass sie sich ihrem Ziel näherte. Aber hier? Hier konnte sie nur die Glücklichen beobachten, die abgeholt wurden und in eigenen Wagen davonfuhren.

Als sich endlich ein Gespann dem Bahnhof näherte, sprang Hermine auf die Straße und winkte – verzweifelt und sicherlich ganz undamenhaft. Ohne ihr Zutun kam ihr die Hausdame ins Gedächtnis, die ihr Vater damals eingestellt hatte, damit sie sich nach dem Tod der Mutter um die Kinder kümmerte. Diese Hausdame war eine strenge Person gewesen, die stets auf das gute, schickliche Benehmen von Hermine und ihren drei Schwestern geachtet hatte, während die drei Brüder beinahe tun und lassen konnten, was sie wollten. Was hätte die Frau wohl gesagt, wenn sie Hermine jetzt hier vor dem Emdener Bahnhof gesehen hätte, mit schief sitzendem Hut und wild rudernden Armen? Schicklich war das wohl kaum. Wohl aber sinnvoll. Denn dieser kleine Einspänner mit dem hübschen Braunen davor, das war ihrer. Und den würde sie sich von niemandem streitig machen lassen.

»Hier! Hallo! Droschke!«

»Moin.« Der Kutscher hielt und tippte sich leicht an die Mütze. Ob er lächelte, war wegen seines struppigen Vollbarts kaum zu erkennen. Aber um die Augen zeichneten sich in seiner wettergegerbten Haut amüsierte Fältchen ab.

»Moin.« Hermine wartete nicht, bis der Kutscher vom Kutschbock stieg, um ihr mit der Tasche zu helfen, sie hob sie selbst in den Wagen und kletterte schnell hinterher. »Nach Pewsum, bitte. Zur Neuen Burg.«

»Zum Doktor?«

»Ja. Und bitte beeilen Sie sich.«

Der Kutscher nickte, schnalzte mit der Zunge und ließ das Pferd antraben.

Hermine sank auf dem harten Sitz zurück und schloss für einen Moment die Augen.

Jetzt dauerte es nicht mehr lange. Eine halbe Stunde, höchstens. Dann war sie endlich zu Hause.

Hoffentlich bin ich noch rechtzeitig. Guter Gott, ich bitte dich. Lass es nicht zu spät sein!

Kapitel 3

Das Erste, was Hermine registrierte, als der Wagen Pewsum erreichte, war die alte Manningaburg. Es war keine romantische Burg mit Erkern und Türmen, wie man sie von Bildern vom Rhein oder von der Saale kannte, sondern eine friesische Wasserburg – niedrig, mit dicken, lehmverputzten Mauern und kleinen Fensterluken. Vor vierzig oder fünfzig Jahren hatte der Großvater ihrer Mutter die Burg erworben. In der Familie Dieken hieß es, dass er ursprünglich darin wohnen wollte. Doch das alte Gemäuer war zu dunkel, zu kalt, zu zugig, und so hatte er die Neue Burg errichten lassen, ein großzügiges Gutshaus, nur einen Steinwurf von der alten Burg entfernt. Hermines Mutter Aafke war eine geborene Dieken gewesen. Dass sie ausgerechnet den armen, aber strebsamen jungen Arzt Martin Edenhuizen geheiratet hatte, war erstaunlicherweise auf Wohlwollen gestoßen in der alten friesischen Familie, deren Stammbaum bis in die Zeit der Manninga zurückreichte. Und so durfte das junge Paar die Neue Burg beziehen, die ausreichend Raum für die sieben Kinder und die Arztpraxis bot.

Der Kutscher lenkte die Droschke durch das Tor. Die Sonne stand schon tief, nicht mehr lange, dann würde es dunkel werden. Auf den Rasenflächen im großzügigen Garten bildeten Krokusse, Schneeglöckchen, Winterlinge und Märzenbecher einen zarten Teppich aus Lila, Gelb und Weiß. Ein Anblick, über den

Hermine sich dieses Mal nicht freuen konnte. Sie wollte jetzt nicht hier sein. Jedenfalls nicht, um am Sterbebett ihres Vaters zu sitzen.

Das Geräusch der Pferdehufe und das Knirschen der Räder auf dem Kies mussten bis ins Haus zu hören gewesen sein. Denn kaum hatte der Kutscher das Pferd auf dem Vorplatz der Neuen Burg zum Stehen gebracht, öffnete sich auch schon die breite Eingangstür. Cornelia, Hermines ein Jahr jüngere Schwester, blieb kurz auf der Schwelle stehen, als müsste sie sich erst klar darüber werden, wer von den Leuten, auf die sie wartete, in dem Wagen saß. Dann raffte sie ihren Rock und lief die Stufen hinunter.

»Hermine!«

In diesem einen Wort schwang alles mit: Erleichterung, Hoffnung, Freude, Angst, Trauer, Einsamkeit.

Hermine drückte dem Kutscher rasch seine Münzen in die Hand. Es waren wohl ein paar mehr, als ihm eigentlich zustanden, aber sie gab ihm mit einem Nicken zu verstehen, dass es in Ordnung sei. Die Zeit war ihr zu kostbar, um auf das Wechselgeld zu warten. Er beschwerte sich nicht.

»Hermine! Wir hätten dich doch vom Bahnhof abgeholt. Aber wir wussten gar nicht, wann du kommst.«

»Weil ich vor Aufregung und Angst vergessen habe, euch zu telegrafieren.« Sie umarmte ihre Schwester, hinter ihr rollte die Droschke auf knirschendem Kies davon. »Wie geht es Vater?«

»Es ist gut, dass du jetzt da bist. Das wird es ihm leichter machen.«

Erst jetzt fielen Hermine die bleichen Wangen und dunklen Augenränder im Gesicht der Schwester auf. Für einen erschreckenden Moment dachte sie an eine tödliche Seuche, von der die Familie Edenhuizen heimgesucht wurde und an der nun auch ihre Schwester litt. Ubbo fiel ihr ein, ihr älterer Bruder. Er war an Kehlkopftuberkulose gestorben, als sie sechzehn gewesen war.

Dass Tuberkulose in manchen Familien schrecklich wütete, war allgemein bekannt. Hatte diese tödliche Krankheit all die Jahre nur geschlummert?

»Es geht mit ihm zu Ende, Hermine. Der Arzt sagte gestern, es wäre ein Wunder, wenn Vater diese Woche überlebt. Deshalb hat Jacob dir auch gleich telegrafiert.« Cornelia lehnte ihren Kopf kurz an Hermines Schulter, so wie sie es früher getan hatte, wenn sie ihr Herz bei ihr ausgeschüttet und ihren Trost und Zuspruch gebraucht hatte. »Ich bin so froh, dich zu sehen!«

»Ja. Ich bin jetzt hier.« Hermine gab ihrer Schwester einen Kuss auf die Stirn. »Lass uns hineingehen. Ich lege nur ab und wasche mir rasch die Hände, dann gehe ich zu Vater.«

Cornelia nickte und wischte sich die Augen mit ihrem Schürzenzipfel trocken.

»Er liegt oben in seinem Zimmer. Es ist immer einer von uns an seinem Bett. Jetzt ist Jacob gerade bei ihm.«

Die zehn Stufen, die zum Hauseingang führten, waren Hermine noch nie so steil vorgekommen, und ihre Reisetasche schien mit jeder Treppenstufe mehr zu wiegen.

In der geräumigen Eingangshalle umgab sie Stille. Nur die Standuhr in der Halle tickte gleichmäßig. Das schwere Pendel schwang hin und her, hin und her. Doch das vertraute Geräusch spendete keinen Trost. Im Gegenteil. Es war die Drohung, dass mit jedem Schlag, mit jedem Ausholen des Pendels, oben in seinem Schlafzimmer die Lebenszeit ihres Vaters verrann. Unausweichlich.

»Geh zu ihm. Ich bin in der Küche und mache uns etwas zu essen.«

Hermine schüttelte den Kopf.

»Ich habe keinen Hunger, Cornelia.«

»Ich weiß. Wir essen alle kaum etwas in diesen Tagen. Doch mir hilft die Arbeit. Kartoffeln schälen und Zwiebeln schneiden wird Vater nicht mehr retten können. Mich lenkt es ab. Wenigstens ein bisschen.«

Cornelia verschwand in der Küche. Hermine stieg die Treppe in den ersten Stock hinauf und ging den Flur entlang zu ihrem Zimmer. An den Wänden hingen die altbekannten Bilder – das Aquarell einer Warft, die Karte der Krummhörn, ein Ölbild der sturmgepeitschten Nordsee. Sie hingen an denselben Nägeln, an denen sie immer gehangen hatten. Hermine konnte sich nicht einmal daran erinnern, dass sie sie jemals eingehend betrachtet hatte. Warum fielen sie ihr dann jetzt auf? Sie schloss die Tür hinter sich und lehnte sich kurz gegen das schwere Eichenholz. In ihrem Zimmer erkannte sie die Handschrift ihrer ältesten Schwester Gesine: Alles sah genauso aus, als wäre sie nicht einen Tag fort gewesen – das Bett war frisch bezogen, kein Stäubchen lag auf der polierten Truhe und den gedrechselten Knäufen des Bettes. Alles war für sie vorbereitet, so als hätte Gesine genau gewusst, dass sie heute nach Hause kommen würde.

Hermine stellte ihre Reisetasche auf den Tisch, der ihr als Schreibtisch diente. Auspacken würde sie später, zur Nacht oder sogar erst morgen. Das war nicht wichtig. Nicht in diesem Moment. Jetzt musste sie zu ihrem Vater. Solange es ihr noch möglich war, zu ihm zu gehen.

Auf der Kommode standen die Waschschüssel und ein Krug mit frischem Wasser bereit. Es war dieselbe Waschschüssel, die schon immer in ihrem Zimmer gestanden hatte. Das zunehmend blasser werdende Blumenmuster, rosa Rosen und Vergissmeinnicht, der feine Riss, der sich auf dem Boden der Schüssel durch die Glasur zog, die abgeschlagenen Stellen am Rand. Sie waren alte Bekannte, so wie das Haus und der Garten, die Bilder im Flur und der Ausblick auf die Manningaburg. Hermine wusch sich Gesicht und Hände mit dem klaren, kalten Wasser, sorgfältig trocknete sie sich ab. Das Leinen des Handtuchs war rau und duftete nach Seifenflocken, Salzwiesen und frischer Seeluft. Friesisch, und vertraut wie die Waschschüssel. Oder die Stimme ihres Vaters, die ihr einschärfte, ein Krankenzimmer nur mit sauberen, frisch gewaschenen Händen zu betreten.

Bloß der Gedanke, dass es das Krankenzimmer ihres Vaters war, das sie aufsuchen wollte, war alles andere als vertraut. Dieser Gedanke war fremd, ungewollt und unwirklich. Wie konnte ihr Vater, der schon immer da gewesen war, der sich nach dem frühen Tod der Mutter um sie alle gekümmert hatte, an jedem einzelnen Tag, wie konnte er jetzt im Sterben liegen? Ihr Herz begann zu rasen, und ihr wurde übel. Der Wunsch, einfach wie früher nach draußen in den Garten zu laufen und sich in der Krone des Apfelbaums an der Hecke zu verstecken, bis das Übel wieder abgezogen war, wurde stark. Doch sie war kein Kind mehr, schon lange nicht mehr. Mit beinahe vierundzwanzig konnte man nicht einfach davonlaufen und sich verstecken. Sie musste sich dem Unvermeidlichen stellen. Ihr Vater brauchte sie, ihre Anwesenheit, ihren Trost – und ihre Geschwister ebenso. Jetzt war nicht die Zeit, an sich selbst zu denken und zu trauern. Die würde noch kommen. Vielleicht sogar viel schneller, als sie fürchtete.

Die Tür am anderen Ende des Flurs quietschte leise in den Angeln, als Hermine sie öffnete. Die sauber gescheuerten Dielen auf der Schwelle knarrten. So, wie sie es immer taten, wenn sie zu ihrem Vater wollte – um ihm etwas zu erzählen, eine Frage zu stellen oder ihn um etwas zu bitten. Dunkel konnte sie sich an die Zeit erinnern, als sie sich noch auf die Zehenspitzen stellen musste, um die Klinke zu erreichen. Und ganz gleich, ob ihr Vater an der Waschschüssel stand, um sich zu rasieren, ob er Kragen und Manschetten anlegte oder gerade aufstand – stets wandte er ihr sein Gesicht zu, lächelte und fragte: »Na, mien Deern? Was gibt es?«

An diesem Tag empfingen sie weder das Lächeln noch die

freundliche Stimme ihres Vaters. Das Licht im Zimmer war gedämpft, die Vorhänge zugezogen und die Lampen heruntergedreht, sodass ihr Schein nicht blendete. Gesine hatte sich auch hier alle erdenkliche Mühe gegeben, geputzt und gelüftet und sogar einen kleinen Strauß Schneeglöckchen und Krokusse auf den Waschtisch gestellt. Dennoch roch es nach Krankheit. Und nach dem, der bereits am Fußende des Bettes stand und geduldig auf seinen Moment wartete – dem Tod.

Leise schloss Hermine die Tür hinter sich. Jacob, ihr jüngerer Bruder, saß in einem Lehnstuhl nahe beim Bett. Beim Knarren der Dielen schaute er auf. Zu Weihnachten hatte sie ihn zuletzt gesehen. Da hatte er noch das frische, gesunde Aussehen eines einundzwanzigjährigen Studenten gehabt. Jetzt, kaum zweieinhalb Monate später, schien er um viele Jahre gealtert. Sein Gesicht war bleich und abgehärmt, so wie sie es auch bei Cornelia gesehen hatte. Wieder dachte Hermine an eine ansteckende Krankheit. Doch als er sie erkannte, lächelte er. Es war zwar ein trauriges Lächeln. Doch für einen Moment sah er dadurch wieder deutlich jünger aus.

»Hermine!«

Sie ergriff seine Hand und drückte sie.

»Ich bin so schnell gekommen, wie es möglich war.«

»Das ist gut.« Er erwiderte ihren Händedruck, dann erhob er sich aus dem Sessel. »Setz dich.«

»Was ist passiert?«

»Ein Schlaganfall«, flüsterte ihr Bruder. »Es hat ihn wohl morgens getroffen, beim Aufstehen. Gesine hat sich gewundert, dass er nicht zum Frühstück erschienen ist, und hat ihn dann gefunden, hier, vor seinem Bett auf dem Boden liegend. Er trug noch sein Nachthemd, keine Hausschuhe. Er konnte sich nicht mehr rühren. Wir haben ihn dann ins Bett gehoben und einen Arzt holen lassen. Das war vorgestern.«

»Vorgestern? Und warum habt ihr mir nicht gleich telegrafiert?«

»Weil es bisher noch nicht so schlimm aussah. Er konnte sprechen, wenn auch mühsam, konnte Arme und Beine wenigstens etwas bewegen. Er hat sogar noch gelächelt. Aber gestern Nachmittag ist irgendwas passiert, vielleicht hatte er einen zweiten Schlaganfall. Jedenfalls wird er jetzt sehr schnell schwächer.« Jacob schüttelte langsam den Kopf. »Mittlerweile schläft er fast nur noch. Und wenn er wach ist, liegt er nur da und schaut an die Decke. Oder auf das Bild von Mutter.« Er deutete auf eine kleine gerahmte Fotografie, die auf dem Nachtschrank lag. »Gestern früh hat er uns noch gesagt, dass er unbedingt mit dir reden möchte, dass es aber noch bis zum Wochenende Zeit habe und wir dich nicht aus Berlin fortreißen sollten. Doch mittlerweile spricht er nicht mehr. Und ob er noch einen von uns erkennt? Manchmal scheint es so, dann wieder wirken seine Augen trübe. Lange wird es wohl nicht mehr dauern.« Jacob seufzte schwer.

»Hat er Schmerzen?«

»Nein.«

»Gott sei Dank!« Mit Schaudern dachte Hermine an Ubbos Tod. Sie hatte in seinen letzten Tagen bei ihrem Bruder ausgeharrt und ihn gepflegt: ihm die Stirn gekühlt, das Gesicht gestreichelt und immer wieder das bisschen an Wasser und lauwarmer Brühe eingeflößt, das er noch schlucken konnte – und selbst das nur unter stärksten Schmerzen. Sein qualvolles Stöhnen verfolgte sie bis jetzt in ihren Albträumen. Gott sei Dank, dass ihrem Vater solch eine Qual erspart wurde!

Sie ließ sich auf der Kante des Ohrensessels nieder. Wie oft hatte sie ihren Vater am Abend beim Schein einer Petroleumlampe in diesem Sessel sitzen und lesen sehen? Meist waren es Zeitungen oder Fachliteratur über die neuesten Errungenschaften der modernen Medizin. Aber auch Romane und Gedichtbände von Heinrich Heine, Theodor Storm und Fritz Reuter, philosophische oder theologische Werke hatte er gern gelesen. Mittlerweile war Hermine sicher, dass sie von ihm ihren Wissensdurst und die Leseleidenschaft geerbt hatte. Den unstillbaren Wunsch, zu lernen.

Sie nahm seine Hand und umschloss sie mit den ihren. Sie fühlte sich schlaff an, kraftlos und mager, als wären alle Muskeln verschwunden und die Finger nur noch mit Haut überzogen. Wie zarte Vogelknochen, so empfand sie die Hand ihres Vaters, und selbst die Haut erschien ihr seltsam dünn und brüchig. Als ob er einfach verschwinden würde.

Während der Zugfahrt hatte sie sich einzureden versucht, dass das Telegramm lediglich ein übler Scherz eines ihrer Brüder sei, mit dem man sie aus Berlin weglocken wollte – obwohl sie weder Jacob noch Bernhard so eine Geschmacklosigkeit zutraute. Jetzt konnte sie sich nichts mehr vormachen.

Es geht wirklich zu Ende mit Vater. Dabei haben wir doch noch miteinander gesprochen an Neujahr – über meine Pläne, die Zukunft, den Arztberuf!

Hermine schluckte gegen das enge Gefühl in ihrem Hals an, ihre Augen brannten.

In diesem Moment bewegte sich ihr Vater unter der Decke, ganz schwach. Langsam wandte er den Kopf, dann öffnete er die Augen und sah sie an. Und für einen kurzen, unglaublich kostbaren Augenblick hatte Hermine den Eindruck, dass er sie erkannte. Es war kaum mehr als ein leichtes Heben eines Mundwinkels, aber sein eingefallenes, bleiches Gesicht nahm dadurch einen Ausdruck an, in dem sie ihren Vater endlich wiedererkannte – er lächelte.

Kapitel 4

Eine stille, unendlich kostbare Stunde saß Hermine allein am Bett ihres Vaters. Dann erst öffnete sich die Tür. Jacob. Nahezu lautlos trat er neben sie. Ihr Bruder war ein großer Mann, schlank, aber mit breiten Schultern und kräftigen Händen, von denen ihr Vater immer gesagt hatte, dass sie sich ausgezeichnet eignen würden, um später als Chirurg Knochen zu richten. Wie konnte sich so ein Mann so leise bewegen?

Er legte ihr eine Hand auf die Schulter.

»Vater schläft?«

Hermine nickte. »Er war kurz bei Bewusstsein, hat aber nicht gesprochen.«

»Dafür ist er wohl zu schwach.«

»Er hat mich erkannt, Jacob!«

Sie spürte das Gewicht seiner Hand, er drückte ihre Schulter, dass es wehtat. Sie wollte schon protestieren, da erkannte sie das verräterische Schimmern in den Augen ihres Bruders. Trauer und Schmerz. Jeder zeigte sie auf seine eigene Weise.

»Das Essen ist fertig. Geh runter, die anderen warten auf dich.«

»Und was ist mit dir?«

»Ich habe schon gegessen.«

Hermine erhob sich.

»Ich löse dich gleich wieder ab.«

»Nein, das brauchst du nicht. Ich …«

»Ich weiß. Aber ich möchte so viel Zeit wie möglich an Vaters Seite verbringen.«

Mühsam hielt sie ihre Tränen zurück. Das hätte keinem von ihnen geholfen, am wenigsten ihrem Vater, der still unter seiner Decke lag und so flach atmete, dass man die Bewegung seines Brustkorbs nur ahnen konnte. Hatte er wirklich das Bewusstsein verloren? Oder hörte er alles, was um ihn herum vorging, und war lediglich zu schwach, die Augen zu öffnen und sich am Gespräch zu beteiligen? Wie würde sie selbst es empfinden, im Bett zu liegen und alle um einen herum weinten und redeten, als wäre man bereits tot?

»Wie du willst.« Jacob nickte, dann nahm er den Platz in dem Lehnstuhl wieder so ein, wie Hermine ihn eine Stunde zuvor angetroffen hatte. Als erinnerten sich seine Muskeln und Gelenke genau an ihre vorherige Stellung.

Im Esszimmer war es so still, dass Hermine überrascht war, als sie die Tür öffnete und ihre Geschwister versammelt am Tisch sitzen sah. Es waren nicht alle Stühle besetzt: Natürlich war Jacobs Platz frei und ihr eigener, an dem sie saß, seit sie denken konnte. Ebenso der Stuhl ihrer Mutter, der nach ihrem Tod frei geblieben war, und auch Ubbos Stuhl, der des Bruders, der mit neunzehn gestorben war. Und der Platz ihres Vaters.

Hermine ging einmal um den Tisch herum und begrüßte jeden mit Handschlag – ihre Schwestern Cornelia, Gesine und Helene und den jüngsten Bruder Bernhard, der in diesem Sommer am Gymnasium in Emden sein Abitur ablegen würde. Alle waren sie bleich und eingefallen, so als hätte die Krankheit des Vaters auch ihnen innerhalb kürzester Zeit die Lebenskraft aus den Körpern gesaugt.

Kein Lachen, kein »Wie geht es«, »Schön, dich zu sehen« oder

»Was gibt es Neues aus Berlin«. Stattdessen Schweigen. Stille. Nur die Uhr auf dem Anrichtetisch, der vermutlich so alt war wie das Haus selbst und seinen Platz seither höchstens für den Frühjahrsputz verlassen hatte, tickte. Laut und unbarmherzig.

Hermine setzte sich und faltete sorgfältig ihre Serviette auseinander. So konnte sie das Essen noch ein bisschen hinauszögern.

»Helene, reich Hermine doch mal die Kartoffeln«, sagte Gesine mit einem tadelnden Blick auf die Jüngste von ihnen. »Es gibt leider nur Mehlstippe. Hätten wir gewusst, dass du zum Abendessen kommst, hätte Cornelia bestimmt…«

»Das macht gar nichts.« Hermine nahm Helene die Schüssel aus der Hand und legte sich drei kleine Kartoffeln auf den Teller. »Um ehrlich zu sein, bin ich nicht besonders hungrig.«

Die Kartoffeln waren nur noch lauwarm, die Mehlstippe fast kalt. In der leicht gebräunten Soße schwammen noch Klümpchen, außerdem war sie kaum gesalzen. Ein sicheres Zeichen für die schlechte Verfassung ihrer Schwester, Cornelia war eine ausgezeichnete Köchin.

Aber ihr Vater hatte ja auch noch nie im Sterben gelegen. Da waren solche Missgeschicke verständlich, verzeihlich. Und vor allem menschlich.

Wenn ich gekocht hätte, wären die Kartoffeln zu Brei zerkocht und die Stippe angebrannt, dachte Hermine.

»Kommt der Arzt heute noch?« Ihre Stimme klang so laut in der Stille, dass Cornelia erschrocken zusammenzuckte und Helene sogar ihre Gabel fallen ließ. Klirrend schlug sie erst gegen den Teller und dann auf den Dielen auf.

Wir sind eine nervöse Familie, sagt Vater immer, dachte Hermine. Er hat wohl recht.

Sie hob die Gabel vom Boden auf und legte sie neben Helenes Teller. Die Sechzehnjährige schaute sie mit vor Entsetzen weit aufgerissenen Augen an und wrang dabei ihre Serviette wie einen nassen Lappen.

»Wann kommt der Arzt, um nach Vater zu sehen?«, wiederholte sie ihre Frage.

»Morgen früh«, antwortete Gesine, erhob sich und stellte die benutzten, noch nicht einmal halb geleerten Teller zusammen. »Die letzten Tage war Herr Doktor Stievenhörn immer gegen sieben Uhr morgens hier, noch vor seiner Sprechstunde. Er besucht zuerst Vater, dann kümmert er sich eine Stunde lang um Vaters Patienten.«

»Doktor Stievenhörn?« Hermine traute ihren Ohren kaum. »Doktor Stievenhörn ist Arzt für Frauenheilkunde! Er ist doch ganz gewiss nicht der Richtige, um Vater zu behandeln.«

»Das mag wohl sein. Aber wir tun hier alles, was wir können.« Gesine stellte den Salznapf auf eine Schale auf dem Anrichtetisch. In dieser Bewegung lag so viel Trotz und Verärgerung, dass ihre gestärkten Kleider raschelten. »Immerhin ist Doktor Stievenhörn da, er ist der einzige Arzt. Wir sind hier in Pewsum, Hermine. Nicht im mondänen Berlin.«

Hermine biss sich auf die Lippe. Sie hatten genug, worum sie sich sorgen mussten, sie wollte nicht auch noch einen Streit mit der Schwester beginnen. Außerdem hatte Gesine recht. In Berlin gab es zahlreiche niedergelassene Ärzte jeder Fachrichtung. Es gab etliche Krankenhäuser, es gab die Charité. Darüber hatte sie beinahe vergessen, wie es in der Krummhörn zuging. Hier kümmerte sich ein einziger Arzt um alle Bewohner – und das war bis vor Kurzem ihr Vater gewesen.

»Du hast recht, Gesine. Ich darf unser Pewsum nicht mit Berlin vergleichen«, sagte sie versöhnlich. »Ich weiß, dass ihr für Vater alles tut, was in eurer Macht steht. Und ich wünschte mir, ich selbst könnte mehr für ihn tun«, fügte sie mit einem tiefen Seufzer hinzu. »Viel mehr. Wenn ich bereits Ärztin wäre …«

Gesine lächelte traurig und liebevoll zugleich.

»Du gibst nicht auf, nicht wahr? ’n Natur as ’n Dackpann.«

»So ist das wohl«, sagte Hermine und lächelte. »Und ich werde bei meinem Vorsatz bleiben. Ich habe es Vater versprochen.«

Kapitel 5

Drei Tage nach ihrer Ankunft in Pewsum war es so weit.

Die meiste Zeit über saß Hermine in dem Lehnstuhl am Bett ihres Vaters, ganz dicht bei ihm, und verließ ihren Posten nur zum Austreten oder für die kurzen Mahlzeiten, deren Geschmack sie kaum wahrnahm. Oft kam eines ihrer Geschwister dazu – meistens war es Jacob, hin und wieder Helene oder Bernhard. Gesine kam selten und blieb in der Regel nur so lange, wie sie brauchte, um ein Laken glatt zu streichen, das Wasser in der Schüssel auf dem Nachtschrank zu wechseln oder Staub zu wischen.

Während dieser Tage fragte Hermine sich oft, ob sie ihre Geschwister vom Krankenbett des Vaters vertrieben hatte, ihr Gewissen plagte sie deswegen. Doch als sie mit Jacob darüber sprach, versicherte er ihr, dass sie alle dankbar seien für ihre Wache, wüssten sie doch ihren Vater in guten Händen und könnten nun endlich wieder ihrem Tagewerk nachgehen. Allerdings fiel es ihr schwer, ihrem Bruder zu glauben, und im Stillen dankte sie ihren Geschwistern für diese liebevolle Rücksichtnahme.

Manchmal nahm sie die Hand ihres Vaters und streichelte vorsichtig seinen Handrücken. Manchmal erzählte sie ihm, was sie vom Fenster seines Zimmers aus sah. Dann sprach sie leise vom Wind, der die Wolken vor sich hertrieb, den Möwen, die am Himmel kreisten, den blühenden Krokussen und Märzenbechern im Garten. Oder den Erinnerungen. Wie sie sich einst mit Ubbo in die alte, leer stehende Manningaburg geschlichen hatte. Sie selbst war damals kaum älter als zehn gewesen. Es war spannend und ein bisschen gruselig gewesen, wie das alte Deckengebälk geknarrt hatte, als ob da oben ein Kobold säße und sie auslachte. Und dann war es so dunkel geworden, dass sie den Weg hinaus nicht mehr gefunden hatten und zusammengekauert in der Ecke eines Raumes hockten, bis ihr Vater mit einer Laterne gekommen war und sie wieder nach Hause gebracht hatte. Manchmal las sie ihm auch einen Artikel aus der Tageszeitung oder dem Ärzteblatt vor. Gelegentlich fiel sie in einen kurzen Schlaf, und einmal wachte sie auf und fand eine Decke über ihre Knie gebreitet. Meistens aber saß sie einfach nur da und betrachtete das Gesicht ihres Vaters. Und während sie an die unzähligen Begebenheiten dachte, die sie mit ihm erlebt hatte – Augenblicke im Garten, am Esstisch, Gespräche – kam es ihr vor, als würde dieses vertraute und geliebte Gesicht unter ihrem Blick immer schmaler, blasser und durchsichtiger, als würde er vor ihren Augen einfach dahinschwinden. Seine Hände und Wangen waren seltsam kühl. Es fehlte ihnen die Wärme, die ihren Vater so ausgezeichnet hatte. Und mit Erschrecken stellte sie fest, dass sie sich schon jetzt kaum noch an seine Stimme erinnern konnte.

Es war früher Abend, als Hermine aus einem kurzen Schlaf hochschreckte. Das Blut pochte in ihren Ohren, und sie hatte plötzlich Angst, den Tod ihres Vaters versäumt zu haben. Sie beugte sich vor, nahm seine Hand, lauschte auf seinen Atem.

Da. Ein Atemzug! Schwach zwar, aber er lebte noch. Sie hatte ihn nicht allein gelassen, wie die Jünger den Herrn in der Ölbergstunde. Hermine war so erleichtert, dass ihr Tränen in die Augen traten.

»Ich bin hier, Vater«, flüsterte sie. »Ich bin hier.«

Als wollte er ihr antworten, hob sich sein magerer, eingefallener Brustkorb in einem Atemzug. Es klang wie ein Seufzer. Danach nichts mehr. Stille.

Hermine wartete, zählte das Ticken der Uhr. Fünf, sechs… zehn, elf…

Nichts.

Bei dreißig angekommen erhob sie sich aus dem Lehnstuhl. Zögernd beugte sie sich über ihren Vater. Sie legte ihm behutsam eine Hand auf den Brustkorb, prüfte seinen Puls an Hals und Handgelenken, so, wie sie es ihn bestimmt hundert oder viel eher tausend Male in seiner Praxis hatte tun sehen.

Nichts. Sie konnte förmlich spüren, wie nun, wo das Herz seine Arbeit endgültig niedergelegt hatte und das Blut nicht mehr durch die Adern pumpte, auch der letzte Rest von Wärme aus seinem Körper entwich.

Sie sank auf den Lehnstuhl zurück. Und mit einer Schwere, die sich anfühlte wie die Bleigewichte der Getreidehändler in Emden, wurde Hermine bewusst, dass ihr Vater eben gestorben war.

Es dauerte, bis sie sich so weit gesammelt hatte, dass sie aufstehen und das Zimmer ihres Vaters verlassen konnte. Den Raum, der sich von einem Moment zum nächsten von einem Sterbe- in ein Totenzimmer verwandelt hatte.

Ich muss den anderen Bescheid sagen, dachte sie und stemmte sich mühsam hoch. Die Schritte zur Tür kamen ihr schwer und ungelenk vor, langsamer als sonst. Aber vielleicht täuschte sie sich auch.

Im Haus war es still. Die große Standuhr tickte ihren unbarmherzigen Rhythmus, in der Küche klapperte leise Geschirr.

Hermine öffnete die Küchentür und blieb auf der Schwelle stehen. Gesine wandte sich zu ihr um. Es waren keine Worte nötig. Der Schwester glitt das Geschirr aus den Händen, das sie gerade in den Schrank räumen wollte. Klirrend zerbarsten die Teller auf dem Küchenboden, die Scherben spritzten zu allen Seiten und verteilten sich in der ganzen Küche. Dann taumelte sie Hermine entgegen.

Sie umarmten sich, hielten sich aneinander fest und brachen in Tränen aus.

»Wir müssen den anderen erzählen, dass Vater …«, Hermine verlor die Kontrolle über ihre Stimme.

Gesine nickte und schluchzte auf.

»Dann gehen wir es an.« Hermine löste sich aus Gesines Umarmung und wischte sich mit beiden Händen die Tränen von den Wangen. »Ich werde Jacob und die anderen suchen. Du gehst bitte hoch zu Vater. Er sollte nicht allein sein.«

Ihre Schwester nickte und wischte sich mit dem Schürzenzipfel über die Augen. Sie sah müde aus, erschöpft und eingefallen. Die tagelange Sorge um ihren Vater schien sie mehr Kraft gekostet zu haben, als sie zugeben wollte. Hermine küsste sie sanft auf die Stirn.

»Geh jetzt. Ich suche zuerst Jacob.«

»Er muss Pastor Beeck Bescheid geben. Und dem Bestatter.«

»Wir werden den Knecht losschicken.«

»Ja. Ja, das ist eine gute Idee.« Gesine nickte, rührte sich aber nicht, sondern knetete ihre Schürze wie einen Putzlappen, den sie auswringen wollte.

Stand Gesine so unter Schock, dass sie zu keinem Gedanken mehr fähig war? Sollte sie ihre Schwester nach oben zum Zimmer des Vaters bringen? Sanft legte sie ihr eine Hand auf die Schulter.

»Gesine?« Die Augen der Schwester schauten sie an – groß und voller Kummer und Entsetzen. »Geh zu Vater. Ich komme gleich mit den anderen nach.«

»Ja.« Endlich konnte Gesine sich aus ihrer Erstarrung lösen und eilte aus der Küche.

Hermine lauschte einen Augenblick ihren Schritten auf der Treppe, dann ging sie in die Halle zur Standuhr und hielt das schwere Pendel an. Die Lebenszeit ihres Vaters war ausgezählt. Jetzt war es wirklich still in der Neuen Burg.

Totenstill.

Und wenn die anderen ins Haus kamen, würden sie sofort wissen, was geschehen war.

Kapitel 6

Die letzte Zigarette zu Ehren des Verstorbenen war geraucht, der letzte Branntwein getrunken. Die Trauergäste waren gegangen und die Gläser und Tassen abgewaschen. Es war still geworden im Haus. Bedrückend still. Und obwohl Dr. Martin Edenhuizen bereits vor drei Tagen gestorben war, fühlte Hermine erst jetzt die Lücke, die sein Tod hinterließ. Erst jetzt, wo er nicht mehr aufgebahrt auf seinem Bett lag, wurde ihr bewusst, dass das Fuhrwerk des Bestatters an diesem Vormittag nicht nur einen leeren Sarg zum Friedhof neben der Nikolaikirche in Pewsum gebracht hatte. Ihr Vater war fort. Und er würde auch nicht zurückkehren, wie von einem seiner regelmäßigen Abendspaziergänge. Nie mehr.

Während Gesine und Cornelia den Salon lüfteten, Stühle wieder an ihre Plätze rückten und die Kissen aufschüttelten, die die Trauergäste beim Sitzen auf dem Sofa zerdrückt hatten, stahl Hermine sich davon. Die letzten drei Tage hatten sich die Leute die Klinke in die Hand gegeben. Alle, die in Pewsum und Umgebung Rang und Namen hatten, waren zum Kondolieren gekommen: Pastor Beeck, der die Familie Edenhuizen schon lange durch alle Höhen und Tiefen begleitete – von den Taufen und Konfirmationen der Kinder bis zu den Beerdigungen von Aafke Edenhuizen, dem neunzehnjährigen Ubbo und den beiden Geschwistern, die noch im frühen Säuglingsalter gestorben waren. Der Bürgermeister war erschienen, die Kaufleute, die Handwerker, die wohlhabenden Bauern der Gegend. Ihre Frauen hatten Kuchen, Gebäck und Tee gebracht und mitgeholfen, die Teetafel für die Bewirtung der Gäste nach der Beisetzung vorzubereiten. Drei Tage lang hatte eine wimmelnde Betriebsamkeit das Haus beherrscht. Und als ihr Vater zu seiner letzten Ruhestätte in der Familiengruft gebracht worden war, waren ganz Pewsum und ein Großteil der Bewohner der Krummhörn auf dem Friedhof gewesen. Jetzt brauchte sie Zeit für sich. Zeit, um sich von ihrem Vater zu verabschieden. In aller Stille und auf ihre ganz eigene Art.

Von oben, aus seinem Schlafzimmer, hörte sie die Stimmen ihrer Brüder. Doch es gab noch einen anderen Ort, an dem sie ihrem Vater nahe sein konnte – in seiner Praxis.

Die Praxisräume befanden sich in einem Seitenflügel des Hauses. Es gab zwei Zugänge: Der erste, den die Patienten benutzten, führte hinaus auf den Hof, wo auch Kutschen vorfahren konnten. Der zweite verband die Praxis mit dem Haus, damit ihr Vater ohne Hut und Mantel vom Esstisch direkt zu seiner Wirkungsstätte gehen konnte.

Als Hermine diese Tür öffnete, schlug ihr der Geruch von Karbolsäure, Verbandsmull und medizinischem Alkohol entgegen. Ein vertrauter Geruch, der ihrem Vater stets angehaftet hatte wie eine zweite Haut.

Leise schloss sie die Tür hinter sich.

Die Praxis sah genauso aus, wie ihr Vater sie an seinem letzten Arbeitstag verlassen hatte: Auf seinem Schreibtisch lag ein Stapel mit Patientenkarten, seine Brille – die Bügel sorgfältig zusammengeklappt – und sein Füllfederhalter parallel ausgerichtet daneben. Die Untersuchungsliege war frisch bezogen, die Instrumente und Spritzen glänzten im Licht der Abendsonne, die durch das Fenster schien. An dem Kleiderständer hinter der

Tür hing sein Kittel, und aus der rechten Kitteltasche ragte sogar noch der Griff des Reflexhammers heraus. An jenem Abend vor zwei Wochen hatte ihr Vater, nachdem der letzte Patient gegangen war, wie gewöhnlich die Patientenkarten für den folgenden Tag zurechtgelegt, seinen Kittel aufgehängt, das Licht gelöscht und war gegangen, ohne zu ahnen, dass er nicht mehr zurückkehren würde.

Hermine nahm den Kittel vom Haken und vergrub ihr Gesicht in dem weißen, gestärkten Leinen. Der Stoff roch nach Karbolsäure und den Tinkturen, die ihr Vater gern gegen Hautausschläge und für die Wundversorgung verwendete. Aber sie nahm auch noch andere Gerüche darin wahr, die sie ebenso mit ihm in Verbindung brachte – den Duft von Pfeifentabak, Zigaretten und der englischen Rasierseife, die er so gern mochte und die Kaufmann Hinrichs eigens für ihn aus Hamburg liefern ließ. Jetzt würde Herr Hinrichs keine Rasierseife mehr in Hamburg bestellen, und ihr Vater würde sie nicht mehr benutzen. Nie wieder.

Sie trat ans Fenster, den Kittel wie eine junge Katze im Arm, und schaute hinaus. Von hier aus sah man den hinteren Teil des Gartens, in dem sich Cornelia im vergangenen Jahr ein Gemüse- und Kräuterbeet angelegt hatte. Die Abendsonne warf ein goldenes Licht auf die Apfel- und Birnbäume. Noch waren sie ebenso kahl wie die beiden Rosenbüsche, die ihre Mutter vor vielen Jahren gepflanzt hatte. Doch das würde sich bald ändern. Es wurde allmählich wärmer. Jedes Jahr hatte ihr Vater mit sichtlicher Ungeduld auf die Rosenblüte gewartet. Da er nie darüber sprach, konnte Hermine nur vermuten, dass die Rosen ihn an seine Frau erinnerten und dass er sich ihr während der Blütezeit besonders nahe fühlte, obwohl fast fünfzehn Jahre seit ihrem Tod vergangen waren. In diesem Jahr konnte er sich nicht mehr daran erfreuen. Er hatte die Rosenblüte im Garten der Neuen Burg eingetauscht gegen ein Wiedersehen mit seiner Frau in der

Ewigkeit des Herrn. Und ihr selbst, Hermine, blieb nur die Erinnerung.

Sie wischte sich mit dem Ärmel die Tränen von den Wangen und wandte sich um. Dabei blieb ihr fast das Herz stehen: Das Abendlicht fiel schräg durch das Fenster, und im Spiel von Licht und Schatten sah es so aus, als stünde ihr Vater in der Waschecke, gegen das Becken gelehnt, die Arme vor der Brust verschränkt, die Pfeife im Mund. Er lächelte, nickte ihr zu und nahm die Pfeife, als wollte er etwas sagen. Hermine beugte sich vor, ging zaghaft ein paar Schritte auf ihn zu, um ihn besser verstehen zu können. Doch genau in diesem Moment öffnete sich die Tür.

Der Schreck jagte wie ein Blitzschlag durch ihren ganzen Körper. Sie sprang zurück und stieß dabei gegen den Wagen, auf dem die Instrumente lagen. Die Glaskolben der Spritzen schlugen gegeneinander, und die Kanülen klapperten in der Nierenschale.

»Na, na, Schwesterherz. Wer wird denn gleich in die Luft springen? Ich bin es doch nur.«

»Jacob!« Hermine presste eine Hand auf den Brustkorb und hielt sich mit der anderen an der Schreibtischkante fest. Sie keuchte. Für einen Moment hatte ihr Herz tatsächlich ausgesetzt, da war sie sicher. »Du hast mich erschreckt!« Über das schmale, bleiche Gesicht ihres Bruders huschte ein Lächeln, das sie an ihren Vater erinnerte. »Wieso bist du überhaupt hier?«

»Cornelia sagte, ich soll nachsehen, wo du steckst. Sie hat dich schon in deinem Zimmer und im Garten gesucht. Ich wusste, dass du nur hier sein kannst.«

»Die Praxis vermittelt mir das Gefühl...« Sie bemühte sich um Fassung, und ihr Blick glitt zum Waschbecken, wo sie ihren Vater noch vor wenigen Momenten gesehen hatte. Doch der Zauber war vergangen. »Hier fühlt es sich an, als wäre er immer noch bei uns. Findest du nicht?«

Jacob verzog das Gesicht, und zuerst glaubte sie, er würde sie auslachen. Doch dann bemerkte sie die Tränen in seinen Augen. Er nickte.

»Du hast recht. Irgendwie ist Vater hier.« Er ging zum Fenster. »Ich habe ihn manchmal hier stehen sehen, wenn der letzte Patient schon gegangen war. Lange Zeit habe ich mich gefragt, was es denn da draußen so Wichtiges zu sehen gibt, bis es mir aufgegangen ist – er hat die Rosen betrachtet. Mutters Rosen.« Jacob wandte sich zu Hermine um. »Kannst du dich noch an Mutter erinnern?«

»Ja. Ein bisschen. Sie hat mir das Stricken beigebracht, und obwohl ich mich nicht so geschickt angestellt habe wie Gesine, hat sie nie die Geduld verloren. Als dann endlich mein erster Strumpf fertig war, mussten ihn alle Tanten beim Teekränzchen gebührend bewundern.« Sie lächelte. »Und ich kann mich erinnern, dass sie an meinem Bett saß, als ich Fieber hatte. Sie hat mir vorgelesen. Dir übrigens auch.«

Jacob schüttelte traurig den Kopf.

»Ich weiß kaum noch etwas von ihr.«

»Wie denn auch? Du warst gerade erst sechs, als sie gehen musste.«

»Ja, wahrscheinlich war ich einfach noch zu jung.«

Er trat an den Schrank, in dem ihr Vater die wertvollen medizinischen Instrumente aufbewahrte, das Mikroskop, den Kasten mit den Schröpfgläsern und die Sehtafeln. Er öffnete ihn, nahm einen länglichen, schmalen Kasten aus hellem, poliertem Holz heraus und klappte den Deckel auf. Darin lag ein Stethoskop. Es war ein modernes Exemplar mit zwei Schläuchen aus Gummi, die von dem Auskultationskopf abgingen und die man sich in die Ohren stecken konnte, um die Herz- und Atemgeräusche eines Patienten besser zu hören. Ihr Vater hatte von dieser Weiterentwicklung in der Deutschen Medizinischen Wochenschrift gelesen und es umgehend in Amerika bestellt. Ein halbes Jahr hatte er darauf gewartet, bis das Instrument dann endlich in seiner Praxis angekommen war.

»Er war so stolz auf dieses Stethoskop«, sagte Jacob leise. Es sah aus, als würde er den Kasten streicheln. »Was geschieht jetzt wohl damit?«

»Du wirst es natürlich übernehmen, Jacob«, sagte Hermine sofort. »Du studierst schließlich Medizin und …«

Er lachte, doch der Klang dieses Lachens gefiel ihr nicht. Es erinnerte sie eher an ein Schluchzen.

»Ich? Ja, das ist wohl richtig. Ich studiere Medizin.« Er seufzte. »Aber was ist mit dir? Du machst doch diesen Kurs in Berlin, um Ärztin zu werden. Oder doch nicht? Haben sich deine Pläne geändert?«

»Das nicht. Aber …« Hermine brach ab. Ja, was war mit ihr? Sie wollte nach dem Abitur Medizin studieren, Ärztin werden. Dessen war sie so sicher, wie sie ihren eigenen Namen kannte. Hatte sie jedenfalls gedacht. Aber in dem Moment, in dem es um die Verteilung der medizinischen Instrumente ihres Vaters ging, hatte sie zuerst an das Wohl ihres Bruders gedacht. Warum hatte sie das getan? Warum hatte sie nicht einfach gesagt, dass sie das Stethoskop ebenfalls gerne haben würde, dass sie darum losen sollten? Hatte Fräulein Lange recht, wenn sie sagte, dass sich nicht nur die Vorstellungen in den Köpfen der Männer, sondern auch das Denken der Frauen selbst ändern musste, damit sich der Wandel in der Gesellschaft endlich vollziehen konnte? Wenn sie selbst schon ihre eigenen Ziele für geringer erachtete als den Werdegang ihres Bruders – wie sollten sie dann jetzt die Lehrer, später die Professoren an der Universität und danach die ärztlichen Kollegen in Krankenhaus und Praxis respektieren? Auf dem Weg zum Arztberuf gab es wohl doch weit mehr zu lernen als die binomischen Formeln, griechische Grammatik und lateinische Vokabeln. War sie denn selbst schon bereit, umzudenken? Ihre Wangen begannen zu brennen.

»Natürlich möchte ich Ärztin werden. Aber vor mir liegt noch ein sehr weiter Weg.« Sie hatte recht. Objektiv gesehen hatte sie recht. Doch warum fühlte sich dann diese Antwort wie eine lahme Ausrede oder wie Verrat an? »Allein bis zu meiner Abiturprüfung vergehen mindestens noch zwei Jahre. Du aber machst schon im Sommer dein Physikum. Du wirst das Stethoskop eher brauchen als ich.«

Jacob verzog das Gesicht zu einer verzweifelten Grimasse.

»Vielleicht. Wir werden sehen.« Er schloss den Deckel und stellte den Kasten zurück in den Schrank. »Komm jetzt, Hermine. Das Abendessen steht bestimmt schon auf dem Tisch.«

»Gleich. Ich komme gleich. Nur noch einen Moment …«

Er nickte, als würde er sie verstehen, dann verließ er die Praxis. Hermine war wieder allein. Allein mit ihrer Trauer, ihren Erinnerungen und dem ganzen Bündel an Zweifeln, das sie mit sich herumschleppte. Und wenn sie schon selbst an sich zweifelte – wer sollte den Mut und die Kühnheit aufbringen, an sie zu glauben?

Vater. Er hat daran geglaubt, dass ich es schaffe.

Wieder schaute sie zu der Ecke, in der sie ihren Vater gesehen zu haben meinte. Eines der letzten Gespräche mit ihm kam ihr in den Sinn, vor einigen Monaten in den Weihnachtsferien. Sie hatte ihn gegen Abend in der Praxis aufgesucht. Eigentlich hatte sie ihn nur zum Essen rufen wollen, doch er hatte sie hineingebeten. Und während sie ihm dabei half, die Instrumente zu ordnen und aus dem Aktenschrank die Patientenkarten für den folgenden Tag herauszusuchen, hatten sie über den Gymnasialkurs bei Fräulein Lange gesprochen, die Abiturprüfung in zwei Jahren und Hermines Pläne für die Zeit danach.

»Ich weiß, ich stand deinem Wunsch, das Abitur zu machen,

anfangs sehr skeptisch gegenüber«, hatte er gesagt und ihr seine schmalen, weichen Hände auf die Schultern gelegt. »Mittlerweile bin ich mir sicher, dass du die richtige Entscheidung getroffen hast. Gerade in der letzten Zeit hatte ich Patientinnen, bei denen ich mit meinem Wissen nicht weiterkam. Sie haben mir etwas verschwiegen. Und ich bin mir sicher, dass sie sich einer Frau, einer Ärztin, eher anvertraut hätten. Was die Herren Kollegen denken, schwafeln und tun, sollte dir egal sein. Mich machst du stolz, und ich werde dich unterstützen, wo ich kann. Geh deinen Weg, Hermine. Werde Ärztin.«

»Das werde ich, Vater«, sagte sie jetzt mit fester Stimme in die Stille der Praxis hinein und drückte den Kittel an sich. »Ich werde Ärztin.«

Als Hermine das Esszimmer betrat, schaute sie in die traurigen Gesichter ihrer Geschwister. Verlassen sahen sie aus, wie heimatlose Waisenkinder gegen Ende des Winters. In der Mitte auf dem Tisch stand die große Suppenschüssel, aus der es dampfte. Es roch nach Bohnensuppe und geräuchertem Speck. Doch die Teller sahen sauber aus, als hätte noch keiner von ihnen mit dem Essen begonnen.

»Ich hoffe, ihr habt nicht auf mich gewartet«, sagte sie und ging zu ihrem Platz. »Das täte mir leid.«

»Nein«, sagte Gesine und knetete ihre Hände. »Aber wir haben wohl alle keinen Hunger.«

»Wir sollten aber etwas essen.« Hermine nahm den Deckel der Terrine ab und rührte energisch mit der Kelle die dickflüssige Suppe um. »Vater ist nicht damit gedient, wenn wir einer nach dem anderen krank werden. Außerdem haben Gesine und Cornelia lange genug in der Küche gestanden und gekocht. Also«, sie streckte ihre Hand aus, »Teller her. Jeder nimmt wenigstens eine Kelle.«

Sie verteilte die Suppe und setzte sich. Nach dem gemeinsamen Tischgebet musste Hermine sich zwingen, sich auf das Essen zu konzentrieren. Es wollte ihr nicht gelingen. Immer wieder wanderte ihr Blick zu dem leeren Platz, an dem stets ihr Vater gesessen hatte. Eines der Geschwister hatte den Stuhl mit dem Hut ihres Vaters und einem Efeukranz geschmückt, auf dem Tisch lag sein Gesangbuch.

Wie ein heiliger Schrein, dachte Hermine und erinnerte sich mit Schaudern an die Jahre unmittelbar nach dem Tod der Mutter. Es war eine düstere, traurige Zeit gewesen, in der sie als Kinder nur leise durch das Haus geschlichen waren, kein Weihnachten gefeiert wurde und sie stattdessen oft mit dem Vater die Familiengruft auf dem Pewsumer Friedhof aufsuchen mussten. Sie hatten einen Totenkult betrieben, der beinahe alles Leben im Haus erstickt hatte. So sollte es nicht wieder werden. Niemals.

Sie musterte ihre Geschwister der Reihe nach. Gesine saß hoch aufgerichtet auf ihrem Stuhl, das Gesicht reglos, die Lippen zu einem schmalen Strich zusammengepresst. Cornelias Blicke irrten beinahe hilflos über den Tisch, als wären sie auf der Flucht. Jacob hielt seinen Löffel so fest in der Hand, dass die Fingerknöchel weiß waren. Bernhard starrte auf seinen Teller, sein Gesicht war von beängstigender Blässe, fast grau. Und Helene kämpfte sichtlich mit den Tränen.

Wortlos stand Hermine auf, nahm den Hut ihres Vaters, die Efeuranken und sein Gesangbuch und legte alles behutsam auf den Stuhl, der in der Ecke des Zimmers auf Gäste wartete, die zum Essen kamen.

Als sie sich wieder setzte, spürte sie, dass sich etwas am Tisch verändert hatte.

»Genau wie damals, Hermine, nach Mutters Tod. Weißt du noch, wie du zu Weihnachten den Tannenbaum angeschleppt hast? Du warst voller Tannennadeln und Harz, und die Hausdame hat tüchtig mit dir geschimpft. Aber danach hat Vater endlich die Trauerzeit beendet. Ich frage mich nur, wie du es als Zwölfjährige geschafft hast, den Baum abzusägen.«

Hermine lächelte. »Das war ganz einfach. Ich habe so lange auf den Knecht eingeredet, bis er die Tanne für mich gefällt hat. Er hat es nicht gern getan und die ganze Zeit über geflucht wie ein Bierkutscher. Wahrscheinlich hat er befürchtet, dass Vater ihn entlässt, sobald er davon erfährt. Aber gleichzeitig war es ihm wohl wichtiger, vor mir seine Ruhe zu haben.«

»Ja, du konntest schon immer sehr hartnäckig sein«, sagte Jacob.

»Wie ich immer sage: 'n Natur as 'n Dackpann.« Gesines Stimme klang streng, doch in ihrem Blick lag Dankbarkeit. »Dann guten Appetit.«

An diesem Abend wurde die Suppenschüssel leer.

Kapitel 7

»Du willst nicht doch noch länger bleiben? Du willst wirklich jetzt schon wieder nach Berlin? Du bist doch gerade erst vor einer Woche gekommen!«

Hermine fiel es schwer, dem verzweifelten Unterton und dem bittenden Blick ihrer Schwester standzuhalten. Nicht nur, weil Cornelia so traurig aussah wie ein halb verhungerter Hund. Sondern weil auch sie selbst zweifelte, dass der Weg zurück nach Berlin das Richtige war. Deshalb konzentrierte sie sich ganz darauf, ihren Mantel zuzuknöpfen.

»Ich muss zurück, Cornelia«, sagte sie und hoffte, dass ihre Stimme fest genug klang. »Die Lehrer werden keine Rücksicht auf mich nehmen, der Unterricht geht ohne mich weiter. Wenn ich noch länger warte, kann ich den Lernstoff nicht mehr aufholen, und dann falle ich im Sommer durch die Prüfungen.«

Cornelia seufzte. »Ich weiß, aber …«

Hermine setzte ihren Hut auf, kontrollierte seinen Sitz im Spiegel und drehte sich dann zu ihrer Schwester um.

»Du bist ja nicht allein in diesem großen Haus. Es gibt in den nächsten Wochen viel zu tun und zu entscheiden. Vor allem müsst ihr euch um Helene und Bernhard kümmern. Gesine braucht dich als Stütze und Hilfe. Wenn ich auch noch bleiben würde …« Sie verzog das Gesicht. »Du kennst mein Talent für den Haushalt. Ich würde euch beiden nur zur Last fallen.«

»Aber ich werde dich so vermissen, Hermine!«

Es klang fast wie ein Schluchzen und schnürte ihr die Kehle zu.

»In den Sommerferien bin ich wieder da. Das sind nicht einmal mehr drei Monate.«

Sie drückte ihre Schwester an sich, und sofort umschlang Cornelia ihren Hals wie eine Ertrinkende ein rettendes Floß. Wie sehr sie litt, konnte jeder sehen, der Augen und ein Herz hatte. Durfte sie wirklich wegfahren und ihre Schwester zurücklassen? Hermine zögerte. Und für einen kurzen Moment kam ihr ein ganz anderer Gedanke: Warum *wollte* sie überhaupt zurück nach Berlin, wo sie sich auch nach fast zwei Jahren immer noch nicht heimisch fühlte? Wollte sie sich weiterhin die Nächte um die Ohren schlagen, Kopfschmerzen vom Lesen bei Gaslicht bekommen und sich von Lehrern demütigen lassen? Lohnten sich die schmerzenden Glieder vom stundenlangen Hocken in einer viel zu kleinen Schulbank? Wozu diese Anstrengungen? Wäre es nicht viel wichtiger und erfüllender, im schönen und beschaulichen Pewsum zu bleiben und ihrer Pflicht als Schwester nachzukommen?

Sie war schon kurz davor, Hut und Mantel wieder abzulegen, um zu bleiben, als Gesine aus der Küche kam – eilig und viel zu geschäftig, um sich Zeit für große Gefühlsregungen zu nehmen. Wie es eben ihre Art war.

Sie reichte ihr umstandslos einen Zettel. »Hier ist die Liste mit den nötigen Besorgungen, Hermine. Gib sie bitte dem Knecht. Und vergiss nicht, Vaters Rechnung in der Buchhandlung zu begleichen.«

»Ich werde daran denken. Dort kann ich mir dann wenigstens die Wartezeit auf meinen Zug vertreiben. Jacobs Zug fährt ja früher.«

»Hermine!«, klang es von draußen. »Es wird Zeit!«

»Siehst du, er kann es kaum erwarten, zurück nach Kiel an die Universität zu kommen.«

Hermine nahm ihre Reisetasche, hakte sich bei Cornelia ein, und gemeinsam mit Gesine verließen sie das Haus.

Vor dem Eingang wartete bereits der Knecht mit dem Wagen auf sie. Jacob ging ungeduldig auf und ab und stieß dabei den Kies mit der Schuhspitze vor sich her, die Hände tief in den Taschen seines Gehrocks vergraben.

»Na endlich! Dass Frauen einander immer so viel zu erzählen haben!«

»He! Als deine ältere Schwester erwarte ich Respekt!«, erwiderte Hermine und versetzte ihm mit dem Ellenbogen einen Rippenstoß. Dann verabschiedete sie sich von ihren Geschwistern. Der Abschied von Gesine war kurz und von förmlicher Herzlichkeit und im Grunde nicht anders als sonst auch. Aber Cornelia begann zu schluchzen.

»Wir sehen uns ja schon bald wieder. Und wenn du nach Berlin kommen möchtest, schicke mir einfach ein Telegramm.« Hermine küsste ihre Schwester auf die Stirn. »Nicht weinen, ja?«

Cornelia nickte. Es war deutlich zu sehen, dass sie versuchte, sich zusammenzureißen. Doch ihre Lippen bebten, und an den Wangen liefen immer noch Tränen hinab.

»Hermine!«

»Ja doch!« Sie umarmte Helene und Bernhard und stieg in den Wagen. Jacob reichte ihr die beiden Reisetaschen hoch und schwang sich auf den Sitz neben sie. Dann schnalzte der Knecht mit der Zunge, und das Pferd setzte sich in Bewegung. Sie lehnte sich weit aus dem Wagen und winkte, der Kies knirschte unter den Rädern.

Ihre Geschwister blieben hinter ihnen zurück, wurden kleiner und kleiner, bis sie nur noch ein weißes Stück Stoff erkennen konnte, das sich auf und ab bewegte – Cornelias Taschentuch.

Hermine und Jacob schwiegen während der Fahrt, jeder hing eigenen Gedanken nach.

Sie hatten sich einen schönen Tag für die Reise ausgesucht: Die Wolken waren bis auf wenige Fetzen vom blauen Himmel verschwunden, die Sonne wärmte schon. In den Gärten blühten Krokusse und vereinzelte Osterglocken, und zwischen den Schafen auf den Wiesen spielten die ersten Lämmer. Der Frühling ließ sich nicht mehr aufhalten.

Nur Vater wird ihn in diesem Jahr nicht mehr erleben, dachte Hermine.

Sie presste die Lippen aufeinander. Der Verlust tat weh. Aus leidvoller Erfahrung wusste sie, dass dieser Schmerz nie völlig verschwinden würde. Er würde milder werden mit den Jahren, erträglicher, weniger gegenwärtig. Und sich trotzdem immer wieder in Erinnerung rufen. Wie ein vor vielen Jahren gebrochenes Bein, das anfängt zu schmerzen, sobald sich das Wetter ändert. Damit würde sie leben müssen. So, wie sie auch mit dem Tod der Mutter lebte oder dem ihres Bruders Ubbo.

Der Knecht fuhr sie zum Bahnhof in Emden und hielt direkt vor dem Bahnhofsgebäude.

Galant half Jacob ihr aus dem Wagen. Zuerst gab sie ihre Reisetasche in der Aufbewahrung auf, dann hakte Hermine sich bei ihrem Bruder unter und schlenderte mit ihm zum Bahnsteig. Der Zug nach Kiel stand schon bereit, doch die Träger luden noch Kisten in den Gepäckwagen, und die Reisenden standen auf dem Bahnsteig, rauchten und plauderten mit ihren Angehörigen.

»Wie kommst du denn mit den Vorbereitungen für das Physikum voran?«, fragte Hermine, als sie das Abteil zweiter Klasse erreicht hatten, in dem Jacob einen Platz reserviert hatte.

»Jaaa«, sagte er gedehnt und ohne sie anzusehen. »Es geht so.«

»Aha. Aber du hast doch nicht etwa vor, durchzufallen?«

Sie bemühte sich um ein Lächeln, doch er ging nicht auf ihren scherzhaften Ton ein.

»Das würde es für alle einfacher machen, nicht wahr?«

»Jacob! Du bist doch nicht wirklich entschlossen, das Studium auf diese Weise abzubrechen?«

»Nein.« Er schüttelte den Kopf, wich aber immer noch ihrem Blick aus. »Nein, ich werde nicht durchfallen. Wenigstens nicht mit Absicht.« Er verzog das Gesicht. »Meine Professoren sind allerdings nicht besonders überzeugt von meinen Fähigkeiten.«

Weil du nicht mit dem Herzen bei der Sache bist, dachte Hermine voller Sorge. Sie wusste, dass ihr Bruder sich schon von klein auf zum Militär hingezogen fühlte und seit vielen Jahren von einer Laufbahn als Offizier träumte. Ihr Vater war jedoch gegen den militärischen Dienst gewesen, und als gehorsamer Sohn war Jacob seinem Wunsch nachgekommen. Wie Martin Edenhuizen selbst hatte er gleich nach dem Abitur mit dem Medizinstudium in Kiel begonnen. Vielleicht fühlte er sich jetzt frei, endlich seinen Traum zu erfüllen und sich bei der kaiserlichen Garde zu bewerben?

»Du solltest dich trotzdem der Prüfung stellen und versuchen, sie zu bestehen«, sagte sie. »Danach kann man weitersehen. Das Physikum ist ein Abschnitt, an den du immer wieder anknüpfen kannst – egal, wann oder wo. Außerdem …« Sie seufzte. »Ich beneide dich, weißt du das?«

»Du? Mich? Warum?«

»Weil du einfach so nach Kiel fahren und dort Medizin studieren kannst. Weil du so viel lernen darfst, ohne dass man dich schief ansieht. Weil du bald das Physikum in der Tasche hast und am Patienten unterrichtet wirst.«

»Wat den Eenen sin Uhl is den Annern sin Nachtigall.«

»Also willst du eigentlich nicht weiterstudieren und Arzt werden?«

Jacob holte tief Luft und zuckte mit den Schultern.

»Ehrlich gesagt …« Seine Stimme wurde leise. »Nein. Im Präparierkurs habe ich zwei linke Hände, ich kann mir Schöneres vorstellen als den Blick durch ein Mikroskop, und in den Vorlesungen langweile ich mich.« Er schluckte laut. »Hermine, ich bin da am falschen Platz! Ich gehöre dort nicht hin.«

»Und wo würdest du lieber sein?«

»Bei der Garde.« Die Antwort kam prompt und ohne jedes Zögern. »Ich möchte eine militärische Laufbahn einschlagen, Offizier werden. Das liegt mir mehr. Und jetzt, wo Vater tot ist …« Er brach erschrocken ab. »Verzeih mir, das klingt jetzt furchtbar. Aber ich habe das Studium doch nur begonnen, um ihm eine Freude zu machen.«

»Glaubst du, er hat es von dir erwartet?«

»Ja.« Er warf ihr einen überraschten Blick zu. »Du meinst nicht?«

»Ich weiß nicht. Vater war ein sehr feinfühliger Mensch, und ich glaube, er kannte uns viel besser, als wir dachten. Manchmal sogar besser als wir selbst. Wusstest du zum Beispiel, dass Vater mir nach dem Besuch der Höheren Töchterschule in Emden vorgeschlagen hatte, nach Zürich zu gehen, um mich dort auf ein Studium vorzubereiten und dann zu studieren?«

»Wirklich?«

»Ja! Damals war ich fünfzehn und völlig entrüstet über diesen Vorschlag.« Sie musste lachen. »Der Gedanke, zu studieren, kam mir einfach nur verrückt vor. Schließlich hatte keine meiner Schulkameradinnen vor, nach Zürich zu gehen. Und jetzt denke ich mir, wie recht Vater gehabt hat. Und dass er schon damals mehr in mir gesehen hat, als ich selbst es konnte. Vielleicht wusste er auch bei dir, dass das Studium nicht dein Weg ist, wollte dich aber zu nichts zwingen, sondern selbst herausfinden lassen, was gut für dich ist?«

»Meinst du wirklich? Glaubst du, dass er nichts dagegen hätte, wenn ich mich bei der kaiserlichen Garde bewerbe?«

»Ja, das glaube ich«, sagte Hermine mit Überzeugung. »Für Vater stand immer unser Wohl im Vordergrund, nicht sein eigener Wille.«

Jacob atmete aus, und es klang, als könnte er zum ersten Mal seit langer Zeit wieder frei atmen.

»Dann werde ich mich bei der Garde bewerben.« Er strahlte über das ganze Gesicht. »Doch zuerst bestehe ich mein Physikum. Nur für alle Fälle.«

Sie schwiegen eine Weile.

»Du wirst es schaffen, Hermine, du wirst Ärztin werden. Du bist hartnäckig. Und stur wie Ochs und Esel zusammen, wenn es darum geht, deinen Willen durchzusetzen. Das war schon immer so. Wie damals mit dem Tannenbaum.« Jacob lächelte, und Hermine glaubte, in seinem Blick neben Zuneigung auch so etwas wie Bewunderung zu erkennen. »Außerdem sind es bis zu deiner Abiturprüfung noch fast zwei Jahre. Bis dahin hat sich möglicherweise schon vieles geändert. Es tut sich gerade einiges in der Welt, in der Medizin. Hast du schon von der Arbeit von Conrad Röntgen gehört?«

»Ja.« Der Vater hatte ihr davon erzählt und der staunenden Hermine das Bild von den deutlich sichtbaren Knochen der Hand von Röntgens Ehefrau gezeigt, das erst vor wenigen Wochen in der Deutschen Medizinischen Wochenschrift veröffentlicht worden war.

»Und wer weiß, wie weit die Wissenschaft in zwei Jahren ist. Vielleicht brauchen wir dann gar keine Ärzte mehr, sondern stellen einen Patienten nur noch vor Röntgens Apparat und wissen schon, was ihm fehlt und mit welcher Krankheit wir es zu tun haben. Wer weiß?«

»Ja, wer weiß.« Hermine bemühte sich um ein Lächeln. Ihr

war bewusst, dass die Darstellung der Knochen in einer Hand nicht die Grenzen in den Köpfen der Menschen verschieben würde. Dafür war mehr notwendig. Solch ein Wandel ging nicht innerhalb weniger Jahre vor sich. Viele winzige Schritte waren nötig, um die Sache der Frauen auch nur einen Meter voranzubringen. Und es brauchte vor allem Zeit. »Danke, Jacob. Du musst jetzt einsteigen, der Zug fährt gleich ab. Der Schaffner hat schon die Pfeife im Mund.«

Sie umarmten sich zum Abschied, dann erklomm Jacob die Eisenstufen zu seinem Abteil. Er stellte seine Reisetasche auf einem der Sitze ab, öffnete das Fenster und lehnte sich hinaus.

»Ich werde dir schreiben«, sagte er und drückte noch einmal ihre Hand. »Und ich verspreche dir, ich werde fleißig lernen, meine Professoren und mich selbst überraschen, und das Physikum gleich beim ersten Versuch bestehen.«

»Sehr gut.« Der schrille Pfiff ertönte, die Lok stieß eine Dampfwolke aus, und Hermine trat auf dem Bahnsteig einen Schritt zurück. »Komm gut in Kiel an. Ich schreibe dir, sobald ich in Berlin bin!«

»Ich freue mich auf deine Briefe!«

Der Zug begann zu rollen. Eine Weile winkte Hermine noch, dann fuhren die Waggons eine Kurve und verschwanden aus ihrem Blickfeld.

Ihr eigener Zug würde erst in zwei Stunden fahren. Zeit genug, um zu Hansens Buchhandlung zu gehen.

Kapitel 8

Natürlich war Emden nicht mit Berlin zu vergleichen. Die Straßen in der Kaiserstadt waren breiter, die Menschen und Fuhrwerke zahlreicher, Geschäftigkeit und Lärm größer. Dennoch ratterten auch in Emden Kutschen und mit Fässern, Säcken und Kohle beladene Fuhrwerke die Straßen entlang. Die beschlagenen Hufe der Pferde klapperten laut auf dem Kopfsteinpflaster, Zeitungsjungen riefen die Schlagzeilen der Tageszeitung aus. Ein Barbier fegte den Gehsteig vor seinem Geschäft und unterhielt sich dabei mit dem Herrenschneider, der auf der gegenüberliegenden Straßenseite Pfeife rauchend vor seinem Geschäft saß, eine zusammengefaltete Zeitung auf den Knien. Backenbärtige Herren mit Zylinder und Monokel schritten in zweifellos wichtige Gespräche vertieft dahin, und vornehme Damen hielten sich zum Schutz gegen die Märzsonne mit Spitzen und Bändern verzierte Schirme über den Kopf. Am Himmel zogen Möwen ihre Kreise und schrien ihre Begeisterung über Wind und Sonne heraus. Es war eine andere Lebhaftigkeit als in Berlin – vielleicht etwas stiller, weniger bunt und hektisch. Dabei nicht so beängstigend, lärmend und stinkend. Und wenn man aus Pewsum kam, erschien einem Emden wie die große Welt.

Hermine hatte Hansens Buchhandlung erreicht und öffnete die Tür. Die Messingglocke bimmelte, und gleich darauf ein zweites Mal, als die Tür hinter ihr sanft ins Schloss fiel. Wie gut konnte sie sich noch an diesen Klang erinnern! Und wie charakteristisch war die Stille im Geschäft, die dem Klingeln folgte.

Die Geräusche des Alltags draußen vor der Tür waren gedämpft, als trauten sie sich nicht so recht über die Schwelle. Die Wanduhr tickte, gelegentlich raschelten Buchseiten. Die Luft war schwer vom Geruch nach Leder, Leim und Druckerschwärze, nach Papier und Leinen. Zum Schutz der lichtempfindlichen Lederbände waren die Vorhänge auf der dem Ladeninneren zugewandten Seite des Schaufensters zugezogen. Für die Helligkeit, die man brauchte, um sich zwischen den bis an die Decke des Geschäfts reichenden Bücherregalen zu orientieren, sorgten Gaslampen. In den wenigen Sonnenstrahlen, die allen Hindernissen zum Trotz ihren Weg in die Buchhandlung fanden, stand Staub – regungslos wie winzige Fische in einem Priel.

Hermine dachte daran, wie sie früher immer nur wenige Schritte in die Buchhandlung hineingegangen war, um dann stehen zu bleiben, die Augen zu schließen und ganz tief einzuatmen. Dabei hatte sie sich immer vorgestellt, sie könnte mit der Luft auch gleichzeitig das Wissen aller Bücher einsaugen: Geschichte. Philosophie. Mathematik. Griechisch. Latein. Botanik. Literatur. Geografie. Anatomie. Einfach mit einem Atemzug.

An diesem frühlingshaften Märztag waren außer ihr nur wenige Kunden im Laden. Herr Hansen persönlich, ein hochgewachsener Mann, der nur für die obersten Regalreihen eine Trittleiter brauchte, unterhielt sich mit einem ernsthaft dreinblickenden jungen Mann. Zwischen ihnen auf dem Verkaufstresen lagen zwei große, in dunkles Leder gebundene Bücher. Und irgendwo zwischen den Reihen der Bücherregale hörte sie zwei Frauen im Flüsterton miteinander reden.

Herr Hansen hob seinen Kopf und erkannte sie.

»Entschuldigen Sie mich bitte einen Moment«, sagte er zu

seinem Kunden. Dann kam er hinter seinem Tresen hervor und eilte auf Hermine zu.

»Guten Tag, Fräulein Edenhuizen. Lassen Sie mich Ihnen mein tief empfundenes Beileid aussprechen.« Er nahm ihre Hand und drückte sie herzlich. »Ihr Vater war ein aufrichtiger, ehrenhafter Mann von hoher Geistes- und Herzensbildung. Ein hervorragender Arzt, ein großzügiger Mäzen und sicher einer meiner treuesten und besten Kunden. Er wird an vielen Orten fehlen. Und viele Plätze werden leer sein, weil er sie nicht mehr mit seiner Gegenwart bereichern kann.«

»Danke, Herr Hansen, für Ihre Anteilnahme und Ihre freundlichen Worte.«

»Was kann ich für Sie tun, Fräulein Edenhuizen?«

»Ich möchte die letzte Rechnung meines Vaters begleichen. Aber Sie haben gerade einen Kunden. Bedienen Sie den Herrn, ich werde so lange warten und mich in der Zwischenzeit ein bisschen umschauen.«

»Sehr wohl, Fräulein Edenhuizen.«

Herr Hansen ging wieder hinter seinen Tresen und setzte das leise Gespräch mit dem jungen Mann fort, und Hermine wanderte die Regalreihen entlang. Regalreihen, die in ihrer Erinnerung unendlich lang waren, sich jetzt aber mit Berliner Maßstäben gemessen als eher bescheiden entpuppten.

Für sie war es jedoch vor allem eine Reise in eine andere Zeit: Jahrelang war Lesen ihre größte Freude, ihr liebster Zeitvertreib und vermutlich sogar ihre einzige wirklich sinnvolle Beschäftigung gewesen – wenn man von dem Strickstrumpf absah, der immer in ihrem Handarbeitskorb bereitlag, den sie aber nur aus Pflichtgefühl gelegentlich in die Hand nahm. Freude hatte ihr das Stricken nämlich nie gemacht. Im Gegensatz zum Lesen. Jedes Mal, wenn irgendwer aus ihrem Haushalt in Emden zu tun hatte, war sie mitgefahren, um Hansens Buchhandlung einen Besuch abzustatten. Die engen, mit Büchern vollgestopften Regalreihen, das Licht, der Geruch, das leise Rascheln der Seiten – es war ein Stück Heimat für sie. Ein Zuhause für einen jungen, unruhigen und lernwilligen Geist, der sich zwischen Haushalt, Teekränzchen und Handarbeiten verloren und einsam gefühlt hatte. Und es war gewiss kein Zufall, dass sie ausgerechnet hier in der Buchhandlung den entscheidenden Wink erhalten hatte, welchen Weg sie einschlagen sollte.

Sie schlenderte die Reihe mit der deutschen Literatur entlang, vorbei an der Lyrik, den *Abenteuerromanen für Knaben* und den Nachschlagewerken über Haushaltsführung und Kindererziehung. Immer noch war dies die Lektüre, die alle Welt als geeignet für Frauen ansah – neben heiteren und schwülstigen Gedichten und erbaulichen Romanen, in denen keine Frau ihre von Gott, Kaiser und Vaterland vorgegebene Rolle zu durchbrechen wagte. Doch schon früher hatte sie diesem mit *Literatur für die Dame* betitelten Regal keine Beachtung geschenkt. Eine Zeit lang hatte sie hauptsächlich theologische Werke gelesen. Diese hatten sie schließlich zur Philosophie geführt und ihr eine ganz neue Welt erschlossen. Während der ganzen Zeit hatte Herr Hansen nie danach gefragt, wer im Haushalt Edenhuizen Schopenhauer, Fichte, Schlegel oder Darwin las. Und wenn ihr Vater am Ende des Jahres die Rechnung erhalten hatte, hatte er bei Tisch nur darum gebeten, dass jeder seine gekauften Bücher auf der Liste abhakte, und die Summe dann ohne weitere Fragen beglichen.

Sie steuerte auf das Regal zu, das sie in Hansens Buchhandlung am liebsten mochte – die Bände über Philosophie. Viele dieser Bücher hatten im Laufe der Jahre den Weg in ihr heimisches Bücherregal gefunden. Manche von ihnen hatte sie gern, leicht und schnell gelesen. Andere hatten es ihr schwerer gemacht, und sie musste sich ihre Thesen mühsam erschließen. Mit einigen wenigen hatte sie verbissen und verzweifelt gekämpft. Eines der schwierigsten Bücher war für sie Immanuel Kants *Kritik der reinen Vernunft* gewesen – eine Lektüre, auf die sie sich sehr gefreut, die sie allerdings damals mehr frustriert als vorangebracht hatte. Mittlerweile wusste sie, dass ihr ohne Latein und Griechisch vor allem das richtige Handwerkszeug zum Verständnis gefehlt hatte.

Die *Kritik der reinen Vernunft* hatte ihren festen Platz in Herrn Hansens Geschäft. Lange hatte sie den Band nicht mehr in der Hand gehabt. Ob ihr Kants Gedanken immer noch so schwer verständlich waren wie damals? Hermine nahm das Buch aus dem Regal, schlug es auf und las einen Absatz. Natürlich war es keine leichte Lektüre. Aber wenn man die Bedeutung der Worte nicht erst erraten oder sich mühsam erschließen musste, sondern sie *kannte*, war es nicht mehr unmöglich, den Gedankengängen des großen Kant zu folgen. Es war also keine Frage des fehlenden Verstandes oder des für philosophische Betrachtungen nicht ausgelegten Gehirns der Frauen, die ihr den Zugang erschwert hatten. Weil sie als Mädchen nicht in Latein und Griechisch unterrichtet worden war, war ihr die Tür zu den Philosophen versperrt gewesen. Das war alles.

»Fräulein Edenhuizen!« Die Messingglocke bimmelte, als der Kunde die Buchhandlung verließ. Herr Hansen kam hinter seinem Tresen hervor und ging ein Stück auf sie zu. »Ich bereite die Rechnung vor. Das dauert ein paar Minuten. Ich bin gleich wieder bei Ihnen.«

»Danke, ich warte.«

Sie stellte die *Kritik der reinen Vernunft* wieder an ihren Platz zurück und ging ein Regal weiter. Herr Hansen hatte nur eine Handvoll ausgesuchter medizinischer Werke in seinem Sortiment, die meisten Schriften, die ihren Vater interessiert hatten, hatte der Buchhändler in Leipzig oder Berlin bestellen müssen. Aber es stand auch der *Hand-Atlas der Anatomie des Menschen* von Carl Ernst Bock im Regal. Hermine strich behutsam mit dem Daumen über den Buchrücken. Ihr Vater hatte ein Exemplar dieses Standardwerkes der Anatomie besessen. Es war ein Buch, das für sie ebenso zum Beruf eines Arztes gehörte wie das hölzerne Stethoskop. Sie blätterte durch die Seiten, schaute sich die Zeichnungen an und las Begriffe wie *Musculus deltoideus, Arteria axillaris* oder *Nervus ulnaris*. Eines Tages würde sie selbst aus diesem Atlas lernen, die Verläufe von Venen, Arterien und Nerven kennen und wissen, wie die einzelnen Muskeln genannt wurden und welche Aufgabe sie im menschlichen Körper übernahmen. Hoffentlich.

»Hier ist die gewünschte Rechnung, Fräulein Edenhuizen.«

Herr Hansen stand neben ihr und hielt ihr einen Brief hin. Offenbar war mehr Zeit vergangen, als sie gedacht hatte.

»Oh, der *Hand-Atlas der Anatomie*. Ein Standardwerk.« Er nickte. »Ihr Herr Vater hat für Ihren Bruder, Herrn Jacob, zum Beginn seines Studiums eine Ausgabe des Hand-Atlas erworben. Und ich weiß noch, wie er …« Er brach ab und räusperte sich, als wollte er Hermine nicht mit Erinnerungen an ihren erst kürzlich verstorbenen Vater belasten. »Möchten Sie die Rechnung sofort begleichen, Fräulein Edenhuizen?«

»Ja gerne.« Hermine folgte dem Buchhändler zu seinem Tresen.

Hier war es geschehen. Hier hatte sie mit einem jungen Gymnasiallehrer gestritten und sich über die mangelnden Bildungsmöglichkeiten für Frauen aufgeregt, als ihr eine Kundin das Exemplar einer neuen Zeitschrift auf den Tresen legte. »In dieser Zeitschrift steht alles, was eine junge Frau heutzutage wissen sollte. Wirklich alles.«

Es war eine ehrbare Dame mittleren Alters gewesen, die unter dem Arm einen hübschen, mit florentinischer Spitze verzierten Schirm trug. Die Hand, die sie Hermine auf den Arm gelegt hatte, steckte in einem feinen Seidenhandschuh, der Duft eines teuren Parfums umhüllte die Frau wie ein zarter Schleier. Doch unter dem reich verzierten Hut blitzte ein Paar sehr wacher Augen hervor.

Die Zeitschrift, die vor ihr auf dem Tresen lag, war Hermine an jenem Tag bereits aufgefallen. Sie hieß *Die Frau*, hatte ein schmuckloses Titelblatt und befand sich in der Auslage zwischen der *Gartenlaube* und der *Daheim* – beides Familienblätter, die sich mit Fortsetzungsromanen, Artikel über Kindererziehung, Rezepten für Kirschkuchen und Anleitungen für den Anbau von Erbsen und Zwiebeln beschäftigten. Nicht gerade die Art von Lektüre, mit der Hermine ihre Zeit verbringen wollte. Deshalb hatte sie dieses Magazin gleich als uninteressant eingestuft.

»Das ist ein neues Blatt, dessen Lektüre sich in jeder Hinsicht lohnt. Ich habe es bereits gelesen. Junges Fräulein, vertrauen Sie mir.« Das Lächeln der Dame machte auf Hermine einen aufdringlichen, fast spöttischen Eindruck. Dennoch hatte sie ergeben genickt und die Zeitschrift auch noch auf die Rechnung setzen lassen, schon allein, um ihre Ruhe zu haben. Außerdem würde sich Cornelia bestimmt über eine neue Zeitschrift freuen. Ihre Schwester liebte solche Blätter, sie stürzte sich auf jedes Rezept und probierte jeden Kniff in ihren Beeten sofort aus.

»Sehr gut«, hatte die Dame sie gelobt. »Ich bin sicher, Sie werden es nicht bereuen.«

Dann war sie gegangen, und Hermine hatte sie nie wieder gesehen. Sie wusste bis heute nicht, ob diese Dame eine Einheimische gewesen war oder sich zu Besuch oder sogar nur auf der Durchreise in Emden aufgehalten hatte. Dabei hatte sie in den vergangenen Monaten und Jahren mehr als einmal an diese Begegnung zurückgedacht. Denn in dieser Zeitschrift hatte sie den Artikel von Helene Lange gefunden, verbunden mit der Ankündigung der Gymnasialkurse für Frauen in Berlin. Die kleine Geste einer Fremden, die sie selbst anfangs als anmaßend empfunden hatte, hatte ihr den Weg nach Berlin gewiesen, den Weg zum Abitur, der sie – so hoffte sie – letztlich auch zum Medizinstudium führen würde.

Wenn ich dieser Frau noch einmal begegnen würde, dachte Hermine, ich würde ihr von Herzen danken.

»Das macht dann zwölf Mark und sechsunddreißig Pfennig«, sagte Herr Hansen.

Hermine reichte ihm das Geld, und er zählte es sorgfältig in seine Kasse.

»Wie wird es denn jetzt weitergehen, mit Ihrer Familie und der Neuen Burg?«

»Wir wissen es noch nicht«, erwiderte Hermine und streifte sich die Handschuhe über. »Um ehrlich zu sein, haben wir uns darüber noch nicht einmal Gedanken gemacht. Meine Schwestern führen vorerst den Haushalt weiter wie gewohnt. Mein Bruder bereitet sich in Kiel auf sein Physikum vor, unsere beiden Jüngsten gehen noch in die Schule, und ich bin ja noch für mindestens zwei Jahre in Berlin. Im Sommer, wenn wir uns alle zu den Ferien wieder in Pewsum versammeln, werden wir entscheiden.«

»Ich wünsche Ihrem Herrn Bruder viel Erfolg für seine Laufbahn. Und wenn es Sie wieder nach Emden verschlägt, Fräulein Edenhuizen, freut es mich, wenn Sie den Weg auch weiterhin in meine Buchhandlung finden. Obwohl ich mir nicht vorstellen kann, dass mein bescheidenes Geschäft mit den Buchhandlungen in Berlin konkurrieren kann.« Er lächelte, kam hinter dem Tresen hervor und öffnete die Tür für sie. »Leben Sie wohl, Fräulein Edenhuizen.«

»Danke, Herr Hansen, Sie auch.«

Die Messingglocke bimmelte wieder, als die Tür sanft hinter ins Schloss fiel. Hermine stand wieder auf der Straße und schlug den Weg zum Bahnhof ein.

Eine knappe Stunde später saß Hermine in einem bequemen Abteil zweiter Klasse. Noch waren keine Mitreisenden zugestiegen, und sie hatte sich den Fensterplatz ausgesucht. Erst jetzt merkte sie, wie aufreibend die letzten Tage gewesen waren. Müde lehnte sie den Kopf gegen die Holzverkleidung des Waggons und beobachtete das Treiben auf dem Bahnhof: Den Kofferträger, der mit Gepäck beladen einem vornehmen Herrn mit Monokel hinterherlief, den Bäckersjungen, der aus einem Korb heraus Teebrötchen und Krapfen verkaufte, die Reisenden, die sich von Angehörigen verabschiedeten oder auf ihren Zug warteten. Und sie dachte an ihren Vater.

Würde sie nach Pewsum zurückkehren? Mit Bestimmtheit in den kommenden Sommerferien. Das blieb nicht aus, da vier ihrer Geschwister noch hier lebten und sie sich entscheiden mussten, wie es mit dem Haus und dem Grundbesitz der Familie weitergehen sollte.

Das Signal des Schaffners ertönte, die Lokomotive ließ lautstark Dampf ab, Türen wurden zugeschlagen. Dann setzte sich der Zug in Bewegung. Ihr wurde bewusst, dass ihre Zukunft noch vor wenigen Stunden auf Messers Schneide gestanden hatte. Beim Abschied in Pewsum hatte sie gezögert, in die Kutsche zu steigen. Dann war Gesine gekommen und hatte sie gebeten, in die Buchhandlung zu gehen. Wahrscheinlich war ihre Schwester völlig ahnungslos, doch in diesem Moment hatte sie die Weichen für Hermines Leben gestellt. Ja, sie würde nach Berlin zurückkehren. Sie würde den versäumten Stoff nachholen, ihre Abiturprüfung ablegen und danach studieren.

In der Beständigkeit liegt das Geheimnis des Erfolgs.

Draußen glitt die Stadt vorbei. Über so viele Jahre hinweg war Emden für sie der Inbegriff der weiten Welt gewesen. Jetzt kamen ihr die Häuser klein und verträumt vor, als wären sie im Laufe der letzten zwei Jahre geschrumpft. Oder war sie gewachsen?

Ich werde lernen, Vater, sagte sie sich im Stillen. Ich werde so hart arbeiten, dass den Lehrern keine andere Wahl bleibt, als mich die Abiturprüfung bestehen zu lassen. Ganz gleich, wer versucht, mich daran zu hindern – ich werde studieren. Und ich werde Ärztin werden. So, wie wir es miteinander besprochen haben.

Sie schaute nach draußen, sah zu, wie Wiesen und Schafe an ihr vorbeizogen. Und für einen kurzen Moment glaubte sie in der Spiegelung des Fensters ein Gesicht zu erkennen. Es war ihr Vater.

Er nickte ihr zu und lächelte.

Kapitel 9

Es war August geworden.

Langsam ging Hermine durch das große Haus, ihre Schritte hallten in den hohen, leeren Räumen. Wehmütig betrachtete sie die kahlen Wände, an denen die Umrisse erahnen ließen, wo bis vor Kurzem noch Bilder gehangen hatten. Bilder, die sie kannte, seit sie denken konnte. Ebenso wie die Möbel, die auf den Dielen ihre Spuren hinterlassen hatten – helle Flecken auf dem altersdunklen Holz und Kratzer vom Hin- und Herschieben beim Frühjahrsputz. Schon vor ein paar Tagen hatten die Packer die Möbel verladen, mittlerweile waren sie bestimmt schon auf dem Weg nach Berlin, wo Cornelia und Gesine sie erwarteten. Sie hatten eine großzügige Wohnung angemietet, in der alle Geschwister Platz fanden. Zumindest dann, wenn sie in den Sommerferien zusammenkamen. Bernhard und Helene würden zunächst bei Verwandten in Emden unterkommen, wo Bernhard noch den Rest seiner Gymnasialzeit absolvieren und Helene die Höhere Töchterschule abschließen wollte.

Und während Cornelia und Gesine in ihrem neuen Heim die Böden schrubbten, Fenster putzten und Vorhänge aufhängten, waren Hermine und Jacob nach Pewsum gereist, um die Verladung der letzten Möbelstücke zu beaufsichtigen und die Schlüssel zu übergeben.

Sie hatten sich gemeinsam entschlossen, das Haus und den

nicht unerheblichen Grundbesitz, zu dem auch die Manningaburg gehörte, nicht zu verkaufen, sondern zu verpachten. Die Wiesen und Äcker wurden bereits seit Mai von zwei Bauern der Gegend bewirtschaftet, in das Haus sollte schon bald eine junge Familie einziehen. Ein Arzt, Dr. Knudsen, mit seiner Ehefrau und zwei kleinen Kindern. Und heute, am 14. August, genau fünf Monate nach dem Tod ihres Vaters, war es so weit: Die Familie Edenhuizen zog aus und überließ die Neue Burg anderen Bewohnern.

Hermine seufzte tief, trat an das Fenster und schaute in den Garten hinaus. Schwalben zogen am Himmel ihre Kreise, und der Garten lag in seiner ganzen sommerlichen Pracht vor ihr: Das Gras war übersät mit Löwenzahn und Gänseblümchen, die Äpfel und Birnen bekamen rote Bäckchen, der Pflaumenbaum bog sich unter seiner Last. Doch ernten würden die Früchte dieses Jahr andere. Immer wieder musste sie sich sagen, dass es keinesfalls ein Abschied für immer war. Sie hatten das Haus schließlich nicht verkauft, und wenn sie wollten, konnten sie den Pachtvertrag jederzeit kündigen und zurückkehren. Trotzdem fühlte es sich endgültig an. Und auch das Wissen, dass das Einkommen aus der Pacht ausreichen würde, ihnen allen ein sorgloses und bequemes Leben zu ermöglichen, half nicht. Es gab keinen Trost. Sie hatte jetzt schon Heimweh.

Hermine hörte Schritte auf dem Kies, dann sah sie auch schon Jacob auf das Haus zukommen, in Begleitung von Dr. Knudsen und dem alten Hinnerk Ohlsen, dem Rechtspfleger der Krummhörn, der gegen ein geringes Entgelt die Aufgaben eines Gutsverwalters übernehmen würde. Sie straffte die Schultern, hob ihr Kinn und ging den Männern entgegen, um sie zu begrüßen.

»Vielen Dank auch an Sie, Fräulein Edenhuizen, dass Sie und Ihre Geschwister mir und meiner kleinen Familie das Haus anvertrauen mögen«, sagte Doktor Knudsen und schüttelte ihr kräftig die Hand. »Ich bin froh und glücklich, dass ich mich endlich in meiner Heimat niederlassen kann. Und ich verspreche Ihnen, dass wir uns sehr sorgsam um das Haus und den Garten kümmern werden.«

»Das ist freundlich von Ihnen«, antwortete Hermine und kam sich steif und unbeholfen vor. »Woher kommen Sie denn? Auch von hier aus der Krummhörn?«

»Nein, meine Frau und ich stammen aus Aurich. Ich habe nach meinem Medizinstudium ein paar Jahre in Hannover gearbeitet. Aber wirklich wohl gefühlt ...« Er schüttelte den Kopf. »Nirgends ist es so schön wie hier. Die Weite, der Wind, die ...«

»Wollen wir noch einen Rundgang durch das Haus machen?«, unterbrach ihn Jacob, wofür Hermine ihrem Bruder dankbar war. Sie brauchte keine Aufzählung der Schönheit Ostfrieslands. Nicht jetzt, wo sie das alles auf unbestimmte Zeit hinter sich ließ.

»Nein, das ist nicht nötig. Ich habe das Haus ja schon zweimal besichtigt.«

»Den Vertrag haben wir auch schon unterschrieben. Also bleibt uns nur noch, Ihnen die Schlüssel zu übergeben.«

In einer feierlichen Geste reichte Jacob dem jungen Arzt den schweren Schlüsselbund, dann schüttelte er ihm die Hand.

»Mögen Sie hier glücklich werden und Ihre Familie gedeihen.«

»Danke. Auch wenn es schwer werden wird, die Lücke auszufüllen, die Ihr Herr Vater als Arzt hier hinterlassen hat. Ich habe bisher nur Gutes gehört, wenn die Leute aus Pewsum über ihn sprechen.«

»Ich bin sicher, dass Ihnen das gelingen wird«, sagte Hermine. Sie wollte den Abschied endlich hinter sich bringen. Wenn sie noch eine Minute länger im Haus blieb, würde sie möglicherweise sogar noch in Tränen ausbrechen. »Jacob? Wir müssen gehen. Unser Zug fährt in einer Stunde.«

Sie verabschiedeten sich. Vor dem Haus stand schon der Wagen bereit, mit dem Knecht auf dem Kutschbock. Der alte Mann gehörte zur Neuen Burg wie die Gartenpforte und die Apfelbäume, und Ohlsen hatte dafür gesorgt, dass die neuen Bewohner ihn weiterhin bei sich beschäftigten. Der Abschied von Doktor Knudsen und dem alten Ohlsen war kurz und herzlich, dann ließ der Knecht endlich das Pferd antraben.

Sie fuhren den Kiesweg entlang, passierten die Toreinfahrt, die Manningaburg und bogen dann auf die Straße nach Emden ab. Hermine warf keinen Blick zurück auf das Haus ihrer Kindheit. Was hätte es ihr genützt? Der Abschied fiel ihr auch so schon schwer genug.

Jacob tastete nach ihrer Hand. Sie schaute auf. Auch seine Augen schimmerten feucht. Sie erwiderte den Druck seiner Hand, seufzte tief. Und plötzlich fühlte sie sich besser. Nicht fröhlich oder unbeschwert. Aber leichter. Sie musste nicht allein nach Berlin zurückkehren oder dort weiterhin in einer Pension wohnen. Von jetzt an hatte sie ihre Geschwister um sich – Cornelia und Gesine an jedem Tag, Jacob, der nach dem bestandenen Physikum tatsächlich bei der Kaiserlichen Garde angenommen worden war, immer dann, wenn er dienstfrei hatte, Helene und Bernhard zumindest während der Schulferien. Und vor ihr lag ein Weg, den ihr Vater gebilligt und unterstützt hatte.

So war es gut.

Teil 2

Kreuzungen

1898

Berlin, Zürich

Kapitel 1

So schnell vergehen zwei Jahre, stellte Hermine fest. Eben erst haben wir Doktor Knudsen die Schlüssel für die Neue Burg übergeben, und schon ist der Morgen meiner Abiturprüfung.

Sie saß am Frühstückstisch der gemeinsamen Wohnung und dachte an Pewsum, an diesen letzten Tag, den sie mit Jacob dort verbracht hatte. An die mit Löwenzahn übersäten Wiesen, die Apfelbäume, den Salzgeruch in der Luft, und wünschte sich, sie wäre dort. Jetzt. Genau in diesem Moment.

»Du hast ja noch gar nichts gegessen!«

Cornelia stellte den Teller wieder vor sie hin, obwohl Hermine ihn gerade erst weggeschoben hatte.

»Es geht nicht. Mir ist übel!«

»Und wie willst du dich den ganzen Tag auf den Beinen halten, wenn du nichts im Magen hast?«

Ja, da war natürlich etwas dran. Die Prüfungen begannen um acht Uhr und würden den ganzen Tag bis in die Abendstunden dauern. Zur Mittagszeit war zwar eine Pause eingeplant. Doch wer von ihnen konnte sich in dieser Stunde ruhig und gelassen in ein Lokal setzen oder gar zum Essen nach Hause gehen? Wenn sie also Kraft tanken wollte für Körper und Geist, dann war jetzt der ideale, vielleicht sogar einzige Zeitpunkt an diesem langen, wichtigen, Furcht einflößenden Tag.

Hermine nahm das Brot und zwang sich, ein Stück abzubeißen. Cornelia hatte ihr ein Frühstück gemacht wie für ein kleines Mädchen an seinem ersten Schultag. Sie hatte das Brot dick mit Butter und der Pflaumenmarmelade bestrichen, die sie gelegentlich zusammen mit Apfelmus und anderen ostfriesischen Köstlichkeiten von der Familie Knudsen aus Pewsum geschickt bekamen. Dabei war Hermine mit ihren sechsundzwanzig längst eine erwachsene Frau. Andere in ihrem Alter hatten bereits selbst schulpflichtige Kinder! Und heute würde nicht ihr erster, sondern ihr letzter Schultag sein. So oder so.

Die schriftlichen Arbeiten in Deutsch, Mathematik, Latein, Griechisch und Französisch hatten sie bereits vier Wochen zuvor geschrieben. Und mit Auszeichnung bestanden, alle vier. Wären sie junge Männer gewesen, hätte man ihnen bei diesem Ergebnis die mündliche Prüfung ganz selbstverständlich erlassen. Aber da sie nun mal Frauen waren …

Nach Meinung der Prüfungskommission und der zuständigen Behörde hatten sie schlicht zu gut abgeschnitten, als dass man es ihnen durchgehen lassen konnte. Die Herren wollten sich selbst und der ganzen Welt beweisen, dass lediglich ein dummer Zufall, viel Glück oder Nachsicht und Mitleid der Prüfer den vier jungen Frauen ihre guten Noten beschert hatten. Und deshalb mussten sie heute noch einmal ran.

Diese vermaledeite mündliche Prüfung! Nie war man abhängiger vom Wohlwollen eines Lehrers.

Hermine versuchte, sich zu beruhigen, atmete bewusst tief und gleichmäßig, zählte langsam bis zehn. Es fühlte sich an, als wollte ihr Herz das Blut zu den Ohren hinauspumpen.

Wenn sich nun herausstellte, dass sie doch nicht genug gelernt hatte? Oder wenn die Prüfer sie einfach durchfallen ließen, weil sie es eben *wollten*?

Ihr Herz ließ sich nicht besänftigen. Es begann zu rasen, und sie musste sich an der Tischkante festhalten, weil sich die Welt plötzlich zu drehen begann wie ein Brummkreisel, mit ihr im Zentrum.

»So geht das nicht, Hermine«, schalt Cornelia, stellte einen großen Becher Kaffee vor sie hin, süßte ihn mit einem großzügig abgemessenen Löffel Zucker und goss reichlich Milch hinein. Eigentlich war sie die Sanfteste von ihnen allen, von ihr hörte man selten ein lautes Wort. Außer wenn es um das Wohl ihrer Geschwister ging. Da konnte sie zur Löwin werden. »In diesem Zustand kommst du ja nicht einmal aufrecht in der Schule an. Trinke wenigstens den Kaffee. Du siehst aus wie ein Gespenst auf Urlaub.«

Hermine umschloss die große Tasse mit beiden Händen. Ihre Finger waren gefühllos und kalt, als wäre sie stundenlang bei Schnee und Eis unterwegs gewesen. Dabei war es Ende Mai. Die Sonne schien, die Vögel zwitscherten, und die Rosen im nahe gelegenen Park hatten zu blühen begonnen.

Warum? Warum nur tue ich mir das an?

Sie hatte die Wahl: Sie konnte sich zur Prüfung quälen und die garstigen Zwischenfragen von Herrn Doktor Pflühe mehr schlecht als recht beantworten, sich lächerlich machen und den Herren schließlich ohnmächtig vor Schwäche, Aufregung und Scham vor die Füße fallen. Vielleicht, mit ein bisschen Glück, würde sie sogar bestehen und damit das Recht erwerben, zu studieren. Und was sollte sie dann mit diesem »Recht« anfangen? Im Kaiserreich waren Frauen an den Universitäten nicht zugelassen. Sie würde weiterkämpfen und streiten müssen, möglicherweise sogar Deutschland verlassen und nach Zürich gehen, wo man keine Bedenken gegen studierende Frauen hatte, und damit ihre Geschwister im Stich lassen. Und wozu? Nur um irgendwann … vielleicht, vielleicht, vielleicht, mit sehr viel Glück, denn wer sagte denn, dass es im Studium anders sein würde, dass die Professoren einer Frau mit Abitur anders gegenübertreten würden als die Lehrer im Gymnasialkurs? Sie würde also all diese Unwägbarkeiten, Entbehrungen und Kämpfe auf sich nehmen, das Wohl ihrer Geschwister aufs Spiel setzen, nur um irgendwann, in zehn oder zwanzig Jahren, einen weißen Kittel tragen zu können. Lohnte sich das alles für diese vage Hoffnung? Lohnten sich die Mühe, die Tränen, die Verachtung, der Spott?

Ebenso gut könnte sie heute und hier an diesem Tisch sitzen bleiben und ihren Kaffee trinken, nicht zur Prüfung erscheinen und einfach den gleichen Weg gehen, den die meisten Frauen einschlugen: heiraten, Kinder bekommen, einen Haushalt führen, bei Teekränzchen Gedichte lesen und Strümpfe stricken. Ein geordnetes, ruhiges Leben in vertrauten und bewährten Bahnen und mit der leisen Hoffnung, dass es irgendwann die eigene Tochter sein würde, der die Universität offenstand. Oder die Enkelin. Oder deren Tochter.

Es wäre so einfach.

Gleichzeitig aber wäre es auch feige.

Denn von selbst änderte sich gar nichts für Mädchen und Frauen. Und es wäre eine überaus grausame Bürde, darauf zu hoffen, dass eine Tochter oder Enkelin irgendwann das Leben führte, das sie sich für sich selbst wünschte, für das ihr aber in letzter Konsequenz der Mut gefehlt hatte.

Ich würde mich vor mir selbst ekeln, dachte sie. Nein. Kneifen ist keine Option. Ich will diese Prüfung bestehen.

Hermine zog den Teller wieder zu sich heran und schaffte es tatsächlich, die ganze Brotscheibe aufzuessen. Obwohl die an diesem besonderen Morgen nach kaum mehr schmeckte als der Einband des Lehrbuchs für Geschichte. Sie trank auch den Kaffee aus. Danach fühlte sie sich sogar ein bisschen besser. Zwar war sie immer noch ängstlich und nervös, aber wenigstens nicht mehr ganz so wackelig in den Knien.

Sie stellte sich vor den Spiegel und setzte mit zitternden Händen ihren Hut auf.

»Nimm das mit«, sagte Cornelia und reichte ihr ein kleines, in Fettpapier eingeschlagenes Päckchen, das nach Leberwurst roch. Nach der guten Leberwurst von Schlachter Claasen aus Pewsum. »Dann hast du wenigstens noch etwas zum Beißen für die Mittagspause.«

»Woher hast du die?« Sie alle aßen die Leberwurst von Schlachter Claasen für ihr Leben gern, und erst vor kurzer Zeit hatten sie und Jacob vergeblich die ganze Vorratskammer danach auf den Kopf gestellt. »Ich dachte, wir haben keine mehr?«

»Ich habe ein Glas aus dem letzten Paket aufgehoben und versteckt.«

»Versteckt? Wo?«

»Im Nähkorb. Seit Gesine die Schwesternausbildung in Celle macht, fasst das Nähzeug außer mir ja niemand mehr an.« Cornelias Wangen färbten sich rot. »Ich kann dir keinen Rat geben und dir schon gar nicht beim Lernen helfen, Hermine. Dafür bin ich zu dumm und weiß nicht genug über Mathematik und Latein und Griechisch. Aber ich kann dir Essen kochen und Brote schmieren. Und vielleicht fällt dir dann das Lernen und Denken auch ein bisschen leichter.«

»Sag nie wieder, du seist dumm. Nie wieder, hörst du?« Hermine umarmte Cornelia und drückte sie fest an sich. »Gelehrsamkeit ist nicht alles. Es gibt auch die Klugheit des Herzens. Und die hast du im überreichen Maß. Du bist die wunderbarste, gütigste und liebevollste Schwester, die man sich wünschen kann. Danke.«

»Viel Glück!«, sagte Cornelia, ihre Augen schimmerten feucht. »Und komm bitte sofort nach Hause, wenn du fertig bist. Wir wollen doch alle wissen, wie es dir ergangen ist!«

Hermine verließ die Wohnung. Mit einigermaßen sicheren

Schritten schaffte sie es die Treppe hinunter. Es war gut, dass Cornelia darauf bestanden hatte, dass sie ihr Frühstück aß, sonst hätten möglicherweise ihre Knie nachgegeben, und sie wäre kopfüber die Stufen hinuntergepurzelt.

Abiturprüfung.

Vier Jahre lang hatte sie sich auf diesen Tag vorbereitet. Heute entschied es sich. Und sollte sie diese Prüfung tatsächlich bestehen, kam der nächste Schritt.

Einer nach dem anderen.

Kapitel 2

Eine halbe Stunde vor Beginn der Prüfung kam Hermine vor der Schule an. Wie sie es geschafft hatte, die belebten Straßen zu überqueren, ohne von einem Fuhrwerk überrollt zu werden, hätte sie nicht sagen können. Die Erinnerung an den Weg von der Wohnung zur Schule verschwamm in einem Nebel aus geschichtlichen Daten, der Aufzählung der christlichen Tugenden und der Zehn Gebote.

Clara, Thekla und Frida warteten bereits am Schultor. Unschlüssig standen sie auf dem Gehsteig herum, als rechneten sie damit, dass jemand sie abholen oder hereinbitten würde. In ihren Gesichtern erkannte Hermine sich selbst wieder: bleich, ein wenig schmaler als noch vor zwei oder drei Monaten, mit großen, übernächtigt wirkenden Augen. Natürlich hatte jede von ihnen in den vergangenen vier Wochen hart gearbeitet und gelernt. Doch heute ging es nicht allein um Wissen. Eine schriftliche Prüfung war eine Sache der Fakten. Was schwarz auf weiß geschrieben stand, ließ sich weder leugnen noch biegen, und im Zweifelsfall konnte man die Arbeit einem anderen Lehrer zur Begutachtung vorlegen. In der mündlichen Prüfung hingegen war das nicht möglich. Hier konnte der Prüfer jede von ihnen durchfallen lassen, wenn er nur wollte. Er konnte Fangfragen stellen, den Prüfling verunsichern, verunglimpfen oder ihn mit einem viel zu hohen Niveau in voller Absicht überfordern. Heute waren sie vom Wohlwollen ihrer Lehrer abhängig wie nie zuvor in den vergangenen vier Jahren. Und unter all ihren Lehrern war ihnen nur einer erkennbar gewogen – ihr Griechischlehrer Professor Doktor Corssen.

»Guten Morgen«, sagte Hermine.

»Hermine! Du bist ja ganz bleich!«

Theklas Versuch zu scherzen ging daneben, was vor allem daran lag, dass ihr Gesicht ebenfalls die Farbe von Quark hatte und ihre Stimme so dünn und hoch wie die eines kleinen Mädchens klang. Auch Hermines Worte hörten sich seltsam kraftlos an, und ihr ging ein schrecklicher Gedanke durch den Kopf: Wenn die Prüfer ihre Antworten nicht verstanden, weil sie zu leise sprach? Oder wenn ihr – was Gott verhüten möge – die Stimme sogar ganz wegblieb? Konnte man sie allein deswegen schon durchfallen lassen?

In ihrem Kopf begann es sich zu drehen, schwarze Punkte tanzten vor ihren Augen, und sie musste sich am Gitter des Schultores festhalten, um den Boden unter den Füßen nicht zu verlieren.

»Alles in Ordnung, Hermine?«

Sie schaute auf und blickte in Fridas freundliches und vertrautes Gesicht. Die Freundin sah angegriffen aus, und auf ihren Wangen zeigten hektische Flecken, dass sie kaum weniger aufgeregt war als sie selbst.

»Nervös bin ich«, antwortete Hermine wahrheitsgemäß. »Am liebsten wäre ich jetzt ganz weit weg. Irgendwo am Deich.«

Frida nickte und nestelte am Ärmel ihres Kleides.

»Geht mir auch so. Und ganz ehrlich, ich frage mich, wozu das alles gut sein soll. Warum tue ich mir das an? Wäre es nicht auch in Ordnung, als Ehefrau einem Arzt oder Gelehrten den Haushalt zu führen, Kinder zu erziehen und meinem Mann den Rücken freizuhalten, sodass er sich ohne Sorgen um seine Patienten und Studien kümmern kann? Warum stehe ich hier und mache mich mit gestandenen dreißig Jahren lächerlich?«

Das waren die gleichen Fragen, die sich Hermine am Küchentisch gestellt hatte. Sie aber aus dem Mund ihrer klugen, selbstbewussten und zielstrebigen Freundin zu hören, machte sie wütend. Sie war wütend auf all jene, die diese junge Frau durch ihre Reden und ihr Verhalten dazu gebracht hatten, an sich selbst, ihren Fähigkeiten und ihren Zielen zu zweifeln.

»Nein, Frida. Nein, nein und wieder nein. Wir haben unsere schriftlichen Prüfungen bereits bestanden. Und würden wir Friedrich, Theodor, Clemens und Hermann heißen, hätten wir bereits vergangenen Monat unser bestandenes Abitur gefeiert. Von Rechts wegen hätten sie uns von der mündlichen Prüfung entbinden müssen. Aber das haben sie nicht getan. Weil wir Frauen sind. Weil die Herren uns das Wissen und unsere Fähigkeiten nicht zutrauen und unsere erfolgreichen schriftlichen Arbeiten für Glück oder Zufall oder sogar Betrug halten. Und das macht mich wütend. Diese Engstirnigkeit macht mich wütend. Diese Ungerechtigkeit macht mich wütend. Wir haben vier Jahre lang hart gearbeitet. Wir haben Lernstoff nachgeholt, für den unseren Brüdern und Cousins am Gymnasium die doppelte Zeit zur Verfügung steht. Und während sie in ihren Betten den Schlaf der Unbeschwerten schliefen, haben wir über den Büchern gesessen, uns mit Kaffee und kalten Fußbädern wach gehalten und gelernt, mit wenig Schlaf auszukommen. Ich weiß nicht, ob ich diese Prüfung bestehen werde. Aber ich werde alles dafür tun, um es den Prüfern so schwer wie möglich zu machen, mich durchfallen zu lassen!«

Frida schaute Hermine überrascht an. Dann glitt ein Lächeln über ihr schmales Gesicht, und schließlich umarmte sie die Freundin.

»Danke. Vielen Dank für diese Worte! Das ist genau das, was

ich jetzt gebraucht habe. Du hast ja so recht!« Frida hob ihr Kinn und streckte sich. »Wir werden unser Bestes geben. Und wenn wir durchfallen sollten, wird es jedenfalls nicht unsere Schuld gewesen sein.«

»Vielleicht gehen wir jetzt besser hinein«, meldete sich Thekla zu Wort. »Es ist bald so weit.«

»Ja«, sagte Hermine und hakte sich bei Frida und Thekla unter, Clara nahm Fridas Arm. »Lasst uns gehen und unser Bestes geben. Nicht wir müssen uns schämen, sondern die, die uns den Zugang zur Bildung aus lächerlichen und antiquierten Motiven heraus verweigern.«

Frida stieß Hermine ihren Ellenbogen in die Rippen.

»Jetzt klingst du doch tatsächlich ein bisschen wie Fräulein Lange«, sagte sie, und neben dem scherzhaften Ton schwang auch Bewunderung in ihrer Stimme mit.

Hermines Wangen wurden warm, und vermutlich war sie in diesem Moment alles andere als bleich. Sie verehrte Fräulein Lange, wie wohl jede von ihnen, und mit ihr verglichen zu werden, erfüllte sie mit Stolz. Mit dieser Haltung konnte sie den Prüfern entgegentreten.

Kapitel 3

Um den offiziellen Charakter hervorzuheben, war die Abiturprüfung in das Königliche Luisen-Gymnasium verlegt worden. Der Direktor der Schule hatte ihnen für diesen besonderen Tag sein Zimmer zur Verfügung gestellt und war bei der Prüfung sogar selbst anwesend. Es war unangenehm, vor den dunkel gekleideten, ernst dreinblickenden Herren zu stehen und befragt zu werden. Doch diese Prozedur in einem großzügigen, hellen Büro über sich ergehen zu lassen, war immer noch besser als in dem muffigen Raum voller Gerümpel, mit den ausgestopften und von Motten zerfressenen Tieren im Rücken.

Die Prüfung zog sich hin. Während eine von ihnen hineingerufen wurde, saßen die anderen drei auf den unbequemen Stühlen im Flur und starrten die grün gestrichene Wand an. Die Schüler des Gymnasiums hatten frei, im Gebäude war es still, und abgesehen von einem »Wie war es? Was wollten sie wissen? Haben sie noch etwas anderes gefragt?«, wenn eine von ihnen aus dem Prüfungszimmer herauskam, schwiegen sie. Für eine Unterhaltung waren sie alle viel zu angespannt und nervös. Die Zeit dehnte sich ins Unendliche.

Um die Mittagszeit kam Fräulein Lange vorbei und brachte ihnen in einem großen Korb belegte Brote, Obst und Saft. Das freundliche Gesicht ihrer Mentorin zu sehen tat wohl allen gut. Hermine ging es vor allem zu Herzen, dass Fräulein Lange noch nervöser zu sein schien als sie selbst. Doch war das ein Wunder? Vom Erfolg ihrer Schülerinnen hing ab, ob es auch weiterhin Gymnasialkurse für Frauen gab und ob Fräulein Langes Kampf irgendwann zur Einrichtung von Gymnasien für Mädchen führen würde. Und damit ging es um alles, wofür sie lebte und stand. Sobald sie die Brote aufgegessen hatten, verschwand Fräulein Lange wieder, »um euch nicht unnötig verrückt zu machen«, wie sie selbst sagte.

Und dann war es endlich so weit, die letzte Prüfung des Tages hatte begonnen.

Es war Religion, ein Fach, das Hermine im Grund gut beherrschte, weil sie sich über viele Jahre hinweg eingehend mit theologischen Fragen auseinandergesetzt hatte. Andererseits war gerade dieses Fach eine unsichere Angelegenheit, weil man hier am wenigsten auf Fakten zurückgreifen konnte. Man musste die Ansichten des Prüfers erahnen und sie in den eigenen Antworten bestätigen. Und das war vor allem eine Gratwanderung.

Als Hermine in das Büro gerufen wurde, war es schon spät. Irgendwo hatte eine Kirchenglocke gerade sechs Uhr geschlagen. Die Prüfer saßen auf ihren Stühlen und schauten ihr erwartungsvoll entgegen. An den hängenden Mundwinkeln Herrn Doktor Pflühes konnte sie ablesen, dass dieser Tag bisher ganz anders verlaufen war, als er erwartet und gehofft hatte.

Gut, dachte Hermine und versuchte, sich zu wappnen. Jetzt wird er noch einmal alles dransetzen, um wenigstens eine von uns durchfallen zu lassen.

Der Prüfer für Religion, ein kleiner, dünner Mann mit einem schütteren weißen Haarkranz, der fast wie ein Heiligenschein über seinem Kopf schwebte, räusperte sich, stellte eine Frage zum Buch Hiob – die Hermine ohne nachzudenken beantworten konnte, weil sie sich gerade mit diesem Teil des Alten Testaments ausführlich beschäftigt hatte. Danach wollte er noch die Herkunft eines Choral-Textes wissen. Auch diese Antwort konnte sie sicher geben.

»Sehr gut.« Hermine konnte es kaum fassen, aber der Prüfer lächelte – ob aus Freundlichkeit, zur Aufmunterung oder vor Erleichterung war letztlich gleichgültig. »Damit sind wir für heute wohl fertig, und Sie können sich schon bald auf den Heimweg machen.«

»Noch nicht ganz, Herr Kollege, so spät ist es nun auch wieder nicht. Dem Anlass und den ungewöhnlichen Umständen entsprechend sollten wir besondere Sorgfalt walten lassen. Ich habe durchaus Zweifel, ob diese junge Dame wirklich umfassend geprüft wurde. Darf ich also noch eine Frage stellen?« Es war Herr Doktor Pflühe. Natürlich. Er sah auffordernd in die Runde. Die anderen Herren tauschten Blicke, zuckten mit den Schultern und nickten schließlich.

»Gut, Herr Doktor Pflühe«, sagte der Direktor des Luisen-Gymnasiums. »Seitens der Kollegen gibt es keine Einwände. Stellen Sie Ihre Frage.«

Hermine rauschte es in den Ohren. Sie verschränkte ihre Hände ineinander, damit man nicht sehen konnte, wie stark sie zitterten, hob ihr Kinn und straffte die Schultern.

»Rezitieren Sie die Strophen von *Befiehl du deine Wege.*«

»Wie bitte?«

»Sie kennen doch offenbar den Choral, nach dem der Kollege Sie eben gerade gefragt hat. Jetzt möchte ich wissen, wie textsicher Sie sind. Also tragen Sie ihn vor. Und zwar alle Strophen, wenn ich bitten darf.«

Hermine war fassungslos. Welche Aussage ließ sich denn über ihr Wissen und ihren Verstand anhand eines aufgesagten Liedtextes treffen? Das Gesangbuch war voll mit Chorälen und Psaltern und Liedern zu jeder Gelegenheit im Leben eines Christenmenschen, und dieser Choral hatte mindestens zehn Strophen!

Wer kannte die wohl alle auswendig, abgesehen vielleicht von einem Pfarrer? Doch ein Blick in die Gesichter der anderen Prüfer ließ keinen Zweifel zu – Doktor Pflühes Frage war nicht als Scherz gemeint. Und obwohl sie bei wenigstens zweien der anwesenden Lehrer die Andeutung eines schlechten Gewissens angesichts dieser unverschämten Frage zu erkennen glaubte, erhob keiner von ihnen Einspruch. Alle schauten sie an und warteten auf ihre Antwort.

Da muss ich wohl durch, dachte sie, räusperte sich und begann den Choral vorzutragen.

Die erste Strophe war ihr geläufig, und sie sagte sie ohne jeden Fehler auf. Bei der zweiten geriet sie kurz ins Stocken, bevor sie sich doch noch an die richtigen Worte erinnerte. Doch bei der dritten war Schluss. Selbst wenn sie den Text irgendwann gekannt hatte, jetzt war in ihrem Kopf nichts mehr davon übrig. Gar nichts. Gluthitze stieg aus ihrem Bauch empor und schoss ihr in die Wangen, schwarze Punkte tanzten vor ihren Augen.

Und Doktor Pflühe frohlockte. Zwar versteckt hinter seinem Bart, aber sie sah es trotzdem, dieses hämische, spöttische, selbstgefällige Grinsen.

Guter Gott, dachte sie, es kann doch nicht sein, dass ich die ganzen Jahre so hart gearbeitet und heute jede einzelne Frage beantwortet habe, nur um dann an den Strophen eines Chorals zu scheitern!

»Nun?« Doktor Pflühe klopfte mit seinen Fingern einen triumphierenden Trommelwirbel auf den Tisch. »Kommen Sie nicht mehr weiter? Kennen Sie den Choral überhaupt?« Sein Grinsen wurde geradezu unverschämt. »Mir scheint, Sie sind noch nicht so weit, um die Abiturprüfung abzulegen.«

Für einen Moment war Hermine hin- und hergerissen zwischen Verzweiflung und Zorn. Doch bevor sie antworten konnte, schaltete sich Professor Doktor Corssen ein.

»Aber verehrter Herr Kollege, ich glaube, wir sollten das Ergebnis des heutigen Tages nicht vom Text eines ellenlangen Chorals abhängig machen, der hauptsächlich bei Trauerfeiern gesungen wird. Wenn ich den Choral aufsagen müsste, würde ich wohl die ersten beiden Strophen gerade eben noch zusammenbringen – danach wäre es auch für mich vorbei. Ich kann mir Liedtexte nicht gut merken und bin meist froh, wenn ich mich an den Chorus erinnere oder das Gesangbuch zur Hilfe nehmen darf. Und ich will doch hoffen, dass Sie mir deshalb nicht ernstlich meine Befähigung als Lehrer absprechen wollen.« Er lächelte und nickte Hermine zu. »Fräulein Edenhuizen, Sie dürfen wieder im Flur Platz nehmen. Und rufen Sie bitte Fräulein Busch herein.«

Auf dem Weg nach draußen schien es ihr, als würde sie über Glatteis laufen. Bei jedem Schritt hatte sie Angst, ihre Beine würden einfach den Dienst quittieren. Was für ein Abschluss dieser Prüfung!

»Frida, du bist jetzt dran.«

Die Freundin erhob sich, strich sich den Rock glatt. Nicht nur ihr Gesicht war bleich, ihre ganze Gestalt schien an Farbe verloren zu haben, sogar ihre Hände hatten eine ungesund bläuliche Färbung.

»Wonach haben sie dich gefragt?«

»Ich sollte einen Choral aufsagen.« Hermine schüttelte den Kopf. Sie konnte es immer noch nicht fassen, und trotz der freundlichen Worte von Professor Doktor Corssen war ihr flau im Magen. »Viel Glück!«

Frida verschwand im Zimmer des Direktors. Von einem Moment zum nächsten schien alle Kraft aus Hermines Körper zu weichen, sodass sie sich schnell setzen musste, um nicht der Länge nach hinzuschlagen.

Hermine verbrachte eine unglückliche, nervenzermürbende Stunde. Zuerst musste sie warten, bis ihre Freundinnen eine nach der anderen die Religionsprüfung abgelegt hatten. Danach begann die scheinbar endlose Beratung der Lehrer. Sie hörten das dumpfe Gemurmel der Stimmen hinter der verschlossenen Tür, verstanden aber kein Wort. Mit jeder Minute, die verstrich, kam Hermine die Sitzfläche härter und unbequemer vor. Sie sehnte sich danach, aufzustehen, sich die Beine zu vertreten oder doch wenigstens zum Fenster zu gehen und etwas anderes zu betrachten als das Grün der Flurwand. Doch sie wagte es nicht. Selbst im Sitzen fühlten sich ihre Beine an wie aus Grießbrei geformt, und sie befürchtete, dass sie sich nicht wieder aufrappeln konnte, wenn sie erst einmal vor den Füßen ihrer Freundinnen lag. Und lange konnte die Beratung ja wohl auch nicht mehr dauern. Oder doch?

In ihrer lebhaften Fantasie malte sie sich aus, wie die Lehrer die Antworten, die sie ihnen im Laufe des Tages auf ihre Fragen gegeben hatten, ins Lächerliche zogen und sich darüber amüsierten, dass diese vier Weiber tatsächlich so vermessen waren zu glauben, sie könnten die Abiturprüfung bestehen.

Doch warum hätten die Herren sonst so lange beraten sollen, wenn ihr Urteil bereits feststand?

Um sie hinzuhalten und leiden zu lassen. Ganz einfach.

Sie stellte sich vor, dass die Lehrer behaglich zurückgelehnt auf den bequemen Stühlen im Zimmer des Direktors saßen, Cognac tranken und sich beim Rauch ihrer Zigarren über Belanglosigkeiten unterhielten.

Doch irgendwann, als sie schon glaubte, man hätte sie vergessen, öffnete sich endlich und wahrhaftig die Tür.

»Kommen Sie, meine Damen, kommen Sie.« Dass sie von Herrn Professor Doktor Corssen hereingebeten wurden, wertete Hermine als gutes Zeichen. Doktor Pflühe hätte es sich gewiss nicht nehmen lassen, sie grinsend hereinzubitten, wenn sie alle durchgefallen wären.

Aber vielleicht sind ja gar nicht alle durchgefallen, dachte Hermine, und das Blut pulsierte wieder laut in ihren Ohren, sondern nur ich.

Unsicher erhob sie sich und folgte Frida und Thekla ins Prüfungszimmer. Sie bemühte sich, aufrecht zu gehen und dabei nicht zu schwanken. Clara hinter ihr hatte die Hände gefaltet, und Hermine glaubte zu hören, dass sie das *Vaterunser* vor sich hin murmelte.

Beten. Ich sollte wohl besser auch beten, dachte sie. Doch ihr Kopf war leer, ihr wollte nichts einfallen. Nicht einmal ihren Lieblingspsalm brachte sie noch zusammen, und selbst beim *Vaterunser* brachte sie die Zeilen durcheinander, sodass sie dreimal wieder von vorne begann.

»Meine Damen, bitte setzen Sie sich.« Professor Doktor Corssen rückte die Stühle zurecht, die in der Mitte des Raumes aufgereiht waren wie eine Anklagebank vor Gericht. Dann setzte er sich hinter den Tisch des Direktors, schaute vergnügt drein und rieb sich wie in Vorfreude die Hände. »Sie wurden heute schon lange genug auf die Folter gespannt. Deshalb lassen Sie es mich kurz machen: Wir gratulieren Ihnen allen zu Ihrer bestandenen Abiturprüfung.«

Einen Moment lang war es still. Die Worte des Lehrers bahnten sich mühsam, Buchstabe für Buchstabe, den Weg in ihr Ohr, und Hermine musste sie erst wieder zusammensetzen, um sie zu verstehen. Bestandene Abiturprüfung? Was meinte er mit *bestanden*?

»Wir haben uns eingehend über Ihre heutigen Leistungen auseinandergesetzt und diese mit Ihrem Abschneiden in den schriftlichen Prüfungen verbunden. Unsere Entscheidung, Sie alle die Prüfung bestehen zu lassen, war keine Frage, über die wir lange diskutieren mussten. Jede Einzelne von Ihnen hat uns ihr hervorragendes Wissen und Können ausführlich dargelegt. Worüber wir konferieren mussten – und darin begründete sich auch Ihre lange Wartezeit – waren die Noten in den jeweiligen Fächern. Wir mussten unsere Ansichten erst übereinbringen.« Er setzte sich den Kneifer auf die Nase. »Ich verlese jetzt Ihre Noten.«

Die Worte und Zahlen gingen für Hermine in einem Rauschen unter, aber das war nicht schlimm. Sie würde sie ja auf ihrem Zeugnis nachlesen können. Nachher, heute Abend oder morgen. Übermorgen. In einer Woche. So oft sie wollte, immer wieder. Schwarz auf weiß.

Nur eine Note ließ sie aufhorchen.

»Religion: knapp gut.« Täuschte sie sich, oder warf Professor Doktor Corssen seinem Kollegen Pflühe einen belustigten Blick zu? Der Lateinlehrer sah jedenfalls aus, als hätte man ihn gezwungen, in ein Stück Seife zu beißen. Und erst in diesem Moment wurde Hermine im vollen Umfang bewusst, was geschehen war. Sie hatten das Abitur bestanden! Alle vier!

Sie nahmen ihre Zeugnisse entgegen, und Herr Professor Doktor Corssen schüttelte ihnen die Hand.

»Ich gratuliere Ihnen aufrichtig, meine Damen«, sagte er schließlich und trat wieder hinter den Schreibtisch. »Bevor wir nun auseinandergehen, lassen Sie mich noch ein paar persönliche Worte an Sie richten. Als ich vor vier Jahren zum ersten Mal diesen Abstellraum betrat, in den man Sie verbannt hatte, und Sie vier in diesen schäbigen, ausrangierten Bänken sitzen sah, wollte ich gleich auf der Schwelle umkehren. Was nutzt es, jungen Damen griechische Grammatik beizubringen, habe ich mich gefragt. Das ist doch vergebene Liebesmüh. Sie sollten heiraten und Kinder erziehen, noch haben sie das ganze Leben vor sich, noch ist es nicht zu spät! So dachte ich. Doch Sie haben mich eines Besseren belehrt. Sie – jede Einzelne von Ihnen – haben mir nicht nur gezeigt, dass sich der weibliche Verstand sehr wohl mit dem Hexameter, der Odyssee und griechischer Geschichte befassen und sie begreifen kann. Nein, Sie waren auch die aufmerksamsten, wissbegierigsten und fleißigsten Schüler, denen ich jemals begegnet bin. Wären die jungen Männer, die gewöhnlich meinen Unterricht besuchen, ebenso eifrig bemüht wie Sie, im ganzen Kaiserreich würden unsere Hochschulen vor lauter Studenten überquellen, und wir müssten laufend neue Universitäten gründen. Erhalten Sie sich diesen Hunger nach Wissen und den festen Willen, Lehrer wie mich von Ihren Fähigkeiten zu überzeugen. Ich wünsche Ihnen von Herzen einen erfolgreichen Weg, wohin Sie dieser auch führen mag. Sollte eine von Ihnen ein Empfehlungsschreiben brauchen, melden Sie sich bitte in meinem Büro. Vor vier Jahren hätte ich es nicht für möglich gehalten. Und doch stehe ich heute hier vor Ihnen und sage: Es war mir eine Ehre, Sie zu unterrichten.«

Hermine wurde erneut warm, diesmal jedoch auf angenehme Art.

Die Lehrer verabschiedeten sich, gratulierten – mal herzlich, mal förmlich und knapp. Doktor Pflühe nickte kaum erkennbar, murmelte etwas in seinen Bart, das entfernt nach »Glückwunsch« klang, und stapfte davon, begleitet vom zornigen Stakkato seines Stocks.

Dem hat es für die nächsten Tage die Laune verhagelt, dachte Hermine mit einem erleichterten Lächeln. Und dann erst fielen alle Lasten von ihr ab, und sie brach gleichzeitig mit ihren Freundinnen in lauten Jubel aus.

Während sie einander in die Arme fielen, sich drückten, lachten und dabei vor Freude weinten, dachte Hermine wieder an ihre alte Hausdame aus Pewsum. Was hätte sie wohl gesagt, wenn sie Hermine so gesehen hätte, hüpfend und rufend und lachend?

Fräulein Lange hingegen würde sich wohl kaum weniger freuen als sie.

»Wir müssen gleich Fräulein Lange Bescheid geben«, sagte Hermine und erntete sofort die Zustimmung der anderen.

»Wer soll fahren?«

»Das übernehme ich.« Hermine kramte bereits ihre Börse aus dem Beutel. »Und wann wollen wir feiern gehen? Morgen?«

»Feiern?«, fragte Clara, als wäre ihr dieses Wort völlig fremd.

»Natürlich! Wenn wir unser bestandenes Abitur nicht feiern wollen, was dann? Aber nicht mehr heute Abend. Meine Geschwister kommen bestimmt schon fast um vor Aufregung und Sorge. Ich muss nach Hause, um sie zu erlösen.«

»Ich auch, meine Mutter wandert sicherlich schon von Fenster zu Fenster, um zu sehen, wo ich bleibe. Aber recht hast du, Hermine! Wir wollen feiern!« Theklas Augen blitzten. »Ich schlage den Burggarten vor. Der ist herrlich am Park gelegen, und bei dem schönen Wetter kann man auch draußen sitzen. Ich bin richtig ausgehungert nach Sonne und frischer Luft. In den letzten Monaten habe ich nichts mehr davon gesehen! Ich weiß schon gar nicht mehr, wie ein Vogel aussieht oder wie es sich auf einem Parkweg geht. Was haltet ihr von morgen Mittag?«

»Um zwölf? Ich werde da sein. Vielleicht kann ich ja auch Fräulein Lange und Fräulein Bäumer überreden, uns Gesellschaft zu leisten.«

Sie verabschiedeten und umarmten sich und winkten einander zu. Wie der Zufall es wollte, kam gerade eine leere Droschke vorbei. Hermine gab dem Kutscher ein Zeichen, er hielt und sie stieg ein. Es war ein Wagen erster Klasse, ein Luxus, den sie sich sonst nie gönnte. Doch heute war ihr das herzlich egal. Heute war ein Freudentag, ein Tag, um zu feiern und fröhlich und auch gegen jede Vernunft verschwenderisch zu sein.

In der Derfflingerstraße sprang sie aus dem Wagen, bat den

Kutscher, zu warten, und stürmte ins Haus. Fräulein Lange musste schon am Fenster gestanden haben, denn bereits auf der zweiten Treppenstufe hörte Hermine, wie eine Tür aufgerissen wurde, und kurz darauf klang von oben Fräulein Langes Stimme:

»Wie ist es gegangen? Seid ihr durch?«

Hermine beugte sich übers Geländer und schaute hinauf in das gespannte Gesicht dieser wunderbaren Frau, die sich in den vergangenen Jahren Tag und Nacht um sie gesorgt, gekümmert und sich auf allen Ebenen des Lebens für sie eingesetzt hatte. Und nie zuvor hatte sie eine tiefere Zufriedenheit, ein umfassenderes Glück und größere Dankbarkeit empfunden als in dem Moment, in dem sie strahlend nicken und antworten konnte:

»Ja, Fräulein Lange! Wir haben bestanden. Alle! Mit *gut*!«

Fräulein Lange klatschte in die Hände.

»Fantastisch. Herzlichen Glückwunsch!«

»Ich muss jetzt ganz schnell nach Hause, Fräulein Lange, und meinen Geschwistern alles erzählen. Aber morgen wollen wir uns im Burggarten treffen und feiern«, rief Hermine hoch. »Möchten Sie und Fräulein Bäumer auch kommen? Wir würden uns sehr freuen.«

Fräulein Lange nickte.

»Sehr gern. Wann trefft ihr euch denn?«

»Zur Mittagszeit. Um zwölf Uhr!«

Die Tür einer Wohnung im ersten Stock öffnete sich, und ein Mann in Unterhemd und Hosenträgern trat in den Flur.

»Was ist das hier für ein Lärm!«, schimpfte er. »Das ist ja nicht zum Aushalten!«

»Lassen Sie gut sein, Herr Balcke, wir sind schon fast fertig. Außerdem ist es ein ganz besonderer Anlass, Sie werden bald in der Zeitung davon lesen. Gertrud und ich sind morgen um zwölf Uhr im Burggarten, Hermine. Und dann stoßen wir gemeinsam auf euren Erfolg an!«

»Bis morgen, Fräulein Lange!«

Hermine winkte, lächelte Herrn Balcke zu, der kopfschüttelnd wieder in seine Wohnung zurückkehrte. Dann stürmte sie hinaus und stieg in die wartende Droschke.

Sie nannte dem Kutscher ihre Adresse und lehnte sich in die Polster zurück.

Erst jetzt, in dem Moment, als der Wagen zu rollen begann, um sie zu dem Mietshaus zu bringen, wo sie mit ihren Geschwistern wohnte, wurde ihr wirklich mit aller Konsequenz bewusst, dass es vorbei war. Sie hatte das Abitur bestanden. So wie einst ihr Vater, ihre beiden Brüder und zahllose andere junge Männer. Frida, Thekla, Clara und sie selbst hatten bewiesen, dass Frauen sehr wohl den Verstand hatten, um Griechisch, Mathematik oder Naturwissenschaften zu lernen. Die ganze Plackerei hatte sich gelohnt.

Als sie daran dachte, wie ihre Freundinnen vorhin davongeeilt waren, um ihrerseits ihren Angehörigen von ihrem Erfolg zu berichten, lächelte sie. Es hatte ausgesehen, als tanzten sie davon. Ihre Füße schienen kaum den Boden zu berühren.

Kapitel 4

In der Droschke hatte Hermine sich ausgemalt, wie sie nach Hause käme und Cornelia erst einmal hinhalten würde, um die Überraschung noch größer, strahlender und freudiger zu machen. Doch als ihre Schwester, kaum dass sie geläutet hatte, die Wohnungstür aufriss und sie ihre geweiteten Augen und das bleiche, angespannte Gesicht vor sich sah, brachte sie es nicht übers Herz.

»Hermine! Endlich! Wie ist es gegangen?«

»Ich bin durch, Cornelia! Ich bin durch! Ich habe bestanden! Wir haben alle bestanden!«

Sie fielen einander in die Arme.

»Ich gratuliere dir!«, schluchzte Cornelia. »Ich gratuliere dir von Herzen. Warum hat es denn so lange gedauert? Ich hab mir schon Sorgen gemacht.«

»Die Herren mussten wegen der Noten etwas länger konferieren. Trotzdem haben wir alle ein Gut bekommen.«

»Oh, wie wunderbar! Ich freue mich so für dich!« Beinahe ehrfürchtig streichelte Cornelia Hermines Arm. »Aber nun komm erst mal rein. Wir wollen diesen großartigen Erfolg doch nicht im Treppenhaus feiern.«

Hermine trat in den Flur und sog genießerisch den Duft ein, der aus der Küche kam.

»Das riecht herrlich! Ist das etwa …«

Cornelia nickte vergnügt.

»Genau. Snirtjebraten.«

»Du bist ja verrückt, dir so viel Arbeit zu machen. Wenn ich nun durchgefallen wäre?«

»Dann hättest du wenigstens etwas Vernünftiges zu essen gehabt, um dich zu trösten«, entgegnete ihre Schwester und stieß ihr den Ellenbogen freundschaftlich in die Seite. »Aber daran habe ich nicht einen Gedanken verschwendet. Ich wusste, dass du die Prüfung bestehst. Bernhard muss auch jeden Augenblick zurück sein. Ich habe ihn zum Lokal an der Ecke geschickt, um eine Flasche Wein zu kaufen. Nun geh doch schon mal vor.« Hermine wandte sich nach links, doch Cornelia hielt sie zurück. »Wir essen heute doch nicht in der Küche. Ich habe in der Stube gedeckt. Wir wollen schließlich feiern!«

Hermine ging den langen Flur entlang zu dem Zimmer, in dem sie gelegentlich Gäste empfingen und abends zum Lesen zusammensaßen. Der große Tisch aus schwerem, dunklem Zedernholz stammte ebenso wie die passenden Stühle und das Büffet aus ihrem Elternhaus. Etliche der Möbel hatten sie verkauft und nur jene behalten, die sie für die neue Wohnung in Berlin brauchten oder an denen besonders viele Erinnerungen hingen – wie zum Beispiel den Ohrensessel ihres Vaters und den kleinen Tisch, auf dem er immer seine Bücher und seine Pfeife abgelegt hatte. Beide standen jetzt in Bernhards Zimmer. Und manchmal, wenn Hermine ihren Bruder darin sitzen und lesen sah, dachte sie, dass der Junge erst noch in den Sessel hineinwachsen musste.

Cornelia hatte die Stube mit viel Liebe hergerichtet: Der Tisch war mit dem guten Porzellan, dem Tafelsilber und den geschliffenen Gläsern ihrer Mutter gedeckt. Die weißen Leinenservietten lagen bereit, und in einer Vase stand ein üppiger Strauß aus Rosen, Löwenmäulchen und Rittersporn.

Hermine war gerührt, und als die Tür hinter ihr aufgerissen wurde, schrak sie zusammen, als wäre sie ertappt worden.

»Hermine!« Helene stürmte in die Stube und fiel ihr um den Hals. »Cornelia hat es mir schon erzählt. Wie wundervoll! Und meine Glückwünsche zu dieser Leistung. Du musst uns gleich bei Tisch ganz genau erzählen, wie es war. Ich bin doch so gespannt! Jacob kommt übrigens auch.«

»Jacob?«

»Ja. Er hat sich eigens für dich heute einen Abend freigenommen, um mit dir feiern zu können. Sein Generaloberstleutnant …«

»Helene.« Hermine schüttelte lachend den Kopf. »Wenn Jacob dich jetzt hören würde!«

»Ja, ich weiß. Es tut mir auch leid, aber ich kann mir die Ränge der Garde einfach nicht merken.« Helene ließ den Kopf hängen. »Sie wollen nicht in meinen Kopf. Ich bin wohl zu dumm dazu. Und manchmal frage ich mich, ob ich jemals das Abitur bestehen werde, so wie du.«

Hermine spürte, wie die fröhliche Stimmung ihrer jüngsten Schwester ins Gegenteil kippte. Das passierte oft und schnell, selbst aus geringem Anlass. Gleich würde sie weinend aus der Stube laufen und sich bis zum nächsten Tag in einer Ecke ihres Zimmers verkriechen.

»Ach was, Helene, du wirst das Abitur viel besser und leichter bestehen als ich! Du hast einen klugen Kopf. Man muss wahrlich nicht die Ränge der Garde aufsagen können – wenigstens nicht, solange man nicht selbst dient.« Sie lächelte aufmunternd, dann nahm sie ihre Schwester in den Arm. »Du wirst es schaffen. Glaube mir.«

»Ich weiß nicht. Du sagst das nur, um mich zu trösten.« Es läutete an der Tür. »Das wird wohl Jacob sein!«

Helene eilte aus dem Zimmer, und nachdenklich schaute Hermine ihr nach. In der Familie Edenhuizen waren sie alle mehr oder weniger nervös und übererregbar mit einem Hang zur Schwermut. Vielleicht lag es daran, dass sie so früh die Mutter verloren hatten. Der Frohsinn und die Leichtigkeit, die sie oft bei ihrer Freundin Frida Busch bewunderte, oder die Unbekümmertheit von Thekla fehlten ihnen jedenfalls. Und manchmal schien es Hermine, als hätte diese familiäre Labilität ihre jüngste Schwester besonders schwer getroffen.

Der Erste, der in die Stube kam, war Bernhard. Der Zwanzigjährige studierte mittlerweile Medizin in Kiel – so wie ihr Vater es sich für seinen Jüngsten gewünscht hatte. Im Gegensatz zu Jacob fühlte er sich seit dem ersten Tag des Studiums wohl mit seiner Wahl, und jedes Mal, wenn Hermine ihn sah, schien er weiter aufgeblüht zu sein. Für ihn war die Medizin der richtige Weg. Das war für jeden erkennbar.

»Hermine!« Bernhard strahlte über das ganze Gesicht. Er stellte die mitgebrachte Weinflasche auf den Tisch und umarmte seine Schwester so stürmisch, dass ihr fast die Luft wegblieb. »Deinem Gesicht nach zu urteilen, muss es gut gelaufen sein.«

»Das ist es auch. Ich habe bestanden!« Hermine löste sich aus der Umarmung, um Jacob zu begrüßen, doch er blieb an der Schwelle stehen.

»Glückwunsch zum bestandenen Abitur!«, sagte er und salutierte, was seltsam steif und distanziert wirkte. Als wäre er gar nicht ihr Bruder, sondern lediglich einer der Nachbarn, denen man von Zeit zu Zeit im Treppenhaus begegnete und denen man mit einem Ei oder etwas Zucker aushalf.

»Danke, Jacob«, erwiderte Hermine und bezwang den Wunsch, ihm einfach um den Hals zu fallen. Seit einiger Zeit wehrte er sich gegen jede Form der offenen Zuneigung wie Umarmungen oder gar Küsse. Helene war deswegen schon ein paarmal mit ihm aneinandergeraten »Es freut mich, dass du freibekommen hast.«

»Nur für zwei Stunden. Zum Zapfenstreich muss ich wieder in der Kaserne sein.« Er nahm ein Päckchen aus der Munitionstasche, die er bei sich trug. »Hier, ich habe ein Geschenk für dich.«

Hermine nahm das Päckchen und wechselte einen raschen Blick mit Bernhard und Helene. Kam es nur ihr so vor, oder war Jacob dünner geworden, knochiger, blasser? War er etwa krank? Vor einigen Wochen oder Monaten hatte er mal an einem seiner freien Abende von einem grausamen Unteroffizier erzählt, der sich einen Scherz daraus machte, die jungen Kadetten zu triezen. Da er schon lange nicht mehr darüber gesprochen hatte, war Hermine davon ausgegangen, dass sich die Situation mittlerweile gebessert hatte. Jetzt fragte sie sich, ob sie sich nicht doch täuschte. Etwas lastete ihrem Bruder auf der Seele.

»Danke. Du weißt aber, das wäre nicht nötig …«

Jacob winkte ab.

»Du bist die Erste meiner Schwestern mit Abitur. Man hat es dir nicht leicht gemacht, du hast darum gekämpft und dein Ziel erreicht. Das verdient Anerkennung. Und außerdem …« Er räusperte sich, und seine Ohren färbten sich rot. »Es kommt von Herzen.«

Mit zitternden Fingern löste Hermine die Schnur und wickelte das braune Packpapier auseinander. Zum Vorschein kam ein Stethoskop. Dass es nicht irgendeines war, erkannte sie auf den ersten Blick. Es war das Stethoskop ihres Vaters, das neue aus Amerika, auf das er so stolz gewesen war.

»Jacob! Aber das ist doch …«

Wieder winkte er ab.

»Du wirst es bald brauchen, Hermine.«

»Aber was ist mit dir? Du wirst doch vielleicht auch …« Ihre

Blicke trafen sich, und sie erkannte die Wahrheit. Auch wenn Jacob es nicht aussprechen wollte oder konnte – er würde sein Medizinstudium nicht fortsetzen. Doch was würde er dann mit seinem Leben anfangen? Wollte er tatsächlich eine Laufbahn bei der Garde einschlagen? Oder hatte er andere Pläne, einen anderen Berufswunsch? »Jacob? Wieso willst du nicht mehr …«

Er schüttelte den Kopf.

»Lass gut sein, Hermine, nicht jetzt. Heute bist du der Mittelpunkt. Wir wollen feiern. Und ich habe nicht genug Zeit für ausführliche Gespräche. Keine zwei Stunden mehr.«

Sie schluckte die Fragen hinunter, die ihr auf der Zunge lagen, und nickte. Jacob hatte recht. Er würde heute nicht lange bei ihnen bleiben können, und sie wollte die Stimmung dieses Abends nicht trüben.

»Ich danke dir von Herzen, Jacob. Ich danke euch allen!«

In der Zwischenzeit hatte Cornelia Wein in die Gläser geschenkt und drückte jedem von ihnen eines in die Hand.

»Auf dein Wohl, Hermine«, sagte sie und hob ihr Weinglas, sodass die goldgelbe Flüssigkeit im Licht der Gaslampen funkelte. »Mögest du auch die nächsten Schritte in deine Zukunft so gut meistern wie diese Hürde.«

»Auf Hermine!«

Sie prosteten ihr zu, die Gläser klangen, als sie anstießen, der Braten stand braun und duftend auf dem Tisch, die Gesichter der Geschwister strahlten. Vor ihr lag eine glänzende Zukunft als Studentin. Und in diesem Augenblick war Hermine tatsächlich glücklich. Vielleicht so glücklich wie noch nie in ihrem Leben.

Kapitel 5

An diesen Moment des beinahe vollkommenen Glücks musste Hermine zurückdenken, als sie und Frida sechs Wochen später vor der Tür des Vorzimmers von Professor Waldeyer standen. Wie hatten sie sich über das Abiturzeugnis gefreut, mit welchem Genuss hatten sie den Vorlesungskatalog durchgeblättert und sich gemeinsam ausgemalt, welche Vorlesungen sie hören wollten!

Doch die Realität sah anders aus. Anstatt sich mit der Beschaffung der Lehrbücher und der Vorbereitung auf das Studium zu beschäftigen, verbrachten sie ihre Tage auf den Fluren der Friedrich-Wilhelms-Universität vor den Vorzimmern der Professoren. Denn Fräulein Lange hatte für die Teilnehmerinnen ihrer Gymnasialkurse zwar das Recht auf Anerkennung des Abiturs erstritten. Doch damit hatten Hermine, Frida, Thekla und Clara noch lange nicht die Berechtigung, sich auch an einer Universität als Studentinnen einzuschreiben. Das galt für Breslau, wohin Clara gegangen war, und ebenso für Berlin oder andere Städte. Im Kaiserreich war Frauen die ordentliche Immatrikulation nicht erlaubt. So einfach war das. Doch es war möglich, mit einer Sondererlaubnis an den Vorlesungen teilzunehmen, so wie Gasthörer. Dafür mussten sie jeden einzelnen Professor um die Erlaubnis bitten, seine Vorlesungen hören zu dürfen. Und genau daran waren sie bereits mehrfach gescheitert.

Es zehrte an den Nerven.

»Meinst du, es hat noch Sinn, es weiter zu versuchen?« Frida, die sonst nie ihre Heiterkeit und ihren Optimismus verlor und nahezu jeder Situation auch eine humorvolle Seite abgewinnen konnte, schaute bekümmert drein. »Warum sollte ausgerechnet Professor Waldeyer anders entscheiden?«

»Ich weiß es nicht«, antwortete Hermine und versuchte, zuversichtlicher zu klingen, als sie sich fühlte. »Vielleicht weil in der Beständigkeit das Geheimnis des Erfolgs liegt?«

»Du meinst also, wenn wir nur oft genug vor ihren Türen sitzen, klopfen und betteln, können wir sie überzeugen?«

»Das vielleicht nicht. Aber wenn sie uns ihre Erlaubnis geben, damit sie endlich ihre Ruhe haben, kann uns das doch egal sein, oder? Unser Ziel hätten wir damit jedenfalls erreicht. Und überzeugen können wir die Herren dann anschließend mit unseren Leistungen. Wie Professor Corssen.« Bei der Erwähnung des Griechischlehrers färbten sich Fridas Wangen rosa. Diese Reaktion war Hermine schon oft bei ihrer Freundin aufgefallen. Sie hatte sich doch nicht etwa in den Lehrer verliebt?

»Also gut«, sagte Frida mit einem Lächeln, das so gequält aussah, als glaubte sie nicht so recht an den Erfolg. »Dann ran an den Feind.« Sie klopfte.

»Herein!«

Hinter einem Schreibtisch saß eine Frau. Vor ihr stand eine Schreibmaschine, neben ihr lag ein Stapel Papiere, die sie offenbar gerade abtippte. Ihre Haare waren dunkel, das Gesicht faltenlos, und Hermine dachte, dass sie nur wenig älter sein konnte als sie und Frida. Vielleicht war das ein gutes Zeichen. Eine Verbündete.

»Ja?« In dem Blick, mit dem diese Frau sie musterte, lag keine Freundlichkeit. Im Gegenteil. Hermine fühlte sich wie eine ungebetene Hausiererin, die ein Fleckenmittel oder Seidenstrümpfe verkaufen wollte. Sie waren zwei Eindringlinge, die sie von ihrer Arbeit abhielten. »Sie wünschen?«

»Ich bin Hermine Edenhuizen, und das ist Frida Busch«, antwortete Hermine. »Wir möchten bitte Herrn Geheimrat Waldeyer sprechen.«

»In welcher Angelegenheit?«

»Wir sind Studentinnen«, erwiderte Frida rasch, »und möchten den Herrn Geheimrat um eine Dispens für seine Vorlesungen bitten.«

»Der Herr Geheimrat ist nicht da.«

»Oh, das ist schade. Wann kommt er denn …«

»Heute nicht mehr.«

»Und wann können wir ihn morgen sprechen?«

»Gar nicht. Er hat keine Zeit.«

Hermine runzelte die Stirn.

»Sind Sie dann bitte so freundlich, uns einen Termin zu geben, wann wir ihn sprechen können?«

»Sie verstehen nicht. Der Herr Geheimrat hat keine Zeit für *Sie.* Wo kämen wir denn da hin, wenn zusätzlich zu den Studenten auch noch die Weibsbilder hier vor der Tür herumlungern und ihn belästigen? Der Herr Geheimrat ist ein viel beschäftigter Mann. Er hat keine Zeit für solchen Unfug. Guten Tag.«

Sie wandte sich wieder ihrer Arbeit zu und begann zu tippen. Unter dem lauten Geklapper der Schreibmaschine verließen sie den Raum.

»Und jetzt?«, fragte Hermine, als sie wieder im Freien standen. Hier draußen tat die Welt so, als wäre alles bestens. Die Sonne schien, es war warm, und in einem der gepflegten Rosenbüsche vor dem Universitätsgebäude sang ein Vogel. Sie selbst war wütend, zugleich aber auch ratlos, verzagt. Zum ersten Mal, seit sie vor fünf oder sechs Jahren beschlossen hatte, nach Berlin zu gehen, um den Gymnasialkurs von Fräulein Lange zu besuchen, machte sie sich wirklich Sorgen um ihre Zukunft. Wie sollte es weitergehen? Was sollte sie tun, wenn man ihr das Studium verweigerte, ganz einfach so? »Was machen wir jetzt?«

»Ich weiß, was *ich* tun werde«, antwortete Frida. Ihre Wangen waren leuchtend rot, und an der Art, wie sie ihre Handschuhe überstreifte, erkannte Hermine, dass die Freundin sich keinesfalls schämte. Auch sie war wütend. So wütend, wie Hermine sie noch nie erlebt hatte. »Mir reicht es. Mir reicht es, stundenlang auf den Fluren zu sitzen und darauf zu warten, dass einer der hohen Herren geruht, mit uns sprechen zu wollen. Mir reichen diese überheblichen Blicke und das süffisante Grinsen, mit dem uns der Zugang zu den Vorlesungen verweigert wird. Und mir reicht es, von solchen Weibsbildern wie der da abgekanzelt zu werden. Von einer Frau! Sie sollte auf unserer Seite sein! Wenn sie es wäre, könnte sie selbst wissenschaftliche Arbeiten verfassen, anstatt sie nur abzutippen! Wir haben das Abitur! Und wir haben es weiß Gott weder Glück noch Gnade zu verdanken, sondern es uns sehr hart erarbeitet! Wir haben das Recht zu studieren!« Frida machte eine Atempause. »Nein. Ich habe es satt, auf Knien um etwas betteln, was uns eigentlich zusteht. Ich gehe nach Zürich. Die medizinische Fakultät dort hat einen guten Ruf. Und sie machen keinen Unterschied, ob sich ein Mann oder eine Frau immatrikulieren will – entscheidend ist das Abiturzeugnis. So, wie es sein soll.« Frida atmete geräuschvoll aus und hob herausfordernd ihr Kinn. »Kommst du mit?«

Hermine dachte nach. Die Vorstellung, ohne dieses zähe Ringen studieren zu können, war verlockend, aber …

»Ich fürchte, das geht nicht.«

»Was hält dich in Berlin? Oder hast du deine Meinung über die Stadt geändert?«

»Das nicht, aber ich müsste meine Geschwister allein lassen. Cornelia hängt sehr an mir. Ich glaube, sie würde es nicht ertragen, wenn ich in die Schweiz gehe. Bernhard fühlt sich in Kiel zwar wohl, aber er freut sich immer, wenn er in den Semesterferien zu uns kommen kann. Helene ist jetzt gerade nach Hannover gegangen, um dort ihr Abitur zu machen. Sie ist sehr labil und braucht einen sicheren Hafen, in den sie jederzeit zurückkehren kann. Aber am meisten Sorgen mache ich mir um Jacob. Er ist so schwermütig und blass in letzter Zeit. Etwas bedrückt ihn. Seine Dienstzeit ist bald beendet. Ich möchte ihn danach lieber nicht einfach sich selbst überlassen.«

Frida nickte. »Das kann ich verstehen.«

»Außerdem wäre es doch ohnehin nur für ein Semester. Die Studienordnung sieht vor, dass nur ein Auslandssemester anerkannt werden kann, wenn man einen deutschen Abschluss anstrebt.«

»Das stimmt. Aber in einem halben Jahr kann viel passieren. Außerdem habe ich dann wenigstens schon ein Semester und kann die Professoren hier mit hoffentlich guten Noten überzeugen.« Frida legte ihr eine Hand auf den Arm. »Aber ich möchte dich nicht zu etwas überreden, was du nicht willst. Außerdem hast du diese Hartnäckigkeit in dir. Du wirst tatsächlich so lange vor den Türen sitzen, bis du deinen Willen bekommst. Das schaffe ich nicht, dafür bin ich viel zu ungeduldig. Ich mag nicht warten. Deshalb ist für mich an dieser Stelle Schluss. Ich packe meine Sachen und gehe nach Zürich.«

Kapitel 6

Keine zwei Wochen später, an einem strahlend schönen Samstag Ende August, war es so weit – es hieß Abschied nehmen. Hermine begleitete Frida zum Bahnhof. Ihren großen Koffer hatte sie bereits aufgegeben, sie hatte nur eine kleine Reisetasche mit dem Nötigsten für die Fahrt bei sich.

Während Frida mit leicht zitternden Händen in ihrer Tasche nach der Fahrkarte suchte, wusste Hermine nicht, was sie von der Entscheidung der Freundin halten sollte. Einerseits war es mutig und gut und richtig, nach Zürich zu gehen, und sie freute sich für sie. Andererseits würde sie Frida an ihrer Seite vermissen. Gemeinsam waren jede Zurückweisung, jeder Spott leichter zu ertragen.

»Der Zug fährt in einer Viertelstunde ab.« Sichtlich nervös schaute Frida auf die große Bahnhofsuhr und spähte dann den Bahnsteig entlang.

»Erwartest du noch jemanden?«

Statt einer Antwort wurde Frida rot, und Hermine hatte eine Ahnung, dass wohl tatsächlich jemand versprochen hatte, sich von ihr am Bahnhof zu verabschieden. Deshalb war sie auch nicht überrascht, als Professor Corssen mit wehendem Mantel den Bahnsteig entlangeilte.

»Frida!«, rief er schon von Weitem und schwenkte seinen Hut. »Gottlob, du bist noch da. Ich hatte schon befürchtet…«

Er keuchte und rang nach Atem, dann ergriff er Fridas Hand. »Diese vermaledeite Droschke hat beinahe ein Rad verloren, und ich musste mir eine andere rufen. Ich dachte, ich komme zu spät.«

»Du bist gerade noch rechtzeitig.«

Frida strahlte, und dann fiel Hermine ein Ring auf, den sie an Fridas Hand noch nie gesehen hatte. Ein schmaler goldener Ring mit einem kleinen Saphir. Sollte sie etwa … Sie hatte sich doch nicht etwa …

»Hermine, ich muss dir etwas erklären.« Wieder wurde Frida rot. »Peter und ich haben uns vor ein paar Tagen verlobt.«

»Herzlichen Glückwunsch«, erwiderte Hermine. Sie freute sich für die Freundin und war gleichzeitig sicher, dass diese Verbindung nicht lange Bestand haben würde. Nicht allein wegen der Entfernung, die von nun an zwischen Frida und ihrem Verlobten liegen würde, sondern weil an eine Hochzeit nicht zu denken war. Frida wollte, wie sie auch, Ärztin werden. Und als Ärztin konnte man nicht heiraten. Medizin oder Familie, beides zusammen ging nicht, und sie hatten ihre Entscheidung getroffen. Anderenfalls hätte Frida auch gleich in Berlin bleiben und das Aufgebot bestellen können.

Der Schaffner pfiff.

»Es ist Zeit, einzusteigen«, sagte Frida, und jetzt begannen ihre Augen doch feucht zu schimmern. Sie umarmte Hermine. »Was wirst du jetzt tun?«

»Ich gehe morgen zu Herrn Geheimrat Waldeyer persönlich. Bei ihm zu Hause werde ich ihn eher sprechen können, und ich hoffe, dass ich ihn dann überzeugen kann. Fräulein Lange hat mir ein Empfehlungsschreiben mitgegeben.«

»Ich wünsche dir viel Glück! Und wenn es nicht geht, kommst du einfach nach.«

Dann wandte sich die Freundin an ihren Verlobten. Hermine

schaute verlegen zur Seite, während die beiden miteinander flüsterten. Allein die Blicke, die sie sich zuwarfen, sprachen eine deutliche Sprache. Sie fühlte sich überflüssig.

Frida stieg in ihr Abteil, Professor Corssen half ihr mit der Reisetasche und sprang dann eilig wieder aus dem Zug, genau in dem Moment, als der Schaffner das zweite Mal pfiff. Die Türen wurden geschlossen. Frida lehnte sich aus dem Abteilfenster, griff nach Hermines Hand.

»Ich schreibe dir, wie es in Zürich ist. Und vielleicht überlegst du es dir doch noch.«

Hermine schüttelte den Kopf.

»Da müsste schon einiges geschehen.«

Frida lächelte, doch an ihrer Wange rann eine Träne hinab.

»Gib auf dich acht, Frida«, sagte Professor Corssen, und seine Stimme klang überraschend rau. »In Zürich brauchst du jedenfalls nicht um das Recht zu kämpfen, eine Vorlesung hören zu dürfen. Genieße es und nutze die Zeit.«

»Das werde ich.« Frida legte ihre Hand an seine Wange, eine so vertraute und liebevolle Geste, dass Hermine wieder verlegen wegsah.

Das da ist echt, dachte sie und zweifelte plötzlich daran, ob Frida tatsächlich ihr Studium zu Ende bringen oder nicht doch vorher heiraten würde.

Der dritte Pfiff ertönte. Die Lok ließ Dampf ab, und die Räder begannen sich langsam zu drehen.

Frida winkte. Und Hermine winkte zurück, bis sie das weiße Taschentuch der Freundin nicht mehr sehen konnte.

Nur einen Tag später stand Hermine im Arbeitszimmer von Professor Waldeyer und nahm seinen Urteilsspruch entgegen. Am frühen Nachmittag hatte sie das Telegramm erreicht, dass Frida gut in Zürich angekommen war. Danach war sie voller Hoffnung bei strahlendem Sommerwetter von zu Hause aufgebrochen, das Empfehlungsschreiben von Helene Lange in der Tasche. Fräulein Lange hatte darin in ihrer gewohnten Art detailliert, wortgewandt und scharfsinnig dargelegt, warum es nicht nur sinnvoll, an der Zeit und menschlich war, Frauen zum Studium zuzulassen, sondern geradezu eine zukunftsweisende Notwendigkeit, der sich kein Gelehrter verschließen sollte. Hermine war überzeugt, dass niemand sich diesen Argumenten entziehen konnte, auch der Herr Geheimrat nicht, der erst kürzlich zum neuen Rektor der Friedrich-Wilhelm-Universität gewählt worden war. Felsenfest hatte sie an ihren Sieg geglaubt.

Und jetzt das.

»Auf keinen Fall«, sagte der Professor, und sein humorloses Gesicht wirkte gleich noch viel strenger. »Ich kann Sie nicht zu den Vorlesungen zulassen. Wie sollte ich für das Benehmen meiner Studenten im Hörsaal einstehen können?«

»Benehmen?« Hermine war so perplex, dass sie sogar für einen Moment das Unbehagen vergaß, das der Professor ihr einflößte. Natürlich hatte sie insgeheim auf seine Zustimmung gehofft. Gerechnet hatte sie allerdings mit einer heftigen Diskussion und sich darauf sorgfältig vorbereitet, sich Worte und Argumente zurechtgelegt. Aber dass das Benehmen der Kommilitonen ausschlaggebend sein sollte, ob sie studieren durfte oder nicht, das kam überraschend. »Das Verhalten der Studenten wird doch am ehesten von unserem eigenen Betragen abhängig sein. So wie es überall in unserer Gesellschaft der Fall ist. Ich kann Ihnen versichern, dass wir uns keines Fehlverhaltens schuldig machen werden.«

»Da mögen Sie recht haben«, brummte er. »Aber das gibt nicht den Ausschlag. Ich jedenfalls mag keine Vorträge vor Herren und *Damen* halten. Wie stellen Sie sich das denn vor? Also nein, ich kann Ihrer Bitte nicht stattgeben.« Er klopfte mit den Fingerknöcheln auf den Schreibtisch und läutete eine kleine Messingglocke. Fast im gleichen Augenblick öffnete sich die Zimmertür, und das Dienstmädchen erschien auf der Schwelle. Entweder kannte sie ihren Dienstherrn so gut, dass sie im Voraus ahnte, wann er sie brauchen würde, oder sie hatte gelauscht.

»Herr Geheimrat?«

»Gerda, begleiten Sie die junge Dame hinaus. Leben Sie wohl, Fräulein Ehrenstein.«

»Edenhuizen ist mein Name. Guten Tag, Herr Geheimrat.«

Aufrecht, mit erhobenem Kopf und Kinn ließ sie sich unter dem fast anmaßenden Blick des Dienstmädchens zur Tür bringen. Nun, diese Gerda würde zumindest etwas zu tratschen haben, wenn sie das nächste Mal beim Kaufmann Mehl und Bohnen kaufte. Sie würde von dem überheblichen Frauenzimmer erzählen, dass es gewagt hatte, den schwer arbeitenden Herrn Geheimrat in seiner wohlverdienten Sonntagsruhe zu stören, nur weil sie sich einbildete, sie könnte ebenso studieren wie die Herren Studenten. Kann man sich so was vorstellen?

Man kann, dachte Hermine. Man kann sehr wohl. Wie kann man nicht?

Argumente ließen sich widerlegen. Sie konnte ihren eigenen Standpunkt erklären, ihn verteidigen, Gründe und Beweise aufzeigen und darauf hoffen, damit zu überzeugen. Aber gegen ein schlichtes »Ich will nicht, weil ich nicht mag« ließ sich nicht anreden. Und das war bitter.

Sie eilte die Straße entlang nach Hause und achtete kaum auf die Spaziergänger im Sonntagsstaat, die ihr entgegenkamen. Selbst das Wetter war gegen sie – immer noch schien die Sonne von einem strahlend blauen Himmel, wo angesichts dieser Katastrophe eigentlich düstere Wolken und drohender Regen angebracht gewesen wären. Was konnte sie jetzt noch tun? Wie sollten sie und die kleine Handvoll Frauen, die die Absicht hatten, an der Friedrich-Wilhelm-Universität zu studieren, nun die Erlaubnis zum Studium erhalten? Wer würde sie in seinen Vorlesungen sitzen lassen, wenn der Rektor der Universität selbst ihre Anwesenheit so rundheraus ablehnte?

Ihre Wangen brannten vor Scham und Zorn. Hatten sie nicht bereits bewiesen, dass ihr Verstand ebenso tüchtig war wie der von jungen Männern? Sie hatten ihre Abiturprüfung abgelegt, noch dazu unter härteren Bedingungen als männliche Schüler. War das immer noch nicht genug? Was wollten die Geheimräte und Professoren denn noch? Würden sie wohl endlich beginnen, an die Ebenbürtigkeit des weiblichen Verstandes zu glauben, wenn eine Frau ihr medizinisches Staatsexamen ablegte? Musste erst eine von ihnen Fachärztin sein und als Chirurgin am Operationstisch stehen oder als Neurologin eine Praxis eröffnen, damit man sie als Kolleginnen anerkannte? Würden die hohen Herren endlich mit Vorurteilen und Spott aufhören, wenn eine Frau neben ihnen an der Universität lehrte? Oder würde es immer so weitergehen mit der Geringschätzung, den Erniedrigungen, der Frotzelei – selbst in hundert Jahren noch?

Zu Hause angekommen, stürmte sie an ihrer Schwester vorbei in die Wohnung.

»Wie ist es …« Cornelia brach ab. »Was hat der Herr Geheimrat gesagt?«

Hermine riss sich den Hut vom Kopf und warf ihn auf die Ablage, an deren Kante er hängen blieb.

»Der Herr Geheimrat mag nicht. Er will uns keine Erlaubnis geben, an den Vorlesungen teilzunehmen.«

»Aber warum?«

»Ich sagte doch. Er mag einfach nicht. Er will keine Vorträge vor Damen und Herren halten. Das reicht ihm als Argument. Schließlich könnten sich die Herren Studenten unseretwegen ungebührlich benehmen.« Hermine stampfte wütend mit dem

Fuß auf. »*He geiht nich ut sien Spoor ut. Dat maakt mi de Kopp düll.*«

Der Hut verlor den Rest seines spärlichen Halts und fiel von der Ablage zu Boden. Cornelia bückte sich, hob ihn auf und klopfte langsam und sorgfältig den Staub von der Krempe.

»Aber was wird denn nun?«

Hermine seufzte und schloss die Augen. Ja, das war die Frage, die sie eben durch Berlins Straßen gehetzt hatte. Sollte sie Frida folgen und auch zum Studium nach Zürich gehen? Aber das hieße, ihre Geschwister, Jacob, Bernhard und Helene, zurückzulassen. Vor allem aber Cornelia. Die sanfte, immer etwas melancholische Cornelia, deren Lebensinhalt es zu sein schien, für sie alle den Haushalt zu besorgen. Gesine arbeitete als Krankenschwester in Celle. Sie hatte auf keinen Fall die Möglichkeit, sich um die Geschwister zu kümmern. Nein. Hermine konnte nicht einfach weggehen und sie alle ihrem Schicksal überlassen. Beim besten Willen nicht.

»Ich werde wohl wieder von Tür zu Tür gehen und bei den Professoren anfragen. Es gibt tatsächlich eine Handvoll, bei denen ich noch nicht vorstellig geworden bin.« Sie verzog das Gesicht. »Und wenn sie sich schon nicht überzeugen lassen, werde ich sie eben so lange nerven, bis sie irgendwann einlenken. Ich werde nicht aufgeben. Wenigstens nicht so schnell.«

»*Doo dien Best, Gott deit de Rest*«, sagte Cornelia und legte ihr sanft eine Hand auf den Arm. »Du wirst es schaffen. Und nun setz dich in die Stube, ich setze eben rasch das Wasser auf. Ein Tee wird dir jetzt guttun.«

Kapitel 7

Die Tür zum Hörsaal stand nur einen Spaltbreit offen. Dahinter hörte man Stimmen, Lachen, das Rascheln von Kleidung und Papier, Schritte. Das Auditorium war bestimmt schon gut gefüllt.

Hermine presste ihre Bücher an sich und holte tief Luft. Sie hasste den Moment, wenn sie den Hörsaal betreten musste. Schon jetzt, kaum zwei Wochen nach Semesterbeginn. Zum Glück war sie nicht allein mit diesem Problem. Wie jeden Morgen hatte sie sich mit ihrer Kommilitonin Agnes Schramm vor dem Eingang verabredet – ihrer einzigen Kommilitonin wohlgemerkt. Doch ansonsten verband sie mit Agnes kaum mehr als das gemeinsame Studium, und die kleine, dunkelhaarige Frau hatte mindestens ebenso viel Angst wie sie selbst.

Wenn wenigstens Frida an meiner Seite wäre!

»Es wird nicht besser, wenn wir hier stehen bleiben«, sagte Hermine schließlich. »Also Augen zu und durch!«

Sie öffnete die Tür gerade so weit, dass sie sich durch den Spalt schieben konnten, heimlich und unauffällig.

Vielleicht bemerken sie unsere Anwesenheit erst, wenn der Professor bereits da ist.

Das war ihre Hoffnung bei jeder Vorlesung, an der sie teilnehmen durften.

Doch kaum hatten sie einen Fuß ins Auditorium gesetzt, verstummten die Gespräche, das Rascheln, die Schritte. Stille trat ein, und die Blicke von mindestens zweihundert jungen Männern richteten sich auf sie, als hätte man es ihnen befohlen. Das Schweigen hielt an. Zwei, drei Herzschläge lang. Dann brach der Tumult los. Unisono begannen die jungen Männer mit den Füßen zu scharren und zu pfeifen. Es war ein ohrenbetäubender Lärm. Hermine und Agnes mussten dieses Spektakel vor jeder Vorlesung erdulden. Am schlimmsten war es bei der ersten Vorlesung des Tages. Oder vielleicht empfand Hermine es auch nur morgens so besonders stark, weil sie im Laufe des Tages abstumpfte – nicht viel, aber wenigstens genug, um die Häme, die Missbilligung und Verachtung, die in diesem Gejohle und Getrampel steckte, leichter zu ertragen. Sie hoffte inständig, dass die Herren es im Laufe des Semesters müde werden würden, jedes Mal diesen Aufstand zu veranstalten.

Gefolgt von Agnes eilte Hermine an ihren Platz, einen Stuhl am Rand der vorletzten Reihe des Auditoriums. Wie jeder Student markierten auch Agnes und sie ihren Sitz mit einer Visitenkarte. Das war eine sinnvolle Regel, da man auf diese Art das umständliche Gedrängel auf der Suche nach einem Sitzplatz vermied. Doch natürlich wussten dadurch auch ihre Kommilitonen, wo die beiden einzigen Studentinnen saßen. Und zuvorkommend, wie die jungen Herren nun mal waren, versäumten sie es nur selten, ihr und Agnes eine Botschaft auf ihren Karten zu hinterlassen. Meist waren es spöttisch gemeinte Komplimente wie »Der schönsten Blume der Fakultät« oder auch offene Beleidigungen wie »Blaustrumpf« oder »Ich nehme guten Männern den Studienplatz weg«, sodass sie die Karten täglich erneuern mussten. An diesem Tag aber hatten sich die jungen Männer selbst übertroffen. An der Tafel vorne im Auditorium prangte eine große Zeichnung. Sie war weder detailliert noch besonders kunstvoll, eher eine Kritzelei. Aber es war unverkennbar, wen diese Zeichnung darstellen sollte: Müller und Schultze, die beiden berlinernden Figuren aus der beliebten Satire-Zeitschrift *Kladderadatsch.* Um den Scherz komplett zu machen, hatte der verhinderte Künstler über den kleinen dicken Mann *Agnes* geschrieben, und *Hermine* über den großen, dünnen mit der spitzen Nase. Nur ihre Vornamen. Nicht einmal diesen Anstand besaßen sie. Und dennoch wollten sie alle Ärzte werden und eines Tages Patienten behandeln – Frauen und Kinder eingeschlossen.

Hermines Wangen brannten. Sie legte ihre Bücher auf die Ablage vor ihrem Sitzplatz und ließ sich nieder. Wie lange konnten zweihundert Männer ihr Pfeifkonzert fortsetzen? Sie kannte die Antwort: Bis der Professor das Auditorium betrat und mit der Vorlesung begann.

Zum Glück verspätete sich Professor Virchow nie.

Wirklich niemals?

Nun, an diesem Tag schon.

Die Zeiger der Uhr über der Tafel rückten vor – es war bereits zwanzig Minuten nach neun –, und das Gelärme der Studenten hatte nicht nachgelassen. Im Gegenteil. Zwei besonders ausgelassene Spaßvögel hatten damit begonnen, vor dem Auditorium einherzustolzieren. Der eine streckte sich und reckte den Hals, um größer zu erscheinen, während der andere fast in der Hocke und mit aufgeplusterten Backen neben ihm herlief.

Das Auditorium brüllte vor Lachen.

Hermine versuchte, sich weder ihre Scham noch ihre Wut anmerken zu lassen. Aufrecht saß sie auf dem harten Stuhl, das aufgeschlagene Anatomiebuch vor sich, und studierte die Knochen des menschlichen Schultergelenks. Doch ihre Wangen waren heiß, als hätte sie Fieber. Agnes neben ihr hatte die Hände vor das Gesicht geschlagen, ihre Schultern bebten. Wie lange würde Agnes diese Tortur noch durchhalten? Wie lange würde sie selbst dies noch ertragen können? Und wann, um Himmels willen, kam endlich Professor Virchow?

Der Zeiger wanderte Minute für Minute vorwärts. Mittlerweile war es schon kurz vor halb neun, ohne dass der Professor sich blicken ließ. Und die schauspielerischen Darbietungen nahmen kein Ende.

Als sich dann nach weiteren fünf Minuten Spott endlich die Tür öffnete, war Hermine dankbar und erleichtert. Leider war es nicht Professor Virchow, sondern Professor Waldeyer, der gemeinsam mit einem Saaldiener das Auditorium betrat. Der Lärm verstummte schlagartig, und die Komödianten beeilten sich, zu ihren Sitzplätzen zu kommen.

»Welch einen Aufstand betreiben Sie denn hier, meine Herren!« Der Professor ließ seinen strengen Blick über die Reihen der Studenten wandern, der schließlich an Hermine und Agnes hängen blieb. Und obwohl man es nicht für möglich gehalten hätte – seine Miene verfinsterte sich noch mehr. »Der Kollege Virchow lässt sich wegen Krankheit entschuldigen. Ich übernehme für heute seine Vertretung. Zwanzig Minuten wurden bereits durch Ihren Unfug vergeudet. Fahren wir also zügig mit dem Stoff fort.« Er steckte seine Taschenuhr zurück in die Westentasche und deutete auf die Tafel mit den Karikaturen. »Jemand muss diese Schmierereien abwischen. Fräulein Ehrenstein. Wären Sie so freundlich?«

Im Auditorium war es jetzt so still, dass man hätte hören können, wie ein Blatt zu Boden fällt.

Agnes warf Hermine einen unsicheren Blick zu, doch sie erhob sich bereits. Hätte es denn etwas genutzt, sich zu weigern oder etwas zu sagen? Sie bezweifelte es. Aufrecht, mit erhobenem Kinn stieg sie die Stufen hinunter, tauchte den Schwamm in den Eimer und begann die Tafel sauber zu wischen. Als sie sich wieder umdrehte, den feuchten Schwamm immer noch in der Hand, ließ sie ihren Blick über die Kommilitonen schweifen. Viele von ihnen feixten und stießen einander die Ellenbogen in die Rippen, einige wenige hatten jedoch den Anstand, zu erröten. Dann schaute sie Professor Waldeyer fest an.

»Ich heiße nicht Ehrenstein«, sagte sie ruhiger, als sie sich fühlte, und weniger energisch, als sie sich gewünscht hätte. Tatsächlich war ihr am ehesten danach, den Eimer mit dem schmutzigen Tafelwasser über Professor Waldeyers Kopf auszuschütten – aber eine junge Dame tat so etwas natürlich nicht. Eine junge Dame erduldete schweigend Spott und Häme und wischte gehorsam die Tafel, wenn man es ihr befahl. Noch. »Mein Name ist Edenhuizen.«

Kapitel 8

Es wurde der schlimmste Tag, den sie bisher an der Universität erlebt hatte. Als hätte Professor Waldeyer mit seinem erniedrigenden Befehl, die Tafel zu wischen, etwas losgetreten, gebärdeten sich die Kommilitonen wie völlig außer Rand und Band, sobald Agnes und Hermine in einem Hörsaal auftauchten. Der schlimmste und demütigendste Moment war aber für Hermine, als der Professor für Chemie sie und Agnes aufforderte, das Auditorium zu verlassen, damit endlich wieder Ruhe einkehren könne. Als wären sie für den Lärm verantwortlich! Die jungen Männer verhielten sich wie eine wilde Affenhorde, und sie sollten weichen. Das stellte sogar Professor Waldeyers Verhalten in den Schatten.

Zum Glück nimmt auch der entsetzlichste Tag irgendwann ein Ende, dachte Hermine, als sie am späten Nachmittag ihre Bücher zusammenraffte und die Universität verließ.

Agnes war früher nach Hause gegangen, schon vor der letzten Vorlesung, angeblich wegen Kopfschmerzen. Doch ihr bleiches Gesicht, der gesenkte Kopf, die hängenden Schultern und die vom Weinen geröteten Augen ließen vermuten, dass das Verhalten der Kommilitonen sie nach Hause getrieben hatte. Hermine hätte sie gern getröstet, aber Agnes war verschlossen und still und trug ihren Kummer wohl lieber allein. Sie konnte nur hoffen, dass sich die Kommilitonin dennoch durchbeißen würde und sie sich in Zukunft nicht allein an jedem Tag dem Spott der Männer stellen musste. Sorgen machte sie sich deswegen schon. Denn sie wusste nicht, ob sie genug Stärke besaß, um dieser Horde unverschämter Studenten und herablassender Professoren täglich allein entgegenzutreten.

Hermine eilte durch die belebten Straßen nach Hause. Pferdehufe und Räder ratterten und klapperten auf dem Straßenpflaster, Zeitungsjungen riefen die Schlagzeilen der Abendzeitungen aus, zwei Betrunkene stritten sich lautstark vor einem Lokal. Doch nach dem Lärm und Spott von zweihundert Studenten kam ihr das alles fast ruhig und friedlich vor.

Ein Gutes hat das Ganze: Schlimmer kann es nicht mehr werden, dachte sie, und der Gedanke rang ihr sogar ein Lächeln ab. Bald werden sie alle des Spektakels müde sein. Und dann haben wir unsere Ruhe und können uns endlich auf das Lernen konzentrieren. Hoffentlich ist Professor Virchow bald wieder gesund!

Sie bog vom Alexanderplatz ab, lief in eine der kleinen, ruhigeren Seitenstraßen und war zu Hause. Dort, wo Cornelia mit einer warmen Mahlzeit auf sie wartete. Dort, wo sie und ihre Geschwister sich wohlfühlten. Dort, wo man ihr keine Steine in den Weg legte und fest daran glaubte, dass sie eines Tages als Ärztin Patienten behandeln würde. Zu Hause.

Sie eilte die Treppen des Wohnhauses hoch in den dritten Stock. Das ging mittlerweile so mühelos, dass sie nicht einmal mehr schwer atmen musste, als sie oben ankam und an der Haustür klopfte.

»Hermine!« Cornelia öffnete. Sie wirkte aufgewühlt. »Gut, dass du kommst, es …«

»Ist etwas passiert? Wo ist Jacob?«

Cornelia runzelte die Stirn und schüttelte den Kopf.

»Jacob? In seinem Zimmer natürlich, wo sollte er denn sonst sein?«

»Ich weiß auch nicht. Ich dachte nur…« Für einen Moment hatte Hermine eine geradezu körperliche Angst um ihren Bruder gehabt mit allem, was dazu gehörte – Herzrasen, trockenem Mund und enger Kehle. »Höre einfach nicht hin. Der Tag heute war unbeschreiblich. Ich bin wohl immer noch nicht fertig damit.«

»War es wieder so schlimm?«

»Schlimmer.« Sie winkte ab und legte ihren Hut auf die Ablage. »Sie haben sich heute alle übertroffen – sowohl die Kommilitonen als auch die Herren Professoren. Aber ich studiere, nicht wahr? Und morgen sitze ich wieder in den Vorlesungen, genau wie übermorgen. Und am Tag danach. Irgendwann werden sie schon müde werden. Sie müssen einfach.«

»Das werden sie, da bin ich mir sicher.« Cornelia nahm ihre Hand und drückte sie liebevoll. »Für heute ist jedenfalls Schluss mit dem Ärger. Ruhe dich erst einmal aus. In der Kanne auf dem Herd müsste noch Kaffee sein. Ich ärgere mich nur gerade, weil ich heute früh vergessen habe, Milch und Heringe für das Abendessen zu kaufen. Ich laufe schnell zum Kaufmann. Wenn du eine Tasse Kaffee getrunken hast und wieder etwas zu dir gekommen bist, kannst du schon mal anfangen, Kartoffeln zu schälen. Schneide sie bitte in Scheiben, es gibt heute Bratkartoffeln zum Hering.«

Die Tür schlug zu, und Cornelias eilige Schritte entfernten sich im Treppenhaus.

Hermine ging in die Küche. Tatsächlich war noch Kaffee übrig, und er war sogar warm. Sie goss sich eine Tasse ein, inhalierte den würzigen, kräftigen Duft und dachte, dass Cornelia noch nie einen ihrer Brüder um eine Arbeit gebeten hatte, wenn sie müde nach einem Tag in der Schule oder der Garde nach Hause kamen. Geschweige denn, dass einer von ihnen jemals Kartoffeln geschält hätte.

Die Veränderungen gingen nur allmählich und quälend langsam vorwärts. Und das betraf nicht nur ihre Kommilitonen oder Dozenten wie Professor Waldeyer. Auch das Denken in den Köpfen der Frauen musste sich ändern. In Cornelias Kopf ebenso wie in ihrem eigenen.

Hermine band sich eine Schürze um. Sie stellte eine Schüssel mit Wasser auf den Küchentisch, schüttete Kartoffeln aus der Kiste auf eine alte Zeitung, nahm das kleine scharfe Messer und setzte sich auf den Küchenschemel.

Auch ich muss meine Einstellung ändern, dachte sie. Aber jetzt bin ich zu müde, um damit anzufangen.

Ein Knall ertönte, gefolgt von einem dumpfen Schlag. Es klang, als sei in einem der Zimmer ein schweres Möbelstück umgefallen. Hermine erschrak so sehr, dass sie aufsprang und beinahe die Schüssel vom Tisch gestoßen hätte. Einen Moment sah sie wie erstarrt zu, wie die Kartoffelscheiben in der Schüssel schwammen, sich drehten und allmählich wieder beruhigten.

Dieser Knall hatte unnatürlich geklungen, entsetzlich und trotzdem nicht unbekannt. Er erinnerte sie an den Herbst, wenn sich die Männer in Pewsum zur Hasenjagd verabredeten.

Hasenjagd.

Das war ein Schuss gewesen!

Hermine ließ das Messer fallen und stürzte aus der Küche. Voller Angst und böser Vorahnung lief sie den Flur entlang zu Jacobs Zimmer. Für die auch unter den Geschwistern üblichen Höflichkeiten, wie Klopfen und auf die Erlaubnis zum Eintreten zu warten, hatte sie weder Zeit noch Ruhe. Sie stieß einfach die Tür auf – und fand ihre schlimmsten Befürchtungen bestätigt.

Mitten im Raum vor dem Tisch, den er gewöhnlich als Schreibtisch benutzte, lag ihr Bruder, bekleidet mit seinem Sonntagsanzug. Halb auf der Seite, die Beine leicht angewinkelt, sah er aus wie ein großes Fragezeichen. Um seinen Kopf herum breitete sich auf dem Boden eine dunkle, zähe Flüssigkeit aus und tränkte den Teppich.

»Jacob?«

Hermine prüfte rasch den Puls an Handgelenken und Hals ihres Bruders. Nichts. Sein Herz schlug nicht mehr. Kraftlos ließ sie sich neben ihm auf den Boden sinken. Seine blauen Augen standen weit offen und starrten in eine Ferne, deren Anblick allein den Toten vorbehalten ist. Über seine Wange rannen noch Tränen.

»O Jacob. Warum? Warum?« Hermine nahm seine Hand, hielt sie fest, küsste sie, streichelte seine Wange. Sie war noch warm. Erst vor wenigen Tagen hatte er seinen Dienst in der Garde beendet. Seine Pläne, eine Offizierslaufbahn einzuschlagen, hatte er irgendwann im Lauf der vergangenen zwei Jahre aufgegeben, aus Gründen, über die er nicht sprechen konnte oder wollte. Alles, was hinter den Mauern der Kaserne geschehen war, hatte er für sich behalten. Doch Hermine war davon ausgegangen, dass es ihm mit dem Ende dieser für ihn so quälenden Dienstzeit besser gehen würde, dass er wieder zu sich finden, neue Pläne schmieden und bald schon wieder lachen und scherzen würde, so wie früher. Doch er war still gewesen in den vergangenen zwei Wochen, in sich gekehrt und schweigsam. Noch schweigsamer als während seiner Dienstzeit. Oft hatte er sich in sein Zimmer zurückgezogen oder lange Spaziergänge gemacht. Immer allein.

Warum hatte er das getan? Welche Gedanken, welche Ereignisse hatten ihn derart verzweifeln lassen, dass er keinen anderen Ausweg mehr gesehen hatte? Was wog so schwer, dass er es nicht mehr ertragen konnte? Und warum hatte er sich niemandem anvertraut? Warum?

Hermine schluchzte auf. Ihr Blick fiel auf die Pistole, die neben Jacob auf dem Boden lag – ein dunkles, kaltes und emotionsloses Stück Metall, das über Leben und Tod entscheiden konnte.

Ein schreckliches Ding. In ohnmächtiger Wut und Verzweiflung stieß sie die Pistole mit dem Fuß weg, sodass sie quer durch das Zimmer schlitterte und unter dem Kleiderschrank liegen blieb. Sollte sie dort Staub und Spinnweben ansetzen.

Die Haustür fiel ins Schloss.

»Hermine? Wie weit bist du …«

Cornelias Schritte wurden langsamer, dann beschleunigten sie sich, eilten auf die offene Tür zu. Scheppernd fiel die Milchkanne zu Boden.

»O gnädiger Herr Jesus!« Cornelia stand auf der Schwelle, mit weit aufgerissenen Augen und so weiß wie die Milch, die sich zu ihren Füßen ausbreitete und von ihrem Rocksaum aufgesogen wurde. »Was … Wann?«

»Gerade eben«, antwortete Hermine und fragte sich, woher sie den Atem zum Sprechen nahm. Ihre Kehle fühlte sich so eng an, als würde kaum mehr ein Strohhalm durchpassen. »Er hat es getan, während ich die Kartoffeln geschält habe. Ich habe den Schuss gehört, Cornelia. Ich habe ihn gehört!«

Ihre Schwester blickte starr auf den Toten. Ihr Brustkorb hob und senkte sich schwer und schnell. Und plötzlich begann sie zu schreien.

»Nein! Nein! Nein! Jacob! Nein!«

Hermine ließ die Hand ihres Bruders los, sprang auf und stürzte zu Cornelia. Die wehrte sich gegen die Umarmung, schlug um sich, trommelte mit den Fäusten auf Hermine ein, als wäre sie schuld an dem Unglück. Erst als sie die Schwester so fest gepackt hatte, dass sie sich nicht mehr bewegen konnte, wurde Cornelia etwas ruhiger. Das Schreien ging in ein heftiges Schluchzen über, und schließlich klammerte sie sich wie eine Ertrinkende fest an Hermine.

Als Cornelia sich ein wenig beruhigt hatte, löste sich Hermine sanft aus der Umarmung. Mit dem Kleiderärmel wischte sie die eigenen Tränen von der Wange, obwohl es wenig nützte. Sie liefen einfach weiter.

Oh, Jacob! Warum nur? Wieso hast du das getan? Was war so schrecklich, dass du es nicht mehr aushalten konntest?

»Er hätte doch mit uns reden können«, sagte Hermine und wischte sich wieder über die Augen. »Wir hätten ihm doch geholfen.«

»Wir müssen Bernhard, Gesine und Helene ein Telegramm schicken«, brachte Cornelia mühsam hervor. »Sie müssen es wissen.«

»Ja.« Hermine presste die Lippen aufeinander, sie zitterte am ganzen Körper. Der Anblick ihres toten Bruders – seine weit aufgerissenen Augen, das Blut auf dem Teppich und auf seinem Anzug – war mehr, als sie ertragen konnte. Es war mindestens ebenso schlimm wie damals, als Ubbo gestorben war. Da sie so schnell nichts anderes fand, nahm sie das Handtuch vom Waschtisch und breitete es über seinen Kopf. »Und wir müssen den Bestatter rufen.«

Cornelia schluchzte laut auf und nickte.

»Wie … wie bringen wir Jacob denn nach Pewsum? Er wird doch wohl nicht hier in Berlin, sondern neben Vater, Mutter und Ubbo …«

»Ich weiß es nicht, Cornelia«, antwortete Hermine. Plötzlich war sie müde, so unglaublich müde! Und sie sehnte sich nach jemandem, der einfach alles in die Hand nahm und für sie regelte: das Trösten ihrer Geschwister, die Fahrt nach Pewsum, die Beisetzung. Irgendeine freundliche, fürsorgliche Seele. »Ich weiß es wirklich nicht. Aber bestimmt kann uns der Bestatter dabei helfen.«

Kapitel 9

Um Jacob zu beerdigen, blieben sie nicht einmal eine Woche in Pewsum. Doch diese wenigen Tage fühlten sich wie zehn Jahre an. Zur Trauer um ihren armen Bruder gesellte sich sehr viel Ärger. Die Geistlichen der Krummhörn sahen es ausnahmslos als mit ihrer Christenpflicht unvereinbar an, einen Selbstmörder unter die Erde zu bringen. Nicht einmal Pastor Beeck, der Jacob wie alle Geschwister der Familie Edenhuizen von Kindesbeinen an kannte und vor acht Jahren sogar selbst konfirmiert hatte, nicht einmal dieser im Grunde gutmütige und freundliche Mann wollte an seinem Grab sprechen. Selbstmord sei schließlich eine unverzeihliche Sünde. Wenn es nach den Herren mit Talar und Beffchen gegangen wäre, hätten sie Jacob wohl irgendwo auf ihrem Acker hinter dem Deich verscharren müssen. Hermine war so erbost über dieses Verhalten, das sie so gar nicht mit ihrem Verständnis von Nächstenliebe und christlicher Barmherzigkeit übereinbringen konnte, dass die Tür des ehrwürdigen Pfarrhauses von St. Nikolai ziemlich laut ins Schloss fiel, als sie Pastor Beeck nach dem Gespräch verließ.

Zum Glück besaßen sie die Familiengruft. Diese Grabstelle war ihr rechtmäßiges Eigentum. Und niemand, nicht einmal die Geistlichkeit, konnte ihnen verwehren, Jacob dort beizusetzen. So fand ihr armer, unglücklicher Bruder schließlich neben Vater, Mutter, Ubbo und den im Säuglingsalter verstorbenen

Geschwistern seine letzte Ruhe. Dass sein Begräbnis dann doch noch recht würdevoll wurde, verdankten sie einem Geistlichen aus Berlin, den ihnen Theklas Familie empfohlen hatte. Obwohl dieser Mann Jacob nicht gekannt hatte, hielt er eine ergreifende Ansprache. Trotzdem war es nicht dasselbe, als hätte Pastor Beeck die Beisetzung geleitet. So bitter es war – für seinen Selbstmord wurde Jacob doppelt bestraft.

Deshalb war Hermine auch heilfroh, als sie endlich wieder in Berlin waren. Zum ersten Mal, seit sie in dieser Stadt lebte, sehnte sie sich nicht nach Pewsum zurück. Dankbar drehte sie den Schlüssel im Schloss und stieß die Tür zu ihrer Wohnung auf. Cornelia ging an ihr vorbei hinein und stellte ihre kleine Reisetasche im Flur ab, Helene und Bernhard folgten ihr. Sie alle waren müde, ausgelaugt und erschöpft.

»Geht ins Speisezimmer und setzt euch«, sagte Cornelia und hängte ihren Mantel an die Garderobe. Sie sah fast noch müder und abgekämpfter aus, als Hermine sich fühlte. »Ich koche uns Tee. Das wird uns allen guttun.«

»Cornelia, das kann ich nicht zulassen. Du solltest dich setzen, sonst klappst du noch zusammen und …«

»Lass nur, ich komme zurecht. Rumsitzen ist nichts für mich, da komme ich nur ins Grübeln. Die Bahnfahrt war schon schlimm genug. Nee, lass man. Meine Hände brauchen etwas zu tun, dann wird es auch im Kopf wieder stiller.«

Sie verschwand in der Küche, und Hermine ging in das Speisezimmer, wo Helene bereits damit begonnen hatte, das Teeservice auf den Tisch zu stellen.

Vier Tassen, vier Teller. Keine fünf mehr, dachte Hermine traurig. Dabei hatte es eine Zeit gegeben, als die Plätze an diesem Tisch gerade eben ausgereicht hatten. Wir werden immer weniger.

»Post für dich, Hermine.« Bernhard wedelte mit einem Brief.

»Für mich? Von wem denn?«

Bernhard zuckte mit den Schultern.

»Ich weiß nicht. Er trägt den Stempel der Universität.«

»Zürich?«

»Nein. Berlin.«

»Lass mal sehen.« Wer mochte ihr nur schreiben, wenn nicht Frida? Noch dazu von der Universität? Ihre Hände zitterten, als sie den Brief aufriss und ihm eine schlichte Briefkarte entnahm.

Geehrtes Fräulein Edenhuizen,

stand dort in einer nur schwer leserlichen Handschrift,

ich ersuche Sie höflich, zu einem persönlichen Gespräch in mein Büro zu kommen. Vereinbaren Sie bitte gegebenenfalls einen Termin mit meiner Schreibdame.
Hochachtungsvoll,
Prof. Dr. med. Hans Virchow.

Hermine las den kurzen Text erneut, drehte die Karte hin und her, schaute auf die Rückseite, studierte noch einmal den Briefumschlag, dann las sie die Karte ein drittes Mal. Nichts. Kein Hinweis darauf, was der Professor mit ihr zu besprechen hatte. Hatte sie einen schwerwiegenden Fehler begangen? Sie konnte sich beim besten Willen an nichts erinnern.

»Und? Wer hat dir nun geschrieben?«

Erst jetzt merkte sie, dass sowohl Helene als auch Bernhard sie erwartungsvoll ansahen.

»Die Karte ist von Professor Virchow.«

Bernhard bekam große Augen.

»Von *dem* Professor Virchow, dem Pathologen?«

»Nein. Von seinem Sohn. Bei ihm höre ich Anatomie-Vorlesungen.«

»Und?« Bernhard trommelte ungeduldig mit den Fingern auf der Tischplatte. »Ich komme mir vor wie eine Amsel, die Würmer aus der Erde zieht. Nun lass dich doch nicht bitten, Hermine!«

»Ich soll in sein Büro kommen, er will mich sprechen. Mehr steht da nicht.« Sie runzelte die Stirn und legte die Karte so vorsichtig auf den Tisch, als könnte sie mit einem Gift präpariert worden sein, sich selbst entzünden oder sie in die Finger beißen. »Was kann der Professor nur von mir wollen?«

Bernhard lehnte sich im Stuhl zurück.

»Vielleicht will er dir eine Assistentenstelle in der Anatomie oder Pathologie anbieten?«

»Unsinn. Wieso sollte er das tun?«

»Weil du eine kluge und fleißige Studentin bist?« Er knuffte sie in die Seite, und ein warmes Lächeln glitt über sein müdes Gesicht. »Du bist viel zu bescheiden, Hermine.«

»Nein, das bin ich nicht«, sagte sie und spürte, wie sich ein unangenehmer Klumpen in ihrer Magengegend zusammenballte. »Ich bin nur realistisch.«

Wenn ein Professor mit einem Studenten im ersten Semester ein Gespräch führen wollte, konnte das nichts Gutes bedeuten. Davon war sie überzeugt.

Kapitel 10

Am folgenden Tag, gleich morgens um acht und noch vor Beginn der ersten Vorlesung, ging Hermine zu Professor Virchow. Sie war aufgeregt, nervös. Und obwohl sie versuchte, sich Bernhards aufmunternde Worte immer und immer wieder ins Gedächtnis zu rufen, gelang es ihr nicht. Die bösen Vorahnungen ließen sich nicht vertreiben.

Sie schloss die Augen, zählte bis drei und klopfte.

»Ja bitte?«

Hermine öffnete die Tür. Professor Virchow stand vor seinem Schreibtisch, einen Stapel Papiere in der Hand, und schaute sie überrascht an.

»Fräulein Edenhuizen!«

»Guten Morgen, Herr Professor. Entschuldigen Sie bitte mein frühes Eindringen. Ihre Karte hat mich gestern Abend erst erreicht, und ich dachte, ich frage einfach. Vielleicht passt es Ihnen gerade.« Sie merkte, dass sie ihre Hände drückte und knetete wie einen Lappen, aus dem sie das Wasser wringen wollte, und ließ sie sinken. »Ich kann aber auch gern zu einem späteren Zeitpunkt wiederkommen.«

»Nein. Nein, ist schon gut, ich ...« Er befreite hastig den zweiten Stuhl im Raum von einem Stapel Bücher, in dem er sie einfach auf der Fensterbank ablegte, und schob ihn näher an den Schreibtisch. »Setzen Sie sich doch bitte.«

Hermine nahm auf der Kante Platz. Der Stuhl wackelte, die Sitzfläche war zerkratzt, ein Stück Holz war aus der Lehne herausgebrochen. Überhaupt erinnerte sie Professor Virchows Büro an die Abstellkammer, in der sie an der Luisenschule unterrichtet worden waren: Ein kleines Zimmer am Ende eines Flurs, in dem sich das Archiv, das Vorratslager und zwei weitere, ungenutzte Räume befanden. Das ganze Mobiliar bestand aus einem schäbigen Tisch, zwei Stühlen und einem mit Büchern vollgestopften Regal, das vermutlich einst in einem Vorratskeller gestanden und Eingemachtes und Marmelade beherbergt hatte. Offenbar war auch der junge Professor ein Verbannter, so wie die jungen Frauen im Gymnasialkurs. Vielleicht war er den alten Geheimräten ein Dorn im Auge mit seinen fortschrittlichen Ideen und seiner Bereitwilligkeit, Frauen den Zutritt zu seinen Vorlesungen zu gestatten. Doch was wollte er von ihr?

»Sie waren ein paar Tage nicht in der Vorlesung. Waren Sie krank?«

Hermine schüttelte den Kopf.

»Nein. Ich musste wegen eines Trauerfalls nach Hause, nach Ostfriesland. Mein Bruder … « Sie schluckte. »Er ist unerwartet verstorben.«

»Das tut mir leid zu hören. Mein aufrichtiges Beileid zu Ihrem Verlust.«

»Danke. Ich habe dem Rektor und allen Professoren geschrieben, bei denen ich Vorlesungen höre. Vielleicht hat die Karte Sie nicht erreicht.«

»Möglich. Auf dem Weg zu meinem Kabuff verschwindet gelegentlich die Post.«

Hermine nahm ihren Mut zusammen.

»Herr Professor, ich möchte Ihre kostbare Zeit nicht verschwenden. Sie wollten mich sprechen?«

»Ja, das wollte ich.« Der Professor fuhr sich mit der Hand

durch sein feines Haar, dann ließ er sich auf seinen Stuhl hinter dem Schreibtisch sinken und strich sich nachdenklich durch den Bart. »Nun, Hinauszögern hilft ja nichts.« Er räusperte sich. »An dem Tag, als ich mich krankmelden musste, gab es offenbar im Hörsaal einen Eklat. Ich habe von Kollegen über tumultartige Zustände gehört.«

»Ja. Das stimmt leider.«

»Ich…« Er stützte die Ellenbogen auf den Tisch und schaute zu dem kleinen Fenster hinaus, das von Efeu und anderen Gestrüpp fast vollständig zugewuchert war. »Mein geschätzter Kollege und Rektor, Herr Professor Waldeyer, hat sich erbost bei mir über diesen unerträglichen Lärm beschwert und mir nahegelegt, Ihnen und Ihrer Kommilitonin den weiteren Zugang zu meinen Vorlesungen zu untersagen, damit endlich wieder Ruhe einkehrt. Um ehrlich zu sein, hat er mir ein Ultimatum gestellt. In einem halben Jahr soll mein Lehrauftrag erneuert werden. Aber man könne die Stelle auch gern anderweitig vergeben.« Professor Virchows Stimme triefte vor Sarkasmus und Bitterkeit. »Dieses Gebaren Ihnen und Ihrer Kommilitonin gegenüber ist ein Akt der Unmenschlichkeit, Borniertheit und Rückständigkeit seitens der anderen Kollegen, allen voran unseres Rektors. Es gehört geächtet, auf das Schärfste verurteilt und für immer von unseren Universitäten verbannt. Leider teilen nur wenige Professoren hier in Berlin meine Meinung, und von diesen wenigen wagt es kaum einer, seine Stimme gegen die Riege der alten Herren zu erheben, zu denen leider auch mein eigener Herr Vater gehört. Ich aber habe eine Familie, an die ich denken, die ich ernähren muss.« Er schloss die Augen, schüttelte den Kopf und fuhr sich wieder durch das Haar. »Es tut mir leid, Fräulein Edenhuizen. Ich hoffe, das können Sie mir wenigstens glauben. Trotz allem, was Ihnen an dieser Universität schon angetan wurde und was Sie, nüchtern betrachtet, wohl noch werden erdulden müssen.«

Hermine saß wie erstarrt auf dem harten, unbequemen Stuhl, unfähig, einen klaren Gedanken zu fassen.

»Sie und Fräulein Schramm – vor allem aber Sie, Fräulein Edenhuizen – sind so klug und wissbegierig, wie ich es mir oft von Ihren männlichen Kommilitonen wünschen würde. Neben Saufen und den Treffen in ihren Verbindungen haben die Herren Studenten kaum etwas anderes im Kopf, weil sie fast alle sicher sind, dass sie es sich eines Tages in dem von ihren Vätern gemachten Nest bequem machen können. Sie sind das einzige menschliche Wesen im Hörsaal, das mit ganzem Verstand, vollem Ernst und aller Leidenschaft bei der Sache ist. Und dann werden Sie auch noch das Ziel dieser unflätigen und menschenunwürdigen Angriffe. Ausgerechnet Sie sollen nun weichen. Das will mir nicht in den Kopf. Räumt doch die Hörsäle leer und lasst nur noch Frauen zum Studium zu. Dann sitzen da wenigstens Studenten, die es interessiert, was vorne passiert! Aber leider bin ich nur ein kleines Glied in der Kette, beinahe ebenso abhängig vom Wohlwollen der Kollegen wie Sie.« Er schüttelte den Kopf.

»Also finden heute keine Vorlesungen für mich statt?«

»Leider nein, Fräulein Edenhuizen. Heute nicht. Und morgen auch nicht. Dennoch sollten wir nicht aufgeben. Deshalb habe ich mir überlegt, meine Vorlesung für Sie und Fräulein Schramm noch einmal zu halten. Hier, in meinem Büro, bei mir zu Hause oder bei Ihnen daheim am Küchentisch. Wo es Ihnen gefällt. Dagegen kann keiner der Kollegen etwas sagen, es ist mein Privatvergnügen. Und Sie kommen trotzdem voran, erwerben das Wissen – wenn auch vorerst nicht offiziell. Was halten Sie von dem Vorschlag?«

Hermine schluckte. Sie fühlte sich wie gelähmt, und ihr Verstand weigerte sich, die Bedeutung der Worte angemessen zu verarbeiten. Sie sollte nun also doch nicht mehr studieren dürfen. Hatte sie das so richtig verstanden? Wenn es nach Professor Waldeyer ging, sollte sie, trotz ihres rechtmäßigen Abiturs, von der Universität verbannt werden. Die Begründung war genau die, mit der er sie bei ihrem kurzen Besuch abgespeist hatte – die Studenten konnten sich nicht benehmen, woran natürlich ihre Anwesenheit schuld war. So wie Jacob sein christliches Begräbnis verweigert worden war, weil es als Schande galt, seinem Leben ein Ende zu bereiten, nicht aber, jemanden in diese Verzweiflung zu treiben. In Jacobs Fall hatten sie für sein Recht gestritten und schließlich sogar Erfolg gehabt. Doch hatte sie jetzt auch noch genug Kraft, für sich selbst zu kämpfen, nachdem sie Jacob gerade erst beigesetzt hatten? Geschah das hier gerade wirklich? Ihr selbst, am Ende des neunzehnten Jahrhunderts?

»Ich werde mit Fräulein Schramm besprechen, wie wir weiter vorgehen wollen.«

»Ja. Tun Sie das. Ich weiß, dass es Ihnen kein Trost sein kann und ich Ihnen damit auf Ihrem Weg auch nicht wirklich helfe, dennoch möchte ich es Ihnen sagen: Sie sollten sich nicht beirren lassen und weitermachen. Sie haben alle Fähigkeiten und Voraussetzungen, um eine ausgezeichnete Ärztin zu werden.«

Und was nützt mir das?, dachte Hermine.

»Danke für Ihre Worte. Und das großzügige Angebot.« Sie erhob sich steif und ungelenk von dem harten Stuhl. »Ich werde es mir durch den Kopf gehen lassen.«

»Ich habe eine Tochter.« Ein zärtliches Lächeln huschte über sein Gesicht. »Sie ist im Februar geboren. Ich wünsche mir für meine Käthe eine Welt, in der sie studieren darf, was sie möchte. Eine Welt, in der sie nach ihren Fähigkeiten beurteilt wird, nicht nach ihrem Geschlecht. Geben Sie nicht auf, Fräulein Edenhuizen, ich bitte Sie.« Er nahm ihre Hand und drückte sie, und in seinem Gesicht konnte sie erkennen, dass es ihm ernst damit war. »Und wenn ich etwas für Sie tun kann, lassen Sie es mich wissen.«

»Danke, Herr Professor.« Auf Beinen, die sich wie leblose Holzklötze anfühlten, wankte sie zur Tür. »Ich wünsche Ihnen noch einen schönen Tag.«

Agnes wohnte nicht weit von der Universität entfernt. Hermine kannte den Weg, weil sie die Kommilitonin schon zwei- oder dreimal bis vor die Haustür begleitet hatte. Mit etwas Glück traf sie Agnes zu Hause an – in der Vorlesung konnte sie ja zur Zeit nicht sein. Es war sinnvoll, so schnell wie möglich miteinander zu reden. Sie mussten überlegen, wie sie weiter vorgehen konnten, welche Schritte sie noch nicht unternommen hatten, wen sie noch um Fürsprache bitten konnten.

»Die Lage ist verzweifelt, aber nicht hoffnungslos.« Sagte man nicht so? Und schließlich gab es wirklich noch Hoffnung, auch wenn sie gerade so winzig war, dass man auf allen vieren auf dem Boden herumkriechen musste, sie zu finden. Daran glaubte sie ganz fest.

Das Wohnhaus, in dem Agnes Schramm ein Zimmer zur Untermiete bewohnte, wirkte ärmlich – ein typisches Haus, in dem Fabrik- und Hafenarbeiter, Wäscherinnen und Aufwartefrauen lebten. Stellenweise blätterte die braune Farbe von der Fassade ab, und aus den Fenstern hingen anstatt Blumentöpfen Wäscheleinen. Hermine öffnete die abgestoßene Tür, die aussah, als hätten sich schon etliche Leute mit Messern oder Brechstangen am Schloss versucht, und betrat das Treppenhaus. Es roch nach Kernseife, feuchtem Keller und zerkochtem Kohl. Im Hinterhof spielten ein paar Kinder. In einer der Wohnungen im Parterre wurde lautstark gestritten, und im Keller rumpelte es, als würde jemand dort unten Kohle schaufeln.

Agnes wohnte im ersten Stock rechts, wie sie wusste. Hermine klopfte, und eine Frau öffnete. Sie trug ein Kleinkind auf dem Arm, ein vielleicht dreijähriges Kind hing buchstäblich an ihrem Rockzipfel.

»Ja?«

»Ich bin Hermine Edenhuizen. Ich möchte bitte mit Fräulein Schramm reden, wenn sie im Haus ist.«

Statt einer Antwort öffnete die Frau die Tür ganz.

»Fräulein Schramm! Besuch!« Sie wischte sich das Haar aus der schweißglänzenden Stirn. »Machen Sie die Tür zu.«

Hermine schloss die Tür sorgfältig, blieb unschlüssig im Flur stehen und schaute sich um. Ihr Blick blieb auf einer Fotografie haften, die einen jungen Mann in der Kluft der Stahlarbeiter zeigte. Eine schwarze Schleife schmückte das Porträt. Unterdessen zankten sich in der Küche zwei Kinder, ein Säugling weinte. Es klatschte zwei Mal, dann flitzten zwei Jungen im Alter von etwa fünf, höchstens sechs Jahren an Hermine vorbei nach draußen. Die Tür schlug hinter ihnen ins Schloss.

»Guten Tag, Hermine.«

»Guten Tag, Agnes.«

»Komm doch bitte auf mein Zimmer.«

»Gerne.«

Sie folgte der Kommilitonin in einen Raum, der bestenfalls als Kammer bezeichnet werden konnte – zwischen einem Bett, einem winzigen Tisch, einem Stuhl sowie einem schmalen Spind blieb kaum genug Platz, um sich einmal um sich selbst zu drehen. Das kleine Fenster gab den Blick auf die kahle braune Hauswand gegenüber frei. Jetzt war ihr klar, weshalb Agnes sich lieber in der Bibliothek zum gemeinsamen Lernen traf. Plötzlich wurde Hermine bewusst, wie privilegiert sie aufgewachsen war – ganz ohne Geldsorgen.

Agnes zuckte mit den Schultern und deutete auf den offenen Koffer auf ihrem Bett.

»Ich packe.«

»Ziehst du um?«

»Nein. Oder ja, wenn du es so nennen willst. Ich verlasse Berlin.«

»Du gehst? Aber wohin denn?«

»Wieder nach Hause.«

»Nach Hause? Du meinst nach Sandau? Aber warum?«

Agnes holte tief Luft, dann ließ sie sich neben dem Koffer auf das Bett sinken.

»Ich habe viel überlegt in den letzten Tagen, als du nicht da warst. In den vergangenen Wochen habe ich jeden Tag eine neue Karte auf meinen Platz legen müssen, weil sie immer vollgeschrieben waren mit unflätigen Bemerkungen und Zeichnungen. Ich habe bald keine mehr. Und dann dieses ständige Gejohle und Gepfeife, wenn wir in das Auditorium gehen. Ich ertrage das nicht, Hermine! Und jetzt, wo uns auch Professor Virchow nicht mehr an den Vorlesungen teilnehmen lassen kann ... Es hat doch keinen Sinn mehr.«

»Agnes!« Hermine setzte sich neben sie auf das Bett, ergriff ihre Hand. »Agnes, du kannst doch nicht einfach aufgeben. Es gibt bestimmt noch andere Wege!«

»Und welche? Zürich?« Agnes lachte bitter, dann schüttelte sie den Kopf. »Für solche Eskapaden fehlt mir das Geld. Hier in Berlin, in dem Zimmer von Frau Schenke und ohne große Sprünge hätte das Erbe meiner Großmutter gerade so das Studium über reichen können. Aber nur auf diese Weise. Nein, ich gehe wieder nach Hause. Der Sohn eines Vetters meiner Mutter hat bereits um meine Hand angehalten. Er hat ein Strumpfwarengeschäft und sein festes Auskommen. Ich werde also versorgt sein.«

»Versorgt sein?« Hermine konnte kaum glauben, was sie da hören musste. »Aber es gibt doch mehr im Leben, als nur versorgt zu sein! Zu lernen, zu studieren, einen Beruf zu ergreifen, zu zeigen, dass Frauen ebenso wie Männer dazu in der Lage sind. Das ist doch ein lohnendes Ziel!«

»Für dich vielleicht, Hermine. Nicht für mich. Glaube mir, ich habe lange überlegt, viele schlaflose Nächte darüber verbracht. Mein Weg ist hier zu Ende. Ich packe meine Sachen, morgen holt mich mein Vater ab.« Sie lächelte traurig und entzog Hermine ihre Hand. »Wenigstens kann ich vor mir selbst sagen, ich hätte es versucht. Und jetzt entschuldige mich bitte, ich habe noch viel vorzubereiten bis morgen.«

»Ja. Natürlich.«

Hermine stand auf, zum zweiten Mal an diesem Tag auf Beinen, die nicht zu ihr gehören wollten. Agnes begleitete sie zur Tür. Sie verabschiedeten sich voneinander, etwas unbeholfen und fremd, weil sie sich in der Kürze der Zeit nicht wirklich nahegekommen waren. Und jetzt war es auch schon wieder vorbei.

Eine Ehe mit einem Strumpfwarenhändler. Nicht, weil Agnes diesen Strumpfwarenhändler liebte und mit ihm eine Familie gründen wollte. Sondern damit sie versorgt war. Damit sie wusste, mit welchem Geld sie den Gemüsehändler, den Fleischer und den Kohlenhändler bezahlen sollte. Damit sie wusste, dass dieses Geld auch morgen noch da war und übermorgen, nächste Woche und nächsten Monat. Und wenn sie eines Tages tatsächlich eigene Kinder haben sollte, vielleicht sogar Töchter, was würde sie ihnen dann sagen? Würde sie ihnen von ihrem Wunsch, zu studieren, erzählen, oder ihnen nur beibringen, wie wichtig es war, ein festes Auskommen zu haben?

Und was war mit dieser Allianz, die sie als Frauen an der Universität geschmiedet hatten, um sich gegenseitig zu unterstützen? Eine allein würde es noch viel schwerer haben.

Wie im Traum stieg Hermine die Treppe hinunter und trat wieder auf den Gehsteig. Um sie herum tobte das Leben, aber sie selbst kam sich vor wie auf einer Hallig bei Sturmflut – einsam, bedroht und abgeschnitten von allen anderen.

Wie sollte es jetzt für sie weitergehen? Wie? Und wer konnte ihr einen Rat geben? Ja, wer?

Hermine blieb mitten auf dem Gehweg stehen und wandte sich abrupt um, um in die andere Richtung zu gehen. Hinter ihr befand sich eine Frau mit einem Korb voller Obst und Gemüse. Sie stießen schmerzhaft zusammen, und die Frau fluchte und schimpfte, wie man es nur in Berlin tat. Aber das war nicht wichtig. In Berlin, vielleicht sogar im ganzen Kaiserreich, gab es nur einen Menschen, zu dem sie gehen konnte. Und dorthin war sie jetzt unterwegs.

Kapitel 11

Gertrud, hast du noch ein Stück von deinem Apfelkuchen für Hermine?«

»Natürlich!« Fräulein Bäumer lächelte und stellte den Teller vor Hermine auf den Tisch. »Gestern gebacken. Lass ihn dir schmecken!«

»Danke.« Hier, an dem Küchentisch mit der zerkratzten Oberfläche, an dem nicht nur Teig geknetet und Gemüse geputzt, sondern auch Mathematik und Latein gebüffelt, Flugblätter entworfen und Artikel geschrieben wurden, fühlte sie sich wohl. Es war wie das Pewsum, das sie vermisste, seit ihr Vater tot war. Und das bedeutete mehr als die Mauern, Fenster und Türen eines Gebäudes, mehr als vertraute Möbel und Bilder und Stoffe. Das Nachhausekommen. Die Wärme. Lachen. Verständnis. Trost.

Hermine nahm einen Schluck von dem kräftigen Kaffee, und mit dem ersten Stich ihrer Gabel in den weichen, nach Zimt und Äpfeln duftenden Kuchen vergaß sie beinahe ihre Sorgen. Eine Weile plauderte sie mit Helene Lange und Gertrud Bäumer über den neuen Gymnasialkurs, der vor wenigen Monaten begonnen hatte, und über den alten Doktor Pflühe, der trotz seines Debakels mit Hermine, Frida, Thekla und Clara wieder einen Kurs übernommen hatte und nun ein weiteres Mal versuchte zu beweisen, dass junge Frauen nicht in der Lage waren, die lateinische Grammatik zu begreifen.

Schließlich schob Fräulein Lange ihr Geschirr zur Seite, stützte die Arme auf den Tisch und schaute Hermine auffordernd an.

»Und nun erzähl mal, wo der Schuh drückt.« Sie schmunzelte. »Na, ich bin sicher, du bist nicht nur wegen Gertruds Apfelkuchen bei uns.«

Hermines Wangen begannen zu brennen.

»Brauchst dich nicht zu genieren. Wir kennen uns ja. Also?«

»Sie haben recht, Fräulein Lange. Ich habe wirklich etwas auf dem Herzen.«

Und in den nächsten Minuten erzählte Hermine von dem Affentheater, das die männlichen Studenten vor jeder Vorlesung veranstalteten, von Professor Virchow, vom Selbstmord ihres Bruders, dass Agnes Schramm endgültig aufgegeben und Professor Waldeyer es nun doch geschafft hatte, sie von den Vorlesungen und damit von der Universität auszuschließen.

Während sie erzählte, war Fräulein Langes Gesicht grimmig geworden.

»Das ist ja allerhand«, stieß sie hervor und schnalzte wütend mit der Zunge. »Da hat man mal einen jungen, wirklich fortschrittlichen und frei denkenden Gelehrten, und dann wird er mit Drohungen in die Knie gezwungen. Den jungen Virchow werden wir uns merken, nicht wahr, Gertrud? Vielleicht haben wir da endlich einen echten Verbündeten gefunden. Aber das hilft dir ja nun auch nicht weiter, Hermine.« Sie tätschelte ihre Hand. »Was willst du tun? Hast du dir das schon überlegt?«

Hermine schüttelte den Kopf.

»Ich weiß es nicht. Medizin studieren natürlich. Ich kann mir beim besten Willen nicht vorstellen, nur aus Mangel an anderen Möglichkeiten zu heiraten!« Sie musste so entsetzt geklungen haben, dass Fräulein Lange laut auflachte. »Aber hier in Berlin …«

»Berlin? Nein, nein. Das vergiss mal ganz schnell. Solange Professor Waldeyer Rektor ist, wirst du hier kein Bein mehr auf den Boden bekommen. Also mindestens noch bis zum Frühjahr, und falls er wiedergewählt werden sollte, sogar noch ein Jahr länger. Und was willst du bis dahin machen, mit deinem klugen Kopf und dem großen, guten und festen Willen? Nein. Hast du schon mal daran gedacht, zu Frida nach Zürich zu gehen?«

»Gedacht habe ich daran schon oft. Aber …«

»Na? Was für Einwände hast du denn?«

»Wenn es nur nach mir ginge, hätte ich schon längst meine Sachen gepackt. Aber was ist mit meinen Geschwistern? Die Wohnung hier in Berlin ist unser Anker, seit wir unser Elternhaus in Pewsum verpachtet haben. Wenn ich nun weggehe, lasse ich meine Geschwister endgültig heimatlos zurück. Vor allem Cornelia wird leiden. Sie hängt sehr an mir.«

»Sie studieren also alle in Berlin?«

»Nein.« Hermine schüttelte den Kopf. »Bernhard studiert Medizin in Kiel, Helene besucht die Schule in Hannover. Und Gesine arbeitet in Celle als Krankenschwester.«

»Und Cornelia ist die, die euch den Haushalt führt?«

»Ja.«

»Wenn ich dich eben richtig verstanden habe, seid ihr ohnehin alle über die ganze Landkarte verstreut, mit Ausnahme von Cornelia, die ans Haus gefesselt ist. Kein Wunder, dass sie sich an eine von euch hängt, wenn sie nichts anderes kennt als den Ofen, den Spülstein und den Kaufmann. Es ist doch im Grunde ganz einfach: Sie braucht eine echte Aufgabe, einen Beruf. Rede mit ihr. Vielleicht hat sie ja sogar schon etwas im Kopf. Wenn sie einen Beruf lernt, kann sie sich eine Wohnung für sich nehmen. Deine anderen Geschwister sind ohnehin die meiste Zeit in Hannover oder Kiel, und nur in den Semesterferien kommt ihr alle zusammen. Da reicht dann auch eine deutlich kleinere Wohnung. Und du kannst – ohne Reue, ohne schlechtes Gewissen – nach Zürich gehen und weiterstudieren.«

Hermine runzelte die Stirn. Fräulein Langes Antwort war so einfach, so klar, so naheliegend, dass sie sich fragte, weshalb sie nicht schon längst selbst auf den Gedanken gekommen war. Und dennoch. War diese Lösung nicht zu einfach? Zu simpel, um wirklich zu funktionieren?

»Ich glaube, ich gehe jetzt nach Hause«, sagte Hermine und erhob sich. »Danke, Fräulein Lange, sowohl für Ihr offenes Ohr als auch Ihren Rat. Ich habe jetzt ordentlich was zum Nachdenken, bis ich zu Hause bin.«

»Tu das. Denke nach. Und wer weiß, vielleicht kommst du ja noch auf eine ganz andere Lösung. Ich finde es immer hilfreich, wenn man schon mal eine mögliche Antwort parat hat. Meist kommt dann auch schon bald die nächste.«

Kapitel 12

Manchmal ist die erste Antwort die einfachste und zugleich auch die beste, dachte Hermine.

Seit ihrem Gespräch in Fräulein Langes Küche waren etliche Wochen vergangen. Cornelia war tatsächlich weinend zusammengebrochen, als Hermine von Zürich sprach. Die hinzugezogene Ärztin – eine Frau, die übrigens einige Jahre zuvor ihr Examen in Zürich abgelegt hatte, weshalb sie in Berlin als Ärztin nur geduldet wurde – teilte Fräulein Langes Einschätzung und empfahl Cornelia dringend, sich einen Beruf zu suchen. Nun zeigte sich, dass in der Schwester wohl schon längere Zeit ein Gedanke gärte, denn ihr Entschluss war bald gefasst. Gartenbau wollte sie lernen. Und dass an der erst kürzlich gegründeten Gartenbauschule in Marienfelde gerade ein Platz frei geworden war, war das Sahnehäubchen auf dem Pudding. Seit zwei Wochen wohnte Cornelia jetzt in der Schule, beschäftigte sich von morgens bis abends mit Pflanzen und lebte genauso auf wie die Kräuter und Blumen in ihrem Beet daheim in Pewsum.

Und Hermine war endlich frei, nach Zürich zu fahren.

Sie hakte sich bei Cornelia unter und schlenderte den Bahnsteig entlang. Ihr großer Koffer war bereits im Gepäckwagen verstaut worden, sie hatte nur die kleine Reisetasche mit dem Nötigsten für die lange Fahrt bei sich – Waschzeug, etwas Proviant, Notizhefte, vor allem aber ihr Anatomiebuch. Der *Hand-*

Atlas der Anatomie des Menschen von Carl Ernst Bock. Noch etwas, das sie von Jacob übernommen hatte und von dem sie sich wünschte, sie könnte es ihm zurückgeben. Ein sinnloser Wunsch.

»Wann kommst du in Zürich an?«

»Morgen am frühen Nachmittag um zwei Uhr.«

»Wenn nichts dazwischenkommt.«

»Richtig.«

»Aber was soll schon dazwischenkommen? Der Zug wird pünktlich sein.«

»Ja«, erwiderte Hermine und dachte an Schlammlawinen, Schneeverwehungen und umgestürzte Bäume auf den Gleisen.

»Wirst du in Zürich am Bahnhof abgeholt?«

»Frida erwartet mich. Sie hat mir sogar ein Zimmer in derselben Pension besorgt, in der sie auch wohnt.« Der Gedanke, dass sie ihre ersten Tage in der fremden Stadt nicht allein verbringen musste, sondern ihre beste Freundin an der Seite haben würde, beruhigte sie mehr, als sie jemals zugegeben hätte. Normalerweise war Cornelia die Ängstlichere von ihnen. Jetzt allerdings hätte Hermine sich gern unter ihrer Bettdecke verkrochen.

»Wenn du dich in der fremden Stadt einsam fühlst, denke daran, dass du in Zürich bist, um Medizin zu studieren. Und dass du dort studieren darfst, ohne jeden Tag bei den Professoren um Erlaubnis betteln zu müssen.«

Hermine schluckte.

»Cornelia, ich …«

»Du bist meine Schwester. Glaubst du, ich ahne nicht, was in dir vorgeht?« Cornelia legte ihr die Hände auf die Schultern und küsste sie sanft auf die Stirn. »Es wird Zeit, dass du unbeschwert lernen kannst.«

»Und was ist mit dir?«

»Ich bin da, wo ich hingehöre.« Dieser schlichte Satz wurde

begleitet von einem Leuchten auf Cornelias Gesicht, bei dem es Hermine ganz warm ums Herz wurde. Ja, ihre Schwester hatte ihren Platz gefunden. Endlich.

Ein Pfiff ertönte. Es war Zeit, einzusteigen.

Hermine umarmte Cornelia ganz fest. Wie lange würden sie sich jetzt nicht mehr sehen? Ein halbes Jahr? Länger?

»Auf Wiedersehen, Cornelia! Gib gut acht auf dich und deine Kräuter und Blumen. Und schreibe mir. Die Adresse habe ich dir gegeben?«

»Zwei Mal, Hermine.«

»Ich möchte doch wissen, wie es dir geht!«

»Natürlich werde ich dir schreiben. Vergiss du mich aber auch nicht!«

»Wie könnte ich denn!« Sie knuffte Cornelia leicht in die Rippen und blinzelte, damit die Tränen keine Chance bekamen. »Auf Wiedersehen!«

Sie löste sich aus der Umarmung und stieg in ihr Abteil. Die Reisetasche verstaute sie auf der Ablage über ihrem Kopf, dann wandte sie sich um, schob das Fenster nach unten und lehnte sich hinaus.

»Ich schicke ein Telegramm, wenn ich in Zürich angekommen bin. Und sobald ich mich eingerichtet habe, schreibe ich dir.«

Jetzt sah sie doch noch Tränen in Cornelias Augen, und auch ihr selbst fiel der Abschied plötzlich so schwer, als könnte er für immer sein. Sie streckte die Hand durch das Fenster, und eine Weile hielten sie einander noch fest. Dann ertönte der zweite Pfiff. Türen wurden zugeschlagen, die Wartenden auf dem Bahnsteig traten zurück. Cornelia stand jetzt in einer Reihe mit anderen Frauen und jungen Männern – manche von ihnen hielten zerknüllte Taschentücher in den Händen, mit denen sie sich die Augen tupften, andere lachten.

Freud und Leid, dachte Hermine.

Das dritte Signal ertönte. Die Lok stieß Dampf aus, ein Ruck ging durch die Waggons, der Zug setzte sich in Bewegung. Erst ganz langsam, dann aber rasch schneller werdend rollte er an. Hermine winkte, Cornelia schwenkte ein weißes Taschentuch und ging noch ein paar Schritte nebenher. Der Zug wurde schneller und schneller, immer mehr Menschen am Bahnsteig blieben zurück, schließlich auch Cornelia, die erstaunlich lange durchgehalten hatte. Und dann… Ja, dann ließ der Zug den Bahnhof hinter sich. Vor Hermine lag eine weite Strecke. Und der Beginn eines neuen Abschnitts in ihrem Leben.

Kapitel 13

Pünktlich um zwei Uhr am nächsten Tag rollte der Zug in den Züricher Bahnhof.

Um sie herum sammelten die Mitreisenden ihre Habseligkeiten zusammen – Schals, Zeitungen, Wolljäckchen. Hermine klappte ihr Anatomiebuch zu und schob es in die Tasche. Gestern war es ihr noch gelungen, während der Fahrt zu lernen. Heute hatte sie vor allem die Seite mit dem knöchernen Aufbau der Hand angestarrt. Nichts war hängen geblieben von den lateinischen Bezeichnungen für Knochen, Furchen und Erhebungen, die natürlich alle wichtig waren und die jeder Medizinstudent kennen musste. Stattdessen kreisten ihre Gedanken um einen der Handwurzelknochen, das Os lunatum. Dieser poetische Name, die Übersetzung lautete *Mondbein*, regte Hermines Fantasie an, und sie überlegte, ob der Mond tatsächlich aussah wie dieser Handwurzelknochen, ob er vielleicht sogar aus Knochen bestand, und ob es wohl eines Tages Menschen geben würde, die das herausfanden.

Sie war nervös, nur zu gerne hätte sie einen Blick in die Zukunft geworfen. Sich selbst zu sehen, wie sie ganz selbstverständlich und vertraut durch die Straßen der fremden Stadt ging und in den Hörsälen saß, hätte sie beruhigt. Zum Glück war sie in Zürich nicht allein.

Der Zug hielt. Hermine schaute sich um. Und tatsächlich – da war Frida!

Die Freundin entdeckte sie beinahe im selben Augenblick. Ausgelassen winkte sie ihr zu, und den Hut festhaltend bahnte sie sich einen Weg an den Kofferjungen, Wartenden und Davoneilenden vorbei.

»Hermine!«

Sie fielen einander in die Arme, und Hermine hatte das Gefühl, Frida sei eine Boje, an die sie sich klammern konnte. Wie war sie erleichtert!

»Ist alles gut gegangen?«, erkundigte sich Frida. »Und wo ist dein Gepäck? Oder ist das etwa alles?« Sie deutete auf die kleine Reisetasche in Hermines Hand.

»Nein! Natürlich nicht.« Hermine musste lachen. »Ich habe den Koffer in Berlin aufgegeben. Das sperrige Ding wollte ich nicht bei mir im Abteil haben.«

Frida hakte sich bei Hermine unter.

»Das mit Jacob tut mir sehr leid«, sagte sie und legte ihre Hand auf Hermines Arm. »Ich war regelrecht geschockt, als du mir davon geschrieben hast.«

»Danke. Du hast es mir ja schon in deinen Briefen geschrieben.«

»Ich weiß. Aber es ist doch etwas anderes, von Angesicht zu Angesicht miteinander zu sprechen, oder? Wie geht es dir denn jetzt?«

Hermine zuckte mit den Schultern.

»Manchmal denke ich, dass ich jeden Moment aufwachen und feststellen werde, dass alles nur ein Traum war. Dann wieder finde ich mich damit ab, blicke nach vorne und stürze mich in die Arbeit, weil ich dann wenigstens nicht darüber nachdenken muss, ob ich ihn hätte daran hindern können, sich zu erschießen.«

»Und wie hättest du das tun sollen?«

»Als ich an dem Tag aus der Uni nach Hause kam, war ich

unruhig. Im Nachhinein sage ich mir, dass es eine Vorahnung war. Jacob war so still und in sich gekehrt in den Wochen vor seinem … seinem Tod. Warum nur bin ich nicht gleich zu ihm gegangen? Ein freundliches Wort, ein Lächeln, ein kurzes Gespräch – vielleicht wäre das schon genug gewesen, um die Verzweiflungstat zu verhindern. Oder sie aufzuschieben auf den nächsten Tag, die nächste Woche, den nächsten Monat … So lange, bis ein anderer, würdigerer und fähigerer Mensch, als es eine Schwester je sein kann, ihm genügend Gründe zum Weiterleben gegeben hätte. Stattdessen bin ich in die Küche gegangen, um die dummen Kartoffeln zu schälen.«

»Nein, Hermine. Mach dir darüber keine Gedanken. Du hättest nichts für ihn tun können. Es war seine Entscheidung. Er selbst war der Einzige, der sich hätte retten können. Lade dir seinen Tod nicht auf die Schultern.« Frida lächelte so warm und mitfühlend, dass Hermine die Tränen in die Augen stiegen, was schnell geschah in letzter Zeit. Ein sicheres Zeichen für ihre schwindende Kraft. »Wie geht es denn Cornelia?«

»Oh, für Cornelia hat sich alles zum Guten gefügt. Die Gartenbauschule Marienfelde scheint genau das Richtige für sie zu sein. Sie hat ja schon immer gern in der Erde gegraben und Blumen und Gemüse gepflanzt. Jetzt blüht sie dort buchstäblich auf.«

»Das freut mich, Hermine. Wirklich.«

»Ja. Und mich erst.«

Keine zwei Stunden später saß Hermine im gemütlichen Salon ihrer Wirtin und aß ein köstliches Gebäck, das *Nuss-Leckerli* hieß und das das Mädchen der freundlichen, älteren Dame zu ihrer Begrüßung gebacken hatte. Frida hatte in ihren Briefen nicht zu viel versprochen. Das Zimmer, das Hermine im nächsten halben Jahr bewohnen sollte, war komfortabel und geschmackvoll eingerichtet und dabei auch noch blitzsauber. Die vornehme Dame machte eher den Eindruck einer wohlwollenden älteren Tante als einer Pensionswirtin. Und vom Fenster ihres Zimmers hatte sie sogar einen Blick auf die Berge hinter der Stadt. Was wollte sie mehr? Hier würde sie es schon aushalten können.

»Was habt ihr denn heute noch vor?«, erkundigte sich die Wirtin und schenkte Kaffee in Tassen aus hauchzartem, geblümten Porzellan.

»Zuerst möchte ich meinen Koffer auspacken«, sagte Hermine. »Und dann brauche ich noch etwas frische Luft.«

»Lass uns zum Zürichsee gehen. Und morgen zeige ich dir die Universität. Dann kannst du dich auch gleich immatrikulieren.«

»Das klingt nach einem guten Plan.«

Kapitel 14

Nachdem die Immatrikulation reibungslos vonstattengegangen war, trat am folgenden Tag ein, was Hermine für sich »den Ernstfall« nannte – sie hatte ihre erste Vorlesung. Chemie.

Bereits als der Hörsaal in Sichtweite kam, begann ihr Herz heftig zu klopfen, zu deutlich klang ihr noch das Spektakel der Berliner Studenten in den Ohren. Frida hingegen wirkte gefasst und ruhig.

Vielleicht ist sie nur viel mutiger als ich, dachte Hermine. Und stärker.

Dann aber fielen ihr die anderen Frauen auf, die allein oder zu zweit, mit Büchern und Heften unter den Armen, auf den Hörsaal zustrebten. Und sie begriff, dass hier in Zürich manches anders war als in Berlin.

Tatsächlich stellte sich heraus, dass beinahe die Hälfte des Auditoriums weiblich war. Die männlichen Studenten schienen sich überhaupt nicht daran zu stören, im Gegenteil. Staunend sah Hermine, dass sich überall junge Männer und Frauen miteinander unterhielten. Und die Gespräche, die sie aufschnappte, drehten sich ausnahmslos um Fachliches.

Es ging also doch, Männer und Frauen konnten Seite an Seite studieren! Wie schade nur, dass dieser paradiesische Zustand nicht lange währen würde – bloß ein Semester. Dann mussten sie und Frida wieder nach Deutschland zurück, wenn sie nicht auf einen in Deutschland anerkannten Abschluss verzichten wollten. Doch das Ende des Semesters lag noch in weiter Ferne. Jetzt hieß es erst einmal: lernen und genießen.

Nach der Chemie-Vorlesung gingen sie zu ihrem ersten Präparierkurs. Alle Studenten und Studentinnen waren schweigsam, als sie den Raum betraten, in dem auf etwa einem Dutzend Tischen die Toten unter weißen Laken auf sie warteten. Hermine musste schlucken. Zu sehr erinnerte sie der Anblick an Jacob, wie er vor seinem Schreibtisch gelegen hatte mit dem weißen Handtuch über dem Gesicht, das sich allmählich rot färbte. Außerdem hatten sowohl ihr Vater als auch ihre Brüder einiges über den Präparierkurs erzählt, wüste Geschichten von schrecklichen Anblicken, widerlichen Gerüchen und ohnmächtigen Studenten.

»Die Tische haben Nummern«, sagte der Herr Geheimrat gerade. »Ich rufe Ihre Namen auf und teile Sie einem Tisch zu. Dieser Tisch wird bis zum Ende des Kurses Ihrer bleiben, an dem Sie arbeiten, lernen und geprüft werden.«

Hermine kam zu Tisch drei, zusammen mit einer Russin und zwei Schweizer Studenten, Frida arbeitete am Nebentisch.

»Wir werden die Arbeit in sinnvolle Einheiten aufteilen, beginnend mit dem Rücken. Dann folgen Rumpf, innere Organe, obere und untere Extremitäten und zum Schluss der Kopf. Für jede Einheit stehen genau zwei Wochen zur Verfügung, dann folgt eine mündliche Prüfung am Präparat. Zum Abschluss des Semesters erwartet Sie noch eine große Prüfung. Die Zeit ist knapp, das Programm straff, wiederholt wird nicht. Es zahlt sich also aus, wenn Sie nicht trödeln und mit vollem Ernst bei der Sache sind. Noch Fragen?«

Keiner wagte, etwas zu sagen.

»Dann können Sie jetzt den Rücken abdecken.«

Hermine warf ihren Kommilitonen einen Blick zu, keiner schien sich berufen zu fühlen, das Laken zur Seite zu schlagen. Also nahm sie die Sache in die Hand und zog das Tuch von dem Toten. Es war ein Mann.

Dass vor ihr ein Mensch lag, war eindeutig. Aber die Haut hatte eine seltsam braungraue Färbung, wie Hermine es noch nie gesehen hatte – weder an einem Lebenden noch an einem Toten.

»Wenn Sie sich jetzt über die Farbe wundern – das ist bei unseren Leichen normal, hat aber nichts mit dem Tod an sich zu tun. Gewöhnliche Leichen sehen nicht so aus. Diese Färbung entsteht durch das Formalin, in dem wir die Leichen konservieren, damit sie uns in den zwölf Wochen unseres Kurses nicht unter den Händen verwesen. Eine Präparation wäre dann kaum mehr möglich, und der Gestank wäre nach kurzer Zeit kaum auszuhalten.«

Keiner grinste oder feixte. Alle starrten in stiller Ehrfurcht auf die Toten vor ihnen. Und so manche Nasenspitze wirkte etwas blasser als vorher.

»Wir arbeiten uns sorgfältig, Schicht für Schicht, vor bis auf die Rippen, die Wirbelsäule und die Beckenschaufeln, lassen aber das Bauchfell – das Peritoneum – unangetastet. Die Präparationsassistenten zeigen Ihnen zunächst die äußeren Merkmale des menschlichen Rückens. Scheuen Sie sich nicht, die Leichen anzufassen und alle Knochen, wie zum Beispiel die Dornfortsätze der Wirbelsäule oder den Beckenkamm genau abzutasten. Das wird ihnen später bei der klinischen Untersuchung Ihrer Patienten helfen. Als Nächstes zeigen Ihnen die Assistenten dann, wie Sie mit dem Skalpell umgehen müssen, um die Haut vom Unterhautfettgewebe zu trennen.«

Hermine tastete vorsichtig und schweigend. Es war ein seltsamer Gedanke, dass vor ihr ein Mensch lag, der einst geatmet, gefühlt, geweint und gelacht hatte. Dann fiel ihr ein, dass dies nicht der erste Tote war, mit dem sie zu tun hatte. Dass sie, egal was sie tat, diesem Mann kein Leid mehr zufügen konnte. Und dass er ihr die Möglichkeit gegeben hatte, an seinem Körper zu lernen, damit sie eines Tages das Leben anderer Menschen retten oder ihnen Leid ersparen konnte. Sie verlor ihre Scheu und begann schweigend und ernsthaft zu arbeiten, lauschte aufmerksam den Erklärungen des Assistenten, fragte nach, tastete. Und als es schließlich daran ging, das Messer anzusetzen, um die Haut zu präparieren, zögerte sie nicht, dies voller Respekt und Dankbarkeit zu tun.

Teil 3

Meilensteine

1900 bis 1906

Halle, Bonn

Kapitel 1

Im Grunde genommen hatte ein Jahreswechsel für Hermine keine Bedeutung. Er war für sie einfach eine Nacht wie jede andere auch – sie ging abends ins Bett, und wenn sie am nächsten Morgen aufstand, war die Welt immer noch die gleiche, lediglich das Datum hatte gewechselt. Und der erste Januar war ein ganz gewöhnlicher Tag für sie, mit dem einzigen Unterschied, dass sie einen neuen Kalender aufhängen musste.

Dieses Silvester war allerdings anders: Man schrieb den 31. Dezember 1899, in wenigen Stunden würde nicht nur ein neues Jahr, sondern ein neues Jahrhundert beginnen. Von Herzen gern hätte sie diesen Abend gemeinsam mit ihren Geschwistern erlebt. Doch alle wohnten in unterschiedlichen Städten in Pensionen, mit Ausnahme von Gesine, die im Schwesternheim einer Klinik in Celle lebte. Wo hätten sie sich treffen können? Hermine war sicher, dass die Familie von Doktor Knudsen, deren Pachtzins nicht allein Hermines Studium finanzierte, sie über die Feiertage herzlich aufgenommen hätte. Doch es war ein seltsamer Gedanke, in die Neue Burg zurückzukehren und dort ganz selbstverständlich andere Menschen wohnen zu sehen, in anderen Möbeln, mit anderen Bildern an den Wänden. So freundlich ihre Pächter auch sein mochten. Deshalb hatte sie diese flüchtige Idee, die ihr eines Morgens in den Sinn gekommen war, nicht einmal mit den anderen besprochen. Sie war allerdings froh, dass wenigstens Bernhard von Kiel nach Emden fahren würde, wo Helene zur Zeit noch im Haus von Verwandten lebte. Wenigstens die beiden Jüngsten würden also die Festtage gemeinsam feiern.

Dass Frida sie erneut eingeladen hatte, die Feiertage bei ihrer Mutter in Bonn zu verbringen, erfüllte Hermine mit Dankbarkeit, und sie hatte gern zugesagt. Im Jahr zuvor hatte sie noch abgelehnt, weil sie der Freundin nicht zur Last fallen wollte. Weihnachten und Neujahr in Zürich waren sehr einsam gewesen, und sie war heilfroh, dass sie diese Erfahrung nicht wiederholen musste.

Hermine genoss die Feiertage in Bonn: Gutes Essen, anregende Gespräche, erholsame Spaziergänge am Rheinufer – es fühlte sich an wie ein Urlaub. Zum Jahreswechsel hatte Frau Busch zusätzlich einige Freunde der Familie eingeladen. Es war eine fröhliche Gesellschaft, größtenteils Ärzte, ehemalige Kollegen ihres Mannes. Auch viele Jahre nach seinem Tod war der Ruf von Geheimrat Busch ungebrochen – ein Umstand, den Hermine bemerkenswert fand und sie mit Ehrfurcht vor Fridas Vater erfüllte.

»Wo wohnen Sie denn in Halle, Fräulein Edenhuizen?«, erkundigte sich eine Frau, die ihr am Tisch gegenübersaß.

»Wir haben eine Bleibe gefunden im Marthahaus bei den Marthaschwestern«, antwortete Hermine.

»Marthaschwestern? Das sind Diakonissinnen, nicht wahr?« Die Frau legte ihre Stirn in Falten. »Warum haben Sie denn keine Pension gewählt? Wäre das nicht bequemer? Bei den Diakonissinnen sind Sie sicher recht bescheiden untergebracht.«

»Ja, das ist wohl richtig. Aber es ist vorbildlich sauber, wir werden gut verpflegt, und die Schwestern kümmern sich geradezu rührend um uns. Während die Pensionen …« Hermine dachte daran zurück, wie ihnen reihenweise die Türen vor der

Nase zugeschlagen worden waren. »Als Studentin ist man bei den Pensionswirtinnen in Halle aus mir unbekannten Gründen nicht willkommen. Wir haben sehr lange suchen müssen, bis wir endlich bei einer Witwe unterkamen. Eine herzensgute Frau. Doch die Zimmer waren sehr klein.« Und schmutzig, dachte Hermine und warf Frida einen kurzen Blick zu. Bisher hatten sie es vermieden, Frau Busch zu erzählen, wie sie jeden Morgen zerbissen aufgewacht waren und schließlich in ihrem Zoologiebuch herausgefunden hatten, wer sie da ständig heimsuchte: Bettwanzen. »Und als sich die Möglichkeit bot, ins Marthahaus zu ziehen, haben wir die Chance genutzt.«

Frida nickte bestätigend. »Wir sind dort sehr zufrieden.«

»Und warum Halle?«, erkundigte sich Professor Mangold, ein bärtiger, grauhaariger Mann mit freundlichen Augen hinter seiner Nickelbrille. Er war ein Studienkollege von Fridas Vater und mittlerweile Ordinarius für Innere Medizin an der Bonner Universität. »Wäre Bonn für Sie nicht viel bequemer gewesen? Sie hätten schließlich bei Ihrer Frau Mutter wohnen können. Außerdem darf ich anmerken, dass der Ruf unserer Fakultät der in Halle in nichts nachsteht.«

»Da haben Sie natürlich recht, Herr Geheimrat«, antwortete Frida. »Der Grund ist aber ganz einfach. Zu dem Zeitpunkt, als wir Zürich verlassen mussten, haben sich in Halle gerade drei Absolventinnen des Gymnasialkurses von Fräulein Lange auf ihr Physikum vorbereitet. Wir kennen die drei flüchtig aus Berlin.«

Hermine ergänzte: »Als Frauen dürfen wir uns in Deutschland an keiner Universität immatrikulieren. Egal wo – ob Berlin oder Kiel, Halle oder Bonn, jeden Professor müssen wir eigens um die Erlaubnis bitten, damit wir an den Vorlesungen, Seminaren und Kolloquien teilnehmen können. Der einzige Unterschied ist, dass es Universitäten gibt, an denen die Professoren aufgeschlossener sind als an anderen. Das Beispiel der drei Frauen, die wir noch aus unserer Berliner Zeit kannten, hat uns die Hoffnung gegeben, dass Halle zu den Universitäten gehört, wo es Frauen etwas leichter haben.«

»Und? Hat sich die Hoffnung erfüllt?«

Hermine schüttelte den Kopf.

»Eigentlich nicht, wenn ich ehrlich sein darf. Es ist dort genauso zäh, wie ich es vom Studium aus Berlin kenne. Aber wir sind hartnäckig geblieben und bereiten uns jetzt auf das Physikum vor. Danach sehen wir weiter.«

Professor Mangold strich sich durch den Bart, sein Blick war nachdenklich auf Hermine gerichtet. Allmählich wurde sie nervös und fragte sich, ob sie etwas Falsches gesagt hatte. Doch dann nickte er.

»Viel Erfolg dabei«, sagte er. Damit war das Thema beendet.

Kurz vor Mitternacht brachte das Mädchen auf einem Tablett Gläser mit Sekt zum Anstoßen. Jeder nahm ein Glas, auch Frida und Hermine, obwohl sie sonst abstinent lebten. Und dann war es so weit: Mitternacht. Alle Glocken der Stadt begannen zu läuten.

»Ein gutes und gesundes neues Jahr!«, sagte Frau Busch laut in die Runde.

Auf Wiedersehen neunzehntes und herzlich willkommen zwanzigstes Jahrhundert, dachte Hermine, prostete den anderen zu und nippte an ihrem Sekt. Dann gingen alle auf die Veranda hinaus. Der Himmel über Bonn war sternenklar, soweit man es bei den brennenden Gaslaternen sehen konnte, denn in dieser besonderen Nacht waren die Laternen nicht gelöscht worden. Auf der Straße zogen Arm in Arm laut singende Studenten vorbei, gekleidet in den Farben irgendeiner Verbindung. Die jungen Herren grölten ein »Viel Glück im neuen Jahr!« zur Veranda hinüber und gingen in nicht besonders gerader Linie weiter.

Hermine schlang ihren Schal enger um sich und schloss die

Augen. Die Kirchenglocken läuteten immer noch. Sie dachte daran, dass wohl auch die Glocken von St. Nikolai in Pewsum gerade läuteten, und bekam ein bisschen Heimweh. Dann dachte sie an jedes ihrer Geschwister: An Gesine in Celle, die, so wie sie ihre Schwester kannte, wahrscheinlich Dienst auf einer Station tat, anstatt in einem der Gemeinschaftsräume mit den anderen Krankenschwestern den Jahreswechsel zu feiern. An Cornelia in der Marienschule in Berlin, die ungern allein war und hoffentlich Mitschülerinnen gefunden hatte, mit denen sie zusammen sein konnte. Und an Bernhard und Helene, die jetzt bei ihrem Onkel in Emden waren und mit Speckendicken – Pfannkuchen mit eingebackenen Speck und Wurstscheiben – und Neujahrskuchen einen traditionellen friesischen Jahreswechsel feierten. Sicher standen sie alle, wie sie in diesem Moment, auf einem Balkon oder an einem Fenster und schauten in die Nacht hinaus.

Gott behüte euch, dachte sie und nippte wieder an ihrem Sekt. Was das neue Jahrhundert wohl brachte? Ob es den Frauen in Deutschland schon bald gestattet sein würde, sich ordnungsgemäß zu immatrikulieren, einen Abschluss zu machen und danach zum Beispiel als Ärztin zu arbeiten? Würden ihr Kampf, ihre Anstrengungen irgendwann zum Ziel führen? Noch war es schwer vorstellbar. Sie seufzte.

»Heimweh?« Leise und unbemerkt hatte sich Frida neben sie gestellt.

»Das auch«, antwortete Hermine und seufzte wieder.

»Ja«, sagte Frida, und ein kurzer Blickwechsel reichte aus. Die Freundin hatte gerade das Gleiche gedacht wie sie.

»Meinst du, es wird uns gelingen?«

»Das hoffe ich«, antwortete Hermine und dachte an Fräulein Lange und den Wahlspruch, den ihr die Mentorin mit auf den Weg gegeben hatte. »In der Beständigkeit liegt das Geheimnis des Erfolgs. Wir sind beständig, oder?«

»Ja«, sagte Frida nachdenklich. »Und doch … Es sind so viele, die uns Steine in den Weg legen. Was, wenn wir scheitern? Wenn wir unser Ziel nicht erreichen?«

Hermine dachte an Agnes Schramm, ihre ehemalige Kommilitonin in Berlin. Sie hatte aufgegeben, weil ihr die Hürden zu hoch geworden waren.

»Dann ist das traurig und bitter für uns«, sagte sie leise. »Doch nach uns werden andere Frauen den Weg weitergehen. Immer und immer wieder. Und das so lange, bis Studentinnen und Akademikerinnen so zum Alltag gehören wie Mütter und Ehefrauen.«

Frida warf ihr einen langen Blick zu, dann lächelte sie.

»Ja«, sagte sie mit fester Stimme. »Genau so.«

Sie schwiegen. Seite an Seite standen sie auf der Veranda, schauten zu den Sternen empor und gestatteten sich, zu träumen.

Kapitel 2

Dass das Physikum eine öffentliche Veranstaltung war und daher Zuschauer im Auditorium zugelassen waren, wurde Hermine erst klar, als sie zusammen mit Frida den Hörsaal betrat, in dem sie geprüft werden sollten. Es war der große Saal der Chirurgie, und offenbar war er nicht zufällig gewählt worden, sondern weil man mit einem regen Andrang gerechnet und recht behalten hatte – die Sitzreihen waren bis zum letzten Platz gefüllt. Immer noch war es ungewöhnlich, dass Frauen studierten. Sie waren Exoten wie jene fremden Menschen, die der Hamburger Carl Hagenbeck aus aller Welt nach Deutschland brachte und in seiner Völkerschau vorstellte. Entsprechend groß war das allgemeine Interesse.

Hermine ließ den Blick über die Reihen der dunkel gekleideten Zuhörer streifen: Viele junge Gesichter waren darunter, den Kappen und der Kleidung nach Studenten. Die meisten von ihnen feixten, als ob sie tatsächlich ein Jahrmarktsspektakel erwarteten. Im Auditorium verstreut saßen ein paar ältere Herren, manchen von ihnen erkannte Hermine vom Campus oder aus Vorlesungen. Wie zum Beispiel Professor Roux, der sie und Frida vor einem Jahr erst einer Physik-Prüfung unterzogen hatte, bevor er ihnen die Erlaubnis gab, an seiner Anatomie-Vorlesung teilzunehmen. Einige wenige Frauen waren auch anwesend – hellere Tupfer im Meer der schwarzen Anzüge –, die angespannt zu ihnen hinunterschauten, als läge ihre eigene Zukunft in Hermines Hand. Was im Grunde auch zutraf: Mit jeder Prüfung, die eine Frau erfolgreich bestand, wurde es für ihre Nachfolgerinnen leichter.

»Meine Damen, meine Herren!« Der erste Prüfer, der Professor für Chemie, deutete auf die Stühle, die um einen Tisch gruppiert waren. »Nehmen Sie bitte Platz.«

Sie wurden zu viert geprüft. Außer Frida und ihr selbst waren noch zwei Kommilitonen anwesend, an deren Gesichter sich Hermine nur verschwommen erinnerte. Hatte sie die beiden überhaupt je in einer Vorlesung oder einem Seminar gesehen? Wenn, dann hatten sie sich jedenfalls nicht hervorgetan. Der Professor räusperte sich, das allgemeine Scharren und Gemurmel im Saal verstummte. Dann richtete er seine erste Frage an einen der beiden Studenten.

Es war eine einfache Frage zu einer allgemein bekannten chemischen Reaktion. Hermine vermutete, dass der freundliche Professor den Studenten in dieser ungewohnten Prüfungssituation die Gelegenheit zum Aufwärmen geben wollte, um die Nervosität zu reduzieren. Sie selbst hatte jedenfalls eiskalte Hände. Und damit niemand sehen konnte, wie sehr sie zitterten, hielt sie sie fest ineinander verschränkt.

Die Antwort des jungen Mannes kam schleppend. Der Professor ließ ihn ausreden, dann schüttelte er den Kopf.

»Leider falsch«, sagte er, und seine Stimme klang, als würde es ihm um den jungen Mann tatsächlich leidtun. »Dann gebe ich die Frage an Sie weiter, Fräulein Busch. Können Sie Ihrem Kommilitonen aushelfen?«

Und Frida konnte. Ihre Antwort kam klar und ohne Zögern. So ging es die ganze Prüfung über. Die Professoren wechselten, stellten ihre Fragen, die beiden Kommilitonen antworteten. Alles, was Hermine und Frida dann noch tun mussten, war, die falschen Antworten zu korrigieren und die Lücken zu füllen. Ob die beiden überhaupt gelernt hatten? Hermine zweifelte daran. Und während die jungen Herren neben ihnen von Frage zu Frage bleicher wurden, gewannen sie und Frida mehr und mehr Zutrauen in ihre Fähigkeiten.

Als der letzte Prüfer fertig war, zogen sich die Professoren zur Beratung in ein Nebenzimmer zurück. Im Auditorium wurde gemurmelt.

Hermine dachte an ihre Abiturprüfung zwei Jahre zuvor. Wie lange hatte es damals gedauert, bis sie endlich das Ergebnis erfahren hatten! Ob sie wieder so lange warten mussten?

Die Antwort kam nur wenige Momente später. Die Tür öffnete sich, und die Professoren traten in den Hörsaal.

»Meine Herren und meine Damen«, sagte der Dekan und lächelte bei den Worten. »Zuerst kann ich Ihnen mitteilen, dass Sie alle vier bestanden haben. Sie, Fräulein Busch und Fräulein Edenhuizen, haben eine großartige Leistung gezeigt. Jede einzelne Frage haben Sie souverän und richtig beantwortet. Dafür werden Sie beide auch mit einer glatten Eins belohnt. Herzlichen Glückwunsch.« Er reichte ihnen die Hand. »Sie hingegen, meine Herren, hätten gut daran getan, sich an Ihren Kommilitoninnen ein Beispiel zu nehmen, die Vorlesungen regelmäßig zu besuchen und auch zwischendurch mal einen Blick in Ihre Lehrbücher zu werfen. Ihr Wissen weist erhebliche Lücken auf. Deshalb kommen Sie auch nur mit einem knappen Ausreichend davon. Und statt eines Glückwunschs für diese dürftige Vorstellung lassen Sie mich noch eine Warnung aussprechen: Heute haben Sie sich gerade eben so durchmogeln können. Auf die nächste Prüfung sollten Sie sich besser vorbereiten. Noch einmal werden wir nicht so nachsichtig sein. Danke an das Auditorium und Ihnen allen einen guten Heimweg.«

Die Menschen klopften auf die Pulte vor ihren Sitzen. Hermine und Frida strahlten. Ein weiterer Schritt war getan, sie hatten das Physikum bestanden. Und ganz nebenbei einmal mehr bewiesen, dass die geistige Überlegenheit des Mannes über die Frau nichts weiter war als ein Märchen. Mittlerweile begannen sogar sie selbst daran zu glauben.

Drei Tage später saßen Hermine und Frida auf einer Bank mit Blick auf die Saale. Es war recht warm für Ende März, überall spitzten schon die ersten Osterglocken hervor und auf dem Uferweg waren zahlreiche Menschen unterwegs – Familien und Paare, sogar ein paar Radfahrer. Drei herrliche Tage lagen hinter ihnen. Tage voller Leichtigkeit. Sie hatten ihr bestandenes Physikum zuerst im Marthahaus gefeiert. Die freundlichen Schwestern hatten eigens für sie ein Festessen mit Braten und einem Schokoladenpudding als Nachtisch gekocht. Und dann waren sie einfach nur faul gewesen, hatten gelesen, im Garten des Marthahauses in der Sonne gesessen, geschlafen, eine Kunstausstellung und ein Konzert besucht – es war eine Wohltat!

Doch jetzt war der Zeitpunkt gekommen, sich Gedanken darüber zu machen, wie es weitergehen sollte. Sollten sie in Halle bleiben? Hermine hatte keine große Lust dazu, und auch Frida war sich nicht sicher, ob Halle die richtige Wahl für ihren weiteren Weg war.

»Göttingen«, sagte Hermine. »Ich würde gern nach Göttingen gehen.«

»Göttingen? Warum ausgerechnet dorthin?«

Hermine zuckte mit den Schultern. »Es scheint dort sehr schön zu sein. Ich habe Bilder von Göttingen gesehen, dort wachsen Palmen vor dem Bahnhof. Stell dir das vor! Außerdem lehrt dort Professor Nernst. Ich würde ihn gern hören.«

Frida wog zweifelnd den Kopf.

»Ja«, sagte sie gedehnt. »Aber Professor Nernst ist Chemiker. Und wir wollen doch Ärztinnen werden, oder?«

»Hast du denn einen anderen Vorschlag?«

»Habe ich«, sagte Frida mit einem eigentümlichen Lächeln. Dann zog sie einen Brief aus ihrer Tasche und reichte ihn Hermine. »Lies. Der kam heute mit der Post.«

Zusammen mit einem zweiten Brief, wie Hermine wusste. Die Adresse auf dem zweiten Brief war in der charakteristischen steilen Handschrift von Professor Peter Corssen geschrieben, ein Anblick, der Hermine Sorgen bereitete. Denn wie wollte Frida ihr Studium beenden, wenn sie an der Idee einer Verlobung und späteren Ehe festhielt? Hermine hoffte immer noch, dass die Zeit diesen Fehler schon noch korrigieren würde.

Sie nahm den Brief, entfaltete das Papier und begann zu lesen.

Meine liebste Frida, noch einmal herzliche Glückwünsche zu deinem bestandenen Physikum. Habt ihr euch schon entschieden, wo ihr eure klinischen Studien fortsetzen wollt? Ich hoffe nicht. Denn hört euch das mal an: Ich habe mit Professor Mangold gesprochen. Wie du ja weißt, war er ein Kommilitone deines Vaters und über viele Jahre hinweg sehr eng mit ihm befreundet. Er erinnert sich gut an euch beide von unserer kleinen Silvesterfeier. Zufällig ist er in diesem Jahr zum Dekan der Universität gewählt worden, und er ist bereit, euch auf eurem Weg zu unterstützen. Wie diese Unterstützung aussieht, hat er mir zwar nicht verraten, aber seinen Andeutungen entnehme ich, dass es auf eine ordentliche Immatrikulation hinauslaufen könnte. Was sagst du dazu? Wäre das nicht großartig? Und obendrein wärest du noch in meiner Nähe! Besprich das bitte mit Hermine. Vielleicht kann auch sie sich vorstellen, ihr Studium in Bonn fortzusetzen. Und richte ihr bitte meine herzlichen Grüße aus.
Es umarmt und küsst dich
Deine stolze Mutter.

Hermine ließ den Brief sinken.

»Nun? Was sagst du?«

»Das klingt …«

»Fast zu schön, um wahr zu sein. Oder?«

Hermine nickte und las den Brief ein zweites Mal. Frau Busch wusste noch nichts Genaues. Die Zusage einer Immatrikulation war nur ihre eigene Vermutung. Und trotzdem – war nicht allein diese Vermutung es wert, den Versuch zu wagen und zum weiteren Studium nach Bonn zu gehen?

Frida stieß sie mit dem Ellenbogen an.

»Nun? Was sagst du?«

»Chemie ist nicht so wichtig«, antwortete Hermine und lächelte. »Lass uns nach Bonn gehen.«

Kapitel 3

Wie schnell die Zeit vergeht, dachte Hermine.

Gerade eben noch hatten sie und Frida nach dem erfolgreichen Physikum Zukunftspläne geschmiedet – und schon bereitete sie sich wieder auf eine Prüfung vor. Das Staatsexamen. Wenn sie das bestand, war sie keine Studentin mehr. Dann war sie endlich Ärztin. Mit einunddreißig Jahren.

Nach dem Physikum nach Bonn zu gehen war die richtige Entscheidung gewesen. Professor Mangold hatte als Dekan tatsächlich dafür gesorgt, dass Frida und Hermine sich an der Universität ordentlich immatrikulieren durften. Ob der Geheimrat nun der Überzeugung war, dass Frauen tatsächlich das Gleiche leisten konnten wie Männer, oder ob er lediglich der Familie seines verstorbenen Freundes einen Gefallen tun wollte, war beinahe egal. Sie mussten nicht mehr fragen, sondern konnten sich einfach ihre Vorlesungen nach Interesse und Notwendigkeit auswählen, in den Hörsaal gehen und zuhören. Obendrein waren die Studenten auch noch höflich. Natürlich sprachen sich diese beinahe paradiesischen Bedingungen in Frauenkreisen rasch herum, und mit großer Freude sah Hermine, wie sich von Semester zu Semester mehr Frauen unter die Schar der Studenten mischten. Mittlerweile gehörten sie zum alltäglichen Bild auf dem Campus beinahe selbstverständlich dazu.

An diesem Nachmittag saß Hermine mit Frida in der Bibliothek, um eine Frage zu einer Magen-Operation nachzuschlagen, die der Privatdozent im Kolloquium zur Examensvorbereitung gestellt hatte. Sie las aufmerksam den im Chirurgiebuch beschriebenen OP-Verlauf und schlug dann das Anatomiebuch auf, um sich die Gefäßligaturen besser vorstellen zu können. Frida, die sich unterdessen mit der Pathologie des Magengeschwürs und der Indikationsstellung für eine operative Behandlung beschäftigte, stieß sie unauffällig an, deutete zu einem der Bücherregale und verdrehte die Augen.

Da war er wieder, Herr Peter Steiner. Er war ein Student, der immer mal wieder um sie herumschlich und ihnen den Hof machte. Damit war er keineswegs allein, so mancher Student umwarb sie. Doch im Gegensatz zu ihren anderen Verehrern konnte Herr Steiner sich ganz offensichtlich zwischen ihnen nicht entscheiden. Mal erhielt Frida seitenlange, in blumigen Worten verfasste Briefe, dann wieder schrieb er Gedichte über Hermines hohe, schlanke Gestalt und ihr blondes Haar. Gerade jetzt hatte er ihnen den Rücken zugewandt und betrachtete die Bücher über Kinderheilkunde. Sein Finger fuhr die Buchrücken entlang, als suche er nach einem bestimmten Titel. Dabei schien er nicht zu bemerken, dass er immer an denselben fünf Büchern hängen blieb.

Hermine schmunzelte, schüttelte den Kopf und vertiefte sich wieder in ihr Anatomiebuch. Nächste Woche wurden sie in Chirurgie geprüft. Sie hatte keine Zeit, sich mit solchen Kindereien abzugeben.

Als sie und Frida etwas später ihre Bücher zusammenräumten, um nach Hause zu gehen, war der junge Herr Steiner auch gerade fertig geworden – rein zufällig natürlich.

»Fräulein Hermine, Fräulein Frida, guten Tag. Haben Sie gerade Ihre Lektüre beendet?«

»Ja, tatsächlich. Sie etwa auch?« Frida klang erstaunt. »Womit haben Sie sich denn beschäftigt, Herr Steiner?«

»Mit…« Einen Augenblick schien es, als hätte er vergessen, welches Fachbuch er gerade gelesen hatte. Schließlich ging ein Strahlen über sein Gesicht, als wäre ihm mitten in der Prüfung doch noch die richtige Antwort eingefallen. »Mit Kinderheilkunde.«

»Ein spannendes Fachgebiet«, erwiderte Hermine und musste sich sehr zusammennehmen, um nicht laut zu lachen.

»Ja, in der Tat. Haben Sie gerade die Absicht, nach Hause zu gehen?« Und ohne eine Antwort abzuwarten, fuhr er fort: »Darf ich Sie begleiten?«

Frida und Hermine tauschten einen Blick. Unter den Kommilitonen, die ihnen gelegentlich den Hof machten, gab es einige wenige, die genug Respekt hatten, um ein Nein zu akzeptieren. Peter Steiner gehörte nicht dazu. Was in seinem Fall weniger an Arroganz oder Dreistigkeit lag, sondern eher an einer beinahe schon kindlichen Naivität ohne jeden Hintergedanken. Er verstand einfach nicht, wenn sie ihm einen Korb gaben. Seine Begleitung abzulehnen hatte keinen Sinn, er wäre ohnehin mitgekommen. Und da Herr Steiner nicht wirklich störte oder unangenehm war, ergaben sie sich in ihr Schicksal und nickten.

»Wenn es Ihnen eine Freude macht«, sagte Hermine und knöpfte ihren Mantel zu, »dann dürfen Sie gern ein Stück mit uns gehen.«

Draußen war es ungemütlich kalt und feucht, ein typischer Novembertag, auch wenn hier in Bonn der eisige Wind fehlte, den Hermine von der Nordsee her gewohnt war und den sie immer noch vermisste. Sie unterhielten sich auf dem Weg über die unmittelbar bevorstehenden Prüfungen in Chirurgie und Frauenheilkunde, und Hermine war schier entsetzt angesichts der Wissenslücken, die ihr Kommilitone dabei offenbarte. Wieder tauschten Frida und Hermine einen Blick. Wie wollte dieser junge Mann das Examen bestehen? Aber sein Vater war ein angesehener Internist mit gut gehender Praxis in Königswinter. Sie musste an Professor Virchow denken und die Bitterkeit, mit der er ihr gegenüber die Gleichgültigkeit der Studenten beklagt hatte, die sich nicht anstrengen musste, weil ein gemachtes Nest auf sie wartete.

»Sie haben sich wirklich alle beide zum Staatsexamen angemeldet, Fräulein Frida und Fräulein Hermine?«

»Natürlich. Warum denn nicht? Wir haben alle erforderlichen Kurse besucht und famuliert. Wir sind qualifiziert, und es ist an der Zeit.«

»Ja, das mag schon sein, aber …« Er strich sich eine Strähne seiner dunklen Haare aus der Stirn, und Hermine wurde hellhörig. »Ich muss ja sagen, dass ich es lobenswert finde, dass Sie beide studieren. Frauen sollten sich in jedem Fall geistig betätigen. Da bin ich uneingeschränkt dafür. Es ist ja doch für einen Mann sehr viel angenehmer, mit einer klugen Frau verheiratet zu sein. Aber muss das Studium gleich bis zum Staatsexamen dauern? Was sollen der anstrengende Abschluss und die Prüfungen? Ich meine, welchen Sinn ergibt das? Wir heiraten Sie ja doch alle weg. Und dann führen Sie uns den Haushalt. Mit Approbation.« Er lachte, als hielte er das für einen guten Witz.

Frida fand als Erste ihre Sprache wieder.

»Zerbrechen Sie sich darüber nicht Ihren Kopf, Herr Steiner«, entgegnete sie kühl. »Mich heiraten Sie ganz gewiss nicht.«

»Und mich auch nicht«, fügte Hermine hinzu. »Uns ist nämlich der Arztberuf so heilig, dass wir dafür gerne auf die Ehe verzichten.«

Der junge Mann blieb stehen und starrte sie an, als hätte sie mitten auf der Straße zu tanzen begonnen.

»Was wollen Sie damit sagen?«

»Dass ich mein Staatsexamen nicht aus Liebhaberei ablegen werde oder damit mein zukünftiger Gatte eine kluge Frau an seiner Seite hat. Ich studiere, um als Ärztin tätig zu sein. Eine Ehe ist dabei nicht vorgesehen.«

Peter Steiner verzog sein eigentlich ganz hübsches Gesicht, als hätte sie ihn geohrfeigt. Dann drehte er sich auf dem Absatz um und ging davon. Grußlos.

Frida und Hermine sahen ihm einen Moment verblüfft nach, dann lachten sie beide.

»Dem ist es vorerst vergangen«, sagte Frida.

»Ja. Wollen wir es hoffen. Es wird nämlich allmählich lästig.«

Kapitel 4

Ein halbes Jahr später war sie endlich da, die letzte Prüfung. Im Hörsaal der neuen Augenklinik roch es noch nach Farbe und Holzleim. Hermine und Frida saßen mit drei weiteren Kommilitonen auf den neuen Sitzen und schauten erwartungsvoll nach vorne, wo ein Assistent gerade einen alten Herrn mit einer Augenbinde hereinführte und ihn auf einem Stuhl Platz nehmen ließ.

Der erste Patient an diesem Tag.

Der Prüfer, Herr Geheimrat Traustock, ging ganz pragmatisch nach Alphabet vor, sodass Frida als Erste geprüft wurde. Sie musste nach vorne kommen, den alten Mann befragen und anhand der Untersuchungsergebnisse aus der Patientenakte eine Diagnose stellen und einen Behandlungsvorschlag machen. Eine Weile diskutierte der Geheimrat mit ihr noch über Alternativen, dann war sie mit einem zufriedenen Nicken entlassen. Der Patient wurde wieder hinausgeleitet, und der Nächste kam herein. Dieses Mal war es eine Frau, die ein etwa zweijähriges Kind auf dem Arm trug. Das Kind zappelte und wehrte sich – offensichtlich wollte es überallhin, nur nicht gerade in diesen Hörsaal. Und ob es Lust haben würde, sich von aufgeregten Studenten untersuchen zu lassen, war zweifelhaft. Der Herr Geheimrat wies die Frau an, sich auf den Stuhl zu setzen.

»Fräulein Edenhuizen. Kommen Sie bitte nach vorne.«

Natürlich traf es sie. Kinder waren immer schwierig zu untersuchen, je kleiner, umso schlimmer. Hermine ballte und lockerte ihre Fäuste, um sich etwas zu beruhigen, dann stand sie auf und ging nach vorne.

»Nun. Was haben wir hier?«

Das rechte Auge des Kindes tränte, im inneren Lidwinkel hatte sich ein gelblicher Tropfen Eiter gebildet.

»Das rechte Auge ist gerötet und eitrig entzündet«, antwortete Hermine und wartete auf eine weitere Frage oder Anweisung des Geheimrats.

»Nehmen wir an, wir wären hier nicht in einem Hörsaal, sondern dies wäre Ihre Praxis, und die Mutter kommt mit dem Kind zu Ihnen. Nun. Tun Sie einfach so, als wären Sie die behandelnde Ärztin.«

Hermine räusperte sich.

»Guten Tag, mein Name ist Edenhuizen. Und Sie sind Frau …?«

»Walters. Gerlinde Walters. Und das da ist der Heinrich.«

»Guten Tag, Heinrich.« Hermine winkte dem kleinen Kind zu und erntete ein zaghaftes, schüchternes Lächeln. Sie zog einen Hocker heran und setzte sich gegenüber von Mutter und Kind.

»Wann haben Sie die Rötung bemerkt, Frau Walters?«

»Das war gestern Abend.«

»Haben Heinrichs Geschwister oder andere Kinder in der Umgebung, zum Beispiel Nachbarskinder, Augenprobleme?«

»Nun, der ältere Bruder schielt, und die Jüngste von der Frau Krämer, die wohnt direkt unter uns, ist von Geburt an auf einem Auge blind. Und …«

»Ich habe mich wahrscheinlich missverständlich ausgedrückt, Frau Walters, so meinte ich das nicht. Hat noch ein anderes Kind ein gerötetes, vereitertes Auge? Eines der Geschwister vielleicht?«

»Ach so! Nee, nur der Heinrich.«

»Kann Heinrich gestern mit Putzmitteln oder scharfen, spitzen Gegenständen, zum Beispiel zerbrochenem Glas oder Sand in Berührung gekommen sein?«

»Nee, natürlich nicht! Ich bin doch kein Schafskopf und lasse so was zu Hause herumliegen! Außerdem passe ich auf meine Kinder auf.«

»Das glaube ich Ihnen, Frau Walters. Schließlich sind Sie mit Heinrich auch rechtzeitig zum Arzt gegangen.« Hermine lächelte freundlich, die Frau schien besänftigt, das Kind hatte seinen Kopf auf die Schulter der Mutter gelegt. »Hat Heinrich in den letzten Tagen Husten oder Schnupfen gehabt?«

»Ja! Genau! Woher wissen Sie denn das?«

»Ich muss mir das Auge mal näher ansehen. Halten Sie Heinrich bitte still.«

Das entpuppte sich als schwierige Aufgabe. Der kleine Junge wehrte sich und strampelte auf dem Schoß der Mutter. Erst als Hermine begann, mit ihren Fingern so etwas wie ein Puppentheater aufzuführen, wurde das Kind ruhiger. Es beobachtete Hermines Hand, während sie vorsichtig das Auge untersuchte.

»Nun?«, erkundigte sich der Herr Geheimrat nach einer Weile. »Sind Sie schon zu einem Ergebnis gekommen?«

»Ich denke, es könnte sich um eine Konjunktivitis durch Pneumokokken handeln.«

»Wie kommen Sie darauf?«

»Die Hornhaut und das feuchte Lid sind gerötet und gereizt. Es bestehen vermehrter Tränenfluss und eitriger Ausfluss, außerdem scheint das Auge zu jucken, zu brennen oder zu schmerzen, da das Kind immer wieder versucht, es zu reiben. Die kurze Zeitspanne vom Beginn der Symptome bis zu diesem doch recht ausgeprägten Befund spricht entweder für eine Infektion oder für eine Verletzung durch Fremdkörper oder chemische Substanzen wie Seifenlauge. Das scheint auszuscheiden, außerdem kann ich bei der Inspektion des Auges keine Verletzung der Hornhaut erkennen. Da sich in der unmittelbaren Umgebung des Kindes offenbar keine weiteren Kinder mit Augensymptomen befinden, schließe ich auch eine ansteckende Bindehautentzündung weitgehend aus. Insbesondere die Geschwister wären dann vermutlich betroffen. Hinweisgebend erscheint mir der vorausgegangene Husten und Schnupfen zu sein, der für eine Infektion mit Pneumokokken sprechen könnte.«

»Ja, sehr gut. Und was tun Sie als Nächstes?«

»Ich würde jetzt einen Abstrich machen und den nach Gram färben, um unter dem Mikroskop die grampositiven Pneumokokken nachzuweisen.«

»Stellen Sie sich vor, das haben wir getan und tatsächlich Pneumokokken gefunden. Was raten Sie jetzt therapeutisch?«

»Spülungen mit abgekochter, lauwarmer Kochsalzlösung und abgekühltem Kamillentee.«

»Sehr gut. Danke, Fräulein Edenhuizen, Sie können sich setzen. Und Sie können den Kleinen wieder hinausbringen.«

»Der Heinrich hat sich noch nie so gut untersuchen lassen«, sagte die Frau und drückte Hermine herzlich die Hand. »Danke, Fräulein Doktor.«

»Nein, ich bin noch gar nicht …«

Die Frau verließ mit ihrem kleinen Sohn den Hörsaal, und Hermine ließ sich auf ihren Platz neben Frida fallen, erleichtert, dass es vorbei war. Und froh, dass es trotz der Startschwierigkeiten doch noch gut gelaufen war.

Sie hörten noch bei den verbleibenden Prüfungen zu.

Schließlich trat der Herr Geheimrat zu ihnen heran und reichte jedem von ihnen die Hand.

»Meine Gratulation zum bestandenen Examen«, sagte er. »Sie haben hervorragend abgeschnitten. Bei Ihnen, Fräulein Edenhuizen und Fräulein Busch, verwundert mich das nicht. Sie haben sich schon in den Vorlesungen und Kolloquien durch Fleiß und Sachverstand hervorgetan. Aber Sie, meine Herren, haben mich angenehm überrascht. Zum ersten Mal seit ich Professor an dieser Klinik bin, habe ich den Eindruck, meine Studenten hätten sich tatsächlich auf diese Prüfung vorbereitet. Woran liegt das?«

Die drei Studenten wurden rot und warfen einander verstohlene Blicke zu. Schließlich hob einer von ihnen den Kopf, räusperte sich und gestand freimütig: »Herr Geheimrat, wir haben tatsächlich hart für das Examen gearbeitet. Denn ... Nun, wo die beiden Fräulein bei uns sind, können wir doch nicht zulassen, dass sie besser arbeiten und mehr wissen als wir.«

Der Geheimrat legte den Kopf in den Nacken und lachte schallend.

»Meine Damen, ich gratuliere Ihnen ein weiteres Mal, haben Sie doch allein durch Ihre Anwesenheit Ihre Kommilitonen zum Arbeiten gebracht! An diesen Effekt des Frauenstudiums hat gewiss niemand von uns gedacht. Guten Tag.«

Sie erhoben sich alle und verließen den Hörsaal.

Draußen vor der Klinik blendete die Sonne. Frida und Hermine fielen sich jubelnd in die Arme. Sie hatten es geschafft! Die letzte Prüfung lag hinter ihnen. Jetzt fehlte nur noch das Zeugnis. Und dann waren sie tatsächlich Ärztinnen!

Den Abend feierten sie gemeinsam mit Fridas Mutter mit einem herrlichen Festessen. Frau Geheimrat Busch ließ sich nicht lumpen und tischte auf, was Küche und Keller zu bieten hatten. Bei diesem Anlass vergaßen Frida und Hermine auch jede Zurückhaltung und tranken von dem ausgezeichneten Wein.

»Was haltet ihr eigentlich davon, erst einmal eine Reise zu unternehmen, bevor ihr die Promotion und die Weiterbildung in einer Klinik beginnt?«, fragte Frau Geheimrat Busch, als der Nachtisch aufgegessen war.

»Eine Reise?« Frida und Hermine schauten sich verblüfft an. Auf diesen Gedanken waren sie noch gar nicht gekommen.

»Ja. Ihr könntet zum Beispiel in den Bergen wandern. Oder an der Riviera.«

»Die Riviera?« Hermine sah sofort blühenden Lavendel vor sich, Zitronenbäume und Oleander, grün schimmerndes Meer und leuchtend blauen Himmel. Sie war noch nie so weit im Süden gewesen, aber sie hatte Ansichtskarten gesehen. »Was für eine ausgezeichnete Idee!«

Sofort überschlugen sie gemeinsam die Kosten, holten eine Karte herbei und sahen nach, welche Strecken man entlangwandern konnte. Nur zwei Stunden später stand fest, dass sie den Vorschlag von Fridas Mutter in die Tat umsetzen würden. In zwei Wochen würden sie losfahren. Im Mai konnten sie im Süden mit bestem Wetter rechnen – schon warm, aber noch keine sengende Hitze und wenig Regen. Ideale Bedingungen für die Reise.

Hermine freute sich. Das war eine angemessene Belohnung für die Mühen der vergangenen Jahre.

Kapitel 5

Nach drei herrlichen, unvergesslichen Wochen an der sonnigen Riviera nahm Hermine sich noch zwei weitere Wochen, um ihre Geschwister zu besuchen. Zuerst reiste sie zu Bernhard, der inzwischen in Göttingen studierte. Das Lernen fiel ihm leicht, und sein besonderes Interesse galt der Chirurgie. Danach fuhr sie zu Gesine nach Celle, die zur Oberschwester ernannt worden war, und schlenderte mit ihr durch die Altstadt mit den spitzen Fachwerkhäusern. Von Celle aus ging es weiter nach Berlin, wo sie nicht nur Cornelia in der Gärtnerei besuchte, wo sie mittlerweile arbeitete, sondern auch Fräulein Lange und Fräulein Bäumer. Zu viert wanderten sie durch den Grunewald, besuchten den Zoologischen Garten und aßen Unter den Linden Kuchen. Zum Schluss suchte sie Helene auf, die sich in Hannover an einem Mädchengymnasium auf ihr Abitur vorbereitete. Eine junge Frau machte das Abitur an einem Gymnasium! Nicht einmal zehn Jahre zuvor war das noch undenkbar gewesen. Die Welt veränderte sich. Sicher nicht so schnell, wie die Frauen sich das wünschten, und es lag auch noch ein langer Weg vor ihnen. Aber die Fortschritte waren nicht zu übersehen.

Gleich nach ihrer Rückkehr hatte Hermine in der Frauenklinik begonnen, unter Professor Schröder an der Krampfneigung Schwangerer zu forschen, der sogenannten Eklampsie, die immer wieder schreckliche Opfer unter der Geburt forderte – sowohl bei

Müttern als auch bei Kindern. Sie hatte die Beteiligung der Nieren bei dem Geschehen über den Gehalt von Albumin im Harn von Schwangeren und Gebärenden nachweisen können. Bei Patientinnen mit erhöhtem Blutdruck waren auch diese Werte erhöht. Es waren nur wenige und auch nicht gerade bahnbrechende neue Erkenntnisse, zu denen sie gelangt war. Nichts, was die Fachwelt nach Bonn locken würde, sondern nur ein weiteres kleines Steinchen im Mosaik dieser schrecklichen Krankheit. Aber es half, die Zusammenhänge besser zu verstehen. Viele kleine Steinchen ergaben ein Gesamtbild. Und am Ende – in zehn Jahren oder in zwanzig – konnte man dieses Krankheitsbild besser verstehen. Und irgendwann vielleicht sogar beherrschen.

Und nun war es so weit. Heute würde sie ihre Dissertation verteidigen. Ein weiterer Meilenstein auf ihrem Weg war fast erreicht.

Hermine schloss den letzten Kragenknopf ihres Kleides und betrachtete sich im Spiegel. Es stand ihr gut, dieses schlichte schwarze Kleid. Es wirkte ernsthaft und würdevoll und war dem Anlass angemessen.

Sie war dankbar für die Chance, die Professor Schröder ihr ganz selbstverständlich gegeben hatte. Ein bisschen stolz war sie natürlich auch. Und gerade jetzt ganz furchtbar aufgeregt! Mit ihr zusammen sollten noch Frida und zwei junge Männer ihre Dissertation verteidigen, sie würde also nicht allein vor dem Geheimrat und dem Dekan stehen müssen.

Das feierliche Doktorandum begann in einem Prüfungssaal. Hermine, Frida und ihre beiden Mitstreiter wurden vom Dekan und dem jeweiligen Doktorvater ausführlich zum Thema der Dissertation befragt. Alle Anwesenden waren festlich gekleidet – die beiden jungen Herren im Frack, der Dekan und die Professoren im Ornat und sie und Frida im schwarzen Kleid.

Hermine war nervös. Andererseits, was sollte ihnen schon passieren? Sie hatten schließlich lange genug an ihren Themen geforscht und sich gründlich in die aktuelle Literatur eingelesen. Sie waren gut auf alle Fragen vorbereitet, und weder der Dekan noch Professor Schröder noch Fridas Doktorvater war ihnen übel gesinnt. Dies hier war Bonn und nicht Halle oder gar Berlin. Was also sollte geschehen?

Doo dien best, God deit de Rest.

Wieder war Frida die Erste, die aufgerufen wurde. Würdevoll erhob sie sich. Aufrecht stand sie vor den Professoren. Und wer sie nicht kannte, dem fiel gewiss das leichte Zittern ihrer Stimme nicht auf, als sie das Thema ihrer Forschung erklärte.

Und dann war Hermine an der Reihe.

Sie legte ihre Aufzeichnungen vor sich auf das Pult und räusperte sich. Zuerst schilderte sie das Krankheitsbild und die Gefahren der Eklampsie für Mutter und Kind, ging zur Tafel und schrieb die Zahlen der vergangenen zehn Jahre im Vergleich zu ihrem Untersuchungszeitraum an die Tafel. Als sie schließlich über ihre Forschungen referierte, genau erklärte, wie die Idee entstanden war, das Albumin im Urin zu messen, wie eindeutig ihre Ergebnisse waren und was sie bedeuten konnten, vergaß sie, zu welchem Zweck sie heute hier war. Sie wollte die anwesenden Professoren davon überzeugen, dass die Eklampsie kein unabwendbares Schicksal darstellte, sondern dass man ihren Ursachen auf die Schliche kommen konnte. Als sie fertig war, beantwortete sie noch ein paar Fragen, dann dankte Professor Schröder ihr, und sie setzte sich neben Frida. Sie sah Professor Schröder lächeln und den Dekan Herrn Geheimrat Fritsch beifällig nicken. Hermine warf Frida einen Blick zu. Sie fassten einander an den Händen und strahlten vor Erleichterung. Das war geschafft!

Nachdem auch die beiden jungen Männer ihre Dissertation erfolgreich verteidigt hatten, begann der festliche Akt.

Der Saaldiener brachte das auf einem roten Samtkissen liegende Zepter der Universität in den Prüfungssaal, und in einem feierlichen Zug schritten der Dekan, die vier Professoren sowie sie als Doktoranden in den benachbarten Hörsaal. Wie vor drei Jahren beim Physikum in Halle war auch hier das Auditorium bis zum letzten Platz gefüllt, und Hermine war froh, dass sie davon vorher nichts gewusst hatte – sie wäre gleich noch viel nervöser gewesen! Auch Frida wirkte ein bisschen blass um die Nase.

Hermine verschränkte ihre kalten Finger ineinander, als sie gemeinsam mit Frida vorne neben dem geschmückten Katheder Platz nahmen. Nach einem kurzen Blick vermied sie es, in das Auditorium zu schauen. Die Sitze waren alle besetzt. Überall saßen schwarz gekleidete Herren, und im Schein der Lampen konnte sie Monokel und Brillengläser aufblitzen sehen. Es waren so viele, dass einem schwindelig werden konnte, und trotzdem war es so still im Hörsaal, dass sie hören konnte, wie einer der Anwesenden eine Seite in seinem Notizbuch umblätterte. Da war es besser, sich auf den Dekan zu konzentrieren, der den Katheder bestieg, um seine Ansprache zu halten.

»Meine sehr geehrten Herren, anwesende Kollegen und meine geehrten Damen.« Bei diesen Worten wandte er sich Hermine und Frida zu. »Dass die Verteidigung der Dissertation und die Verleihung der Doktorwürde eine festliche Angelegenheit an unserer Universität ist, hat Tradition. Hierfür steht auch das Zepter, auf das nicht wenige unter uns hier im Saal bereits selbst ihren Schwur geleistet haben. Und doch schreiben wir heute Geschichte. Denn zum ersten Mal in der Geschichte der Universität in Bonn wird die Doktorwürde an zwei Frauen verliehen. Sowohl Fräulein Hermine Edenhuizen als auch Fräulein Frida Busch haben sich durch herausragende Leistungen, mit harter

Arbeit und vorbildhaftem Fleiß diese Würde erworben. Dadurch haben Sie nicht nur ein persönliches Ziel erreicht. Sie haben auch den Frauen, die nach Ihnen kommen, die Türen geöffnet. Denn wenn zwei Frauen den Doktorhut erringen, können es auch vier. Wenn vier es schaffen, können es auch zehn, dreißig, hundert.« Beifälliges Gemurmel begleitete die Worte des Dekans. »Meine Herren. Dieser heutige Tag stellt nicht nur einen Wendepunkt in der Geschichte unserer Universität dar, sondern ist zugleich ein Meilenstein in der Geschichte der Medizin.« Er wandte sich Hermine und Frida zu. »Meine Damen, Sie haben im Studium Ihren Ernst und Ihren Willen bewiesen. Nun gilt es, denselben auch in der Praxis zu bestätigen. Ich bin mir sicher, und ich meine, ich spreche hier im Sinne aller Kollegen, unter denen Sie in den vergangenen Jahren gelernt und gearbeitet haben, dass Sie in den ärztlichen Beruf etwas Neues einbringen, das der ganzen Menschheit zum Segen gereichen wird. Jetzt ist es an der Zeit, dass Sie vor dem versammelten Auditorium den Schwur ablegen, dass Sie Ihre Pflicht tun, das Wohl der Ihnen anvertrauten Kranken vor Augen haben und auf diese Weise dem ärztlichen Stand Ehre machen werden. Treten Sie bitte nach vorne, Fräulein Busch.«

Nach Frida kam Hermine an die Reihe. Sie war aufgeregt, vor allem aber freute sie sich über die offene Anerkennung, die aus den Worten des Dekans geklungen hatte.

»Hiermit überreiche ich Ihnen die Doktorwürde. Legen Sie Ihre Hand auf das Zepter, und sprechen Sie mir nach.«

Feierlich legte Hermine ihre Hand auf das Zepter und sagte den Eid auf, mit dem sie schwor, in Zukunft den Kranken zu dienen und keinem Menschen Schaden zuzufügen.

Dann reichte Geheimrat Fritsch ihr feierlich die Hand.

»Meine Gratulation, Fräulein Doktor Edenhuizen.«

Zum ersten Mal werde ich Fräulein Doktor genannt, dachte

Hermine und hätte sich am liebsten in den Arm gekniffen, um sicher zu sein, dass sie nicht träumte.

Während sie unter dem Applaus des Auditoriums wieder an ihren Platz ging, um dem nächsten Doktoranden Platz zu machen, dachte sie wieder einmal an das Motto, das ihr Fräulein Lange zu Beginn des Gymnasialkurses mit auf den Weg gegeben hatte:

In der Beständigkeit liegt das Geheimnis des Erfolgs.

Bisher hatte sie sich auf ihrem Weg an diesen Spruch gehalten. Er war ihr zu einem stetigen Begleiter geworden, und an diesem Tag hatte Herr Geheimrat Fritsch Fräulein Lange recht gegeben. Es war ihrer Beharrlichkeit, ihrer beständigen, unermüdlichen Arbeit allen Widerständen und Hindernissen zum Trotz zu verdanken, dass sie jetzt hier in diesem Saal vor einem großen Auditorium saß.

Und wie der Dekan es gesagt hatte, war dies noch nicht das Ende. Im Gegenteil, von nun an mussten sie diese Beständigkeit in der Praxis beweisen. Für ihre Patienten. Aber auch für die Frauen, die nach ihnen kamen.

Kapitel 6

Hermine erinnerte sich daran, dass ihr Vater ihnen immer nahegelegt hatte, sich nach dem Studium und vor einer Niederlassung weiterzubilden. Er selbst hatte sofort Geld verdienen müssen, um sein Studiendarlehen zurückzahlen zu können, erst die Ehe mit der wohlhabenden Aafke hatte ihn aus seinen Geldnöten befreit. Bis zu seinem Ende hatte er damit gehadert, dass er nicht wenigstens ein oder zwei Assistenzjahre im Krankenhaus in verschiedenen Abteilungen verbracht hatte. »Wenn ihr die Universität verlasst, wisst ihr zwar recht viel, aber noch lange nicht alles. Und im Können seid ihr pure Anfänger«, hatte er seinen Kindern eingeschärft.

Diese Worte nahm Hermine sich zu Herzen und arbeitete in Bonn zunächst als Volontärärztin in der internistischen Klinik. Sie hatte sich dabei möglichst viele verschiedene Bereiche ausgesucht, um auf den verschiedensten Gebieten Erfahrungen zu sammeln. Schließlich folgte sie einem ihrer Bonner Lehrer nach Dresden, als dieser einen Ruf als Chefarzt annahm.

Die Stadt gefiel Hermine ebenso wie die Arbeit unter Professor Schmidt in der Inneren Medizin. Immer wieder musste sie an ihren Vater denken. Sie selbst konnte ohne jede finanzielle Verpflichtung und mit dem sicheren Polster ihres Erbteils im Rücken frei lernen. Das war ein Luxus, für den sie dankbar war und den sie noch dazu gemeinsam mit ihrer besten Freundin genießen durfte.

Frida hatte sich zufällig zur gleichen Zeit ebenfalls nach Dresden orientiert, um bei dem berühmten Kinderarzt Professor Schloßmann zu arbeiten. So wohnten sie wieder gemeinsam, diskutierten den medizinischen Fortschritt und die Fälle, mit denen sie im Klinikalltag zu tun hatten, und genossen gemeinsam ihre Freizeit.

Ihre Pensionswirtin war noch recht jung und die Witwe eines Dichters. Auch nach dem Tod ihres Mannes pflegte Frau Eckstein einen regen Kontakt zu Literaten, Musikern und Malern. Nach dem anstrengenden Klinikalltag waren diese Abendveranstaltungen und die Beschäftigung mit Musik, Kunst und Literatur eine höchst willkommene Abwechslung.

An einem dieser Abende saß Hermine am Tisch neben einem Dichter, dessen Roman sie gerade erst gelesen hatte. Es stellte sich heraus, dass er ebenfalls ein Friese war – er stammte aus der Dithmarscher Gegend –, und so hatten sie schnell eine gemeinsame Basis gefunden. Sie unterhielten sich angeregt, gelegentlich auch auf Platt, und lachten viel. Sein Lachen war voll und satt und ansteckend, und Hermine merkte, dass sie sich in seiner Nähe wohlzufühlen begann.

Beim Dessert kam er schließlich auf das Thema Ehe und Familie zu sprechen.

»Ich werde nicht heiraten«, sagte Hermine schlicht. »Meine Liebe gehört meinem Beruf, meine Aufmerksamkeit den Patienten. Da ist für einen Mann und Kinder kein Raum.«

Er legte seine Stirn in Falten.

»Das meinen Sie doch hoffentlich nicht ernst.«

»Doch, allerdings. Ich habe meine Berufung in der Medizin gefunden.«

»Sie? Eine Frau? Was wollen Sie denn in der Medizin?«

»Arbeiten. Und meinen Beitrag leisten, damit immer mehr Erkrankungen gut behandelt werden können und immer weniger Menschen leiden müssen.«

»Ja, ja, ja. Das klingt alles lobenswert und edel. Aber da können Sie ja gleich ins Kloster gehen.«

»Also Sie sind der Ansicht, dass Frauen nicht studieren und akademische Berufe ergreifen sollten?«

»Ja. Der Ansicht bin ich. Eine Frau als Arzt, Chemiker oder Philosoph! Am Ende wohl auch noch auf der Kanzel als Pastor, was?« Er lachte wieder, doch dieses Mal gefiel Hermine der Klang nicht. Es hatte einen unschönen, herabwürdigenden Ton. »Wozu sollte das denn auch gut sein? Was könnten Frauen leisten, was Männer nicht schon längst und zweifellos besser können?«

»Ich finde, es geht in dieser Frage nicht um ein besser oder schlechter, sondern um ein auch. Natürlich können Frauen Chemikerinnen, Ärztinnen, Philosophinnen sein. Und sogar Theologinnen. Warum denn nicht? Es gibt ja auch Männer, die in den Küchen der besten Restaurants und Hotels in der Küche stehen und Großes leisten, oder Männer, die ihr Leben ausschließlich der Erziehung von Kindern gewidmet haben. Dabei behauptet man doch, Küche und Kinder seien die Domäne der Frauen. Frauen den Zugang zu Bildung und Wissenschaft zu verwehren, nur weil sie Frauen sind, entbehrt meiner Meinung nach jedem Sinn für Gerechtigkeit und Fortschritt.«

»Und wenn Sie mit allem durch sind, wollen Sie wohl auch noch in Hosen herumlaufen und sich einen Bart wachsen lassen, was?«

Bevor sie darauf antworten konnte, wandte er sich deutlich verstimmt von ihr ab. Hermine war entsetzt. Nicht etwa, weil er ihr den Rest des Abends über die kalte Schulter zeigte und kein Wort mehr mit ihr redete. Sie war über sich selbst erschrocken. Sie hatte in ihm den Schriftsteller des Buches gesehen, das sie sehr gern gelesen hatte, und ihn sich offen, charmant, klug und humorvoll vorgestellt. Dabei war er keinen Deut besser als Professor Waldeyer in Berlin. So konnte man sich täuschen.

Kapitel 7

Wenige Stunden später waren alle Gäste gegangen. Während sie Aschenbecher leerte und gebrauchte Gläser auf ein Tablett stellte, berichtete Hermine Frida von dem Tischgespräch. Jetzt, mit etwas Abstand, regte sie sich schon weniger auf und konnte sogar darüber lachen.

Doch Frida sagte nichts. Still schüttelte sie die Kissen auf.

»Ist alles in Ordnung mit dir? Hattest du keinen interessanten Abend?«

»Doch, schon.« Frida runzelte die Stirn. »Glaubst du wirklich, dass man nicht lieben und trotzdem berufstätig sein kann? Männer können das doch auch!«

»Ja. Man könnte. Aber ein Mann würde eine Frau immer daran hindern, ihrer Arbeit nachzugehen. Wie es das Beispiel heute wieder gezeigt hat. Im Haus darf die Frau gerne klug sein, damit sie den Gesprächen ihres Gatten folgen kann, falls er das Bedürfnis hat, sich ihr mitzuteilen. Aber dabei soll es um alles in der Welt auch bleiben.«

Wieder übermannte Hermine der Zorn über diese Engstirnigkeit, und sie klopfte so stark auf eines der Sofapolster ein, dass eine Staubwolke aufstieg und sie dreimal hintereinander niesen musste.

»Ich muss dir etwas sagen, Hermine«, begann Frida mit heiserer Stimme. »Ich werde heiraten.«

Wie Lots Frau erstarrte Hermine mitten in der Bewegung. Das große Sitzpolster, das sie gerade aufschütteln wollte, hielt sie weiterhin in den Händen. Es war unhandlich, schwer zu halten, und schließlich fiel es auf den Boden, ihr vor die Füße. Das war der Weckruf. Hermine bückte sich, hob das Polster auf und legte es wieder aufs Sofa zurück. Ihre Bewegungen erschienen ihr dabei langsam und verzerrt, als würde sie sich selbst durch das Glas eines Flaschenbodens hindurch zusehen.

»Kannst du bitte wiederholen, was du gerade gesagt hast? Ich habe dich wohl nicht richtig verstanden.«

»Doch, du hast mich richtig verstanden.« Frida stellte sich vor sie hin, aufrecht, mit leicht erhobenem Kinn und dem beinahe trotzigen Blick, mit dem sie schon im Gymnasialkurs Lehrern entgegengetreten war, die nicht an den Verstand der Frau glauben wollten. »Ich werde heiraten.«

»Heiraten? Aber wen denn?«

»Ach, Hermine, das weißt du doch. Professor Doktor Corssen natürlich. Wir haben das Aufgebot gerade bestellt.«

Natürlich hatte sie, seit Frida nach Zürich gegangen war, von der Verlobung gewusst. Sie hatte auch gelegentlich die Briefe gesehen, die Professor Corssen ihr nach Halle und Bonn geschickt hatte – seine Handschrift kannte sie schließlich noch gut aus dem Unterricht. Allerdings hatte sie insgeheim gehofft, dass Frida diese Schwärmerei mit der Zeit abgelegt und die Verlobung schon längst wieder gelöst hätte.

So kann man sich täuschen …

Es fühlte sich an wie Verrat. Und das schmerzte mehr als das Gespräch mit dem Schriftsteller wenige Stunden zuvor. Viel mehr.

»Wann?«, fragte sie.

»In einem halben Jahr. Wir werden in Berlin heiraten. Und dort werden wir auch leben. Doch zuerst möchte ich noch meine Zeit bei Professor Schloßmann beenden.«

»Wozu denn noch?« Hermine mochte selbst nicht, wie bitter ihre Stimme klang, doch sie konnte nichts daran ändern.

»Ist dir der Gedanke wirklich so schrecklich? Ich liebe Peter. Und ich bin überzeugt, dass die Ehe mit ihm meiner Fortbildung als Ärztin und meiner Niederlassung keinen Abbruch tun wird.«

»Das glaubst du jetzt. Aber wird er das auch so sehen? Auch nach der Hochzeit?«

»Ja.«

Die Antwort kam ruhig und sicher. Und doch sah Hermine ihre kluge Freundin, wie sie dem Hauspersonal Anweisungen gab, Kindern die Nase putzte – aus irgendeinem Grund waren es in ihrer Fantasie vier, drei Mädchen und ein Junge – und anschließend eine Tischdecke gerade rückte, während ihr Mann geschäftig ins Gymnasium zum Unterricht oder zu einer Sitzung der Gesellschaft für Archäologie eilte. Das konnte Frida doch nicht als Ziel und Sinn ihres Lebens ansehen? Und was war mit ihren Plänen? Sie hatten doch gemeinsam eine Praxis eröffnen wollen!

»Ich weiß«, sagte Frida und legte ihr eine Hand auf den Arm. »Insgeheim hast du gehofft, dass ich die Verlobung längst gelöst habe, nicht wahr?«

Hermine wandte ihr Gesicht rasch ab, sodass Frida ihre Schamesröte nicht sehen konnte. Sie war ertappt.

»Du kannst dich nicht verstellen.« Frida lachte. »Ich bin glücklich, Hermine. Wirklich. Sehr glücklich. Kannst du dich denn gar nicht mit mir freuen? Wenigstens ein bisschen?«

»Ach, Frida!«

Sie fielen einander in die Arme.

»Also gut«, sagte Hermine. »Ich werde versuchen, mich mit dir und für dich zu freuen. Aber ich kann es dir nicht versprechen.«

»Unsinn, das musst du auch nicht. Mir reicht es, wenn du es

versuchst und mir nicht grollst.« Frida schaute sie prüfend an. »Du bist mir doch nicht böse, oder?«

»Nein«, sagte Hermine aufrichtig. »Das könnte ich gar nicht.«

Sie nahm sich zusammen und brachte sogar ein kleines Lächeln zustande. Für die Tränen, die gerade in ihren Augen stachen, war immer noch Zeit. Später, wenn sie ihre Zimmertür hinter sich geschlossen hatte und unbeobachtet in ihr Kopfkissen weinen konnte.

Kapitel 8

Hermine ließ es sich nicht nehmen, nach Berlin zur Hochzeit zu fahren – wenn auch mit gemischten Gefühlen. Die Trauung fand in einer kleinen Kirche unweit der Friedrich-Wilhelms-Universität statt. Am Eingang stand eine Tafel, auf der mit weißer Kreide in kunstvollen Buchstaben *Vermählung Frida Busch und Prof. Dr. Peter Corssen* geschrieben stand.

Es geht schon los, dachte Hermine. Die Doktorwürde hat man ihr bereits genommen.

Am liebsten hätte sie sofort zu Schwamm und Kreide gegriffen und den Fehler korrigiert, doch natürlich war keine Kreide verfügbar. Besorgt trat sie ein in die Stille der kleinen Kirche.

Der Innenraum war schlicht und lud zur Andacht ein. Trotzdem fror Hermine, als sie durch das Kirchenschiff auf die Bänke zuging, die für die Hochzeitsgäste mit Blumen geschmückt worden waren. Sie war die Erste, die saß, und froh, dass sie mit niemandem reden musste. Frau Geheimrat Busch war noch nicht anwesend, und von den anderen Gästen kannte sie niemanden. So konnte sie in ihrer Bank sitzen und vor sich hinstarren, während ihre Hände sich ineinander verkrampften. Vorne eilte der Küster mit einer Vase rosafarbener Rosen zum Altar und rückte die Stühle für das Brautpaar zurecht.

Dort sitzt gleich die Braut, dachte Hermine und fühlte ihre Kehle eng werden. Frida.

Ein halbes Jahr war seit Fridas Ankündigung vergangen. Ein halbes Jahr hatte sie Zeit gehabt, sich an den Gedanken zu gewöhnen, sich damit anzufreunden oder zumindest abzufinden. Nichts davon war ihr gelungen. Immer noch fiel es ihr schwer, sich Frida als Braut und Ehefrau vorzustellen. Es kam ihr fremd, geradezu absurd vor.

Mit reduzierten Registern setzte die Orgel ein und spielte einen Choral von Bach. Die übrigen Gäste kamen allmählich in die Kirche und suchten sich ihre Plätze. Es waren etwa zwei Dutzend Leute, darunter auch zwei kleine Mädchen, die entzückende Kleider aus weißer Spitze trugen. Zwei ältere Damen schoben sich zu Hermine in die Bank, und sie nahm ihr Gesangbuch und rückte etwas weiter an den Rand, um den beiden Platz zu machen. Dankbar und freundlich nickten sie ihr zu. Das blieb aber auch der einzige Kontakt, und Hermine war froh darüber. Sie war jetzt nicht in der Stimmung, zu erklären, woher sie Frida kannte und wie sie zu ihr stand. Also faltete sie die Hände, als wäre sie ins Gebet vertieft, und hielt den Blick auf das schlichte Holzkreuz gerichtet, das hinter dem Altar unter der Decke schwebte.

Dann waren Stimmen und Schritte von der Pforte her zu hören. Alle wandten sich dem Ausgang zu, die Orgel setzte mit allen Registern ein – und dann kamen sie, Frida und ihr Peter. Das Brautpaar.

Hermine presste die Lippen fest aufeinander, als sie Frida sah, in ihrem weißen Kleid und mit ins Haar geflochtenen Blumen. Sie unterdrückte ein Schluchzen, denn gerade kam das Paar an ihrer Bank vorbei. Fridas Blick suchte die Reihen der Gäste ab, fand schließlich Hermine und lächelte ihr zu. Ihre Wangen waren rosig, und ihre Augen leuchteten.

Und Hermine? Hermine wischte sich hastig die erste Träne fort. Sie war sicher, es würde nicht die letzte bleiben. Sie wollte sich für die Freundin freuen, das wollte sie wirklich. Aber wie sollte sie das anstellen? Wie sollte sie vergessen, dass Frida bereits jetzt kein Fräulein Doktor mehr war – wenn man dem Schild am Eingang glauben wollte? Und wie sollte sie all die Pläne vergessen, die sie gemeinsam geschmiedet hatten? Sie fühlte sich, als wäre dies keine Hochzeit, kein Anlass zur Freude, sondern eher eine Beerdigung. Ein endgültiger Abschied.

Gleichzeitig kam sie sich wegen dieser Gedanken schäbig, kleinlich und egoistisch vor.

Dann trat der Pfarrer mit der Bibel in der Hand nach vorn, und für einen Moment fand Hermine, dass er sich tatsächlich so bewegte, als trete er an den Rand eines offenen Grabes. Er begann zu sprechen. Von Mann und Weib, die vor Gott ein Fleisch werden. Von den Pflichten der Ehe, von Gottes Segen, der auf dieser heiligen und kleinsten Zelle der Kirche ruhte, und Hermine konnte die Tränen nicht mehr zurückhalten. Unablässig liefen sie ihr über die Wangen. Und sie konnte nur hoffen, dass die anderen Hochzeitsgäste glaubten, sie weinte vor Rührung.

Nach der schlichten Zeremonie und der Gratulation vor den Türen der Kirche fuhr die ganze Hochzeitsgesellschaft in ein angemietetes Lokal. Bei ausgezeichnetem Essen, Wein und Sekt wurden Reden zu Ehren des Brautpaares gehalten. Es fielen rührende Worte und sentimentale, manche ernsten und ein paar schwülstige waren auch dabei. Es wurde viel gelacht. Und wie Hermine Frida an der Stirnseite des Tisches neben ihrem angetrauten Ehemann sitzen sah, mit leuchtenden Augen, rosigen Wangen und einem so strahlenden Lächeln, wie sie es von ihr kaum kannte, lösten sich ihre Sorgen um die Freundin unversehens auf.

Nach dem Essen, während das Personal die Tische abdeckte und die Stühle so zusammenrückte, dass eine Tanzfläche entstand, hatten Hermine und Frida endlich Gelegenheit, ungestört miteinander zu sprechen.

»Ich freue mich aufrichtig für dich«, sagte Hermine und meinte es tatsächlich so.

»Ja?« Frida griff ihre Hand. »Das bedeutet mir wirklich viel, Hermine.«

»Du bist glücklich, das ist nicht zu leugnen. Und das allein zählt.«

»Tatsächlich? Sieht man mir das so an?« Sie lachte. »Aber Peter ist auch ein wunderbarer Mensch. Hast du mitbekommen, wie er vor der Kirche den Küster angewiesen hat, meinen fehlenden Doktortitel zu ergänzen?«

Nein, das hatte Hermine nicht miterlebt, sie hatte ja bereits in der Kirche gesessen, als Braut und Bräutigam ankamen. Aber nach der Trauung war ihr die Änderung auf dem Schild gleich ins Auge gefallen.

»Und ist das wahr? Du hast schon Praxisräume gefunden?«

»Ja, halbwegs. Ich habe wunderbare Räume gefunden, ganz in der Nähe unserer Wohnung. Bezahlbar sind sie auch. Allerdings ist der Mietvertrag noch nicht unterschrieben. Es gibt noch einen anderen Bewerber, und ich fürchte …« Ein Schatten fiel auf ihr strahlendes Lächeln. »Ich muss oft an Halle denken. Wie uns die Pensionswirtinnen die Tür vor der Nase zugeschlagen haben, nur weil wir uns als Studentinnen zu erkennen gaben. Die Menschen haben sich ja nicht wirklich geändert. Und ich befürchte, dass der Vermieter lieber an einen Architekten, Rechtsanwalt oder Internisten vermieten wird als an eine Ärztin. Egal, wie angesehen ihr Ehemann ist.« Sie seufzte. Dann war das Strahlen wieder ungetrübt auf ihrem Gesicht. »Aber wir haben noch Zeit. Zuerst fahren wir in die Flitterwochen.«

»Flitterwochen?«

»Aber ja! Peter möchte mir Griechenland zeigen. Wir werden Athen besuchen und Kreta. Und danach… stell dir vor… Ägypten!«

»Nein.«

»Doch! Wir werden nach Kairo fahren und dann nach Gizeh. Wirklich! Ich werde die Pyramiden sehen! Ich kann es immer noch gar nicht glauben.«

»Ich würde es vermutlich erst glauben, wenn ich direkt davor stehe. Und deine Mutter?«

»Wir wollten Mutter eigentlich mitnehmen, aber sie möchte nicht. Sie ist eine kluge Frau.« Frida lächelte verschmitzt. »Stattdessen wird sie sich hier um die Renovierung unserer Wohnung und den Umzug kümmern. Sie kommt ja auch zu uns nach Berlin. Und wenn wir zurück sind, ist alles fertig.«

Hermine schluckte. Liebend gern wäre sie auch nach Berlin gegangen, obwohl sie die Stadt noch nie wirklich gemocht hatte. Sie war ihr zu groß, zu laut, zu bunt. Doch Geheimrat Fritsch hielt ihr eine Stelle in der Frauenklinik in Bonn frei. Das war eine einmalige Chance.

»Dann verlasst ihr mich also alle?«, sagte sie und hoffte, dass es scherzhafter und gelassener klang, als sie sich gerade fühlte.

»Leider. Meine Mutter hat ja außer mir niemanden in Bonn. Deshalb…« Sie öffnete ihr winziges Brauttäschchen und kramte darin herum. Schließlich zog sie ein zusammengefaltetes Papier heraus und reichte es Hermine. »Bitte.«

»Was ist das?«

»Das ist die Adresse von Dr. Otto Heusler und seiner Frau Elisabeth. Sehr reizende Leute. Der Vater von Herrn Dr. Heusler war ein Schulkamerad und enger Freund meines Vaters, sie haben gemeinsam das Abitur gemacht, und mein Vater war sein Pate. Herr Dr. Heusler unterhält einen medizinischen Zirkel, wo sich regelmäßig Ärzte aller Fachrichtungen treffen, um in zwangloser Atmosphäre über den medizinischen Fortschritt zu diskutieren. Und Frau Heusler ist wirklich eine sehr reizende Frau. Es war Mutters Idee, dich mit den Heuslers bekannt zu machen, damit du in Bonn nicht vereinsamst. Meine Mutter wird den beiden ein Empfehlungsschreiben schicken und ihnen deine Adresse geben, damit ihr euch miteinander bekannt machen könnt.«

Hermine faltete das Papier auseinander und las die Namen der beiden Fremden. Die Adresse war nicht weit von der Frauenklinik entfernt, ein gutes Wohnviertel von Bonn, mit schmucken Häusern in gepflegten Gärten.

Wie fürsorglich von der Frau Geheimrat!, dachte Hermine und steckte das Papier sorgfältig ein.

Teil 4

Stolpersteine

1906 bis 1909

Bonn

Kapitel 1

Am ersten Januar 1906 begann Hermine mit ihrer Arbeit an der Frauenklinik in Bonn. Drei Jahre lang hatte sie darauf hingearbeitet, in verschiedenen Fachrichtungen und Abteilungen ihr Wissen in Innerer Medizin und Chirurgie zu vertiefen. Sie war sogar eigens in die Schweiz gefahren, um sich in Bern ein halbes Jahr bei dem berühmten Professor Jadasson in Dermatologie weiterzubilden. Mit ihren dreiunddreißig Jahren fühlte sie sich oft alt neben den jungen Männern, die in deutlich jüngeren Jahren ihr Staatsexamen hinter sich brachten. Doch als sie zum ersten Mal durch die Pforte der Frauenklinik schritt, kam es ihr vor, als sei das Ziel nun endlich zum Greifen nahe.

Es war früh am Morgen, die Turmuhr der nahen Kirche schlug sieben Uhr. In der Klinik war es noch ruhig. Ein junger Mann saß auf einem der Wartestühle in der Eingangshalle. Er wirkte nervös, bleich und übernächtigt, und Hermine vermutete, dass genau in diesem Moment seine Frau in einem der Kreißsäle lag. Zwei Krankenschwestern huschten über den Flur, Körbe mit Wäsche in den Händen. Es roch nach Karbolsäure und Kernseife, die Türklinken blinkten, nirgendwo war ein Fleck oder ein Stäubchen zu sehen. Hier herrschte Sauberkeit in jeder Ecke.

Hermine ging zu den Büroräumen im Erdgeschoss und meldete sich im Vorzimmer von Herrn Geheimrat Fritsch an. Die Sekretärin nahm ihre Unterlagen entgegen und bat sie, einen

Augenblick zu warten. Kurz darauf kam Herr Geheimrat Fritsch selbst aus seinem Zimmer. Ein großer Mann mit grauen Haaren, gepflegtem kurz geschnittenen Bart und Brille. Sein weißer Kittel spannte etwas über dem Bauch, die silbernen Knöpfe blitzten im Schein des Gaslichts.

»Fräulein Edenhuizen«, sagte er und reichte ihr mit feierlichem Ernst die Hand. »Ich freue mich, Sie als erste Volontärärztin in meiner Klinik begrüßen zu können. Ich wünsche Ihnen erfolgreiches Arbeiten und fruchtbares Lernen. Und wie jedem meiner Assistenten gebe ich auch Ihnen mit auf den Weg: An meiner Klinik soll kein unnützer Schmerzenslaut ertönen.«

»Danke, Herr Geheimrat. Ich danke Ihnen, dass Sie mir die Chance geben, mich in Ihrer Klinik zu bewähren. Ich freue mich auf die Arbeit.«

»Dann wollen wir nicht lange damit warten. Sie beginnen Ihr Volontariat in der Geburtshilfe. Dazu gehören der Kreißsaal und die Wöchnerinnenstation. Morgens fangen wir um Viertel nach sieben mit der Frühbesprechung im Hörsaal der Klinik an. Kommen Sie mit, dann erfahren Sie gleich, wie es bei uns zugeht, und ich stelle Sie den Kollegen vor.«

Sie folgte Geheimrat Fritsch zur anderen Seite des Gebäudes, wo eine Krankenschwester einem strahlenden Mann ein kleines, in weiße Tücher gewickeltes Bündel zeigte. Hermine erkannte in dem bleichen, übernächtigt aussehenden Vater den Mann aus der Empfangshalle. Sein Warten hatte offenbar ein gutes Ende gefunden.

Am Ende des Flurs erreichten sie eine Doppelflügeltür. Der Geheimrat zog einen Flügel auf und ließ Hermine galant den Vortritt.

»Bitte sehr, willkommen im Hörsaal der Frauenklinik.«

Hermine trat ein. Es war der gleiche Hörsaal, in dem sie selbst ihre Vorlesungen über Frauenheilkunde und Geburtshilfe gehört hatte. Trotzdem war es erstaunlich, wie die Perspektive den Eindruck veränderte. Als Studentin war sie stets auf der anderen Seite von außen gekommen und hatte die Stufen hinabsteigen müssen. Es war das erste Mal, dass sie den Saal von vorne, von der Stirnseite aus sah und die Sitzreihen emporblickte. Ein Gefühl, als stünde sie im Zentrum der Dinge.

Die Tür öffnete sich, und zwei Männer in weißen Kitteln kamen herein. Sie waren ins Gespräch vertieft und lachten, doch als sie Hermine sahen, verstummten sie.

»Nehmen Sie Platz, Fräulein Doktor«, sagte Geheimrat Fritsch.

Hermine suchte sich einen Sitz am Rand der ersten Reihe und versuchte die neugierigen Blicke zu ignorieren. Um Punkt Viertel nach sieben waren, abgesehen vom Geheimrat und ihr selbst, elf Ärzte versammelt.

»Guten Morgen, meine Herren«, begann Geheimrat Fritsch. »Ich möchte Ihnen Fräulein Doktor Edenhuizen vorstellen, die von heute an als Volontärärztin und dritte Assistenz in unserer geburtshilflichen Abteilung arbeiten wird. Herzlich willkommen an unserer Klinik.« Die Kollegen klopften mit den Fingerknöcheln auf die Ablagen vor ihnen. »Fräulein Doktor, seien Sie doch so freundlich und sagen Sie selbst noch ein paar Worte zu Ihrem Werdegang.«

Hermine stand auf und ging nach vorne, der Geheimrat selbst nahm in der ersten Reihe Platz. Mit vor der Brust verschränkten Armen lehnte er sich entspannt zurück, als würde er gleich einem Konzert lauschen.

»Guten Morgen und vielen Dank für die freundliche Aufnahme. Mein Name ist Hermine Edenhuizen. Ich habe in Zürich, Halle und Bonn studiert und drei Monate Krankenpflegepraxis in Hamburg-Eppendorf erworben, wo ich unter anderem in der chirurgischen Abteilung die Arbeit von Doktor Sudeck kennenlernen durfte. Mein Staatsexamen habe ich schließlich in Bonn abgelegt. Promoviert habe ich unter Herrn Professor Schröder zum Thema der Eklampsie hier in Bonn. Im Rahmen der Untersuchungen gelang es uns, bei den betroffenen Patientinnen eine Beteiligung der Nieren nachzuweisen. Im Anschluss an die Dissertation habe ich mich in Innerer Medizin in Bonn und Dresden weitergebildet, ein halbes Jahr am Inselspital in Bern unter Herrn Geheimrat Jadasson auf dem Gebiet der Haut- und Geschlechtskrankheiten gearbeitet und drei Monate in Pathologie bei Professor Borst in Göttingen absolviert. Ich freue mich auf die Aufgabe hier an der Frauenklinik.«

Wieder klopften alle auf die Ablagen.

»Möchte noch jemand eine Frage an das Fräulein Doktor richten?«

»Ich, bitte.« Ein junger blonder Arzt, der seinem jungenhaften Gesicht nach zu urteilen gerade erst die Schule verlassen haben konnte, hob die Hand. »Wieso haben Sie in der Krankenpflege gearbeitet? Waren das nicht verschwendete drei Monate?«

»Nein, ganz und gar nicht. Das Studium bereitet die angehenden Mediziner hervorragend auf nahezu jedem Wissensgebiet vor. Aber die praktische Seite des Arztseins kommt in meinen Augen dabei zu kurz. Bevor ich nach Hamburg-Eppendorf ging, hätte ich nicht gewusst, wie ein Patient gebettet wird, wie einem Bettlägerigen Medikamente eingeflößt werden oder wie ein Verband gewechselt wird. Bei Hausbesuchen kann ich aber in den seltensten Fällen auf eine erfahrene Krankenschwester zurückgreifen. Deshalb habe ich mich dazu entschlossen, diese Lücke an praktischer Erfahrung zu schließen. Und ich habe meine Entscheidung nicht einen Moment bereut. Die drei Monate waren gut investiert.«

Geheimrat Fritsch nickte beifällig.

»Hat noch jemand eine Frage an die Kollegin?« Niemand meldete sich. »Danke, Fräulein Doktor, für diesen interessanten Einblick. Und nun ein paar Erläuterungen zu Ihrer Orientierung. Bei der Morgenbesprechung stellen die Abteilungen kurz vor, was gerade auf den Stationen geschieht, wie viele Frauen aufgenommen wurden, in den Kreißsälen sind, operiert werden und so weiter. Montags bis freitags findet nachmittags um vier eine Fallbesprechung statt. Das ist die Gelegenheit, komplizierte Fälle mit den Kollegen der anderen Abteilungen zu diskutieren oder interessante Verläufe vorzustellen. Und samstags um vier ist hier in unserem Hörsaal unser interdisziplinäres Kolloquium, gemeinsam mit den Kollegen der Chirurgie, Inneren Medizin, Neurologie und Psychiatrie. Diese Besprechungen sind obligatorisch, die stationären Abläufe entsprechend ausgerichtet, damit jeder Kollege daran teilnehmen kann – auch wenn sich Geburten für gewöhnlich keinen Deut um Zeitpläne und Kolloquien scheren. Kollegen, die gerade Dienst im Kreißsaal tun, sind daher selbstverständlich von dieser Pflicht befreit.« Geheimrat Fritsch lächelte. »Und nun beginnen wir mit unserer heutigen Frühbesprechung. Herr Doktor Kramer. Was liegt bei Ihnen an?«

Ein hochgewachsener, hagerer dunkelhaariger Arzt erhob sich. Und während er und die Kollegen von Geburten im Kreißsaal, Einsätzen für die Poliklinik und geplanten Operationen sowie postoperativen Verläufen berichteten, fühlte sich Hermine bereits weniger fremd.

Als sie an diesem Abend nach Hause kam, müde und den Kopf voll mit Eindrücken vom ersten Tag, erwarteten sie zwei Briefe, die ihre Wirtin auf das Tischchen neben ihrer Zimmertür gelegt hatte.

Einer der beiden Briefe kam von Frida aus Berlin. Wenn man den Zeilen glauben wollte, fühlte sich die Freundin wohl in ihrer Ehe und hatte sich bereits gut eingelebt. In wenigen Wochen wollte sie ihre erste Praxis als Kinderärztin eröffnen – offenbar hatte sie endlich Räumlichkeiten gefunden, die sie mieten konnte. Der zweite Brief trug eine ihr unbekannte männliche Handschrift. In dem Kuvert steckte eine schlichte Briefkarte, mit der sie Herr Doktor Heusler zu einem Treffen der Ärzte in Poppelsdorf und Umgebung einlud.

Es handelt sich um einen Gesprächskreis, in dem wir in formloser Runde über Fälle aus dem Praxisalltag und den medizinischen Fortschritt diskutieren. Wir treffen uns alle zwei Wochen in den Räumlichkeiten meiner Praxis, die Anschrift finden Sie umseitig. Die nächste Zusammenkunft findet am Samstag, den 13. Januar, um acht Uhr statt. Ich würde mich freuen, Sie in unserer Gesprächsrunde begrüßen zu dürfen.
Hochachtungsvoll, Dr. Otto Heusler.

Hermine dachte nach. Bisher hatte sie es aufgeschoben, Frau Buschs Empfehlung nachzukommen und sich an das Ehepaar Heusler zu wenden. Sie war erst seit zwei Wochen wieder in Bonn und hatte die Zeit gebraucht, um sich einzurichten. Der Sohn ihrer Wirtin hatte erst kürzlich geheiratet und einen Großteil der Möbel in seinen neuen Hausstand übernommen. Deshalb konnte Hermine zwar gleich zwei Zimmer mieten, die direkt aneinanderlagen – ein kleines, das zum ruhigen Innenhof hinausging und das sie als Schlafzimmer benutzte, und ein größeres, das ihr als Wohn- und Arbeitszimmer diente. Allerdings hatte sie sich um eigene Möbel kümmern müssen. Zum ersten Mal, seit sie Pewsum verlassen hatte, um in Berlin das Abitur zu machen, hatte sie nicht einfach nur ihre Koffer und Taschen auspacken können. Sie war dankbar für die geerbten Möbel, die seit dem Tod ihres Vaters in der Manningaburg in Pewsum eingelagert waren. Allerdings war es ein ziemlicher Aufwand gewesen, ein Fuhrunternehmen zu finden, das Bett, Schrank, zwei Stühle und zwei Tische von Pewsum nach Bonn brachte. Und so hatte sie tatsächlich noch keine Zeit gefunden, sich an das Ehepaar Heusler zu wenden. Dass ihr Herr Doktor Heusler nun zuvorkam, freute sie. Ein Treffen von Ärzten verschiedener Fachrichtungen versprach interessant zu sein.

Gleich setzte sie sich an ihren Schreibtisch, dankte Herrn Doktor Heusler und nahm seine Einladung an. Fridas Brief würde sie erst am nächsten Tag beantworten. Ihr schwirrte der Kopf, und sie war heilfroh, dass sie sich mit einem geschmierten Brot und einem Glas Milch in ihre Räume zurückziehen konnte. Eine Weile studierte sie beim Essen noch die Fachliteratur zu Fällen, die ihr an diesem Tag begegnet waren – eine komplizierte Geburt in Steißlage und ein Fieberschub drei Tage nach der Entbindung bei einer jungen Erstgebärenden. Danach machte sie sich fertig fürs Bett. Sie war so müde, dass es ihr schwerfiel, die Augen lange genug offen zu halten, um den Wecker auf halb sechs Uhr zu stellen. Im nächsten Moment war sie bereits eingeschlafen.

Kapitel 2

Auf der geburtshilflichen Station war es interessant und fordernd, und es verging nicht eine Stunde, ohne dass Hermine Neues lernte. Wirklich anstrengend gestaltete sich die Arbeit jedoch, weil Herr Dr. Kramer, der Assistenzarzt, dem sie zugeteilt war, mit ihr nichts anzufangen wusste – was auf Gegenseitigkeit beruhte. Er war ein seltsamer, unnahbarer und steifer Mann. Oft sprach er kaum mit den Patientinnen, sondern wandte sich eher an die Ehemänner, als wären die Frauen kleine Kinder, die eines Vormunds bedürften. Die Schwestern kommandierte er herum. Hermine aber behandelte er meistens, als wäre sie Luft. Nur wenn er etwas auszusetzen hatte, wurde er laut. Er erwartete von ihr, dass sie ihm zuarbeitete und ihm Aufgaben abnahm. Was das aber konkret sein sollte, musste sie meistens erraten, weil er kaum mit ihr sprach. Und wenn er ihr doch mal eine Anweisung erteilte, dann war diese so knapp oder missverständlich gehalten, dass sie als in der Gynäkologie weitgehend unerfahrene Ärztin nichts damit anfangen konnte.

Es war Samstag. Eigentlich hatte Hermine sich vorgenommen, sofort nach dem interdisziplinären Kolloquium die Klinik zu verlassen, um sich zu Hause noch frisch zu machen, bevor sie zum Gesprächskreis von Herrn Doktor Heusler ging. Doch ausgerechnet an diesem Tag war Dr. Kramer besonders ungeduldig. Sie hatte die Aufnahmeuntersuchungen zweier Patientinnen übernommen, die hochschwanger zur Entbindung in die Klinik kamen. Etwas an ihrer Arbeit hatte Dr. Kramer erzürnt. Er war so aufgebracht gewesen, dass er die von ihr ausgefüllten Patientenkarten zerrissen und in den Papierkorb geworfen hatte. Aber was hatte sie falsch gemacht? Es war schon nach sechs Uhr, als sie immer noch im Arztzimmer saß, um die Patientenkarten neu auszufüllen und herauszufinden, worin ihr Fehler bestand.

Sie stützte den Kopf in beide Hände und massierte sich die Schläfen. Sie bekam Kopfschmerzen. Vielleicht sollte sie Herrn Doktor Heusler für heute Abend doch absagen?

Die Tür wurde aufgerissen, und Schwester Hilde stürmte herein.

»Heilige Maria!«, rief sie aus und presste die Hand auf die linke Seite ihres gewaltigen Brustkorbs. »Haben Sie mich erschreckt! Was machen Sie denn hier noch, Fräulein Doktor? Ich dachte, Sie sind längst zu Hause!«

Hermine schüttelte müde den Kopf und deutete auf die Patientenkarten. »Ich muss die noch einmal schreiben. Herr Doktor Kramer ist nicht zufrieden damit, wie ich sie ausgefüllt habe.«

»Aha. Und was ist an Ihrer Art falsch?«

Hermine zuckte mit den Schultern.

»Wenn ich das nur wüsste. Er hält sich ja recht bedeckt, der gute Herr Doktor. Alles, was mir bleibt, ist Spökenkiekerei.«

»Wie bitte?«

»Kaffeesatzlesen, raten, hellsehen.« Sie rang sich ein Lächeln ab. »Spökenkiekerei sagen wir in Ostfriesland dazu.«

»Ja, der Herr ist es wohl gewohnt, dass man ihm jeden Wunsch von den Augen abliest.« Schwester Hilde schnaubte. »Da kann man mit vollen Händen am Bett einer Patientin stehen, und er wartet mit beiden Händen in den Kitteltaschen, bis man ihm die Patientin richtig aufgesetzt hat. Sie sind da anders, Fräulein Doktor. Nicht so von oben herab und als wären Sie etwas Besseres als unsereiner. Wir haben schon oft gesagt, wenn wir in unserem Zimmer zusammensitzen, dass man manchmal glauben könnte, Sie sind eine von uns.« Hermines Wangen wurden warm. »Kein Grund, rot zu werden, Fräulein Doktor. Wir Schwestern mögen das. Wissen Sie, es gibt drei Arten von Doktoren.« Sie hob ihren Daumen. »Es gibt die, die so sind wie Herr Geheimrat Fritsch. Sie behandeln uns mit Respekt. Wie Hausangestellte, die gute Arbeit leisten. Dennoch würde es keinem von denen in den Sinn kommen, uns bei unserer Arbeit zu helfen, selbst wenn sie gerade nichts zu tun haben. Einem Hausmädchen nehmen sie ja auch nicht das Tablett ab, wenn sie den Kaffee serviert. Das wären also die Ersten. Von denen gibt es nicht so viele.« Schwester Hilde streckte den Zeigefinger aus. »Die nächste Gruppe sind die Dr. Kramers. Diese Doktoren scheren sich einen Dreck um uns. Sie kommandieren und scheuchen uns herum, als wären wir lediglich niedere Tiere. Und dann gibt es noch die Dritten, das sind die Schlimmsten. Sie tun freundlich und nett, begrüßen einen sogar mit Namen, scherzen und lachen. Und dann, wenn keiner hinguckt, können sie ihre Hände nicht bei sich behalten.«

Hermine war entsetzt.

»Wirklich?«

Schwester Hilde seufzte.

»Was meinen Sie, wie viele junge Schwestern schon ihren Beruf aufgeben mussten, weil ein Kind unterwegs war. Und natürlich ist dafür allein die Frau verantwortlich. Sie hätte sich ja weigern können. Erst kurz vor Weihnachten ist eine der OP-Schwestern drüben aus der Chirurgie ins Wasser gegangen. Auf dem Tisch hat dann der Professor Grün von der Pathologie den Grund entdeckt. Sie war im vierten Monat.«

»Aber dagegen muss man doch etwas tun können?«

»Und was? Mir hat damals in meiner Ausbildung meine Oberschwester gesagt: ›Kind, lass es einfach über dich ergehen, da musst du durch, das ist noch jeder von uns so ergangen.‹ Und jede, die dann doch den Mund aufmacht, arbeitet nicht mehr lange hier. Dann kann man zusehen, ob man in die Fabrik gehen oder die Stadt verlassen will. Von irgendwas muss man als Frau ja leben.« Schwester Hilde schüttelte den Kopf. »Nee, Fräulein Doktor, das wird sich nicht ändern. Auch in hundert Jahren nicht. Aber so jemand wie Sie, ein Fräulein Doktor, das einem mal das Tablett mit den Spritzen abnimmt oder selbst eine Patientin im Bett aufsetzt – das ist wie Ambrosia für unsereiner. Und dass Sie auch noch wissen, wie man eine Patientin richtig anfasst…« Sie nickte anerkennend. »Das merken auch die Patientinnen. Vorhin fragte mich diese junge Frau, die so große Angst vor ihrer ersten Entbindung hatte, ob nicht Sie die Geburt betreuen könnten – in Ihrer Nähe sei sie gleich viel ruhiger. Wie ich schon sagte: Als wären Sie eine von uns.« Schwester Hilde legte ihre kräftige, vom Putzen mit Seifenlauge und Karbollösung raugearbeitete Hand auf Hermines Arm und beugte sich vor. »Machen Sie sich mal nichts aus diesem Knallkopp von Doktor. Wir alle halten zu Ihnen, Fräulein Doktor. Und wir werden Ihnen helfen, so gut wir können.«

»Danke«, sagte Hermine und schluckte. Die Worte der Schwester rührten sie. »Sie können mir nicht zufällig erklären, was Herrn Doktor Kramer an der Art, wie ich die Patientenkarten ausfülle, missfällt?«

»Lassen Sie mal sehen.« Schwester Hilde nahm eine der Karten, studierte sie aufmerksam, dann zuckte sie mit den Schultern. »Abgesehen davon, dass Sie viel mehr schreiben als er und ich Ihre Schrift sogar lesen kann… Ich weiß es leider auch nicht.«

»Danke.«

»Machen Sie nicht mehr so lange, Fräulein Doktor«, sagte Schwester Hilde. »Es gibt noch ein Leben da draußen, außerhalb der Klinik.«

»Ja, tatsächlich.« Hermine lächelte. »Ich mache das hier nur fertig. Dann bin ich weg.«

Schwester Hilde verließ den Raum, und Hermine schrieb die letzten beiden Patientenkarten zu Ende. Sie wusste immer noch nicht, was sie falsch gemacht hatte, und konnte nur hoffen, dass Doktor Kramer dieses Mal zufrieden war.

Sie zog sich um und löschte die Lampe. Es war bereits halb sieben, und ihre Kopfschmerzen waren nicht besser geworden, im Gegenteil.

Auf dem Weg nach Hause kämpfte Hermine mit sich. Sollte sie wirklich den Gesprächskreis besuchen? Oder sollte sie Herrn Doktor Heusler für dieses Mal absagen und die Zeit nutzen, zeitig ins Bett zu gehen, um diesen Kopfschmerz mitsamt dem anstrengenden, irgendwie unerfreulichen Tag loszuwerden?

Doch die kühle Winterluft tat ihrem schmerzenden Kopf gut. Und als sie zu Hause angekommen war, hatte sie beschlossen, die Einladung doch anzunehmen. Sie würde sich frisch machen und zu Fuß zur Praxis von Herrn Doktor Heusler gehen, die nicht weit von ihrer Wohnung entfernt lag. Vielleicht würde die Abwechslung, das Gespräch mit Ärzten außerhalb der Klinik, sie auf andere Gedanken bringen, ihre Stimmung verbessern und damit auch den Kopfschmerz vertreiben. Und wenn das doch nicht half, war es nicht unhöflich, früher zu gehen.

Zu Hause angekommen stellte sie fest, dass sie vor allem Hunger hatte, weil sie seit dem Frühstück nichts mehr gegessen hatte. Sie aß eine Kleinigkeit im Stehen, wusch sich mit kaltem Wasser Gesicht und Nacken und wechselte das Kleid. Dann war es auch schon höchste Zeit, sich auf den Weg zu machen. Mit wehmütigem Blick verabschiedete sie sich von ihrem Lesesessel und dem Roman eines Lübecker Schriftstellers, den sie gerade las, eine hochinteressante Studie einer angesehenen Kaufmannsfamilie.

Morgen, vertröstete sie sich selbst. Morgen ist Sonntag, ich habe frei und kann den ganzen Tag über lesen, so viel ich will.

Sie setzte ihren Hut auf und verließ die Wohnung, bevor die Familie Buddenbrook sie doch noch überreden konnte, zu bleiben und sich mit ihrem Schicksal zu befassen.

Kapitel 3

Auf der Straße empfing sie kühle, feuchte Winterluft, und zwei Straßenecken weiter waren die Kopfschmerzen beinahe verschwunden. Sie rechnete fest damit, an diesem Abend die einzige Frau im Kreis der Ärzte zu sein. Trotzdem hielt sich ihre Aufregung vor diesem Gesprächsabend in Grenzen, was sie nicht überraschte. Schließlich war es nicht das erste und gewiss für lange Zeit auch nicht das letzte Mal, dass sie als Frau, vielleicht sogar als Erste ihres Geschlechts, Zutritt zu einer Männergesellschaft bekommen oder sich erkämpft hatte. Die Rolle der Ausnahme, der Exotin, des Stolpersteins war ihr mittlerweile vertraut. Ebenso die meisten Reaktionen auf ihre Anwesenheit: Von Erstaunen und höflichem Interesse über Furcht bis hin zu Ablehnung und Hass war in der Regel alles vertreten. Und mit der Zeit hatte sie sogar gelernt, damit umzugehen.

Das Zinshaus, in dem die Praxis von Herrn Doktor Heusler lag, erkannte sie schon von Weitem – die gesamte untere Etage des großen, stattlichen Hauses war hell erleuchtet, und während Hermine näher kam, hielten zwei Droschken davor.

Sie stieg die Treppe zur Eingangstür hoch, neben der zwei Messingschilder auf die »Internistische Praxis Doktor Otto Heusler« und die »Praxis für Nervenleiden Doktor Max von Dörnau« hinwiesen. Die Haustür stand offen. Stimmen und Lachen drangen aus einer Wohnung und wiesen Hermine den Weg zur

Praxis. Gerade als sie sich fragte, ob sie klopfen oder läuten sollte, öffnete sich die Tür, als hätte man auf sie gewartet. Ein hochgewachsener, schlanker Mann mit feinen, braunen Haaren stand vor ihr. Sein Spitzbart betonte das schmale Gesicht, und seine blauen Augen wirkten aufmerksam, freundlich und intelligent.

»Guten Abend«, sagte Hermine. »Ich bin Hermine Edenhuizen. Ich habe eine Einladung.« Als Beweis zog sie die Karte aus ihrer Tasche. Doch ihr Gegenüber achtete nicht darauf.

»Sie müssen Fräulein Doktor Edenhuizen sein«, sagte er, und sein Lächeln ließ freundliche Fältchen um seine Augen entstehen. »Ich bin der Gastgeber, Otto Heusler. Doktor Otto Heusler«, fügte er rasch hinzu, und sein Gesicht färbte sich eine Nuance dunkler. Er reichte ihr die Hand. »Es freut mich, dass Sie es einrichten konnten.«

Sein Händedruck war angenehm kräftig, aber weit entfernt von schmerzhaft.

»Ich habe zu danken. Es ist sehr freundlich von Ihnen, dass Sie mich für diesen Gesprächsabend berücksichtigt haben.«

»Gerne. Darf ich Ihnen aus dem Mantel helfen?«

Er nahm ihr den Mantel ab und fand nach einigem Suchen schließlich doch noch einen freien Haken am Garderobenständer.

»Kommen Sie, Fräulein Doktor Edenhuizen. Wir versammeln uns immer in meinem Sprechzimmer.«

Er ging zu einer Flügeltür am Ende des Flurs. Dahinter war Stimmengewirr zu hören. Er öffnete, ließ Hermine den Vortritt und schloss dann hinter ihnen die Tür.

In dem Raum waren mindestens ein Dutzend Herren versammelt. Es roch nach Zigarrenrauch, Pfeifentabak und Alkohol. Auf einem Tischchen, auf dem während der Sprechstunden wohl eher Spritzen und medizinische Instrumente ihren Platz hatten, stand eine schön geschliffene Karaffe mit einer bernsteinfarbenen Flüssigkeit. Die meisten der Herren hatten ein Glas in der Hand.

»Meine Herren!« Herr Doktor Heusler hob die Stimme, und die Gespräche verstummten. »Darf ich Ihnen Fräulein Doktor Edenhuizen vorstellen?«

Alle Augenpaare richteten sich auf Hermine. Doktor Heusler stellte die Anwesenden der Reihe nach vor, und Hermine wurde mit steifen Verbeugungen begrüßt. Mit Ausnahme der Chirurgie waren alle Fachrichtungen vertreten.

»Auf welchem Fachgebiet sind Sie denn tätig?«, erkundigte sich ein Kollege, den Doktor Heusler als Kinderarzt vorgestellt hatte.

»Ich bilde mich in der Gynäkologie fort. Am ersten Januar habe ich hier in der Frauenklinik bei Herrn Geheimrat Fritsch als Volontärärztin in der geburtshilflichen Abteilung angefangen.«

»Wie passend.« Der Kinderarzt verneigte sich.

»Frauenheilkunde bei Professor Fritsch.« Doktor Geiger, der als Spezialarzt für Frauenheilkunde niedergelassen war und einen schlohweißen Haarkranz hatte, neigte den Kopf. »So, so. Gestatten Sie mir die Frage, wie es Ihnen gelungen ist, bei Professor Fritsch eine Stelle zu ergattern? Mein Sohn wollte dort ebenfalls seine Volontärszeit absolvieren, doch er hat sich an unserem geschätzten Geheimrat die Zähne ausgebissen. Dabei ist er ein recht heller Kopf und gewiss nicht faul.«

Hermine überlegte, ob die Frage unverschämt war, doch Doktor Geiger hatte ein gutmütiges, väterliches Gesicht. Die Antwort schien ihn wirklich zu interessieren, und zwar nicht aus Neid.

»Ich habe den Herrn Geheimrat kurz vor dem Staatsexamen gefragt, ob er mich als Volontärärztin annehmen würde. Das war während des Phantomkurses.« Die Herren nickten. Hier im Raum musste sie nicht erklären, dass man in diesem Kurs anhand eines Ledermodells, dem sogenannten Phantom, geburtshilfliche Handgriffe üben konnte. Jeder der Anwesenden hatte wohl seine eigenen Erfahrungen mit diesem Kurs gemacht. »Der Herr Geheimrat hat mich ›geprüft‹. Ich sollte die Geburt eines Kindes unterstützen. Nun, es stellte sich heraus, dass das Modell für das Phantom viel zu groß war.« Sie musste schmunzeln, als sie daran dachte, wie sie am Kopf des Modells gezogen und gezogen hatte. »Schließlich konnte ich das ›Kind‹ tatsächlich entwickeln. Das ging dann aber so schnell und heftig, dass ich mitsamt dem Kindermodell in den Händen gegen die hinter mir liegende Wand geprallt bin. Danach hat der Herr Geheimrat einen Mitbewerber um die Volontariatsstelle der gleichen Prüfung unterzogen. Der junge Mann hat es nicht geschafft und aufgegeben. Damit hatte ich meine Stelle. Außerdem habe ich über ein gynäkologisches Thema promoviert, mein Doktorvater war Extraordinarius Professor Schröder. Das hat sicherlich auch geholfen.«

Die Herren nickten und murmelten beifällig.

»Und was haben Sie im Phantomkurs getan, Fräulein Doktor Edenhuizen?«, hakte Doktor Geiger nach. »Haben Sie einen besonderen Handgriff angewendet?«

Hermine lächelte.

»Nein. Ich glaube, ich war einfach nur wütend. Und das hat offenbar genügend Kräfte mobilisiert.«

Die Gesellschaft lachte.

Es wurde ein überaus interessanter und kurzweiliger Abend. Zwei der anwesenden Ärzte stellten Fälle aus ihrer Praxis vor, über deren Diagnose und therapeutischen Optionen ausgiebig diskutiert wurde. Dann sprach ein anderer Kollege einen Artikel in der neuen Ausgabe der Medizinischen Wochenschrift an.

Im Grunde war die Runde ein Äquivalent zum interdisziplinären Kolloquium an der Klinik. Mit dem Unterschied, dass es hier weniger um Forschung und Neuerungen ging, sondern um den gewöhnlichen Praxisalltag – die Basisversorgung von Patienten ohne die Privilegien eines Universitätsklinikums. Das, was den Großteil der ärztlichen Arbeit ausmachte. Bodenständig, das war das Wort, das alle Anwesenden am besten beschrieb, fand Hermine.

Herr Doktor Heusler war ein aufmerksamer Gastgeber. Ständig hatte er alle Teilnehmer im Blick, erkannte sofort, wenn noch jemand einen Einwand hatte oder etwas sagen wollte, aber nicht zu Wort kam. Und als die Diskussion über einen Artikel zu einem neuen Medikament in einen Streit – Neurologie gegen Innere Medizin – auszuarten drohte, griff er ein, beschwichtigte die Gemüter und erreichte, dass am Ende des Gesprächs alle zufrieden waren.

Zum Ausklang las noch einer der Herren ein Gedicht vor. Wie Doktor Heusler Hermine erklärte, war bei jedem Treffen ein anderer an der Reihe. An diesem Abend war es Professor Geiger.

Herr Doktor Heusler neigte sich zu Hermine und flüsterte: »Sie haben Glück! Die Darbietungen des Kollegen Geiger sind immer etwas ganz Besonderes.«

Doktor Geiger erhob sich von seinem Stuhl und räusperte sich.

»An meinen Arzt. Von Mathias Leopold Schleifer.« Es folgte ein Gedicht über einen Patienten, der den Grad seiner Gesundheit an seiner Leidenschaft für Literatur maß. Und Doktor Heusler hatte nicht zu viel versprochen. Der Vortrag des alten Frauenarztes war hervorragend, so als hätte er die Schauspielkunst erlernt. Am Ende des Gedichts klatschte Hermine unter Lachtränen begeistert Beifall.

Dann war der Gesprächsabend beendet.

Einer nach dem anderen verabschiedeten sich die Herren von ihrem Gastgeber und voneinander. Auch Hermine reichte jeder die Hand, als wäre es eine Selbstverständlichkeit, dass sie als Frau dazugehörte. Zum Schluss half Doktor Heusler ihr in den Mantel.

»Ich hoffe, der Abend unter Kollegen hat Ihnen gefallen, Fräulein Doktor Edenhuizen«, sagte er, als sie ihren Hut aufsetzte.

»Danke. Vielen Dank noch einmal für die Einladung. Es war lehrreich. Und dazu noch überaus amüsant!« Sie lachte bei der Erinnerung an Doktor Geigers Vortrag.

»Ich glaube, ich spreche im Namen meiner Kollegen: Wir würden uns sehr freuen, wenn wir Sie bei unserem nächsten Treffen wieder begrüßen dürfen.«

»Sehr gerne, Herr Doktor Heusler. Geburten halten sich ja nicht an einen Kalender, deshalb kann ich Ihnen keine feste Zusage geben. Aber wenn ich es einrichten kann, bin ich auch beim nächsten Mal dabei.«

Sie streckte ihre Hand aus. Doktor Heusler ergriff sie. Seine blauen Augen strahlten.

»Es war mir eine Freude, Fräulein Doktor Edenhuizen.«

»Ganz meinerseits.«

»Dann bis hoffentlich in zwei Wochen.«

»Ja. Bis in zwei Wochen. Und Ihnen noch einen schönen Abend.«

Hermine verließ das Haus. Der Heimweg kam ihr viel kürzer vor als der Hinweg. Und die Kopfschmerzen? Die hatte sie über dem angenehmen und anregenden Abend glatt vergessen.

Kapitel 4

Ist die Patientin aus Zimmer sieben immer noch nicht fertig?«

Mit seinen in die Hüften gestemmten Händen erinnerte Doktor Kramer Hermine an die Marktfrauen in Pewsum, wenn sie mit den Käufern um den Preis ihrer Salzheringe feilschten.

»Herr Doktor Kramer, ich habe die Anamnese erhoben und bin eben mit der Aufnahmeuntersuchung fertig geworden. Ich …«

»Und wieso dauert das schon wieder so lange? Kann ich mal sehen?« Er riss ihr die Patientenkarte förmlich aus der Hand und überflog Hermines Eintragungen. Auf seiner hohen Stirn erschienen tiefe Falten. »Ihnen ist bewusst, in welcher klinischen Abteilung Sie hier tätig sind? Eine vollständige internistische Anamnese und Untersuchung, einschließlich des neurologischen Status, ist reine Zeitverschwendung. Wir sind in der Gynäkologie! Die Frau ist schwanger und nicht herzkrank! Anfangs habe ich Ihnen diesen Unsinn noch durchgehen lassen. Aber nach drei Wochen sollten Sie es eigentlich verstanden haben.« Er nahm einen Stift, kritzelte wütend auf der Karte herum und reichte sie ihr. »Füllen Sie eine neue Karte aus. Und beim nächsten Mal denken Sie vorher besser nach.« Er wandte sich ab. »Frauen. Nicht einmal die einfachsten Zusammenhänge begreifen, aber mit einem Doktortitel herumstolzieren.«

Hermine schaute ihm nach, wie er mit fliegendem Kittel davoneilte. Dann warf sie einen Blick auf die Patientenkarte.

Mit dicken schwarzen Balken hatte er die meisten ihrer Untersuchungsergebnisse durchgestrichen – die Reflex- und Sensibilitätsprüfungen, den Zahnstatus … sogar die Antworten auf Vorerkrankungen in der Familie. Nur die Befunde der rein gynäkologischen Untersuchung hatte er stehen lassen. Es kam ihr falsch vor. War es denn nicht von Bedeutung, rechtzeitig zu wissen, ob eine Gebärende möglicherweise unter Bluthochdruck litt, ob es im engsten Familienkreis Tuberkulosefälle gab oder sie schon mal eine Thrombose gehabt hatte?

Sie atmete bewusst langsam ein. Doktor Kramer hatte recht – seit drei Wochen arbeitete sie hier in der Geburtshilfe. Allerdings nahm sie auch seit drei Wochen Patientinnen auf, die zur Geburt in die Klinik kamen, mittlerweile waren wohl mehrere Dutzend zusammengekommen. Und kein einziges Mal hatte der Herr Kollege es für nötig gehalten, sie darauf aufmerksam zu machen, dass sie sich viel zu viel Arbeit machte. Lediglich an den missmutig zusammengezogenen Augenbrauen und den einsilbigen Kommentaren hatte sie gemerkt, dass er mit ihr nicht zufrieden war. Warum hatte er den Mund nicht aufgemacht? Doch es hatte keinen Sinn, sich aufzuregen. Doktor Kramer war von ihrem ersten Tag in der Klinik an davon überzeugt gewesen, dass sie hier fehl am Platz war – ganz gleich, was der Chef, Herr Geheimrat Fritsch, von ihr halten mochte. Doktor Kramer von etwas anderem überzeugen zu wollen war vergebene Liebesmüh. Der Herr Kollege gehörte zu den Menschen, die bei einer einmal gefassten Meinung blieben. Immer.

Hermine setzte sich an den kleinen schäbigen Schreibtisch im Arztzimmer und holte aus der Schreibtischschublade eine neue Patientenkarte, die sie ein zweites Mal mit den Daten der Patientin ausfüllte.

Das mache ich nicht zum ersten Mal, dachte sie und erinnerte sich an den Samstag vor genau zwei Wochen, als sie schon einmal hier gesessen und Patientenkarten neu geschrieben hatte, weil die Originale im Papierkorb gelandet waren.

Natürlich galt es für die Zukunft, ihren Fehler zu vermeiden, die Anamnesen und Untersuchungen auf das gynäkologisch Notwendige zu beschränken und weniger Fragen zu stellen. Wahrscheinlich war der Kollege trotzdem nicht zufrieden. Irgendetwas würde er wohl immer an ihr auszusetzen finden. Zum Glück waren der Oberarzt Herr Doktor Reiffenscheid und der zweite Assistenzarzt, Herr Doktor Gruber, freundliche Kollegen, denen neben dem Wohl der Patientinnen auch die Lehre am Herzen lag. Mit ihnen kam sie gut aus.

Hermine warf einen Blick auf die Uhr. In zehn Minuten begann das interdisziplinäre Kolloquium. Wenn sie es richtig verstanden hatte, würde heute der Chefarzt der Chirurgie einen Fall vorstellen. Das war bestimmt interessant. Und heute Abend fand wieder der Gesprächskreis in der Praxis von Herrn Doktor Heusler statt. Schon die ganze Woche über freute sie sich auf diesen Abend, und sie hatte nicht die Absicht, sich ihn verderben zu lassen. Auch nicht von Herrn Kramer.

Den sollte sie am besten von jetzt an nehmen wie einen Regenschauer – unangenehm, aber nicht zu ändern. Und eine vorübergehende Erscheinung.

Das Kolloquium war tatsächlich hochinteressant, die Diskussion wurde lebhaft und lang. Und da Hermine im Anschluss noch Herrn Professor Reiffenscheid, ihren Oberarzt, um seinen Rat wegen des Umfangs der Untersuchungen bat, war es schon reichlich spät, als sie endlich an der Praxis von Herrn Doktor Heusler ankam. Ganze zwanzig Minuten nach der verabredeten Zeit.

Dieses Mal öffnete sich die Tür nicht von selbst, sie musste läuten. Durch das Milchglas sah sie den hell erleuchteten Flur und den schlanken Schatten, der sich rasch auf die Tür zubewegte.

»Fräulein Doktor Edenhuizen!« Doktor Heusler strahlte über das ganze Gesicht. »Wie schön, dass Sie es einrichten konnten.« Er bat sie mit einer Geste herein, schloss die Tür hinter ihr und nahm ihr dann den Mantel ab. »Gehen Sie ruhig voran. Sie kennen ja den Weg.«

Hermine ging in das Sprechzimmer, in dem bereits die Kollegen versammelt waren.

»Guten Abend, die Herren!«, sagte sie in die Runde. Sie war immer noch etwas atemlos, da sie sich auf dem Weg sehr beeilt hatte. »Verzeihen Sie bitte meine Verspätung, ich wurde in der Klinik aufgehalten.«

»Das verstehen wir. Wir sind Ärzte, Frau Kollegin.« Doktor Geiger lächelte gutmütig. »Der Kreißsaal?«

»Nein, der weniger. Ein interessantes interdisziplinäres Kolloquium und ein Disput mit einem Kollegen, der einige entscheidende Fragen aufgeworfen hat. Vielleicht …«

»Vielleicht möchten Sie uns davon erzählen«, sagte Doktor Heusler und schaute fragend in die Runde. Alle nickten.

Hermine dachte kurz nach. Sollte sie tatsächlich vor all diesen Ärzten über ihre Auseinandersetzung mit Herrn Doktor Kramer reden? Andererseits – hier saßen ausnahmslos gestandene Praktiker. Außerdem fühlte sie sich von ihnen akzeptiert. Vielleicht konnten sie ihr einen Rat geben.

»Im Grunde sind es zwei Themen, die mich gerade beschäftigen«, begann sie. »Allerdings hängen sie auch miteinander zusammen …«

»Sie machen mich neugierig, Fräulein Doktor Edenhuizen«, sagte Doktor von Dörnau, der Neurologe aus der benachbarten Praxis. »Erzählen Sie am besten der Reihe nach.«

»Ich hatte heute einen Disput mit dem Assistenzarzt, dem ich als Volontärin in der geburtshilflichen Abteilung direkt unterstellt bin. Es ging um den Umfang der Aufnahmeuntersuchungen.«

Sie schilderte in wenigen Sätzen, was vorgefallen war. »Missverstehen Sie mich bitte nicht. Ich habe einen Fehler gemacht. Einen von vielen, die im Laufe meiner ärztlichen Tätigkeit wohl noch hinzukommen werden, ganz gleich, wie sehr ich mich auch bemühe, sie zu vermeiden. Aber wie soll ich einen Fehler erkennen, wenn mich niemand darauf aufmerksam macht und ich nicht angeleitet werde? Ich habe in den letzten drei Wochen bestimmt an die fünfzig Patientinnen aufgenommen und untersucht, immer auf die gleiche, sehr ausführliche Art. Weil ich es in meiner Ausbildung als Volontärärztin in der Inneren Medizin so gelernt habe und es mir richtig erschien. Warum hat mich der Herr Kollege nicht schon viel eher darauf hingewiesen? Zum Beispiel gleich beim ersten Mal?«

»Sie haben vollkommen recht«, sagte Doktor von Dörnau. »Es ist die Pflicht des älteren Assistenten, die jungen Kollegen angemessen in ihre Tätigkeit einzuweisen. Das gilt für alle Fachbereiche. Was stört ihn denn an Ihrer Arbeitsweise? Ich meine, es ist schließlich noch kein Patient verstorben, weil die Untersuchungen zu umfangreich waren.«

Die Kollegen lachten.

Hermine runzelte die Stirn.

»Ihm dauern meine Aufnahmeuntersuchungen offensichtlich zu lange. Und ich glaube, er sieht viele der von mir erhobenen Befunde als Ballast an. Den neurologischen Status oder eine ausführliche internistische Anamnese braucht man seiner Meinung nach in der Gynäkologie nicht. Und damit komme ich zum nächsten Punkt. Im heutigen interdisziplinären Kolloquium hat ein Chirurg den tragischen Fall einer bis dahin scheinbar gesunden Frau vorgestellt, die nach einem im Grunde harmlosen Sturz auf der Straße mit mehreren Frakturen in die Klinik eingeliefert worden war. Auf der Suche nach der Ursache der ungewöhnlichen Knochenbrüche hat man in der chirurgischen Abteilung einen Brustkrebs entdeckt, der bereits in die Knochen gestreut hat.«

»Die Knochenmetastasen haben die Knochen schneller brechen lassen«, sagte Doktor Heusler und nickte mit ernstem Gesicht. »Pathologische Frakturen. Krebs ist eine schreckliche Erkrankung. Und es ist grausam, davon auf diese Art zu erfahren.«

»Ja. Das war in der Tat furchtbar für die Frau, denn die Kollegen konnten tatsächlich nichts mehr für sie tun, außer ihre Schmerzen zu lindern. Der chirurgische Kollege sagte, dass man damit rechnen müsse, dass die Arme die Heilung ihrer Knochenbrüche nicht mehr erleben wird. Im Anschluss an diese Fallvorstellung haben die Kollegen im Plenum noch ausführlich diskutiert, wie es gelingen könnte, solche schweren und leider nicht mehr zu heilenden Verläufe zu verhindern. Ein paar der Anwesenden haben regelmäßige, vorsorgliche Untersuchungen vorgeschlagen, so wie man ja auch die Schornsteine regelmäßig kehren lässt. In diesem Zusammenhang haben einige aber auch eine ausführlichere Befragung und körperliche Untersuchung aller Patienten bei allen Ärzten gefordert – die Ausdehnung der Aufnahmeuntersuchungen selbst bei kleinen Eingriffen oder Konsultationen über das jeweilige Fachgebiet hinaus.«

Doktor Heusler hob eine Augenbraue.

»War Ihr vorgesetzter Assistenzarzt ebenfalls bei dem Kolloquium anwesend?« Hermine nickte. »Und? Was hat er dazu gesagt?«

»Nichts. Er hat geschwiegen. Und ist meinem Blick geflissentlich ausgewichen. Da es jedoch gerade so gut passte, habe ich nach dem Kolloquium noch meinen zuständigen Oberarzt nach seiner Meinung gefragt. Er hat mir einen Kompromiss vorgeschlagen – internistische und neurologische Befunde nur zur groben Orientierung zu erheben und mich ansonsten auf die gynäkologischen Fragestellungen zu beschränken. Aber …« Hermine runzelte die Stirn. »Ich frage mich, ob das wirklich ausreicht. Ein Bluthochdruck, ein Herzfehler, eine vorgeschädigte Lunge oder Thromboseneigung – nicht nur in der Anamnese der Gebärenden, sondern auch in der Familie – das sind doch Befunde, die mich aufhorchen lassen, weil sie unter der Geburt oder im Wochenbett zu Komplikationen führen können. Und wenn ich vorher davon weiß, kann ich die Patientin und mich selbst entsprechend vorbereiten. Zum Beispiel, indem ich bestimmte Medikamente griffbereit habe oder sie sogar schon vorher verabreiche. Oder sehe ich das falsch?«

»Nein, Fräulein Kollegin, das sehen Sie richtig«, sagte Doktor Geiger. »Ich selbst tendiere in meiner Praxis auch eher dazu, lieber ausführlich zu untersuchen und zu befragen. Allerdings ist das natürlich auch eine Frage der Routine. Sie als junge Volontärin können noch gar nicht die Erfahrung haben, die Ihr Kollege, der Ihnen vorgesetzte Assistenzarzt, von Ihnen einfordert. Und das ist eine Frage des Charakters, keine medizinische.«

»Danke«, sagte Hermine und lehnte sich erleichtert auf ihrem Stuhl zurück. »Dann bin ich ja nicht allein mit meiner Ansicht.«

Die anderen Ärzte murmelten beifällig. Dann wandten sie sich anderen Themen zu und unterhielten sich ausführlich über einen Artikel von Paul Ehrlich, der in der letzten Ausgabe des Deutschen Ärzteblatts veröffentlicht worden war.

Viel zu schnell schlug die Standuhr im Flur der Praxis zehn, viel zu schnell verabschiedeten sich alle und wünschten einander einen guten Heimweg und einen schönen Abend. Hermine hatte den kollegialen Austausch sehr genossen, und sie war eine der Letzten, die ging.

»Danke, Herr Doktor Heusler. Es war ein sehr interessanter Abend. Und für mich obendrein hilfreich. Jetzt bin ich bestärkt in meiner Meinung zur Aufnahmeuntersuchung und kann sie dem Kollegen gegenüber besser vertreten. Auf Wiedersehen.«

»Auf Wiedersehen, Fräulein Doktor Edenhuizen.« Doktor Heusler nahm ihre Hand und drückte sie, wie er auch die Hände der anderen Ärzte geschüttelt hatte. »Ach, bevor ich es vergesse: Meine Frau bat mich, Sie für morgen zum Mittagessen einzuladen. Sie möchte Sie sehr gerne kennenlernen. Wilhelmina Busch, die Ihnen wohlbekannt ist, ist die Patin meiner Frau, und Betty kennt Frida sehr gut. Deshalb …« Das verlegene Lächeln ließ ihn wie einen schüchternen Jungen aussehen. »Ich hoffe, diese Einladung wirft nicht Ihre Pläne um.«

Na, was hätte ich morgen, am dienstfreien Sonntag, schon getan, allein hier in Bonn?, dachte sie. Briefe an meine Geschwister geschrieben, *Die Buddenbrooks* zu Ende gelesen und aus dem Fenster geschaut.

»Das ist sehr freundlich von Ihnen und Ihrer Frau, Herr Doktor Heusler«, sagte sie und dachte voller Dankbarkeit an Fridas Mutter und ihre Fürsorge. »Ich komme sehr gern. Wann soll ich bei Ihnen sein?«

»Passt es Ihnen um ein Uhr? Gewöhnlich essen wir dann zu Mittag. Warten Sie, ich gebe Ihnen noch unsere Adresse.« Er schrieb etwas auf die Rückseite einer der Visitenkarten, die im Flur auslagen, und reichte sie Hermine. Dann ergriff er erneut ihre Hand und schüttelte sie. »Kommen Sie gut nach Hause, Fräulein Doktor Edenhuizen. Und bis morgen. Ich freue mich.«

Kapitel 5

Bei mildem Winterwetter und blauem Himmel machte sich Hermine am nächsten Tag auf den Weg zu den Heuslers. Sie war früh aufgebrochen, es war nicht weit, und so nutzte sie die Zeit für einen kurzen Spaziergang am Rheinufer, um sich auf den Besuch einzustimmen. Sie stellte sich an ein Geländer und sah einigen Enten zu, die sich am Ufer das Gefieder putzten.

War sie aufgeregt? Nein, das nicht gerade. Schließlich war sie nicht schüchtern. Doch trotz der Jahre, die sie für ihre Rechte gekämpft und gerungen hatte, fiel es ihr immer noch schwer, unbefangen auf Fremde zuzugehen, die sie außerhalb der medizinischen Welt traf. Vielleicht lag es an ihrem ostfriesischen Erbe. Daheim war man Fremden gegenüber freundlich, aber deutlich zurückhaltender als im Rheinland. In Ostfriesland wahrte man stets eine gewisse Distanz, die nur enge Vertraute überwinden durften. Während man hier scheinbar jeden umarmte, dessen Namen man kannte. Es war eine Leichtigkeit im gegenseitigen Umgang, die sie mal beneidete, mal abstieß. Und durch die sie sich immer wieder fremd fühlte, obwohl hier ebenso das Deutsche Reich war wie in Pewsum.

Die Turmglocke einer nahen Kirche schlug dreimal. Es war Viertel vor eins – Zeit, zu den Heuslers zu gehen. Auf ihrem Weg kam Hermine noch an einem Blumenstand vorbei und erstand einen Topf mit Eisbegonien für Frau Heusler. Es wäre ihr unangenehm gewesen, zu der Einladung mit leeren Händen zu erscheinen. Die Verkäuferin wickelte den kleinen Topf sorgfältig in Zeitungspapier. Dann machte Hermine sich auf den Weg zu den Heuslers.

Das Haus der Heuslers erkannte sie schon von Weitem – die kleine, hübsche Villa mit dem gepflegten Garten war im Gegensatz zu dem einheitlichen Grau und Braun der Nachbarhäuser in einem zarten Gelb gestrichen.

Als würde es die ganze Zeit über von der Sonne beschienen, dachte Hermine.

Sie stieg die Treppe zur Eingangstür hoch und läutete. Ein Hausmädchen mit gestärkter Schürze und Häubchen öffnete, begrüßte Hermine höflich und nahm ihr Hut und Mantel ab. Bevor das Mädchen ihr den Weg zeigen konnte, erschien bereits eine zierliche, dunkelhaarige Frau in der geräumigen Diele. Ein Blick reichte, um zu wissen, dass Frau Heusler das Herz und die Seele des Hauses war. Ihr hübsches Gesicht strahlte Fröhlichkeit und Herzenswärme aus, und mit ausgebreiteten Armen kam sie auf Hermine zu, als wäre sie eine liebe Cousine.

»Sie müssen das Fräulein Doktor Edenhuizen sein. Ich bin Elisabeth Heusler.« Frau Heusler reichte ihr die schmale Hand.

»Vielen Dank für die Einladung, Frau Heusler.«

»Ach was. Ich danke Ihnen, dass Sie kommen konnten! Ich freue mich so, dass ich Sie endlich kennenlernen darf! Wilhelmina hat sehr von Ihnen geschwärmt. Sie müssen ihrer Frida eine wunderbare Freundin sein. Und, wie mir mein Otto versichert hat, obendrein auch noch ein kluger Kopf und ein unbeugsamer Charakter. Sie sind wirklich ein Fräulein Doktor?«

»Ja«, sagte Hermine und spürte die leichte Wärme in den Wangen. »Ich bin promovierte Ärztin.«

»Unglaublich.« Elisabeth Heusler schüttelte den Kopf. »Ich

bewundere, dass Sie sich von den Schwierigkeiten nicht haben abhalten lassen. Bei Gelegenheit müssen Sie mir davon erzählen. Vielleicht später, nach dem Essen.« Sie hakte sich bei Hermine unter, als wären sie alte Freundinnen. »Für welches Fachgebiet haben Sie sich denn entschieden?«

»Frauenheilkunde.«

»Großartig! Dann weiß ich, an wen ich mich in der Zukunft bei meinen Wehwehchen wenden kann. Manches mag ich nämlich einem Mann nicht anvertrauen – und sei er ein noch so guter Arzt!«

Sie gingen in das Esszimmer.

»Nehmen Sie doch Platz, Fräulein Doktor Edenhuizen.« Elisabeth Heusler deutete auf einen der Stühle. »Das Essen wird gleich serviert, und … Otto!«

Herr Doktor Heusler betrat den Raum. Wie er da im Türrahmen stand und mit stillem, aber sichtlichem Vergnügen die beiden Frauen betrachtete, hatte er Ähnlichkeit mit einem Baum – einer Birke, um genau zu sein –, schlank, aufrecht, feingliedrig und einfühlsam. Er begrüßte seine Frau mit zärtlicher Freundlichkeit und wandte sich dann Hermine zu. Das feine Lächeln drang durch sie hindurch.

»Fräulein Doktor Edenhuizen!«, sagte er und schüttelte ihr herzlich die Hand. »Wie schön, Sie heute bei uns begrüßen zu dürfen.«

»Wie ich schon zu Ihrer Gattin sagte – vielen Dank für die Einladung.«

»Ach wo. Es ist uns eine Freude.«

In diesem Moment flog die Tür auf, und ein etwa siebenjähriger Junge kam hereingelaufen. Die Ähnlichkeit mit Doktor Heusler war unverkennbar. Als er Hermine sah und ihm klar wurde, dass er nicht allein mit seinen Eltern war, blieb er wie angewurzelt stehen.

»Fräulein Doktor Edenhuizen, das ist Friedrich, unser Sohn«, sagte Elisabeth Heusler und legte die Arme um die schmalen Schultern des Kindes. Die Zärtlichkeit und Wärme in ihrer Stimme nahm zu. »Friedrich, sag unserem Gast Guten Tag.«

Mit gemessenen Schritten kam der Junge auf Hermine zu. Er streckte seine Hand aus, und mit einer Verbeugung sagte er: »Guten Tag, Fräulein.«

»Guten Tag, Friedrich.«

Sie setzten sich an den Tisch, und das Mädchen trug das Essen auf. Bei Hühnersuppe und Schweinebraten mit Bohnen schaffte Betty Heusler es mit ihrer fröhlichen und herzlichen Art rasch, Hermine jegliche Befangenheit zu nehmen. Und als sie beim Birnenkompott angelangt waren, erzählte sie bereits so unbefangen von ihrer Arbeit in der Klinik, als säße sie mit Frida und ihrer Mutter am Tisch. Dabei wurde sie aufmerksam von Friedrich umsorgt, der genau darauf achtete, ob ihr etwas fehlte, und ihr dann prompt Kartoffeln oder die Sauciere reichte.

»Wie alt bist du, Friedrich?«, fragte Hermine nach einer Weile.

»Sieben. Im März werde ich acht«, antwortete er und nahm die Schüssel mit den grünen Bohnen. »Darf ich Ihnen noch grüne Bohnen reichen, Fräulein Edenhuizen?«

Hermine musste sich sehr zusammennehmen, um nicht laut zu lachen. Dieser Junge benahm sich so ausnehmend höflich, als wäre er mindestens dreimal so alt. Doch angesichts seiner Ernsthaftigkeit wäre ein Lachen unangemessen und sogar verletzend gewesen. Mit seinem erwachsenen, kavalierhaften Benehmen strahlte er eine kindliche Würde aus, die sie rührte.

»Danke, Friedrich«, sagte sie. »Sehr gerne.«

Nach dem Essen erhielt Friedrich die Erlaubnis, aufzustehen und in sein Zimmer zu gehen. Er erhob sich, verbeugte sich und ging mit würdevollen Schritten zur Tür. Doch kaum war die

Tür hinter ihm ins Schloss gefallen, hörte Hermine das typische Geräusch, wenn Kinderbeine eine Treppe hinaufrannten.

Schade, dachte sie in einem kurzen Augenblick der Wehmut. Bisher habe ich weder Neffen noch Nichten. Und eigene Kinder werde ich auch nicht haben. Denn heiraten werde ich ja nicht.

»Hoffentlich hat Friedrich Sie nicht belästigt«, sagte Elisabeth Heusler. »Er gefällt sich zur Zeit in der Rolle des Kavaliers, wenn wir Gäste haben.« Sie seufzte, lächelte aber dabei. »Ansonsten ist er aber ein ganz gewöhnlicher Junge, der oft genug mit schmutzigen Knien und Löchern in den Strümpfen vom Spielen heimkommt.«

Sie lachten und prosteten einander zu. Dann erzählte Betty eine lustige Begebenheit, die sie am Vormittag beim Besuch des Gottesdienstes erlebt hatte. Sie schilderte sie so eindrücklich und lebhaft, dass Hermine beinahe Tränen lachte. Anschließend räumte das Mädchen die Teller ab, und Herr Heusler erhob sich.

»Sonntags spielt mein Mann nach dem Mittagessen Cello«, raunte Elisabeth Heusler Hermine ins Ohr. »Immer. Da gibt es keine Ausnahme. Dabei lässt es sich zur klassischen Musik nicht tanzen. Aber«, sie zuckte mit den Schultern, »ihm macht es Freude. Wenn es Ihnen also geht wie mir und Sie klassische Musik nicht so mögen, nehmen Sie unser Hauskonzert hin wie einen Regenschauer.«

Hermine lächelte und nickte.

»Seien Sie unbesorgt, Frau Heusler, ich mag klassische Musik.«

»Das macht es leichter.« Elisabeth Heusler zwinkerte vergnügt. »Aber bitte nennen Sie mich nicht Frau Heusler. Elisabeth. Oder Betty. Wenn es Ihnen nichts ausmacht.«

»Sehr gerne … Betty.« Wieder spürte Hermine die Wärme in den Wangen. »Sie müssen mich dann aber auch Hermine nennen.«

»Das ist ganz in meinem Sinn.«

Betty Heusler hakte sich bei Hermine unter und führte sie in den Salon, wo Doktor Heusler bereits mit dem Cello zwischen den Knien auf einem Stuhl saß.

»Setzen Sie sich, Hermine«, sagte Betty und deutete auf das schöne, mit rotem Samt bezogene Sofa. »Dort hören Sie am besten.«

Und Otto Heusler spielte wirklich gut.

Während sie den satten, warmen Tönen des Cellos lauschte, dachte Hermine, wie viel Glück sie doch hatte. Hier hatte sie zwei Menschen gefunden, in deren Gegenwart sie sich ebenso wohlfühlte wie bei Frida und ihrer Mutter.

Das muss ich ihr unbedingt im nächsten Brief schreiben.

Kapitel 6

Es ging auf Ende Februar zu, und Hermine kam es immer mehr vor, als wäre ihre Umgebung verrückt geworden. Alle, ob Schwestern, Assistenzärzte, Studenten, sogar die Professoren und Geheimrat Fritsch schienen nur noch den bevorstehenden Karneval im Kopf zu haben. Man sprach darüber auf dem Weg zur Frühbesprechung, im Arztzimmer, auf den Fluren der Klinik. Und sogar an den Betten der Patientinnen. Es ging um Kostüme, Dekorationen, Festwagen, Umzüge. Alle waren *jeck*. Natürlich kannte sie dieses Gebaren noch aus der Zeit ihres Studiums. Trotzdem nahm sie es jedes Jahr wieder zur Kenntnis mit dem Gefühl, nicht dazuzugehören. Sie verstand nicht, warum es Spaß machen sollte, sich in seltsame Kostüme zu kleiden, auf Wagen durch die Stadt zu fahren, zu winken und dabei Süßigkeiten in die Menge zu werfen. Als Ostfriesin schüttelte sie im Stillen den Kopf und meldete sich an Weiberfastnacht, Rosenmontag und Faschingsdienstag freiwillig zum Dienst, während die anderen Kollegen losten und lautstark jammerten, wenn das Los ihnen den Dienst an einem der »närrischen Tage« zuwies.

Am Rosenmontag, dem Höhepunkt der Faschingszeit, hatte Hermine sich gerade umgezogen und eilte zum Hörsaal für die Frühbesprechung, als ihr Schwester Hilde entgegenkam.

»Guten Morgen, Fräulein Doktor! Gar nicht beim Rosenmontagszug?«

»Nein.« Hermine schüttelte lächelnd den Kopf. Und weil sie wusste, wie viel den Bonnern ihr Karneval bedeutete, und sie nicht zugeben wollte, dass sie sich aus den ganzen Umzügen und dem Trara überhaupt nichts machte, fügte sie noch hinzu: »Jemand muss hier ja die Stellung halten.«

»Tapfer, Fräulein Doktor, sehr tapfer. Ich werde um halb zehn gehen. Dann bin ich rechtzeitig zum Umzug in der Stadt. Mein Jüngster spielt in diesem Jahr die Trompete auf einem Wagen.« Ihr gutmütiges Gesicht strahlte vor Freude und Stolz.

»Dann viel Glück!«, sagte Hermine und wandte sich um.

»Warten Sie, Fräulein Doktor. Haben Sie schon gehört? Herr Doktor Kramer verlässt uns.«

»Doktor Kramer geht? Warum? Wann?«

»Er hat einen Ruf nach Würzburg erhalten. Er soll dort wohl eine Oberarztstelle in einer Entbindungsklinik antreten. Und das gleich zum nächsten Quartal, zum ersten April. Deshalb verlässt er uns schon in drei Wochen.«

Hermine musste sich auf die Lippe beißen, um nicht laut zu jubeln. Das waren ja mal wirklich gute Neuigkeiten!

»Das freut mich für ihn«, sagte sie und meinte es tatsächlich so. Eine Oberarztstelle bedeutete natürlich mehr Verantwortung, neue und mehr Aufgaben, aber auch mehr Gehalt. Das war schön für ihn. Viel mehr aber freute sie, dass sie sich in Zukunft nicht mehr mit diesem Griesgram herumärgern musste. Schluss damit, dass er jede ihrer Entscheidungen infrage stellte und an jeder Behandlung etwas auszusetzen hatte. Schluss!

»Ich dachte mir, wenn Sie an so einem Tag schon Dienst schieben müssen, brauchen Sie auch eine gute Nachricht.« Schwester Hilde beugte sich zu ihr, zwinkerte ihr verschwörerisch zu und flüsterte: »Von uns trauert ihm jedenfalls keine nach.«

Die beiden Frauen lächelten einander in tiefstem Einverständnis zu, dann ging Hermine weiter zum Hörsaal.

Doktor Kramer würde die Klinik verlassen. Großartig. Aber wer würde seine Nachfolge antreten?

Der Chef bog um die Ecke und holte sie ein.

»Guten Morgen!«

»Guten Morgen, Herr Geheimrat!«

»Fräulein Edenhuizen, gut, dass ich Sie treffe. Kommen Sie bitte nach der Frühbesprechung kurz in mein Büro? Ich möchte mit Ihnen reden.«

Hermine versuchte, sich ihre jähe Nervosität nicht anmerken zu lassen.

»Selbstverständlich, Herr Geheimrat.«

Galant hielt er ihr die Tür auf, und gemeinsam betraten sie den Hörsaal.

Was konnte Geheimrat Fritsch von ihr wollen?

Als sie etwas später an die Tür seines Büros klopfte, versuchte sie, sich auf jede mögliche Hiobsbotschaft vorzubereiten. Hatte sie einen Fehler gemacht? Wollte Doktor Kramer wegen ihr die Klinik verlassen, und sie sollte deswegen zur Rechenschaft gezogen werden? Oder hatte sie Geheimrat Fritsch enttäuscht, und er wollte ihr jetzt zu verstehen geben, dass an seiner Klinik kein Platz für sie sei?

»Herein.«

Der Herr Geheimrat saß hinter seinem Schreibtisch und studierte einen Entlassungsbericht. Er wirkte nicht ganz so ruhig und gelassen wie gewöhnlich, sondern eher, als hätte er noch einen dringenden Termin, zu dem er auf keinen Fall zu spät kommen wollte. Als Hermine eintrat, hob er kurz den Kopf, und unter dem Kragen seines weißen Kittels meinte sie tatsächlich, Rüschen hervorblitzen zu sehen. Offenbar trug er bereits das Kostüm für den Umzug.

»Oh, Fräulein Edenhuizen! Nehmen Sie doch bitte Platz.«

Hermine setzte sich auf den Stuhl vor dem Schreibtisch, in ihrer Nervosität hätte sie fast die Kante verfehlt und sich danebengesetzt. Doch Geheimrat Fritsch schien es nicht zu bemerken.

»Wenn der Chefarzt einen Assistenten zu einem Gespräch ruft, empfinde ich es als rücksichtslos, ihn – oder sie, wie in Ihrem Fall – lange hinzuhalten. Deshalb verzeihen Sie mir, dass ich in Ihrem Interesse auf höfliches Geplauder verzichte und gleich zum Kern komme.«

Hermine nickte erleichtert. Das war ganz in ihrem Sinne.

»Sie haben vielleicht schon gehört, dass Herr Doktor Kramer unsere Klinik zum ersten April verlässt?«

Sie nickte.

»Schwester Hilde hat mir heute früh davon erzählt.«

»Damit wird eine Stelle in unserer geburtshilflichen Abteilung frei. Eine bezahlte Stelle, wohlgemerkt. Ich schätze Sie als fähige, umsichtige, verantwortungsvolle und lernwillige Ärztin und möchte Ihnen diese Stelle gerne anbieten. Sie wären dann keine Volontärin mehr, sondern Assistenzärztin, fest angestellt für dreißig Reichsmark die Woche, bei Auszahlung alle vier Wochen.« Er machte eine Pause und lächelte. »Außerdem würden Sie die Leitung der geburtshilflichen Abteilung übernehmen. Ihnen wird ein Volontärarzt zur Seite gestellt, der gerade vor zwei Wochen sein Staatsexamen bestanden hat.«

Hermine schnappte kurz nach Luft. In ihr stritten sich die Gefühle. Sie schwankte zwischen Freude, Unglauben und bodenloser Panik. Wie wunderbar, dass der Herr Geheimrat ihr zutraute, die Verantwortung für die geburtshilfliche Abteilung zu übernehmen! Aber würde sie der Aufgabe gewachsen sein? Sie wusste doch so vieles noch nicht, musste noch so vieles lernen …

»Herr Geheimrat, ich bin sehr geehrt und weiß gerade nicht, was ich sagen soll, außer: Danke für das Vertrauen, das Sie in mich setzen.« Sie verschränkte ihre Hände ineinander. »Ich möchte allerdings zu bedenken geben, dass meine Erfahrungen in der Geburtshilfe noch recht überschaubar sind.«

»Ich weiß. Aber ich rechne mit Ihrem Fleiß und Ihrem Verantwortungsbewusstsein. Ihren eisernen Willen habe ich ja bereits bei Ihrer Bewerbung kennenlernen dürfen.«

Der Geheimrat spielte auf die Begebenheit im Studium an, von der sie auch beim Gesprächskreis bei Otto Heusler erzählt hatte. Hermines Wangen begannen zu brennen. Sie hatte gehofft, dass sich Geheimrat Fritsch an diese Episode nicht mehr erinnerte. Offenbar vergeblich.

»Bedenken Sie außerdem, dass Sie nicht allein sind. Wenn Sie Zweifel haben oder nicht mehr weiterwissen, stehen Ihnen mein Oberarzt und selbstverständlich auch ich zur Verfügung.« Der Geheimrat lächelte. »Sie müssen sich nicht in diesem Moment entscheiden, Fräulein Edenhuizen. Lassen Sie sich das Angebot in Ruhe durch den Kopf gehen, und geben Sie mir Donnerstag früh Bescheid.«

Hermine nickte. Geheimrat Fritsch stand auf und reichte ihr die Hand. Dann legte er in einer beinahe väterlichen Geste seine andere Hand auf ihre.

»Sie haben das Zeug dazu, die Aufgabe zu bewältigen. Wagen Sie es ruhig.«

»Danke«, wiederholte sie. »Ich gebe Ihnen spätestens am Donnerstag Bescheid.«

In der Nacht lag Hermine in ihrem kleinen Schlafzimmer und wälzte sich im Bett. In ihrem Kopf summte es. Es gab darin Stimmen, die über diese Chance jubelten und sich freuten. Und es gab jene, die ihr zu bedenken gaben, wie viel Wissen ihr noch fehlte, wie wenig sie konnte. Als leitende Ärztin der geburtshilflichen Abteilung trug sie große Verantwortung. Sie musste im Kreißsaal und auf der Wochenstation die Entscheidungen treffen, musste die Volontäre einweisen und einteilen. Außerdem würde sie die Krankenschwestern und Hebammen unter sich haben – ausgebildete Frauen mit langjähriger Erfahrung. Sie hatte mittlerweile drei oder vier Dutzend Geburten begleitet. Jede Einzelne der Hebammen hatte das Zehnfache vorzuweisen.

Wieso traute Geheimrat Fritsch ihr diese Stelle überhaupt zu? Der normale Weg wäre, mindestens ein Jahr als Volontärin zu arbeiten, dann eine untergeordnete Assistentenstelle anzutreten und erst danach, wenn man sich bewährt hatte, die Leitung einer Abteilung zu übernehmen. Warum hatte Professor Fritsch diese Zwischenschritte umgangen?

Er muss viel von dir halten, sagte jene innere Stimme, die sich mit Kritik selten zurückhielt. Allerdings ist das kaum zu verstehen. Du kannst ja nichts. Vielleicht ist es nur diese seltsame Faschingszeit, und er war heute früh betrunken? Gar nicht wirklich bei Verstand?

Doch der Herr Geheimrat war ihr weder betrunken noch auf andere Art seltsam erschienen. Er hatte ihr einen Vorschlag gemacht, den er selbst für gut hielt. So war es. Sie sollte die Chance ergreifen und die Stelle annehmen.

Und wenn etwas schiefgeht?, dachte Hermine, drehte sich auf die Seite und starrte die Wand an. Das Licht einer Straßenlaterne schimmerte durch die Vorhänge und malte Kringel an die geblümte Tapete. Wenn es eine echte Steißgeburt gibt? An einem lebenden Kind kannst du nicht so ziehen wie an dem Modell aus dem Phantomkurs!

Sie holte tief Luft und drehte sich auf den Rücken.

Ich bin nicht fähig, diese Aufgabe anzunehmen. Ich werde versagen!

Unsinn. Der Geheimrat glaubt an deine Fähigkeiten. Wieso sollte er sich täuschen?

Weil er mich nicht wirklich kennt und mich deshalb falsch einschätzt, mich überschätzt …

Hermine drehte sich auf die andere Seite. Sie hatte das Fenster einen Spalt geöffnet, und der Vorhang bauschte sich leicht im Luftzug.

Nun unterschätzt du aber die Klugheit und die Menschenkenntnis des Geheimrats. Meinst du wirklich, er kennt die Stärken und Schwächen seiner Assistenten nicht? Nach all den Jahren als Chefarzt der Frauenklinik? Er hat doch selbst gesagt, dass Dr. Reiffenscheid und er selbst für jede Frage zur Verfügung stehen. Klingt das, als würde er dein Wissen überschätzen?

Nein, aber …

Was kann denn schon geschehen? Du machst deine Arbeit. Und wenn du nicht weiterweißt, wendest du dich an Dr. Reiffenscheid. Ich finde, du solltest es wagen.

Wirklich?

Ja. Wissenslücken wirst du immer haben, ein Arzt lernt niemals aus. Es kommt nur auf den Willen an, diese Lücken zu schließen. Oder willst du dein Leben lang als Volontärärztin von Klinik zu Klinik ziehen?

Hermine legte sich wieder auf den Rücken und starrte an die Decke. Gerade verlosch die Straßenlaterne vor dem Haus. Es war Mitternacht.

»Also gut«, flüsterte sie in die Dunkelheit. »Dann sei es so. Du musst es wagen.«

Kapitel 7

Hermine arbeitete hart. Sie nahm die Leitung der Abteilung sehr ernst, kannte sowohl auf den Wöchnerinnenstationen als auch im Kreißsaal jede Patientin und blieb abends meistens länger, damit sie noch alle Akten durchgehen und auf Fehler oder Versäumnisse ihrerseits überprüfen konnte. Und wenn sie dann endlich zu Hause war, las sie noch die Fachliteratur. Die beiden anderen Assistenzärzte der Abteilung ordneten sich ihr widerspruchslos unter: Der eine war ein Alt-Assistent, schon Mitte vierzig, den es hauptsächlich aus Bequemlichkeit nicht in eine leitende Position zog, obwohl er über das nötige Wissen und Können verfügte. Der andere war noch jung, gerade erst seit einem Jahr approbiert. Solange er Anweisungen ausführte oder unter Aufsicht arbeitete, war er ein guter und einfühlsamer Arzt, den die Patientinnen schätzten. Doch sobald er eine eigene Entscheidung treffen sollte, wurde sein Kopf hochrot, und er geriet in Panik. Bei einer komplizierteren Geburt mit Beckenendlage hatte Hermine es sogar schon erlebt, dass die Hebamme ihm einen Stuhl angeboten und dann Hermine zur Hilfe gerufen hatte. Er war gewiss niemand, der fähig war, eine Abteilung zu leiten und schnelle Entscheidungen zu treffen.

Und dann war er da, ihr erster Zahltag. Ein bisschen nervös stand sie mit Schwestern, Hebammen und den ärztlichen Kollegen bei der Zahlstelle in der Warteschlange, um sich den Lohn auszahlen zu lassen. Der Prokurist, ein kleiner, unscheinbarer Mann, dessen auffälligste Merkmale die dicken Brillengläser und die weißen Ärmelschoner waren, verschwand beinahe hinter seinem hohen Pult. Als er ihr die Papiertüte aushändigte, kam es ihr beinahe wie ein Traum vor. Sie bedankte sich bei dem Mann, ging und versuchte, sich sein Gesicht einzuprägen – immerhin war er derjenige, der ihr das erste Gehalt ausgezahlt hatte. Doch sie hatte das Ende des Flures noch nicht erreicht, da hatte sie schon vergessen, wie er aussah. Nur die Brille und die Ärmelschoner blieben ihr im Gedächtnis. Und die Lohntüte in ihrer Hand. Sie war aus hellbraunem Pergamentpapier. Auf einem schlichten, schwarz umrandeten Etikett stand in steiler, akkurater Schrift ihr Name – *Edenhuizen, Hermine Dr. med.* – und der Lohn. *30 Reichsmark wöchentlich, zahlbar alle vier Wochen, Inhalt 120 Reichsmark.* Das Papier knisterte vornehm und verheißungsvoll zwischen ihren Fingern. Ihr erstes selbst verdientes Geld! Als Ärztin! Sie war glücklich und stolz.

»Fräulein Edenhuizen!« Geheimrat Fritsch kam ihr entgegen, als sie sich auf den Weg zur septischen Station machen wollte. »Gut, dass ich Sie treffe. Ich möchte Ihre Unterlagen beim Kultusministerium einreichen und brauche noch Ihre Zeugnisse.«

»Beim Kultusministerium?«

»Ja. Als Teil der Universität unterstehen wir dem Kultusministerium – so wie die Schulen.« Seine Augen funkelten belustigt wie die eines Schuljungen, der sich über einen gelungenen Scherz freute. »Ich habe den Personalwechsel bisher nur telegrafisch durchgegeben und dabei Ihren Vornamen weggelassen. Ich hoffe, die Herrschaften dort machen keinen Ärger, wenn sie erfahren, dass Sie eine Frau sind. Die erste bezahlte Assistenzärztin in Bonn, soviel ich weiß.«

»Meinen Sie, dass das Kultusministerium meine Anstellung hier noch verhindern kann?«

»Können, ja. Das liegt in der Macht dieser Herren.« Hermines Puls beschleunigte sich etwas. Eben hatte sie sich noch so über ihr erstes Gehalt gefreut. Könnte es gleichzeitig ihr letztes gewesen sein?

»Nun machen Sie sich mal keine Sorgen, Fräulein Edenhuizen.« Geheimrat Fritsch lächelte tröstend. »Es wäre das erste Mal, dass das Kultusministerium meiner Empfehlung widerspricht. Und ich kann bezeugen, dass Sie exzellente Arbeit leisten. Außerdem legen wir Ihre Zeugnisse vor. Und an denen ist wahrlich nichts zu beanstanden.« Er klopfte ihr auf den Arm. »Ich bin davon überzeugt, dass alles gut geht.«

Und wenn nicht?, dachte Hermine und schaute dem davoneilenden Geheimrat hinterher. Ihre unbändige Freude war verflogen. Wenn nun im Kultusministerium ganz besonders sture und verbohrte Herren saßen? Herren von der Sorte, wie Hermine sie in ausreichender Zahl an den Universitäten erlebt hatte? Herren, die davon überzeugt waren, dass Frauen weder die körperlichen noch geistigen Fähigkeiten hatten, um einen Beruf auszuüben, der über die Arbeit in einer Fabrik, Wäscherei oder Küche hinausging? Die fest glaubten, dass das Gehirn von Frauen nicht nur kleiner, sondern auch weniger leistungsfähig war? Oder die Frauen in qualifizierten Berufen nicht sehen wollten, weil es ungewohnt und neu war und sie das eben nicht wollten?

Unruhig öffnete sie die Tür zur septischen Station, wechselte den Kittel und wusch sich sorgfältig die Hände. Die septische Station war ihr Sorgenkind. Hier lagen die Wöchnerinnen, die nach der Geburt unter dem gefürchteten Kindbettfieber litten.

»Guten Tag, Fräulein Doktor.«

Die Oberschwester eilte ihr auf leisen Sohlen entgegen, als hätte sie schon lange auf sie gewartet.

»Guten Tag, Schwester Paula. Haben Sie Neuigkeiten für mich?«

»Ja. Zwei Neuzugänge. Und leider einen Abgang.«

»Wer ist es?«

»Frau Elleroth.«

Hermine schloss kurz die Augen. Frau Elleroth hatte vor fünf Tagen einen kleinen Jungen entbunden. Ihr Mann hatte sie gleich nach der Geburt wieder abgeholt und nach Hause gebracht, obwohl sie dem Ehepaar dringend davon abgeraten hatte. Die Kinder bräuchten seine Frau zu Hause und er selbst auch, hatte Herr Elleroth schroff erklärt. Ob sie als Frau das denn nicht wissen sollte? Vorgestern war das Ehepaar wieder in der Klinik erschienen. Frau Elleroth mit glühend rotem Gesicht war getragen worden. Und jetzt? Jetzt mussten sechs Kinder, darunter ein erst wenige Tage alter Säugling, ohne ihre Mutter aufwachsen.

»Wann ist es passiert?«

»Vor einer Stunde.«

»Ich schaue sie mir gleich an. Und die Neuzugänge?«

Schwester Paula verdrehte die Augen.

»Eine Hausgeburt vor zwei Tagen, 27 Jahre, zweite Schwangerschaft. Kommt von der anderen Seite des Rheins. Die Hebamme schickt sie her, der Mann steht unten und will sie eigentlich gleich wieder mitnehmen. Da müssen Sie sich ein paar deutliche Worte zurechtlegen. Und bei der anderen könnten Sie auch gleich Elleroth darüberschreiben. Gleiche Vorgeschichte. Vor vier Tagen entbunden, alles wunderbar. Sie sagen denen, die Frau soll noch hierbleiben, aber nein. Zu Hause ist es schöner, und die Kinder warten und die Großeltern und der Hof…«

»Ja«, sagte Hermine bitter. »Alles ist wichtiger. Und dann beginnt das große Zähneklappern.«

Und während sie Schwester Paula zu dem Zimmer folgte, in dem die beiden neuen Patientinnen lagen, kam Hermine ein schrecklicher Gedanke:

Ob sie wohl eher auf mich gehört hätten, wenn ich ein Mann wäre?

Kapitel 8

Den Moment, die Gehaltstüte zu öffnen und die Geldscheine zu zählen, hatte sich Hermine für den Abend zu Hause aufgehoben. Sie schenkte sich sogar ein Glas Wein ein und zündete eine Kerze an, um diesen Augenblick zu feiern.

Das erste Gehalt.

Wie viele Jahre hatte sie dafür gearbeitet? Auch wenn sie nicht wegen des Geldes studiert hatte, sondern andere Gründe immer wichtiger gewesen waren – das erworbene Wissen, die Arbeit mit und für die hilfebedürftigen Menschen –, so empfand sie diese kleine Tüte mit den hindurchschimmernden Geldscheinen und ihrem Namen auf dem Etikett doch wie einen Ritterschlag. Eine Auszeichnung, ähnlich wie das Abitur, die Approbation oder den Doktortitel. Mit dem einzigen Unterschied, dass ein Gehalt normal, gewöhnlich, selbstverständlich war. Wer arbeitete, sollte seinen Lohn erhalten, das war in jedem Beruf, jedem Wirtschaftszweig so und galt natürlich auch für Akademiker aller Fachrichtungen. Nur für Frauen in akademischen Berufen bisher nicht. Während die in den Haushaltungen oder Fabriken arbeitenden Frauen an ihre Lohntüten gewöhnt waren – obwohl der Inhalt regelmäßig geringer ausfiel als bei den Männern –, galt das Studium von Frauen immer noch als Zeitvertreib oder persönliche Marotte. An eine selbstständige Arbeit mit geregeltem Einkommen war bisher nicht zu denken gewesen. Mit dem Inhalt dieses knisternden Tütchens aber schloss sich diese Lücke. Ein weiteres Stück Normalität war erreicht. Für sie selbst. Und für viele andere Frauen im Deutschen Reich.

Sie trank einen Schluck Wein, öffnete den Tütenfalz und zählte die Scheine auf den Tisch. Einhundertzwanzig Mark.

Und doch fehlte etwas. Sie hatte das Bedürfnis, andere an ihrer Freude und ihrem Stolz teilhaben zu lassen. Frida war leider in Berlin, ebenso wie Fräulein Lange, ihr Bruder Bernhard studierte in Kiel, Helene beendete gerade das erste Semester ihres Medizinstudiums in Göttingen, Gesine lebte immer noch im Schwesternwohnheim in Celle, und Cornelia hatte in der Zwischenzeit die Gärtnerei gewechselt und war nach Potsdam gezogen. Ihnen allen würde sie natürlich schreiben und dieses Glücksgefühl schildern. Doch Schreiben war das eine, jemandem gegenüberzusitzen und die eigene Freude in seinem Gesicht gespiegelt zu sehen etwas ganz anderes. Deshalb war sie froh, dass sie Anschluss zu Betty und Otto Heusler gefunden hatte. Zwei liebe, freundliche Menschen, die sie in ihre Gesellschaft aufgenommen hatten und die sie mittlerweile fest ins Herz geschlossen hatte. Mit ihnen wollte sie feiern. Und ihnen bei der Gelegenheit auch etwas von ihrer Güte, den Einladungen zum Gesprächskreis, zu Tee und Mittagessen vergelten.

Hermine holte eine ihrer Briefkarten aus der Schreibtischschublade und schrieb eine kurze Nachricht an Betty und Otto Heusler. Sie wollte sie einladen, mit ihnen einen schönen Tag verbringen. Und sie hatte sogar schon eine Idee, die wohl auch dem mittlerweile achtjährigen Friedrich Spaß machen würde: Mit einem der Rheinschiffe nach Königswinter fahren, von dort zum Drachenfels hinaufwandern und anschließend in dem beliebten Ausflugslokal am Fuße der Burgruine essen.

Sie brachte die Karte noch am gleichen Abend zur Post. Und

schon am nächsten Abend, als sie aus der Klinik nach Hause kam, hatte sie die Antwort.

Betty und Otto Heusler nahmen die Einladung an.

Am nächsten Sonntag war es so weit. Die Sonne schien, und obwohl der Mai gerade erst begonnen hatte, war es bereits warm wie im Sommer. Die Fahrt auf dem Rhein nach Königswinter war herrlich erfrischend. Auch wenn Hermine schmunzeln musste, als Betty über den Wellengang jammerte. Dabei kräuselte sich das Wasser kaum, und das, was hier als Wind bezeichnet wurde, galt daheim in Pewsum nicht einmal als leichte Brise. Rheinländer eben.

Wie zahlreiche andere Ausflügler gingen sie in Königswinter von Bord und machten sich auf den Weg zum Drachenfels. Friedrich bewunderte die Zahnradbahn, die den Berg hinauffuhr. Sehnsüchtig sah er seinen Vater an.

»Meinst du nicht, dass uns die Aussicht vom Berg und die Burgruine viel besser gefällt, wenn wir sie uns erarbeiten? Besonders, weil wir doch alle gesunde Beine, Herzen und Lungen haben.«

Friedrich runzelte die Stirn. Hermine konnte ihm fast zusehen, wie er nachdachte, den sehnsüchtigen Blick auf dieses Wunderwerk aus Rädern und Stahl gerichtet, ein Traum für jeden Jungen. Schließlich entdeckte er einen etwa gleichaltrigen Jungen, der sich auf zwei Krücken stützte. Sein Bewegungsmuster passte zu dem, was nach einer Kinderlähmung zurückblieb – wenn die jungen Patienten das Glück hatten, diese schwere Erkrankung zu überleben. Mühsam hievte sich der Junge mithilfe seiner Eltern in den Wagen der Zahnradbahn. Diese Szene schien Friedrich Eindruck zu machen. Sein freundliches Jungengesicht wurde sehr ernst, schließlich nickte er.

»Du hast vollkommen recht, Vater.«

Nachdem das geklärt war, lief der Junge in seinen kurzen

Hosen vor ihnen her, während sie den Weg hoch zur Burgruine wanderten. Hermine, die sich immer noch als Ostfriesin fühlte und sich bisher an die Steigungen des Siebengebirges noch nicht so recht gewöhnt hatte, merkte, dass Otto Heusler sich bremsen musste. Er machte den Eindruck, als wäre er gern davongestürmt.

»Achte nicht auf Otto«, raunte Betty ihr ins Ohr und hakte sich bei ihr unter. »Der ist ein Bergsteiger durch und durch. Im Grunde fühlt er sich nur dort wohl, wo es richtig steil bergauf geht. Das ist wohl eine Familienkrankheit. Sein Bruder Fritz ist Bergbauingenieur, und mindestens einmal im Jahr fahren die beiden gemeinsam in die Alpen. Je höher und steiler der Berg, umso besser.«

»Und du? Fährst du mit?«

»Wie bitte, ich?« Betty lachte. »Wo denkst du hin! Sehe ich etwa aus wie eine Gämse?« Dann huschte ein Schatten über ihr hübsches Gesicht. »Aber den Friedrich hat er schon angesteckt. Der möchte auch unbedingt mit hinauf in die Berge. Wenigstens konnte ich heraushandeln, dass Friedrich dazu mindestens zwölf Jahre alt sein muss. Es ist nur eine Schonfrist. Aber ich kann hoffen, dass sich die Bergbegeisterung des Jungen bis dahin wieder verliert. Wenn Otto in den Felsen herumklettert, kann ich kaum schlafen, weil ich ihn immer mit gebrochenen Knochen in einer Schlucht liegen sehe. Aber wenn er dann noch den Jungen bei sich hat…« Sie schüttelte sich, als wäre ihr gerade eisiges Wasser in den Nacken gelaufen.

Als Hermine und Betty schließlich oben auf dem Drachenfels ankamen, erforschten Otto und Friedrich bereits die Burgruine. Der Junge war begeistert und fragte seinen Vater über Ritter und Rüstungen und Schwerter aus. Aber war das ein Wunder? Die dicken Mauern der Ruine und die Überreste des Wehrturms regten sogar ihre eigene Fantasie an. Sie dachte an Tante Tilka, die sie von den zahlreichen Geschwistern ihrer Eltern am meisten geliebt hatte. Als sie Kinder waren, hatte sie ihnen immer Geschichten von sprechenden Fischen, flüsternden Bildern und Geheimnissen unter Treppen, Brücken und Steinen erzählt. Spannende Geschichten, die ihren Blick für die Umgebung geschärft und sie empfänglich für die kleinen Wunder des Alltags gemacht hatten. Welche wunderbaren Geschichten wären ihr wohl hier eingefallen?

Etwas später saßen sie im Lokal auf der Terrasse bei einem Schoppen Weißwein und genossen die atemberaubende Aussicht. Das Land lag ihnen zu Füßen wie ein grüner, dachziegelrot getüpfelter und von blausilbernen Fäden durchzogener Teppich, der sich bis zum Horizont erstreckte. Dorthin, wo die Nordsee lag – die Deiche, die Priele, die Halligen, die Schafweiden. Pewsum.

Doch der Stich, den Hermine sonst bei Gedanken an ihr altes Zuhause spürte, blieb aus. Das überraschte sie. Woran mochte das wohl liegen? Sie ließ ihren Blick über den Tisch schweifen. Über die Teller, auf denen sich noch wenige Reste des köstlichen Rinderbratens befanden, die Gläser, in denen der Wein goldgelb leuchtete, hin zum freundlichen, fröhlichen Gesicht von Betty, dem vor Aufregung rotwangigen Friedrich und dem in stiller Heiterkeit versunkenen Otto. Und damit kannte sie die Antwort: Sie fühlte sich wohl, fühlte sich zu Hause in der Gesellschaft dieser Menschen.

Das Leben kann kaum noch schöner werden.

»Darf ich Ihnen noch etwas bringen?«, fragte die Bedienung und räumte das Geschirr ab. »Nachtisch? Kaffee?«

Hermine warf einen fragenden Blick in die Runde.

»Keinen Nachtisch, danke«, wehrte Otto ab, und Betty nickte.

»Aber Kaffee trinkt ihr doch noch? Und wie sieht es mit dir aus, Friedrich? Möchtest du noch ein Eis haben?«

»Ja!« Die Augen des Jungen leuchteten.

»Also drei Kaffee. Eis haben wir in unserem Eiswagen, das müssten Sie sich selbst auswählen und holen.«

»Dann komm!« Betty stand auf. »Ihr kommt bestimmt auch eine Weile ohne uns aus, oder?« Sie strahlte über ihr hübsches, offenes Gesicht und ging mit ihrem Sohn davon.

Wer von den beiden war die Mutter, wer das Kind? Hermine schmunzelte.

Dann wurde sie sich bewusst, dass Otto sie betrachtete, und ihre Wangen begannen zu brennen.

»Heute sehen Sie richtig glücklich aus, Hermine«, sagte er. Seine Stimme klang angenehm. Und da war es wieder, dieses feine Lächeln, das sie so charakteristisch fand. Und von dem sie manchmal sogar träumte.

Hermine griff nach ihrem Glas und drehte es am Stiel hin und her. Ihre Hände brauchten Beschäftigung, und sie hoffte, dass die Wärme bald wieder aus ihrem Gesicht verschwand.

»Ja, ich bin glücklich«, gestand sie. »Noch vor einigen Jahren hätte ich mir nicht erträumt, dass ich eines Tages mein erstes, als Ärztin verdientes Gehalt in der Tasche haben würde.«

»Haben Sie derart an Ihren Fähigkeiten gezweifelt?«, fragte er und musterte sie so eindringlich, als könnten seine blauen Augen wie ein Röntgenapparat ihr Innerstes sichtbar werden lassen. »Warum? Sie haben doch wahrlich keinen Grund!«

»Vielleicht. Wie vielen anderen Mädchen wurde mir beigebracht, dass der weibliche Verstand weniger leisten kann als der männliche und für manche Dinge nicht geschaffen ist, weshalb er sie nie begreifen wird. Aber das allein war es nicht. Wenn wir Frauen in den Hörsaal kamen, haben die Studenten gejohlt und gepfiffen und mit den Füßen gescharrt. Und nicht, weil sie so begeistert gewesen wären, uns zu sehen. Assistenten haben uns verhöhnt, Professoren uns gar nicht erst in ihre Vorlesungen gelassen. So sehr ich es mir auch gewünscht habe, so wenig Hoffnung hatte ich, dass ich unter diesen Umständen meine Approbation erhalten werde und eines Tages tatsächlich als Ärztin tätig sein darf.«

»Und doch haben Sie nicht aufgegeben.«

»›Doo dien best, God deit de Rest‹, sagt man bei uns in Ostfriesland. Das heißt, tu dein Bestes, Gott übernimmt den Rest. Meine Schwestern haben mir diesen Spruch mit auf den Weg gegeben. Und Fräulein Lange, die Gründerin der Gymnasialkurse für Frauen, hat gesagt: ›In der Beständigkeit liegt das Geheimnis des Erfolgs.‹ Daran habe ich mich immer gehalten.«

Otto nickte langsam, und obwohl er kaum lächelte, leuchteten seine blauen Augen vor Wärme. Oder bildete sie sich das nur ein?

»Diese Haltung gefällt mir. Ja, sie gefällt mir außerordentlich.«

Das Feuer in Hermines Wangen loderte. Und da war noch ein anderes Gefühl. Es saß dort, wo sie normalerweise den Stich spürte, wenn sie Heimweh nach Ostfriesland hatte. Doch dieses Gefühl war ganz anders. Angenehm und schrecklich zugleich. Hastig wendete sie den Blick ab und war froh, dass in diesem Moment Betty und Friedrich zurückkamen.

Sie tranken ihren Kaffee, hörten Betty zu, die noch etliche Geschichten über den Drachenfels und die Burgruine erzählen konnte, dann erhoben sie sich und machten sich auf den Rückweg.

Als Hermine spät an diesem Abend in ihrem Bett lag, war sie müde, zufrieden und glücklich über diesen wunderbaren, langen und herrlichen Tag. Doch sie war auch verwirrt, was dieser eine Blick von Otto bei ihr ausgelöst hatte. Noch jetzt, während sie in ihrem Bett lag und zu dem Viereck des von der Straßenlaterne erleuchteten Fensters schaute, sah sie seine blauen Augen vor sich. Wärme breitete sich bei der Erinnerung daran in ihr aus.

Was war los mit ihr? Sie war doch nicht etwa … Sie hatte sich doch nicht …

»Nein«, sagte sie mit fester Stimme in die Dunkelheit hinein und drehte sich auf die andere Seite, zur Wand hin. »Das ist doch albern. Das geht doch gar nicht!«

Und sie beschloss, dieses komische und irgendwie überaus angenehme Gefühl sei nichts weiter als eine Folge von einem Übermaß an Glück, Zufriedenheit, Sonne und Höhenluft. Es hatte nichts zu bedeuten. Gar nichts.

Kapitel 9

Wie es ihre Gewohnheit war, besuchte Hermine am Morgen vor der Frühbesprechung zuerst das Säuglingszimmer. Die kleinen Wesen in ihren Gitterbettchen zu sehen tat ihr gut. Es rückte in den Vordergrund, was am wichtigsten im Leben war – das Leben selbst.

»Guten Morgen, Fräulein Doktor«, begrüßte sie eine der Krankenschwestern, die mit einem Baby auf dem Arm an einem der Bettchen stand. Sie gab dem Kind gerade die Flasche.

»Guten Morgen, Schwester Martha. Ist das nicht der Säugling von Frau Dörtjens? Klappt es denn immer noch nicht mit dem Stillen?«

»Ach, das hat doch keinen Sinn. Es dauert so lange bei der Frau. Das arme Würmchen soll ja nicht hungern.«

»Das Kind wird schon nicht verhungern. Wir sollten den beiden zumindest die Chance lassen…« Hermine sah, dass die Schwester die Augen verdrehte, und brach ab. Warum redete sie, bis ihre Lippen in Fransen hingen? Warum pries sie das Stillen als die gesündeste und beste Ernährung für das Kind an? Die Schwestern hörten ohnehin nicht auf sie. Das aufgelöste Milchpulver mit der Flasche zu füttern kam dem Klinikalltag sehr entgegen, es ging schnell und reibungslos und galt zudem noch als hygienisch. Außerdem waren viele der Schwestern älter als Hermine, und selbst die jüngeren unter ihnen hatten bereits mehr Jahre Berufserfahrung als sie. Wieso sollten sie also auf sie hören? Sie rieb sich die Stirn, dachte daran, was Frida bei Professor Schloßmann in Dresden über die Bedürfnisse von Säuglingen gelernt hatte, und beschloss, der Freundin einen Brief nach Berlin zu schicken und um eine Studie des Professors zu bitten. Vielleicht ließen sich die Schwestern ja von wissenschaftlichen Fakten eher überzeugen. Von Fakten, die ein Professor zusammengetragen und begründet hatte. Ein Mann.

»Ich rede noch einmal mit Frau Dörtjens«, sagte sie und machte sich eine Notiz auf ihrem Block. »Gibt es noch etwas, bevor ich zur Frühbesprechung gehe?«

»Ja.« Schwester Martha nickte ernst. »Auf der Septischen haben wir wieder einen Abgang. Die junge Frau Wagner hat es leider nicht geschafft.«

»Was? O nein!« Frau Wagner war eine dreiundzwanzigjährige Erstgebärende, der es an den ersten zwei Tagen nach der komplikationslosen Geburt noch gut gegangen war. Dann hatte sie aber plötzlich hohes Fieber bekommen und war schließlich ins Delir gefallen. »Wann ist das passiert?«

»Heute früh um halb fünf.«

»Das arme Kleine.« Wieder ein Kind, das ohne Mutter aufwachsen musste. »Weiß der Vater schon Bescheid?«

»Noch nicht. Er kommt wahrscheinlich vor seinem Dienst.«

»Wenn er da ist, informieren Sie mich bitte, Schwester Martha. Ich möchte mit ihm reden. Und geben Sie bitte in der Pathologie Bescheid, damit Frau Wagner abgeholt wird. Aber erst, nachdem ich mit Herrn Wagner gesprochen habe. Vielleicht möchte er sich noch verabschieden.«

»Sie soll in die Pathologie? Aber warum denn? Ist doch klar, woran das arme Ding gestorben ist. Das Kindbettfieber war es.«

»Im weitesten Sinne.« Hermine gingen die zahllosen ungeklärten Fragen durch den Kopf, an die Schwester Martha sicher nicht dachte: Was hatte die Erkrankung ausgelöst bei einer jungen, gesunden, kräftigen Frau nach einer völlig komplikationslosen Geburt, die noch dazu im Krankenhaus stattgefunden hatte? Wie konnte sich die Infektion so rasch ausbreiten? »Ich spreche mit Doktor Reiffenscheid.«

»Nun gut. Wenn Sie das auf Ihre Kappe nehmen, soll es mir recht sein.« Schwester Martha seufzte. »Armes Ding. So jung!«

Ja, dachte Hermine. Viel zu jung zum Sterben. Wenn man nur etwas gegen das Kindbettfieber in der Hand hätte!

Als sie etwas später von der Frühbesprechung wieder auf die Station zurückkehrte, sprach Schwester Martha sie wieder an.

»Er ist jetzt da, Fräulein Doktor. Der Mann von der armen Frau Wagner. Er wartet vor Ihrem Zimmer.«

»Danke, Schwester Martha.« Hermine ging den Flur entlang. Sie versuchte, sich auf das Gespräch vorzubereiten. Aber konnte man das? Konnte man jemals auf Trauer und Verzweiflung gefasst sein und mit allen Möglichkeiten rechnen, wie Menschen auf den Tod eines geliebten Angehörigen reagierten? Manche trugen ihren Schmerz still und scheinbar gefasst, andere schrien ihn laut in die Welt hinaus. Doch immer war es für sie nur schwer zu ertragen. Und obwohl sie nur die Überbringerin der Nachricht war, fühlte sie sich jedes Mal auch ein bisschen schuldig. Hatte sie wirklich alles getan, was möglich war? Hatte sie tatsächlich nichts übersehen? Hatte sie alles richtig gemacht? Die Zweifel blieben. Immer.

Vor dem Arztzimmer, in dem die Assistenzärzte in schmalen Schränken ihre Sachen aufbewahrten, wo ein Schreibtisch stand und ein Bett für den Diensthabenden, ging ein Mann auf und ab. Hermine hatte ihn schon ein paarmal gesehen – vor und nach der Entbindung, später einmal auf der Septischen. Herr Wagner war noch sehr jung, keine dreißig, ein schlanker, gepflegter

Mann, glatt rasiert, Brillenträger. Er arbeitete in einem Bankkontor, wie sie von der jungen Frau Wagner wusste, und war gerade zum Assessor befördert worden. Die Zukunft der Familie hatte geglänzt wie eine frisch polierte Goldmark: Das Auskommen gesichert, ein Häuschen mit Garten sollte bald erworben werden, jetzt, wo das erste Kind da war … Und nun?

»Fräulein Doktor! Ich …«

»Herr Wagner.« Hermine nickte ihm zu und schloss die Tür des Arztzimmers auf. Der angst- und zugleich hoffnungsvolle Ausdruck auf dem Gesicht des Mannes war kaum zu ertragen. »Kommen Sie herein.« Sie deutete auf den Stuhl vor dem Schreibtisch. »Nehmen Sie bitte Platz.«

»Die Schwester sagte, Sie wollen mich sprechen. Ist nun auch etwas mit Kurt?«

»Kurt? Ist das der Name Ihres Sohnes?«

»Ja.« Der Mann nickte, und ein zärtliches Lächeln glitt über sein Gesicht. »Meine Frau hat darum gebeten. Es ist der Name ihres verstorbenen Großvaters, den sie sehr geliebt hat.«

»Ein schöner Name.« Hermine nahm ihre ganze Kraft zusammen. »Ihrem Sohn geht es gut, Herr Wagner. Es geht um Ihre Frau. Sie hat den Kampf gegen das Kindbettfieber leider verloren. Heute früh um halb fünf ist sie verstorben.«

Zu sehen, wie das Gesicht des Mannes die Farbe wechselte, wie seine Züge entglitten und zu einer Maske des Entsetzens erstarrten, war nur schwer erträglich.

»Wie bitte? Was haben Sie gesagt?« Seine Stimme war nur ein heiseres Flüstern, kaum hörbar.

Natürlich hatte er jedes Wort verstanden. Dennoch tat sie ihm den Gefallen. Manchmal half diese Wiederholung dabei, zu begreifen.

»Ihre Frau ist gestorben, Herr Wagner. Mein aufrichtiges Beileid.«

»Nein. Nein! Das kann nicht sein! Ich … Wir …« Er schluckte hörbar. »Warum?«

Seine Augen schimmerten feucht.

»Der Grund ist das Kindbettfieber. Die Infektion war so schwer, dass wir sie nicht mehr beherrschen konnten. Das Fieber war sehr hoch, Ihre Frau wurde von Stunde zu Stunde schwächer. Wir wissen mittlerweile, dass die Keime beim Kindbettfieber oft auch andere Organe befallen – die Nieren, die Lungen oder das Herz. Woran Ihre Frau letztlich gestorben ist, können wir erst sagen, wenn der Pathologe sie untersucht hat.«

»Sie wollen sie aufschneiden?« Jetzt war seine Stimme plötzlich laut und entrüstet. Eine Reaktion, die Hermine schon ein paarmal erlebt hatte. »Warum? Warum tun Sie ihr das auch noch an? Sie soll nicht …«

»Herr Wagner, ich kann Ihren Schmerz sehr gut verstehen«, unterbrach ihn Hermine. »Glauben Sie mir. Ich weiß, wie schwer dieser Gedanke ist. Doch bedenken Sie, dass uns jede neue Erkenntnis im Kampf gegen das Kindbettfieber weiterhilft. Wenn wir wissen, was diese entsetzliche Krankheit im Körper Ihrer Frau angerichtet hat, können wir möglicherweise einer anderen Frau besser helfen. Es ist wirklich wichtig.«

Stille im Zimmer. Nur der kleine Wecker auf dem Nachtschrank neben dem Bett tickte.

»Darf ich sie vorher noch sehen?«

»Selbstverständlich.«

Der Adamsapfel an seinem langen Hals bewegte sich auf und ab, als er schluckte. Schließlich nickte er. Dann stützte er die Ellenbogen auf den Tisch, verbarg sein Gesicht hinter den Händen und begann zu weinen.

Als Hermine an diesem Abend nach Hause ging, fühlte sie sich wie zerschlagen. Der Tod der jungen Frau Wagner und das Gespräch mit dem Ehemann gingen ihr nahe. Und dazu hatte sie, kurz bevor sie die Klinik verlassen hatte, wieder mit einer der Schwestern über die Flaschennahrung für die Säuglinge verhandelt. Das Gespräch war ebenso ermüdend und ergebnislos gewesen wie die unzähligen Male davor. Die Schwestern weigerten sich strikt, ihre Gewohnheiten zu ändern, und hielten sie für eine junge Frau mit neumodischen, verrückten, unausgegorenen Ideen. Dabei stillten die Frauen seit Jahrtausenden ihre Kinder, ohne dass die Menschheit ausgestorben war. Hermine fühlte sich hilflos und zugleich verantwortlich. Dann stellten sich auch noch Kopfschmerzen ein. Als sie sich nach Hause geschleppt hatte, zeigte ihr ein Blick auf den Kalender, dass an diesem Samstag wieder der Gesprächskreis in der Praxis von Doktor Heusler stattfand.

Sie stöhnte auf, verbarg ihr Gesicht in den Händen und spielte mit dem Gedanken, einfach hierzubleiben, sich für eine halbe Stunde mit einem Buch in den Sessel zu setzen und früh ins Bett zu gehen. Doch dann dachte sie, dass Ablenkung und die Gesellschaft kluger Menschen ihr wohl eher helfen würden, diesen schrecklichen Tag hinter sich zu lassen. Also wusch sie sich das Gesicht, zog ein anderes Kleid an, steckte die Haare neu auf und machte sich schließlich auf den Weg.

In der Praxis waren bereits alle Kollegen versammelt. Sie begrüßten sie auf eine freundliche, selbstverständliche und erfreute Art, die Hermine spüren ließ, dass sie im Kreis dieser Ärzte als gleichberechtigt willkommen war.

Wie bei jedem Treffen wurde auch diesmal wieder angeregt diskutiert, doch im Gegensatz zu sonst hörte sie hauptsächlich zu und sagte wenig.

Als die üblichen zwei Stunden um waren und alle aufbrachen, brauchte Hermine ungewöhnlich lange, um ihren Mantel zu schließen und den Hut aufzusetzen. Der Abend unter den Kollegen hatte sie nicht wirklich abgelenkt. Jetzt war sie so müde, dass sie sich gern einfach nur an die Wand gelehnt und die Augen geschlossen hätte. Ihre Finger fühlten sich an, als gehörten sie einer Fremden, der sie erst erklären musste, wie man einen Mantel zuknöpfte. Daher war sie die Letzte, die außer Doktor Heusler noch in der Praxis zurückblieb.

»Stimmt etwas nicht, Fräulein Doktor Edenhuizen?«, erkundigte sich Doktor Heusler sichtlich besorgt. »Sie waren heute Abend so ungewöhnlich still.«

»Oh, wenn mein Gastgeber mich schon darauf ansprechen muss, war ich wohl heute kein angenehmer Gast.« Sie rang sich ein Lächeln ab. »Es tut mir leid.«

»Kein Problem«, beschwichtigte er. »Wo fehlt es denn? Vielleicht kann ich helfen.«

»Ich weiß nicht.« Sie runzelte die Stirn und rieb sich die Schläfen. Der Kopfschmerz stellte sich wieder ein. »Ich …«

»Kommen Sie. Wir gehen in mein Sprechzimmer. Und dann erzählen Sie mir in Ruhe, was Sie heute so bedrückt.«

Hermine folgte ihm in den Raum, in dem noch die Stühle für den Gesprächskreis herumstanden. Sie setzte sich, nahm ihren Hut ab, legte ihn auf den benachbarten Stuhl und öffnete die obersten Knöpfe ihres Mantels.

»Ich habe heute eine junge Patientin an das Kindbettfieber verloren«, begann sie ohne Umschweife. »Schon wieder.«

Sie zählte Doktor Heusler alle medizinischen Details auf und begann sich zu fragen, warum sie den Fall von Frau Wagner nicht in der ganzen Runde geschildert hatte. Vielleicht hätte einer der anderen Herren noch etwas Hilfreiches beitragen können?

»Ich habe den Eindruck, dass Ihnen dieser Fall besonders nahegeht, Fräulein Edenhuizen«, sagte Doktor Heusler nach einer Weile. »Oder täusche ich mich?«

»Nein«, gab Hermine zu. »Sie haben vollkommen recht.«

»Und woran liegt das?«

Hermine dachte nach.

»Ich glaube, es ist ein Fall zu viel in einer ganzen langen Reihe von vergleichbaren Fällen: gesunde junge Frauen, die kurz nach der Geburt schwer erkranken und sterben. Ohne dass ich etwas dagegen tun kann. Ich stehe daneben und muss hilflos zusehen, wie das Schicksal seinen Lauf nimmt. Und ich kann noch nicht einmal erklären, wie das Kindbettfieber zustande kommt. Ich kann also den Frauen, die zu uns zur Geburt kommen, keinen Rat geben, was sie tun, worauf sie achten oder was sie lassen sollen. Das macht mich ...«

»Hilflos? Wütend?« Hermine nickte. »Ja, das kann ich gut nachvollziehen. Ich glaube, jeder Arzt kennt in seiner Tätigkeit mindestens eine Erkrankung, gegen die er leidenschaftlicher kämpft als gegen andere. Und jeder Rückschlag, den man dabei erleiden muss, ist zugleich eine schmerzhafte, persönliche Niederlage. Aber ...« Den Rest des Satzes vollendete sein mitfühlendes, aufmunterndes Lächeln. Da steckt doch noch etwas anderes dahinter, nicht wahr? Ein tiefer persönlicher Schmerz ...

»Es ist furchtbar und entsetzlich, mit ansehen zu müssen, wie eine Familie zerstört wird!«, platzte es aus Hermine heraus. »Der Ehemann von Frau Wagner war am Boden zerstört. Und da ist das Kind ...« Sie stand abrupt auf und begann durch das Sprechzimmer zu wandern. »Ein weiteres kleines Kind, das ohne Mutter aufwachsen muss, dem die Liebe fehlen wird, die Wärme ...« Sie blieb vor dem Fenster stehen und schaute hinaus. Das Fenster zeigte zur Straße hin. Die Gaslichter brannten, ein gut gekleideter Herr mit Hut ging am Haus vorbei und holte bei jedem Schritt weit mit dem Stock aus. Vielleicht unternahm er einen späten Spaziergang. »Ich kenne den Tod, Herr Doktor Heusler«, sprach sie leise weiter. »Mein Vater ist vor zehn Jahren an den Folgen eines Schlaganfalls gestorben, einer meiner Brüder hat sich zwei Jahre später erschossen. Ein zweiter Bruder starb an Kehlkopftuberkulose, als ich sechzehn war. Ich habe ihn in seinen letzten Wochen gepflegt und seine entsetzlichen Schmerzen und Qualen mitansehen müssen, weil mein Vater meinte, es sei nicht recht, dem Herrgott ins Handwerk zu pfuschen und dem armen Jungen Morphium zu verabreichen.« Sie wandte sich kurz um.

»Furchtbar«, sagte Doktor Heusler leise, er wirkte blass und betroffen. »Das tut mir sehr leid.«

»Ja, das war schrecklich.« Hermine schaute wieder aus dem Fenster. »Und dann ist da noch eine Schwester, an die ich kaum Erinnerungen habe, weil sie bereits wenige Tage nach der Geburt gestorben ist. Aber der Tod, der mich am nachhaltigsten erschüttert hat, ist der Tod meiner Mutter. Sie starb, als ich neun war. Jetzt bin ich vierunddreißig. Und doch habe ich immer das Gefühl gehabt … ich habe immer noch das Gefühl …« Sie schluckte und musste gegen die Tränen ankämpfen, ihre Kehle schwoll zu. »Es fehlt etwas in meinem Leben, etwas Entscheidendes. Mein Vater hat alles für uns getan, was in seiner Macht stand, er hat uns erzogen und geleitet und uns vieles gelehrt. Ich habe ihn geliebt. Aber die Mutter fehlt. So einfach ist das. Als ob man eine Pflanze mit nackten Wurzeln ins Wasser stellt, anstatt sie in die Erde einzupflanzen. Sie hat im Grunde alles, was sie braucht, um nicht einzugehen. Aber ein Blühen und Gedeihen? Ist das möglich?« Sie wischte sich mit dem Handrücken ihre Wange trocken. »Ich glaube, das ist es, was mich an diesen Fällen so mitnimmt. Dass es bei jedem Verlust an das Kindbettfieber wieder Kinder gibt, die ohne Mutter aufwachsen müssen.«

»Und das ist die Aufgabe, die Sie sich gestellt haben. Sie wollen andere Kinder vor dem Schicksal bewahren, das Sie selbst erleiden mussten. Kein Wunder, dass dieser Fall Sie so aufwühlt.«

Hermine nickte stumm.

»Was haben Sie vor?«

»Ich werde Frau Wagner obduzieren lassen«, sagte sie leise

und dachte an den armen Mann, der die Vorstellung, dass seine Frau aufgeschnitten werden sollte, schrecklich gefunden hatte. Sie konnte ihn verstehen. Aber sie musste doch wissen … »Es ist wichtig. Ich erhoffe mir wenigstens einen Hinweis, was das Fieber ausgelöst haben kann. Trotzdem …«, Hermine seufzte tief, »trotzdem komme ich mir dabei herzlos vor. Der Gedanke an eine Sektion ist für viele Angehörige fast schrecklicher als der Tod selbst. Es kommt den meisten wie eine Schändung vor.«

»Ich weiß.« Doktor Heusler stand auf und trat zu Hermine ans Fenster. »Aber ohne Sektionen würden wir bei vielen Erkrankungen immer noch im Dunkeln tappen, während wir sie mittlerweile gut behandeln können.« Er nahm ihre Hand und drückte sie kurz. »Machen Sie sich keine Sorgen. Sie haben das Richtige getan.«

»Meinen Sie wirklich?« Hermine hob ihren Kopf, sah ihm in die Augen und fand darin Offenheit, Ehrlichkeit und Verständnis.

»Ja. So wahr ich hier stehe. Ich hätte nicht anders gehandelt.«

»Danke.« Sie senkte den Blick und spürte, wie ihre Wangen warm wurden. »Ich sollte jetzt gehen. Ich habe Sie schon zu lange aufgehalten, Betty wartet bestimmt schon auf Sie.«

»Auch darüber müssen Sie sich keine Sorgen machen«, erwiderte er und lachte. »Betty empfängt heute ihren Lesekreis. Die Damen sind immer recht geschwätzig und trennen sich selten vor elf Uhr voneinander. Und für heute haben sie sich ein besonders dickes Buch vorgenommen. Aber Sie sehen müde aus. Sie sollten sich ausruhen.« Er begleitete sie zur Tür. »Soll ich Sie ein Stück begleiten?«

»Nein danke, ich komme zurecht.« Hermine setzte sich den Hut auf. Ihre Müdigkeit war nicht vergangen, trotzdem fühlte sie sich erleichtert. »Danke, dass Sie mir zugehört haben, Herr Doktor Heusler.«

»Otto. Mein Name ist Otto.«

»Danke … Otto.« Es fiel ihr schwer, den Vornamen auszusprechen. »Dann müssen Sie mich aber auch Hermine nennen.«

»Sehr gern, Hermine.« Er nahm ihre Hand und drückte sie kurz. »Ich danke Ihnen für das erwiesene Vertrauen. Kommen Sie gut heim.«

Dann war Hermine im Treppenhaus. Sie eilte die Stufen zur Eingangstür hinunter und nach draußen.

Den Weg nach Hause legte sie trotz ihrer Müdigkeit schnell zurück. Es fühlte sich an, als hätte sie Flügel an den Füßen.

Kapitel 10

Ein paar Tage später saß Hermine allein mit Professor Reiffenscheid in dem kleinen Seziersaal und sah zu, wie der Pathologe den Leichnam der jungen Frau Wagner untersuchte. Mit anzusehen, wie der Körper der jungen Frau geöffnet und ein Organ nach dem anderen entnommen wurde, tat ihr in der Seele weh. Obwohl sie wusste, wie wichtig Obduktionen für die Forschung und den Fortschritt in der Medizin waren, und damit für Hunderte oder gar Tausende von Leben, dachte sie an Herrn Wagner. Einen Mann, der plötzlich Witwer geworden war und jetzt mit einem Säugling zu Hause die Beisetzung seiner Frau vorbereiten musste.

Während der Pathologe arbeitete, erzählte er in raschen, beinahe heruntergeleierten Sätzen, was er sah, damit der Protokollant mitschreiben konnte. Nichts unterschied sich von den zahllosen Fällen, mit denen Hermine bisher konfrontiert worden war. War diese Sektion etwa doch sinnlos? Hätte sie Herrn Wagner diesen zusätzlichen Schmerz ersparen können? Sie wollte schon Professor Reiffenscheid darauf ansprechen, als der Pathologe seinen eintönigen Bericht unterbrach.

»Ah! Ich glaube, ich habe die Ursache der Infektion gefunden.« Der Professor hob seinen Kopf und winkte ihnen zu. »Kommen Sie näher, Herr Kollege Reiffenscheid und Fräulein Kollegin. Das dürfte Sie interessieren.«

Sie stiegen die wenigen Stufen zum Seziertisch hinunter und traten neben den Pathologen.

»Hier ist die Gebärmutter. Wie Sie sehen können, ist sie deutlich vergrößert, mehr als üblich nach der Geburt. Was wir getrost den entzündungsbedingten Wassereinlagerungen zuschreiben können. Ich werde aber auch noch histologische Präparate anfertigen, um darüber Gewissheit zu haben. Doch im Inneren der Gebärmutter habe ich das hier gefunden.« Er legte mit einer Pinzette ein Stück Gewebe in eine Nierenschale. »Ahnen Sie, was das ist?«

Hermine runzelte die Stirn.

»Ein Stück von der Plazenta?«

»Richtig, Fräulein Doktor. Ihrer Akte zufolge gab es bei der Geburt keine Komplikationen. Wirklich keine? Keine vermehrten Blutungen?«

»Nein.« Hermine schüttelte entschieden den Kopf. »Sie hat geblutet, ja. Aber nicht mehr als die meisten anderen Frauen.«

»Vielleicht haben wir es hier mit einer partiellen Placenta accreta zu tun? Möglicherweise ist die Plazenta an dieser kleinen Stelle mit der Uteruswand verwachsen? Aber eigentlich liegt sie dafür zu lose auf…« Der Professor runzelte die Stirn. »Das Mikroskop wird uns die Wahrheit zeigen. Jedenfalls ist das Stück nach der Geburt im Uterus verblieben und hat dann die Infektion ausgelöst.«

Das Gewebestück war kaum größer als einer der silbernen Knöpfe am Kittel von Herrn Geheimrat Fritsch. So eine geringe Ursache…

»Ich werde auch dieses Gewebe histologisch untersuchen. Sie bekommen dann meinen Befund, sobald ich fertig bin.«

Professor Reiffenscheid schüttelte den Kopf.

»Das ist erstaunlich. Danke, Herr Kollege.«

»Immer zu Diensten.« Der Pathologe gab seinem Assistenten einen Wink, und sie begannen die Instrumente aufzuräumen.

Hermine und Professor Reiffenscheid verließen den Sektionssaal.

»Da haben Sie einen guten Instinkt bewiesen, Fräulein Doktor«, sagte Professor Reiffenscheid nachdenklich.

»Was hätte ich tun können?«

Der Oberarzt zuckte mit den Schultern.

»Wenn man gewusst hätte, dass ein Stück der Plazenta fehlt, hätte man es möglicherweise mit einer Kürettage direkt nach der Geburt entfernen können. Aber wenn es tatsächlich eine Placenta accreta war, wer weiß, wie stark dann die Blutungen geworden wären. Eine andere Möglichkeit wäre natürlich die Hysterektomie gewesen. Aber bei so einer jungen Frau tut man sich damit verständlicherweise schwer.«

Hermine schluckte.

»Für Frau Wagner können wir nichts mehr tun. Die Frage ist jetzt«, fuhr er fort, »wie wir in Zukunft solche Befunde verhindern.«

»Das Einzige, was mir einfällt: Wir müssen die Nachgeburt genau auf ihre Vollständigkeit untersuchen. Jedes Mal. Selbst auf kleinste Stücke.«

Er nickte langsam.

»Einen Versuch ist es wert. Ich rede mit dem Chef. Das klingt nach einer Studie. Und Sie bereiten schon mal die Kollegen, Hebammen und Schwestern darauf vor. Wenn es Schwierigkeiten gibt, wenden Sie sich an mich.«

»Gut.«

Auf dem Weg zurück zur Station kam Hermine an dem Operationssaal vorbei, in dem ausschließlich kleine Eingriffe vorgenommen wurden, die nicht lange dauerten und nach denen die Patientinnen am folgenden Tag das Krankenhaus wieder verlassen konnten. Schon von Weitem hörte sie Jammern und Stöhnen. Außerhalb des Kreißsaals überaus ungewöhnlich, da sich jeder Assistent an die Maxime des Chefs hielt – keine unnützen Schmerzen. Gerade, als sie die Tür erreichte, erklang ein Schmerzensschrei, hoch und spitz. Beunruhigt öffnete Hermine die Tür.

»Herr Doktor Wittenberg. Was ist hier denn los?«

Die assistierende Schwester wirkte bei Hermines Anblick erleichtert. Auf dem Untersuchungsstuhl lag eine Frau, die sich ordentlich wand und stöhnte, obwohl ihre Beine an den Auflagen des Stuhls festgeschnallt waren.

»Ach, Fräulein Doktor.« Der Kollege hob seinen Kopf und wischte sich mit dem Ärmel den Schweiß von der Stirn. »Nichts Großartiges. Eine kleine Ausschabung. Eine Sache von zwei Minuten. Ich bin gleich fertig.«

»Ohne Narkose?«

Die Schwester warf Hermine einen vielsagenden Blick zu, deutete mit den Fingern an, dass sie bereits seit zwanzig Minuten hier standen, und verdrehte die Augen. Herr Wittenberg, ein noch recht junger Kollege, der erst vor einigen Monaten seine Approbation erhalten hatte und seit drei Wochen in der geburtshilflichen Abteilung arbeitete, war ein im Grunde freundlicher Mann. Leider schien er der Meinung zu sein, dass nur ein unfähiger Arzt seine Patientinnen narkotisierte. Dies war nämlich nicht das erste Mal.

Ohne ein weiteres Wort ging Hermine zu dem Wagen, auf dem die Instrumente bereitlagen, und begann mit der Vorbereitung einer Äthernarkose.

»Wie heißt die Patientin?«, fragte sie die Krankenschwester.

»Frau Schmidt.«

»Frau Schmidt?« Hermine beugte sich über das schweißnasse, bleiche Gesicht der Frau und ergriff ihre Hand. »Mein Name ist Doktor Edenhuizen. Ich werde Ihnen jetzt etwas Äther geben. Sie werden einschlafen, keine Schmerzen mehr haben. Und wenn Sie in ein paar Minuten aufwachen, ist alles vorbei. Ja?«

Die Frau nickte, Tränen liefen ihr über die Wangen.

»Schwester, helfen Sie mir bitte.«

Gemeinsam setzten sie der armen Frau die Maske auf und träufelten Äther darauf. Es dauerte nicht lange, und die Atemzüge der Frau wurden ruhiger, tiefer, schließlich entspannten sich ihre Gesichtszüge, Arme und Beine fielen leicht zur Seite.

»So, Herr Kollege. Jetzt dürfen Sie loslegen. Die Patientin schläft.«

Tatsächlich dauerte der Eingriff von dem Moment an keine zwei Minuten mehr.

»Narkosen sind nicht für Angsthasen entwickelt worden, Herr Doktor Wittenberg. Ein narkotisierter Patient leidet keine Schmerzen. Und der Operateur muss nicht gegen Muskelverspannungen ankämpfen, der Eingriff ist wesentlich einfacher und schneller durchzuführen. Das ist keine Schande, denn davon profitieren alle. Denken Sie das nächste Mal daran.«

Ihr Blick kreuzte sich mit dem der Schwester, die ihr anerkennend und beifällig zunickte. Dann verließ sie den OP und eilte weiter zum Kreißsaal.

Zwei Tage später war sie mit Betty und Otto Heusler verabredet. Friedrich hatte einen Termin bei einem Kinderarzt, dessen Praxis sich an den Rheinauen befand, in der Nähe eines sehr beliebten Lokals. Diesen Umstand wollten sie nutzen und an das Notwendige das Vergnügen anschließen. Während Betty mit Friedrich bei dem Kollegen war, gingen Hermine und Otto die Rheinpromenade entlang. Etliche Ausflugsschiffe lagen am Kai und schaukelten sanft in den Wellen. Ausflügler in luftiger Sommerkleidung kamen ihnen entgegen. Hermine hörte nicht nur Deutsch, sondern auch Holländisch – das sie als Friesin leidlich verstand – und Italienisch. Doch sie konnte die Schönheit der

Landschaft, das Funkeln des Rheins und die Wärme nicht genießen. In Gedanken war sie noch in der Klinik.

Ihr Oberarzt Doktor Reiffenscheid hatte sie am Nachmittag kurz vor Dienstschluss zu sich gebeten. Doktor Wittenberg hatte sich bei ihm über sie beschwert und ihr unkollegiales Verhalten vorgeworfen. Und natürlich fragte sie sich, ob das stimmte. So war sie nun mal, die Selbstzweifel verschwanden nie. Aber war sie auch unkollegial?

»Was geht Ihnen nur wieder im Kopf herum, Hermine?«

Erst als Otto Heusler sie ansprach, merkte Hermine, dass sie schon eine ganze Weile schweigend nebeneinanderher gingen.

»Oh, entschuldigen Sie bitte. Ich bin mit den Gedanken noch in der Klinik.«

»Wieder ein schwieriger Fall?«

»Nein. Wenigstens keine Patientin. Aber den Kollegen könnte man durchaus zu einem schwierigen Fall erklären.«

»Wenn Sie mögen und es Ihnen hilft, reden Sie sich gern die Last von der Seele. Ich bin hier, ich kann schweigen. Und vielleicht kann ich sogar helfen.«

»Ja vielleicht.« Nachdenklich runzelte sie die Stirn. »Bei uns in der Frauenklinik haben wir ein sehr gutes Klima. Das liegt natürlich vor allem an Herrn Geheimrat Fritsch. Er ist ein umsichtiger, weiser und gerechter Chef. Es ist üblich, dass die dienstälteren Assistenten die jüngeren anlernen und, wenn nötig, auch zurechtweisen. Das geschieht immer respektvoll. Meine ich.« Sie holte Luft. »Seit ein paar Wochen haben wir nun einen jungen Kollegen in der geburtshilflichen Abteilung. Er hat seine Approbation noch nicht lange, dies ist also seine erste Stelle. Er ist einer jener jungen Ärzte, die ihr eigenes Unwissen und ihre Defizite nicht zugeben wollen und deshalb selbstständiger arbeiten, als es ihren Fähigkeiten entspricht. Und so sind ihm in der Zeit, die er bei uns tätig ist, bereits ein paar Fehler unterlaufen. Zum

Glück keine schwerwiegenden, aber es mussten Patientinnen seinetwegen mehr leiden als notwendig. Ich habe ihn bei manchen dieser Patzer ertappt und auf seine Fehler hingewiesen. Doch statt daraus zu lernen, veranstaltet er nun eine Art Feldzug gegen mich. Ich weiß nicht, ob das ganz persönliche Gründe hat oder ob es ihm einfach zuwider ist, mit einer Frau zusammenzuarbeiten, die auch noch mehr Erfahrung hat als er und seine Vorgesetzte ist. Das scheint sein Weltbild vollständig durcheinanderzuwürfeln. Es vergeht eigentlich kein Tag, ohne dass er irgendeinen seltsamen Kommentar von sich gibt, den ich ebenso gut als Beleidigung auffassen könnte. Wie unweiblich mein Gesicht bei einer anstrengenden Geburt war, zum Beispiel. Oder Ähnliches. Meistens gehe ich darüber hinweg.«

»Und doch ärgern Sie diese Bemerkungen?«

Hermine warf Otto einen raschen Blick zu. Er war ernst, er machte sich nicht über sie lustig. Das tat gut.

»Ja. Es ärgert mich. Was mich aber noch mehr ärgert, ist die Selbstüberschätzung dieses Mannes. Er kann weniger, als er glaubt. Und statt erfahrenere Kollegen um Rat und Hilfe zu bitten – wie zum Beispiel auch mich –, versucht er es allein und quält dadurch unnötig die Patientinnen. Wie zum Beispiel vor zwei Tagen.« Und sie erzählte von dem kleinen, aber sehr schmerzhaften Eingriff, den Doktor Wittenberg ohne Narkose durchführen wollte, und wie sie die Sache entschlossen in die Hand genommen und die Frau narkotisiert hatte.

»Wenige Minuten später war der Eingriff beendet, und alle Seiten erlöst.«

»Sie haben richtig entschieden«, sagte Otto.

»Das denke ich auch. Doch jetzt hat dieser Mann sich bitter beim Oberarzt über mein unkollegiales Verhalten beschwert. Ich sei ihm in den Rücken gefallen, hätte eigenmächtig gehandelt …«

»Was hat Ihr Oberarzt gesagt?«

»Man könnte es durchaus als Unkollegialität auslegen, und ich hätte mich zuerst an ihn wenden sollen.«

»Tatsächlich? Er hat Ihnen nicht recht gegeben? Das wundert mich!«

»Doch, in der Sache hat er mir zugestimmt. Er selbst hätte nicht anders gehandelt als ich. Aber …« Hermine seufzte. »Er ist eben der Oberarzt und damit unser Vorgesetzter. Und ich bin nur eine Assistenzärztin.«

»Und Sie sind eine Frau.«

»Ja. Ich glaube, das ist der eigentliche Stein des Anstoßes. Ich bin fest davon überzeugt, der Kollege hätte sich nicht über mich beschwert, wenn ich ein Mann wäre.« Sie blieb stehen und schaute einem kleinen weißen Dampfer hinterher, der unter fröhlichem Tuten den Rhein in Richtung Königswinter hinabschipperte. Aber ihr war nicht fröhlich zumute. Überhaupt nicht. »Manchmal verzweifle ich an allem.«

»Nein. Nicht doch, nicht verzweifeln«, sagte Otto erschrocken. »Ein Verhalten wie dieses ist unangemessen und inakzeptabel. Doch manche Männer brauchen wohl mehr Zeit, um sich an eine Frau in ihren Reihen zu gewöhnen. Noch dazu an eine so kluge und … «

Seine Wangen färbten sich dunkler, und er beugte sich vor. Sein Mund näherte sich ihrem. Und dann hatte er sie tatsächlich geküsst.

»Otto!« Ihr Herz schlug gegen den Brustkorb, als wollte es heraus.

Er war bleich und fuhr sich mit der Hand durch sein feines braunes Haar.

»Ich …« Er schloss die Augen, schüttelte den Kopf. »Verzeihen Sie, Hermine. Ich … ich weiß nicht …«

»Otto! Das … Betty!«

»Ich weiß.« Seine Stimme war leise und so spröde, als könne sie jederzeit zerbrechen. »Das macht es ja so schlimm.«

Sie standen sich gegenüber. Um sie herum brandete das Leben – Paare schlenderten eingehakt die Promenade entlang, Kinder jagten einander, ein kleiner Hund bellte, ein Rheinkahn, schwer beladen mit Kohle, fuhr gemächlich an der Anlegestelle vorbei. Für Hermine stockte die Zeit. Auf Ottos Gesicht malte sich Überraschung. Verwirrung. Zärtlichkeit und tiefe Erschütterung. Alles, was sie selbst fühlte. Sie dachte an Betty und Friedrich – und wünschte sich im gleichen Moment nichts sehnlicher, als dass Otto sie in seine Arme nahm und erneut küsste.

»Otto!« Sie keuchte. Dann kam sie zur Besinnung. Um sie herum setzte das Leben wieder ein, und plötzlich klang es lärmend und kreischend in ihren Ohren.

»Nein«, sagte sie, presste ihre Hände gegen die Schläfen und schüttelte den Kopf. »Nein! Das geht nicht. Das dürfen wir nicht. Das ist …«

»Hermine, wir …«

»Nein.« Hermine hatte ihren Entschluss gefasst. »Und bevor wir irgendetwas bereuen müssen, gehe ich nach Hause. Richten Sie Betty und Friedrich bitte meine herzlichen Grüße aus, ich habe plötzlich entsetzliches Kopfweh bekommen.«

Und damit drehte sie sich um und ließ ihn stehen. Sie bahnte sich einen Weg durch einen Pulk von Leuten, die gerade von einem der Ausflugsschiffe an Land gingen. Und je weiter sie Otto Heusler hinter sich zurückließ, umso schneller lief sie.

Kapitel 11

Hermine lag in ihrem Bett. Draußen wurde es bereits hell. Die Konturen der Stuckverzierungen an der Zimmerdecke gewannen an Tiefe, und in das nächtliche Schwarz und Grau kehrten ganz langsam die Farben zurück.

Die letzten vier Tage hatte sie in einem Dämmerzustand verbracht. Sie arbeitete in der Klinik, behandelte Patientinnen, traf Entscheidungen, sprach mit den Schwestern, den Hebammen, den Kollegen, nahm an Frühbesprechungen und Kolloquien teil, leitete Studenten an. Nach außen hin war alles wie immer. Doch abseits vom rein Fachlichen, Medizinischen, war ihr Kopf leer. Sie fühlte sich wie eine leere Hülle, wie ein Blechspielzeug, das, einmal aufgezogen, in die vorgegebene Richtung marschiert. Sie hatte keinen Appetit, und was sie aß, schmeckte alles gleich fade. An Schlaf war kaum zu denken. Sie war so müde, dass ihr die Augen brannten. Doch sobald sie im Bett lag, war sie hellwach und starrte stundenlang an die Decke. Oder weinte stumm in ihr Kopfkissen.

Und immer dachte sie an Otto.

Ja, sie hatte Gefühle für ihn. Gefühle, die – wie sie jetzt zugeben musste – weit über eine freundschaftliche Verbindung hinausgingen. Sie hatte sich verliebt. Dabei konnte sie das doch gar nicht. Sie war Ärztin! Sie hatte ihr Leben der Medizin und ihren Patientinnen verschrieben. In ihrem Leben gab es keinen Platz für einen

Mann. Und für einen verheirateten Mann schon gar nicht. Einen Mann und Kollegen, der mit einer wunderbaren Frau verheiratet war und einen entzückenden Sohn hatte.

Was hast du dir nur dabei gedacht?, schalt sie sich und schlug mit den Fäusten auf die Matratze. Was… hast… du… dir… gedacht!

Die Antwort war ganz einfach. Nichts. Sie hatte nichts gedacht, hatte nicht damit gerechnet, hatte ihre Gefühle falsch eingeschätzt, verdrängt… Wie jemand, der ins Watt hinausspazierte und nicht merkte, dass sich die Priele hinter ihm zu füllen begannen. Jetzt stand sie da, und die Flut kam mit Macht und reichte ihr schon bis zu den Knöcheln. Aber vielleicht war es noch nicht zu spät? Vielleicht gab es noch einen Ausweg?

Hermine schlug die Decke zur Seite, stand auf und ging zu ihrem Schreibtisch. Auf der Karte standen nur wenige Worte: *Wir müssen reden. Freitagabend? Hermine.*

Sie steckte die Karte in einen Briefumschlag und adressierte ihn an Ottos Praxis. Dann machte sie sich auf den Weg in die Klinik.

Als sie an diesem Abend nach Hause kam, fand sie auf dem Posttischchen neben ihrer Tür zwei Briefe vor. Der erste trug eine Briefmarke und in Ottos klarer, akkurater Handschrift ihre Adresse. Auf dem anderen stand nichts als ihr Name. Hermine Edenhuizen.

»Der wurde von einem Botenjungen gebracht«, erklärte ihre Wirtin. »Etwa gegen fünf. Ich hoffe, es ist nichts Schlimmes?«

Die Wirtin brannte sichtlich darauf, irgendwelche Neuigkeiten zu erfahren, doch Hermine dachte nicht daran, diese Neugierde zu befriedigen.

»Danke, Frau Hagen«, sagte sie und schloss ihre Zimmertür hinter sich.

Dann riss sie den ersten Umschlag auf.

Wir müssen reden. Betty ist das ganze Wochenende bei ihrer Schwester in Koblenz. Sie nimmt Friedrich mit.

Und auf der zweiten Karte stand:

Nach meiner Sprechstunde am anderen Rheinufer. Bei der Weide. Ich warte.

Offenbar hatten sich ihre Briefe gekreuzt.

Der Freitag kam Hermine länger vor als gewöhnlich, alles zog sich hin – die Gespräche mit den Kollegen, die Visite, die Nachmittagsbesprechung. Als sie endlich mit allem fertig war, war es bereits sechs Uhr. Sie grüßte kurz, wünschte den Schwestern und dem Diensthabenden einen ruhigen Dienst und eilte aus dem Gebäude. Zum Rheinufer war es zum Glück nicht weit. Und welche Weide Otto meinte, wusste sie. Dort hatten sie schon oft auf ihren Spaziergängen mit Betty und Friedrich haltgemacht. Das Ufer war seicht, sodass Friedrich mit hochgekrempelten Hosen im Wasser herumwaten konnte, während die Erwachsenen auf einer Decke im Gras saßen und sich unterhielten.

Als Hermine bei der Weide ankam, war Otto schon dort. Obwohl er ihr den Rücken zukehrte, erkannte sie ihn von Weitem an seiner schlanken Gestalt und der geraden Haltung. Ihr Puls beschleunigte sich. Dieses Gespräch war wichtig, notwendig und unumgänglich. Doch es graute ihr davor. Und gleichzeitig freute sie sich, ihn wiederzusehen. Es war ein Dilemma, in dem sie steckte, eine echte Zwickmühle. Es raubte ihr den Atem.

»Guten Abend, Otto«, sagte sie und blieb ein paar Meter hinter ihm stehen. Langsam drehte er sich um, als hingen Bleigewichte an seinen Armen.

»Hermine.«

Nur dieses eine Wort.

Hermines Herz raste und ihre Wangen – oh, ihre verräterischen Wangen! – waren so heiß, als hätte sie den ganzen Tag in der prallen Sonne gestanden. Unmöglich, dass er es nicht bemerkte. Unmöglich, dass die anderen Menschen – zwei Brückenarbeiter, ein Mann in abgetragener Kleidung, der am Ufer saß und angelte, eine Frau mit zwei kleinen Kindern, die sich über die Enten freuten – es nicht sahen. Sie trug ihre geheimsten Gefühle gut sichtbar für alle und jeden buchstäblich ins Gesicht gebrannt.

»Hermine, ich danke dir, dass du gekommen bist.« Ottos Stimme klang heiser und seltsam fremd. Und so sehr ihre Wangen glühten, so bleich waren seine.

Zusammen ergeben wir fast einen perfekten Menschen. Dieser Gedanke ließ das Feuer auf ihren Wangen noch mehr lodern.

»Wir müssen reden.«

»Ja. Das ist wahr.«

Sie schwiegen. Und doch wussten sie, was sie einander sagen wollten. Ebenso wie sie beide wussten, dass sie es nicht sagen durften.

Hermine dachte an Frida. Wie hatte sie mit ihr geschimpft und gehadert, die Hochzeit hatte sie als Verrat angesehen, als Bruch mit ihren hehren Zielen. Sie hatte in der Kirche bei der Trauung geweint! Und nun? Jetzt war sie selbst verliebt. Schon am Tag des Ausflugs, als sie gemeinsam beim Drachenfels waren, hätte sie dieser Wahrheit ins Gesicht sehen müssen. Aber sie hatte sie verdrängt, verleugnet. Und doch war es so. Sie hatte sich verliebt. Noch dazu in einen verheirateten Mann!

»Es geht nicht, Otto. Wir dürfen das nicht.«

»Ich weiß.« Er rieb sich über seine Stirn, die in feinen Falten lag, als hätte er Schmerzen in der Magengegend.

»Betty. Dein Sohn!«

»Ja, Hermine. Du hast recht.«

Sie schwiegen wieder, gingen den schmalen Uferweg entlang nebeneinanderher. Auf dem Rhein überholte ein leerer Kahn einen voll beladenen. Für eine kurze Zeit waren die beiden Schiffe auf gleicher Höhe, fuhren nebeneinanderher, ohne die Strecke wirklich gemeinsam zurückzulegen.

Wie wir, dachte Hermine, und im selben Moment ging ihr auf, dass das nicht stimmte. Denn zwischen ihr und Otto gab es eine Verbindung, ein Band. Das spürte sie.

»Und wenn die beiden nicht wären, was wäre dann?« Seine Stimme war so leise, dass sie sie gegen das Stampfen der Schiffsmaschinen kaum hören konnte.

Das wäre eine ganz andere Sache, dachte Hermine und schaute auf das Wasser hinaus, weil sie Angst hatte, dass er auf ihrem Gesicht die Wahrheit erkennen konnte. Ein Schwanenpaar schwamm gerade vorbei, sie beneidete die Vögel. Über ihre Wange rann eine Träne.

Vorsichtig hob Otto seine Hand und wischte ihr mit einem Finger die Träne fort. So sanft, dass sie seine Berührung kaum spürte. Dann nickte er. Er hatte sie verstanden, ohne dass sie ein Wort gesagt hatte.

»So habe ich denn wenigstens einen Trost in meinem Unglück.« Er seufzte.

»Ich werde von jetzt an nur noch selten zu euch kommen«, sagte Hermine. Ihre Stimme zitterte. »Und hauptsächlich dann, wenn ihr auch andere Gäste habt. Aber… Wir dürfen uns nicht allein sehen, Otto! Wir dürfen nicht. Unter keinen Umständen. Niemals! Ich könnte nicht…«

Sie schluchzte auf, und er nahm sie in die Arme. Einen kurzen Moment genoss sie seine Nähe, die Wärme seines Körpers, seinen Geruch nach Lavendel und der Rasierseife, die er benutzte.

Dann riss sie sich los und lief davon, ohne sich noch einmal umzudrehen.

Kapitel 12

Hermine saß im Untersuchungszimmer auf ihrem Hocker, vor ihr auf dem gynäkologischen Stuhl lag eine Schwangere. Sie war zehn Jahre jünger als sie selbst, sah aber mindestens zehn Jahre älter aus. Harte Arbeit, schlechte Lebensbedingungen als Arbeiterin in einer Näherei sowie sieben Schwangerschaften hatten die Frau ausgezehrt. Jetzt war sie auf dem Nachhauseweg von der Fabrik zusammengebrochen. Zwei Frauen aus der Fabrik hatten sie in die Poliklinik gebracht, wo Hermine seit dem ersten Januar 1907 mit zwei anderen Kollegen arbeitete. Dieser Wechsel gehörte zur Ausbildung als Spezialärztin für Frauenkrankheiten und Geburtshilfe. Hier, in der Poliklinik, war die Arbeit anders, aber die Herausforderung kaum weniger groß. Die Patientinnen kamen, wurden untersucht und gingen dann wieder nach Hause, als würden sie einen niedergelassenen Arzt aufsuchen. Und weil die meisten Behandlungen kostenlos durchgeführt wurden, sah sie hier auch viele Patientinnen aus den untersten Schichten, die man als niedergelassener Arzt eher selten zu Gesicht bekam. So wie diese Fabrikarbeiterin.

Hermine nahm das starre Stethoskop aus Holz und hielt es an den Bauch der Frau.

»Was ist, Fräulein Doktor?«, fragte die Frau leise und unsicher. »Ist was mit dem Kind?«

Hermine schüttelte den Kopf und lächelte.

»Nein. Die Herzgeräusche sind kräftig und gleichmäßig.« Dann wurde sie ernst und ließ ihren Blick über den ausgemergelten Körper der Frau gleiten. »Aber Sie machen mir Sorgen. Sie sollten mehr essen, sich mehr schonen, an die frische Luft gehen …« Noch ehe Hermine zu Ende gesprochen hatte, wurde ihr bewusst, was sie gesagt hatte.

Die Frau lachte bitter.

»Fräulein Doktor, das würde ich doch gerne. Aber wovon? Ich habe noch sechs von diesen Kleinen zu Hause, der Mann arbeitet als Schauermann am Hafen. Damit es wenigstens einigermaßen reicht, habe ich die Arbeit in der Wäschefabrik angenommen. Trotzdem leben wir meist von der Hand in den Mund.«

»Wie viele Stunden arbeiten Sie denn in der Fabrik?«

»Zwölf Stunden, sechs Tage die Woche. Manchmal, wenn eine der anderen ausfällt, übernehme ich noch eine halbe Schicht, um etwas mehr zu verdienen. Jeder Groschen zählt. Mein Mann ist ein Guter. Keiner von denen, die abends in die Kneipe tragen, was sie tagsüber verdient haben. Trotzdem weiß er nie, ob er überhaupt arbeiten kann, wenn er morgens das Haus verlässt. Nicht immer legt ein Schiff an. Und dann kommt er ohne einen Pfennig nach Hause.«

Hermine tauschte einen Blick mit der Schwester, die ihr bei der Untersuchung assistierte. Es war hoffnungslos.

Aber war es das wirklich? Hermine stand auf und öffnete den Schrank, in dem sie in der Poliklinik die Medikamente aufbewahrten. Darunter waren auch Flaschen mit verschiedenen Stärkungsmitteln wie Lebertran und Kräutertropfen. Und Dosen mit einem neuartigen Sirup, den ein findiger Berliner Apotheker aus Gerste hergestellt hatte. Frida hatte ihr ein paar Dosen für die Patientinnen zugeschickt. Sie nahm eine Flasche Lebertran und eine Dose Biomalz und schloss die Schranktür wieder.

»Hier, bitte. Von dem Lebertran nehmen Sie morgens und abends einen Esslöffel. Und von dem Biomalz drei Esslöffel täglich.«

»Aber Fräulein Doktor, das kann ich nicht bezahlen!«

»Das müssen Sie auch nicht.« Hermine drückte ihr Flasche und Dose in die Hand. »Wir sind hier in der Poliklinik.«

»Danke. Danke, Fräulein Doktor!«

»Sie können sich anziehen.« Hermine setzte sich an den Tisch und füllte die Patientenkarte aus. »In zwei Wochen möchte ich Sie wiedersehen. So lange sollten auch die Stärkungsmittel reichen.«

Die Frau verabschiedete sich. Die Schwester räumte die Instrumente zum Reinigen in eine Schale und schüttelte den Kopf.

»Armes Ding!«, sagte sie. »Aber was will man dagegen tun?«

»Ich weiß es nicht. Aber ich habe Lebertran und Biomalz. Apropos. Ich muss Frida und meiner Schwester schreiben, dass sie mir wieder neues schicken. Wir haben nur noch fünf Dosen davon.«

»Und wer soll das bezahlen, Fräulein Doktor?«

»Zur Not ich. Ich lebe allein, brauche nicht viel. Und wer weiß, vielleicht beteiligt sich sogar noch einer der Kollegen.«

Die Tür öffnete sich, und eine Schwester steckte ihren Kopf herein.

»Fräulein Doktor, Sie werden zu einem Hausbesuch gerufen. Schwangere im neunten Monat.«

Hermine stöhnte auf. Das war der anstrengendste Teil der Arbeit in der Poliklinik – die Hausbesuche. Man wusste nie, wann und wohin man gerufen wurde und was einen dort erwartete. Da die Hilferufe auch nachts kamen, hatte Hermine es sich angewöhnt, die meiste Zeit in der Klinik zu schlafen. Sie lernte viel bei diesen Besuchen. Und sie hatte nicht so viel Zeit, an Otto zu denken. Ein Nebeneffekt, der nicht zu unterschätzen war.

Doch tagsüber, wie jetzt, unterbrach sie die Arbeit in der Klinik nur ungern.

»Kann nicht einer der beiden Herren fahren?«

»Können schon. Aber es wurde ausdrücklich nach *dem Fräulein Doktor* verlangt«, erklärte die Schwester mit einem Lächeln. »Die Frau war vor drei Wochen schon einmal hier. Frau Güdemann. Hier ist die Adresse.« Sie hielt Hermine einen Zettel hin.

»Na gut.« Hermine stand auf und nahm den Zettel entgegen. Es war eine Anschrift auf der anderen Seite des Rheinufers, eine wenig feine Gegend, in der hauptsächlich Fabrik- und Hafenarbeiter sowie kleine Händler wohnten. »Ich mache mich auf den Weg. Sagen Sie bitte den Kollegen Bescheid, Schwester Christa?«

Die Schwester nickte. Hermine ging ins Arztzimmer und tauschte ihren weißen Kittel gegen Mantel und Hut. Dann warf sie noch einen Blick in ihre Arzttasche. Alles war vorhanden – Instrumente, Spritzen, Ampullen mit Schmerzmitteln, Verbandszeug. War sie ausreichend vorbereitet? Fehlte noch etwas? Nach menschlichem Ermessen nicht, aber konnte man sich wirklich auf alle Notfälle vorbereiten? Vielleicht war das nur der Moment, in dem die Wehen begannen. Sie erinnerte sich an die junge Frau, eine Vierundzwanzigjährige, die ihr erstes Kind erwartete. Es war nicht zu sagen, wer von beiden ängstlicher war, sie oder ihr Ehemann. Doch ebenso konnte es auch eine bereits fortschreitende Geburt mit Placenta accreta und heftigen Blutungen sein. Bis zu dem Zeitpunkt, wo die Patientin vor ihr lag, würde sie es nicht wissen. Und so lange würde sie sich den Kopf darüber zermartern, ob sie ausreichend vorbereitet war.

Hermine eilte nach draußen. Vor dem Seiteneingang der Klinik stand schon die Kutsche bereit, die sie ans andere Rheinufer fahren würde. Sie nannte dem Kutscher die Adresse, und er ließ die beiden Pferde antraben.

Sie fuhren vorbei an den Villen der Professoren und vornehmen Kaufleute, überquerten den Rhein. Am anderen Ufer änderte sich das Bild. Die Mietshäuser standen enger und waren in schlechterem Zustand, der Wagen holperte auf den Straßen dahin. Vor einem schmalen Haus hielt der Kutscher.

»Hier muss es sein, Fräulein Doktor.«

»Danke, Karl. Warten Sie bitte.«

Hermine kletterte aus dem Wagen und nahm ihre Tasche. Im Untergeschoss des Hauses war ein Seiteneingang, der zu einem Schusterladen führte. Sie hatte kaum die Treppe erreicht, als die Tür schon aufgerissen wurde. Sie erkannte den bleichen kleinen Mann sofort.

»Fräulein Doktor! Gut, dass Sie kommen. Ich weiß nicht, was mit meiner Gerda ist.«

»Das sehe ich mir mal an. Bringen Sie mich bitte zu Ihrer Frau?«

So viele Gedanken sie sich auch zuvor in der Kutsche gemacht hatte – sobald der Mann sie durch die Schusterwerkstatt und über eine schmale Stiege hinauf in die Wohnung gebracht hatte, war Hermine vollkommen ruhig. Die Wohnung war winzig. Es gab eine kleine Küche, die zugleich als Wohnraum diente, und ein Schlafzimmer. Darin lag Frau Güdemann auf einem schmalen Bett. Sie war bleich und kaum bei Bewusstsein.

»Frau Güdemann?«

Hermine legte ihr eine Hand auf Stirn und Wange, prüfte den Puls, dann legte sie beide Hände auf den kräftig gewölbten Bauch der Schwangeren. Sie spürte die Bewegungen des Kindes. Rasch holte sie ihr Stethoskop und presste es auf den Bauch. Die Herztöne des Kindes waren etwas zu langsam. Noch nicht beunruhigend, aber das konnte sich von jetzt an rasch ändern.

»Es ist so weit, das Kind will kommen. Aber Ihre Frau ist offensichtlich zu schwach. Wir müssen sie sofort in die Klinik bringen.«

Erst als sie das sagte, fiel ihr die schmale Stiege wieder ein, die zur Wohnung führte.

»Gibt es noch einen zweiten Ausgang?«

»Nein.« Herr Güdemann schüttelte den Kopf. Sein Gesicht hatte die Farbe von Milch.

»Dann müssen wir Ihre Frau die Treppe hinuntertragen. Nehmen Sie sie so auf Ihre Brust«, sie zeigte es ihm, »und ich unterstütze Sie von der Seite und nehme die Beine.«

Sie hatten die Hälfte der Treppe hinter sich gebracht, als der Ehemann plötzlich losließ. Doch Hermine fing das Gewicht der bewusstlosen Frau ab und schleppte sie Stufe für Stufe die restliche Treppe hinunter. Erst die drei Stufen hinauf zum Bürgersteig half der verzweifelte Mann wieder, und gemeinsam mit dem Kutscher legten sie Frau Güdemann dann hinten auf den Wagen.

Der Kutscher ließ das Pferd antraben. Als sie die Klinik erreichten, wurde die Frau sofort in den Kreißsaal gebracht. Der Abend endete mit der Geburt eines strammen Jungen, und die Frau würde sich von dem schweren Anfall von Eklampsie erholen.

Alles war noch mal gut gegangen.

Kapitel 13

Zwei Wochen später, da war Frau Güdemann mit ihrem gesunden Sohn längst entlassen, und die strahlende, glückliche junge Familie hatte sich mit einer Schachtel Schokolade überschwänglich bei ihr bedankt, spürte Hermine immer noch das Gewicht der Frau in ihren Muskeln. Selbst heiße Bäder und Einreibungen hatten nicht geholfen. In ihren Schultern, im Nacken und entlang der gesamten Wirbelsäule tat alles weh. Doch sie war nicht undankbar, denn so hatte sie einen weiteren Grund, Bettys Einladungen aus dem Weg zu gehen.

Seit ihrem letzten Treffen mit Otto konnte sie die Besuche bei den Heuslers an einer Hand abzählen, und es waren immer Abendgesellschaften gewesen, bei denen sie es tunlichst vermieden hatte, mit Otto allein in einem Raum zu sein. Betty schrieb ihr regelmäßig Karten, lud sie zum Abendessen, zum Picknick, zum Sonntagstee ein – doch die Poliklinik lieferte Hermine stets eine passende Ausrede. Dennoch konnte sie Betty nicht mehr lange hinhalten, ohne dass sie beleidigt oder gar misstrauisch würde. Sie war eine kluge Frau. Eine der nächsten Einladungen musste sie annehmen. Sie konnte nur hoffen, dass sie dann entweder nicht allein mit Betty und Otto sein würde oder dass Otto genug Verstand hatte, um seinerseits unter einem Vorwand fernzubleiben. Als Arzt sollte ihm das ein Leichtes sein.

Wie hatte ihr Leben nur so verzwickt werden können!

Tatsächlich kam schon bald die nächste Einladung, glücklicherweise eine große Abendgesellschaft zu Ehren von Bettys Geburtstag. Hermine fasste sich ein Herz und sagte zu.

An dem Abend war sie sehr nervös. Es war ein Samstag. Gleich nach dem interdisziplinären Kolloquium in der Frauenklinik war sie nach Hause geeilt, hatte ein Bad genommen, sich sorgfältig angekleidet, die Haare hochgesteckt. Sie freute sich, Otto wiederzusehen. Und im gleichen Maß fürchtete sie sich auch davor. Sollte sie wirklich hingehen? Sie könnte einfach zu Hause bleiben und Kopfschmerzen vortäuschen oder einen Einsatz wegen eines Notfalls. Bereits jetzt verlangten viele Patientinnen oder ihre Angehörigen »das Fräulein Doktor«, wenn sie in der Klinik anriefen, es wäre also glaubhaft. Oder sie könnte in ihrem ältesten Kleid erscheinen, sodass niemand sie beachtete. Nicht einmal Otto. Und doch *wollte* sie, dass er sie sah. Sie konnten nicht zusammen sein, weil das gegen Sitte und Anstand verstieß und zwei liebe, wertvolle Menschen – Betty und den Sohn Friedrich – tief verletzt hätte. Aber sie konnten sich über die Köpfe von einem oder zwei Dutzend Gästen hinweg anschauen. Und er würde verstehen, dass sie dieses Kleid und die Perlenbrosche ihrer Mutter eigens für ihn trug. Das musste genügen. Mehr Nähe gab es nicht und würde es auch nie geben.

Dann war es so weit. Sie stand vor der Haustür der Heuslers und läutete. Das Mädchen in gestärkter Haube und Schürze öffnete. Alles war wie bei ihrem ersten Besuch. Allerdings wirkte das Mädchen auf sie eine Spur freundlicher, als sie ihr Hut und Mantel abnahm, vertrauter. Hermine erkundigte sich nach der Mutter des Mädchens, die recht kränklich war, und erfuhr, dass die Frau mittlerweile das Bett nicht mehr verlassen konnte.

»Das tut mir leid, Liesel«, sagte sie. »Wenn ich etwas für dich oder deine Mutter tun kann, lass es mich wissen. In unserer Klinik …«

»Hermine!« Betty kam mit ausgebreiteten Armen auf sie zu und drückte sie kurz an sich. »Wie schön, dass du es endlich mal wieder einrichten konntest, zu uns zu kommen!«

»Ich habe die Kollegen bekniet und bestochen, meinen Dienst in der Poliklinik zu übernehmen. Immerhin ist es dein Geburtstag, Betty.« Sie nahm das in Seidenpapier eingeschlagene Geschenk aus ihrer Tasche und überreichte es Betty. »Herzlichen Glückwunsch.«

»Danke.« Betty nahm das Päckchen und wickelte es aus. Es war ein in Leder gebundenes Buch mit Goldprägung – eine Ausgabe des neuesten Romans von Thomas Mann. »Wie schön! Und ganz schön dick.« Sie lachte. »Da werde ich lange zu lesen haben!«

Täuschte es, oder war Bettys strahlendes Lächeln nicht ganz so strahlend wie früher? Klang ihr Lachen etwas zu laut? Waren ihre Augen wachsam und misstrauisch?

Oder bilde ich es mir nur ein?

Was sie sich ganz gewiss nicht einbildete, war Ottos Veränderung. Blass und stiller als gewöhnlich stand er neben seiner Frau. Mager war er geworden. Und als er Hermine beinahe förmlich begrüßte, zitterte seine Hand. Nur die blauen Augen leuchteten voller Wärme und Freude. Und auf dem Einstecktuch an seinem Anzug waren Fliederblüten und Maiglöckchen eingestickt. Hermines Lieblingsblumen.

Irgendwie gelang es ihr, sich zusammenzunehmen, sich von Betty unterhaken und in den Speisesaal führen zu lassen. Hermine kam es vor, als liefe sie über Schwertspitzen. Doch sie lächelte, nickte einigen Herren und ihren Begleiterinnen zu, die sie von anderen Gesellschaften bei den Heuslers kannte, und nahm auf dem ihr zugewiesenen Stuhl Platz. Sie saß am anderen Ende der großen Tafel, außer Sichtweite von Otto. Ein bisschen tat es weh, vor allem aber war sie erleichtert. Auf diese Art würde es einfacher sein, ihm aus dem Weg zu gehen.

Es gelang ihr tatsächlich, sich auf das Gespräch mit ihrem Tischnachbarn zu konzentrieren, einem jungen Assistenzarzt, der in der gleichen internistischen Abteilung arbeitete, in der auch sie ihr erstes klinisches Volontariat absolviert hatte. Sie tauschten sich aus über Kollegen, die sie beide kannten, über die Arbeit auf den Stationen. Und als nach dem üblichen abendlichen Streichquartett Tische und Stühle zur Seite geräumt wurden, damit getanzt werden konnte, drehte Hermine mit dem jungen Mann sogar einige Runden. Sie lachte, unterhielt sich, scherzte. Es war ein normaler Abend. Wenigstens beinahe. Denn essen konnte sie nicht viel. Jeder Ton, den Otto seinem Cello entlockte, drang direkt in sie ein und brachte ihre Nerven zum Vibrieren, als wäre in Wirklichkeit sie das Instrument. Und es bedeutete eine unglaubliche Anstrengung, Otto im selben Raum zu wissen und nicht voller Sehnsucht seinen Blick zu suchen.

Um zehn Uhr abends endlich verabschiedete sie sich von ihren Gastgebern.

»Danke, Betty, für diesen wunderbaren Abend«, sagte sie und kam sich gleichzeitig verlogen vor. Wie stand es in der Bibel? *Du sollst nicht lügen.* Gefolgt von *Du sollst nicht die Ehe brechen.* Ein Platz in der Hölle war ihr wohl sicher.

»Es war so schön, dass du wieder einmal bei uns warst! Vielleicht gelingt es dir jetzt öfter?«

Hermine schluckte. Sie schaute Betty fest in die Augen, schon allein um zu vermeiden, dass ihr eigensinniger Blick den von Otto suchte. »Solange ich noch in der Poliklinik arbeite, wird es schwierig.« Es tröstete sie, dass dies wenigstens keine Lüge war. »Wir sind rund um die Uhr im Einsatz, und tatsächlich wohne ich zur Zeit eher in der Klinik als in meinen Zimmern.«

»Schade. Aber das ändert sich wohl irgendwann. Und wenn du Zeit finden solltest, melde dich einfach. An unserem Tisch ist immer Platz für dich. Nicht wahr, Otto?«

Otto räusperte sich und nickte.

»Ja. Natürlich.«

»Danke. Dann noch einen schönen Abend und bis bald.«

Hermine war froh, als die Tür hinter ihr ins Schloss gefallen war und sie wieder auf dem Gehweg stand. Einen Moment überlegte sie, sich eine Droschke für den Nachhauseweg zu rufen, dann aber entschied sie sich anders.

Die Luft war klar und frisch, und im leichten Abendwind hing schon ein Hauch von Frühling. Sie würde zu Fuß nach Hause gehen. Bewegung war ähnlich wie Arbeit – sie machte den Kopf frei, unterband das Grübeln. Und das brauchte sie jetzt. Sie wollte nicht an Betty denken. Sie wollte sich nicht fragen, ob sie sich diese wissenden Blicke eingebildet hatte oder nicht. Und schon gar nicht wollte sie an Otto denken. Wie schmal er geworden war und wie bleich! Fast so, als wäre er krank. Sollte sie Betty nach seinem Befinden fragen? Vielleicht fehlte ihm wirklich etwas und …

Nein! Hör auf damit! Diese Gedanken stehen dir nicht zu.

Und sie schritt schneller und weiter aus, als könnte sie ihren Gefühlen auf diese Weise einfach davonlaufen.

Kapitel 14

Das Weiterbildungsjahr in der Poliklinik verging wie im Flug. Und dann war auch schon wieder Jahreswechsel – ein Jahreswechsel, an dem sich Hermine freiwillig für den Dienst meldete, sodass sie Bettys Silvester-Einladung ohne Schwindelei ablehnen konnte. Und mit dem ersten Januar 1908 begann für sie das dritte und letzte Jahr auf dem Weg zur Spezialärztin. Dieses Mal in der operativen Abteilung der gynäkologischen Klinik.

Sie vergrub sich in ihre Arbeit, blieb länger in der Klinik, als sie musste, übernahm noch weitere Aufgaben – so kümmerte sie sich neuerdings auch um die Schwesternausbildung. Und wenn sie frei hatte, nahm sie sich Patientenakten vor, wälzte Fachliteratur in der Bibliothek und arbeitete an ihren Studien zum Kindbettfieber. Selten, sehr selten besuchte sie die Heuslers, hauptsächlich nur, um vor Betty den Schein zu wahren.

Es nützte nichts. Egal, wie viele Menschen zur gleichen Zeit mit ihnen in einem Raum waren – Otto und Hermine bewegten sich aufeinander zu, als wären sie allein. Und eigentlich brauchten sie auch niemanden sonst. Sie wären einander genug gewesen. Doch das war falsch. Falsch! Falsch!

Und das Schlimme war: Ein Blick in Ottos Gesicht reichte ihr, um zu erkennen, dass es ihm genauso ging.

Hermine litt. Ihre Sehnsucht nach diesem Mann zog und zerrte an einer Seite, ihr Gewissen an der anderen. Sie konnte kaum schlafen, Appetit hatte sie kaum. Sie musste sich zum Essen zwingen, und auch Otto schien jedes Mal, wenn sie sich begegneten, wieder ein paar Pfunde verloren zu haben. Eine Zeit dachte sie sogar darüber nach, Bonn zu verlassen. Allerdings hätte das bedeutet, dass sie alles aufgab, wofür sie jahrelang gekämpft hatte. Denn welcher Chef hätte ihr eine Assistenz an seiner Frauenklinik angeboten? Keiner. In ganz Deutschland nicht. Und sollte sie jetzt nicht nur ihre Liebe, sondern gleich ihr ganzes Leben fortwerfen? Sie war ehrlich genug, um zu erkennen, dass sie das nicht überleben könnte, dann würde sie wohl den Weg ihres Bruders Jacob wählen.

Aber was konnte sie tun?

Sie war ratlos. Und zum ersten Mal in ihrem Leben fehlten ihr jede Inspiration und jede Hoffnung. Ihr einziger Halt war die Arbeit, das einzige Ziel der Erwerb der Fachbezeichnung. Ein Schritt nach dem anderen. Weiter dachte sie nicht.

Es war am Montag, direkt nach den Osterfeiertagen Ende April, als eine Karte von Betty sie erreichte. Hermine hatte den ganzen Tag im OP gestanden, entsprechend müde und erschöpft war sie. Darüber hinaus fühlte sie sich so wund, als wäre sie stundenlang geschlagen worden. Oder als hätte man sie an den Füßen durch Sand oder über Kies geschleift. Es war keine der üblichen Einladungskarten für eine Abendgesellschaft. Betty bat für den nächsten Nachmittag um ein Gespräch.

Sie wusste es. Deutlicher ging es kaum.

Der erste Gedanke, einfach nicht zu reagieren, nicht auf die Karte zu antworten, war ebenso falsch wie feige. Sie war kein Kind von neun Jahren mehr, das sich auf den Apfelbaum im Garten zurückziehen konnte, sobald es unangenehm wurde. Sie war eine erwachsene Frau von sechsunddreißig Jahren und für ihr Handeln verantwortlich. Und vor allem – sie war es Betty schuldig. Der Frau, die sie in ihr Haus aufgenommen hatte, als sie einsam und allein in Bonn gewohnt hatte.

Also setzte sie sich an ihren Schreibtisch, nahm eine ihrer Briefkarten und schrieb nur zwei Worte:

Ich komme.

Als sie am nächsten Tag vor dem Haus von Otto und Betty stand, zitterten ihr vor Aufregung die Hände. Zaghaft zog sie an der Türglocke. Das Mädchen öffnete.

»Fräulein Edenhuizen, die gnädige Frau erwartet Sie bereits.«

Vollendete Höflichkeit, aber ohne Herzlichkeit und ohne Lächeln.

Sie weiß es auch!

Unglücklich folgte sie dem Mädchen in den kleinen Salon. Wie oft hatten sie hier gemeinsam gesessen und Tee getrunken, über Gott und die Welt geplaudert, gescherzt und gelacht – zu dritt und als Freunde! Und dann … Ja, dann war es anders gekommen.

Betty stand am Fenster, kehrte ihr den Rücken zu und schaute hinaus in den Garten.

»Guten Tag, Betty.«

Langsam drehte sie sich um.

»Hermine. Schön, dass du es einrichten konntest.« Sie reichten einander nicht die Hand, sondern nickten nur grüßend, als wären sie Fremde, die sich zum ersten Mal begegneten. »Nimm doch Platz.«

Hermine setzte sich auf die Kante eines der bequemen Sessel im Salon, als müsste sie jederzeit flüchten können. Betty läutete, und das Mädchen erschien mit einem Tablett, Kanne, Tassen und einem Teller mit Gebäck. Beim Anblick der feinen Kuchen schnürten sich Hermine Magen und Kehle zu.

»Danke, Liesel«, sagte Betty, schenkte Tee ein, reichte Hermine ihre Tasse, legte ein Stück vom Kuchen dazu, sprach über den frühen Beginn des Frühlings in diesem Jahr, dass die Rosen im Garten prächtig gediehen und Friedrich nun im Sommer auf das Gymnasium wechseln würde. Sie war die vollendete Gastgeberin. Nichts hätte man ihr vorwerfen können. Doch es fehlten Heiterkeit und Herzlichkeit.

Hermine antwortete einsilbig, trank von dem heißen, starken Tee und fühlte sich elend.

»Ich nehme an«, sagte Betty endlich, »du weißt, was ich mit dir besprechen möchte. Besprechen muss.«

Hermine nickte.

»Ich möchte, dass du zuerst weißt, dass ich weder dir noch Otto einen Vorwurf mache. Ich habe überlegt und gegrübelt und mir den Kopf zerbrochen. Ich habe mich nicht erinnern können, dass es einer von euch beiden auch nur einmal darauf angelegt hätte. Weder du noch Otto. Das wenigstens halte ich euch zugute.«

»Das entspricht auch der Wahrheit. Glaube mir, ich war völlig entsetzt, als ich mir über meine Gefühle im Klaren wurde. Und noch schlimmer war es, als ich feststellen musste, dass Otto diese Gefühle erwidert. Wir haben beide dagegen angekämpft mit aller Kraft. Bisher vergeblich.«

»Eine Naturgewalt ist über euch hereingebrochen. Das verstehe ich.« Bettys Stimme triefte vor Spott. »Warum hast du Bonn nicht einfach verlassen?«

»Ich habe lange darüber nachgedacht, aber ich kann es nicht. An keiner anderen Frauenklinik in Deutschland würde ich eine Assistenzarztstelle erhalten. So ist es eben. Und ich hätte es nicht ertragen, mein Leben auf zweifache Art zu zerstören.«

»So. Und da zerstörst du lieber eine Ehe. Und eine Familie.«

»Noch ist nichts geschehen. Zum ersten Januar ist meine Ausbildung an der Frauenklinik beendet. Und sobald ich die Prüfung für die Fachbezeichnung hinter mir habe, werde ich mich mit einer eigenen Praxis niederlassen. Wo, das weiß ich noch nicht. Aber es wird nicht in Bonn sein, das kann ich dir versprechen. Ich gehe fort und stehe eurer Ehe nicht mehr im Weg. Und bis dahin vermeide ich, wie auch bisher, nach Möglichkeit jeden Kontakt mit Otto.«

Betty schaute sie prüfend an, als wollte sie herausfinden, ob das der Wahrheit entsprach. Schließlich nickte sie.

»Gut. Dann ist das ja geklärt. Du bist in unser Leben eingedrungen wie ein Dieb, hast unsere Gutmütigkeit ausgenutzt. Zum Glück ist noch nicht alles verloren. Ich werde um meine Ehe kämpfen, Hermine. Ich werde die Tage zählen, bis du wieder verschwunden bist. Und solange du noch in Bonn lebst, will ich dich nicht mehr in meinem Haus sehen. Guten Tag.«

Hermine verließ unglücklich das Haus. Wieso war sie nur nicht stärker? Warum hatten ihre Gefühle sie dermaßen im Griff? Bis Januar hieß es noch durchhalten, acht Monate, nicht einmal so lange, wie eine komplikationslose Schwangerschaft dauerte. Das sollte sie doch irgendwie schaffen, oder? Und danach würde sie sich eine neue Existenz aufbauen, eine eigene Praxis, irgendwo weit weg von Bonn. Vielleicht in Berlin, obwohl es sie immer noch nicht in diese laute, viel zu volle Stadt zog. Aber dort lebten immerhin Frida und Fräulein Lange. Sie hatte dort Freunde. Ebenso gut konnte sie auch nach München gehen oder nach Emden, zurück in die Heimat. Egal, wohin es sie trieb – allein die Entfernung würde mit der Zeit, den Wochen, Monaten und Jahren, die Gefühle verdorren lassen. Bis nichts mehr davon übrig war als ein Häuflein Staub. Asche zu Asche. Tot.

Verstohlen wischte sie sich eine Träne aus dem Augenwinkel.

Nach dem Gespräch mit Betty war sie noch am Rheinufer entlangspaziert, um einen klareren Kopf zu bekommen. Und als sie schließlich zu Hause ankam, war es schon dunkel. Mühsam suchte sie den Schlüssel aus ihrer Tasche. Ihre Finger fühlten sich steif und ungelenk an, zweimal ließ sie den Schlüsselbund fallen. Da näherte sich aus dem Schatten eine Gestalt. Allein die Silhouette beschleunigte schon ihren Puls.

»Otto! Was machst du hier? Wieso …«

»Ich weiß, dass Betty heute mit dir geredet hat. Sie hat es mir erzählt. Ich …«

Er trat näher. Hermine versuchte auszuweichen, aber in ihrem Rücken war der Zaun, der den kleinen Vorgarten des Hauses vom Bürgersteig abgrenzte.

»Bitte nicht, Otto, bitte, ich …«

Er blieb stehen, seine Arme fielen an den Seiten herab, als hätte man ihm soeben Bleigewichte an die Hände gebunden.

»Glaubst du, mir geht es anders?« Er steckte die Hände in die Hosentaschen, vielleicht, um sie in Sicherheit zu wissen. »Es ist falsch. Ja. Und trotzdem … Ich habe Sehnsucht nach dir, Hermine. Und ich weiß nicht, wie es weitergehen soll.«

»Ich doch auch nicht. Aber sobald ich Fachärztin geworden bin, werde ich Bonn verlassen und mich in einer anderen Stadt niederlassen. Dann wird allein die räumliche Trennung dafür sorgen …«

»Glaubst du das? Glaubst du das wirklich?«

Im Licht der Laterne wirkten seine Augen dunkel und voller Kummer.

Nein, dachte sie. Ich glaube das so wenig wie du.

»Wir müssen es versuchen. Das sind wir deiner Frau und deinem Sohn schuldig.«

Er legte den Kopf in den Nacken und lachte leise.

»Ja. Das sind wir. Das ist unsere Pflicht.« Das feine Lächeln, das sie so sehr liebte, erschien auf seinem Gesicht. »Wenn du mich brauchst, Hermine, bin ich da. Egal ob hier in Bonn, in Berlin, Prag oder wo auch immer du dich niederlässt. Wenn du mich brauchst, lass es mich wissen. Schreibe mir an meine Praxis, oder rufe dort an, und ich werde bei dir sein. Daran kann mich nichts hindern – weder Betty noch Friedrich, noch irgendein Gesetz oder Gebot. Das gilt. Immer. Solange ich lebe.«

Er beugte sich vor und küsste sie so sanft auf den Mund, dass sie die Berührung seiner Lippen kaum spürte. Und sie wollte es. Sie wollte sich an ihn schmiegen, ihn ebenfalls küssen, ihn umarmen und von ihm gehalten werden. Sie wollte alles mit ihm teilen – den Beruf, ihre Träume, ihre Gedanken, ihren Körper, ihr Leben.

Stattdessen wandte sie sich abrupt ab, schloss auf und verschwand im Haus. Die zwei Treppen bis zu ihrer Wohnung rannte sie förmlich empor. In ihrer Wohnung warf sie die Tür ins Schloss, drehte den Schlüssel zweimal um und legte die Kette vor. Und dann presste sie ihre Stirn gegen das kühle, unnachgiebige Holz und begann zu weinen.

Kapitel 15

»Fräulein Doktor! Fräulein Doktor!«

Hermine saß an ihrem Schreibtisch und vervollständigte die Krankenkarte einer Patientin, als eine junge Hilfsschwester in das Arztzimmer stürzte.

»Es gibt einen Notfall.«

Hermine stand schon und nahm den weißen Kittel vom Haken neben der Tür.

»Was ist es?«

»Eine Sechzehnjährige mit starken Blutungen. Sie soll …« Die junge Schwester errötete. »Na ja, sie soll bei jemanden gewesen sein, damit er ihr das Kind abtreibt.«

»Herr im Himmel. Wo ist sie?«

»Unten in der Poliklinik.«

»Weiß der Oberarzt schon Bescheid?«

»Nein, wir dachten …«

»Dann holen Sie ihn. Laufen Sie! Und sofort danach gehen Sie in den Operations-Trakt. Sie sollen einen OP vorbereiten und ihn für uns frei halten, bis wir Entwarnung geben!«

Hermine eilte den Flur entlang und die Treppe hinunter zur Poliklinik.

In dem Zimmer, in dem sonst Schwangere untersucht wurden, lag auf einer Trage unter blutigen Laken eine zarte Gestalt. Das Gesicht des Mädchens war bleich, winzige Schweißperlen bildeten eine dünne Schicht auf ihrer Stirn, die Partie um ihren Mund herum wirkte grau.

Mein Gott, sie ist ja selbst noch ein Kind!

»Ich bin Doktor Edenhuizen«, sagte Hermine, ergriff die kalte Hand des jungen Mädchens und tastete dabei gleichzeitig nach dem Puls. Er war sehr schwach und schnell, Anzeichen eines großen Blutverlustes. »Wie heißt du?«

»Veronika, Fräulein Doktor.«

»Schön, Veronika. Die Schwestern haben mir bereits angedeutet, was passiert ist. Du brauchst darüber also jetzt nicht zu reden. Ein paar Dinge muss ich aber noch wissen, damit ich dir besser helfen kann. Wann ist der Eingriff vorgenommen worden?«

»Gestern Abend, Fräulein Doktor.«

»Und seit wann hast du die Blutungen?«

»Gleich danach. Ich …« Tränen liefen ihre Wangen hinunter, ihre Stimme wurde immer leiser. »Es tat so furchtbar weh! Und es hat so stark geblutet, dass ich nicht allein nach Hause gehen konnte. Der Doktor hat gesagt, dass mein Vater mich abholen soll. Sie haben mir daheim Handtücher zwischen die Beine gestopft, aber das half auch nicht. Es hörte einfach nicht auf.«

»Und da kommst du erst jetzt zu uns? Wer hat dich hergebracht?«

»Mein Vater.«

Mit dem würde ich gern ein Wörtchen reden. Und mit diesem *Doktor* gleich noch ein paar weitere.

Hermine war sicher, dass es sich nicht um einen ordentlich niedergelassenen Arzt handelte. Vielleicht hatte er sein Studium abgebrochen oder seine Approbation verloren. Solche Ärzte unternahmen oft Abtreibungen – unter Bedingungen, die jeglicher Hygienevorschrift und jeder ärztlichen Ethik spotteten.

»Ich werde dich jetzt untersuchen, Veronika. Kannst du die Beine aufstellen und ein bisschen spreizen?«

Das junge Mädchen versuchte es, noch mehr Schweißperlen traten ihr auf die Stirn, das Gesicht verzerrte sich vor Schmerz und Anstrengung. Es war leicht zu erkennen, dass ihr hierfür bereits die Kraft fehlte. Hermine nickte der anwesenden Schwester zu. »Helfen Sie ihr bitte.«

Sie schlug das Laken zurück, holte einmal tief Luft und tauschte dann einen kurzen Blick mit der Schwester. Eine Untersuchung war nicht notwendig. Sie mussten handeln, und zwar rasch.

»Wir bringen sie in den OP.« Sie stand auf, nahm wieder die Hand des jungen Mädchens. »Du bist leider sehr schwer verletzt. Wir müssen dich sofort operieren, Veronika.«

»Operieren?« Ihr schmales Gesicht verlor auch noch den letzten Rest an Farbe, und eine Träne rollte über ihre Wange. »Mama und Papa werden böse sein. Ich sollte ihnen doch keine Scherereien machen.«

Die Scherereien hast nicht du gemacht, sondern der Schlachter, der dir das angetan hat!

»Mach dir jetzt keine Gedanken. Zuerst müssen wir zusehen, dass wir deine Verletzungen versorgen.«

»Fräulein Doktor«, die Augen des jungen Mädchens waren groß, die Pupillen weit vor Angst, »muss ich sterben?«

Was sollte sie darauf antworten? Mit der Wahrheit – ja, wahrscheinlich? Oder sollte sie lügen? Hermine schluckte.

»Nicht, wenn ich es verhindern kann.«

Hermine war gerade dabei, sich ausgiebig die Hände und die Unterarme zu waschen, als Doktor Reiffenscheid in den Waschraum kam. Er trat an das zweite Waschbecken und öffnete den Wasserhahn.

»Was haben wir?«

»Sechzehnjährige nach heimlichem und gründlich verpfuschtem Schwangerschaftsabbruch. Hoher Blutverlust seit gestern Abend, starke Schmerzen, schlechter Allgemeinzustand.« Hermine bemühte sich um Sachlichkeit, um Distanz. Aber es war unmöglich. Sie war wütend. Entsetzlich wütend. Sie schrubbte ihre Arme mit Bürste und Kernseife, bis die Haut rot war und brannte.

»Wie ist der Befund?«

»Das werden Sie gleich selbst sehen.«

Doktor Reiffenscheid hielt mit dem Waschen inne, hob den Kopf und schaute sie an.

»So schlimm?«

Hermine nahm eines der sauberen, sterilisierten Handtücher vom Stapel und trocknete sich die Arme ab.

»So etwas habe ich noch nicht gesehen.«

Sie warf das Handtuch in den Korb für Schmutzwäsche und ging in den OP, wo bereits die Vorbereitungen im Gang waren. Eine Schwester ordnete die Instrumente auf einem mit einem sterilen Tuch bedeckten Tisch, eine andere kümmerte sich darum, dass Desinfektionsmittel, zusätzliche Tücher und Ersatzinstrumente bereitlagen. Eine weitere Schwester stand bei Veronika, hielt ihre Hand und sprach leise mit ihr, beruhigend, wie zu einem verängstigten Kind. Und tatsächlich war sie ja auch nichts anderes. Ein armes, verängstigtes Kind. Wenigstens schien das Mädchen ruhiger geworden zu sein.

Hermine ließ sich von einer Schwester in den dicken, sterilisierten OP-Mantel helfen, dann ging sie zu Veronika und beugte sich über sie, ohne etwas zu berühren. Das Letzte, was dieses Kind brauchte, war eine Infektion, hervorgerufen durch Keime, die eine unvorsichtige Ärztin in ihren Wunden verteilt hatte.

»Veronika, ich bin Doktor Edenhuizen. Erinnerst du dich? Wir haben im Aufnahmezimmer miteinander gesprochen.« Das Mädchen nickte, eine kleine, schwache und kaum sichtbare

Bewegung des Kopfes. »Wir fangen gleich an. Du bekommst eine Narkose. Das bedeutet, dass du sehr tief und fest schlafen wirst. Dadurch wirst du von der Operation nichts spüren. Und wenn du wieder aufwachst, ist alles vorbei, und du liegst in deinem Bett auf der Station.«

Hoffentlich wachst du wieder auf.

Die Augen des Mädchens lagen tief in den Höhlen und waren von dunklen Ringen umrandet. Hermine hatte kein gutes Gefühl. Und sie musste ihren Oberarzt nur ansehen, um zu wissen, dass es ihm ähnlich ging.

Die Operation war schwierig. Weder Hermine noch Doktor Reiffenscheid oder eine der Schwestern sagten mehr, als unbedingt nötig war. Meistens waren es nur die knappen Anweisungen, welches Instrument sie brauchten, welche Nadel- und Fadenstärke, oder Nachfragen, ob die Maskennarkose noch wirksam war und was Blutdruck und Puls ihrer Patientin machten.

Wer auch immer den Schwangerschaftsabbruch bei dem jungen Mädchen durchgeführt hatte – er war weder fachmännisch noch geschickt vorgegangen. Die Gebärmutter war nicht mehr zu retten, sie mussten sie entfernen, und auch das umliegende Gewebe war bei dem Schwangerschaftsabbruch verletzt worden – Gefäße, Eileiter, sogar der Darm. Es dauerte, bis sie endlich alle Blutungsquellen gefunden hatten und es ihnen gelungen war, die Blutungen zu stoppen. Sie schwitzten beide vor Anstrengung und Wärme und mussten mehrfach eine der Schwestern bitten, ihnen den Schweiß von der Stirn zu wischen, damit er ihnen nicht in die Augen lief und die Sicht trübte.

Zwei Stunden später streifte Hermine ihren blutbesudelten Operationsmantel ab und warf ihn zu der übrigen Schmutzwäsche in den Korb, während das Mädchen vorsichtig mit einem Krankenhaushemd bekleidet und in ein Krankenbett gehoben wurde.

Hermine wusch sich die Hände, genoss das kühle klare Wasser, und hatte doch das Gefühl, das Blut des Mädchens klebe ihr noch immer an den Fingern. Müde fuhr sie sich durch das Haar. Sie war ausgelaugt, erschöpft. Vor allem aber wütend. Sie war wütend auf die Eltern des Mädchens, auf diesen Scharlatan, auf alles.

»Die Wahrscheinlichkeit, dass sie es überlebt, ist überaus gering«, sagte Doktor Reiffenscheid, als das Bett des Mädchens hinausgerollt wurde, um es zur Station zu bringen.

»Wenn der Blutverlust sie nicht umbringt, tut es die Sepsis«, sagte Hermine düster. »Womit hat dieser Folterknecht das arme Kind nur traktiert? Hat er sie in einem Schweinekoben operiert?«

»Von Operation kann da wohl eher nicht die Rede sein«, entgegnete Doktor Reiffenscheid. Normalerweise machte er nach einer Operation gern einen Scherz, um die allgemeine Anspannung zu lockern. Selbst am Krankenbett oder bei wirklich traurigen Fällen verlor er nie seinen Humor, weshalb er bei Patientinnen wie Schwestern und Kollegen gleichermaßen beliebt war. Aber das hier schien selbst ihn tief zu erschüttern. »Das ist eine Schweinerei und gehört umgehend gemeldet.«

»Und was passiert dann? Wird dann etwa nach diesem ›Doktor‹ gesucht, der ihr das angetan hat? Nein. Die Polizei wird die Kleine verhaften und gleich aus dem Krankenbett ins Gefängnis bringen! Nach diesem Möchtegern-Arzt, der die Abtreibung durchgeführt hat, wird niemand suchen, solange ihn niemand namentlich anzeigt.«

Doktor Reiffenscheid sah Hermine überrascht an. Dann senkte er seinen Blick.

»Ich fürchte, Sie haben recht.« Er seufzte. »Aber was können wir tun?«

»Irgendetwas kann man meistens tun, wenn man nur lange genug überlegt und es auch wirklich will.«

Er schwieg, dann glitt ein Lächeln über sein erschöpftes Gesicht.

»Ja. Wenn ich das jemandem glaube, dann sind Sie es.«

»Ich gehe gleich zu dem Mädchen und schaue nach dem Rechten. Hoffen wir, dass es keine Nachblutungen gibt.«

»Hoffen? Ja, das können wir.« Doch Doktor Reiffenscheids resigniertes Seufzen sagte ihr, dass er in diesem Fall nicht von einem glücklichen Ende ausging. So wie sie im Grunde auch.

An diesem Tag ging Hermine früh nach Hause, gleich nach der üblichen Fallbesprechung. Das war so ungewöhnlich, dass die Oberschwester sie ansprach, als sie sah, dass Hermine um fünf Uhr in Hut und Mantel die Station verlassen wollte, und fragte, ob sie etwa krank sei oder schlechte Nachrichten von ihren Angehörigen erhalten hätte.

»Nein, nichts dergleichen«, antwortete Hermine. »Danke für Ihre Sorge. Ich brauche nur ein paar Stunden an der frischen Luft. Diese Sache mit der kleinen Veronika…«

Mehr brauchte es nicht. Die Oberschwester legte ihr mitfühlend eine Hand auf den Arm und nickte. Alle auf Station waren zutiefst erschüttert.

Hermine verließ die Klinik durch den Seiteneingang, den sie gerne benutzte, weil sie dann auf ihrem Heimweg ein Stück durch den Park gehen konnte. Der Anblick der Rosskastanien und Blutbuchen, der Blumenrabatten und gepflegten Sträucher tat ihr immer gut, als ob sich etwas von der majestätischen Ruhe der stattlichen Bäume auf sie übertrage. Doch heute half auch das nicht. Sie fühlte sich, als wäre sie über achtzig. Eine alte, greise Frau, die zu schwer an der Last der Jahre und der Schicksalsschläge trug und nicht mehr genug Kraft für dieses Leben hatte.

Veronika hatte die Operation gerade mal drei Stunden überlebt. Dann hatte ihr geschwächtes Herz den Kampf aufgegeben und einfach aufgehört zu schlagen. Die Eltern hatten sich geweigert, zu ihrer sterbenden Tochter zu gehen. Mit »so einer« wollten sie nichts zu tun haben. Deshalb hatte Hermine bei ihr am Bett gesessen und ihre schmale, kühle Hand gehalten, bis sie schließlich aufgehört hatte zu atmen. Hermine hoffte, dass sie genug von ihrer Umgebung wahrgenommen hatte, um zu spüren, dass sie nicht allein war. Und nicht genug, um zu bemerken, dass nicht ihre Mutter an ihrem Bett saß.

Dieser Tod wog schwer. Und dass er kein Einzelfall war, dass vielleicht sogar in diesem Augenblick wieder eine junge Frau oder ein Mädchen, getrieben von Ehemann, Liebhaber oder Eltern, bei ebenjenem Schlachtergesellen einen Schwangerschaftsabbruch vornehmen ließ und sie nichts, aber auch gar nichts dagegen tun konnte, um das zu verhindern – das machte es nicht leichter, ihn zu ertragen.

Vermeintlich ziellos ließ sich Hermine durch die Straßen treiben, bis sie schließlich aus ihren trüben Gedanken erwachte und feststellte, dass sie vor Ottos Praxis stand. War sie überrascht? Eigentlich nicht. Denn sie wünschte sich Ottos Nähe, seine Stimme, deren Klang allein sie schon trösten konnte. Er verstand sie.

Sehnsüchtig schaute sie zu den Fenstern, hinter denen sie seine Praxis wusste. Sie konnte nicht in die Räume hineinschauen, die Fenster lagen zu hoch. Aber sie stellte sich vor, wie er an seinem Schreibtisch saß, mit den Patienten sprach, Rezepte ausstellte und seine Empfehlungen gab.

Sie wollte gerade umkehren, als sich die Praxistür öffnete und Otto selbst herauskam. Er sah sie an und eilte auf sie zu. Im ersten Moment dachte Hermine an Flucht, doch ihr fehlte die Kraft, und ihre Beine bewegten sich nicht.

»Hermine! Ich habe dich vom Fenster aus gesehen.« Schon war er bei ihr, stand vor ihr, ernst, schlank und hochgewachsen, und doch leuchtete immer dieses feine Lächeln in seinen Augenwinkeln. Auch jetzt, obwohl sich seine Stirn zusehends in Falten legte. »Was ist geschehen?«

Ohne ein weiteres Wort fiel sie ihm in die Arme. Sie hatte jetzt nicht die Kraft, gegen ihre Gefühle anzukämpfen, ihr Herz in einen Schrank zu sperren. Nach so einem Tag brauchte sie selbst einen Halt.

»Ich wollte nicht kommen«, sagte sie leise. »Ich wollte dich nicht erneut in Versuchung bringen. Ich wollte nur hier stehen, um dir etwas näher zu sein. Warum bist du herausgekommen?«

»Mein letzter Patient ist schon vor zwanzig Minuten gegangen. Ich habe noch Korrespondenz erledigt, bin dann zum Fenster gegangen. Und da habe ich dich gesehen. Zuerst glaubte ich, dass ich dich nur sehe, weil ich es mir so sehr wünsche, aber dann …« Er küsste sie sanft auf die Stirn und strich ihr über die Wange. »Du bist es wirklich. Deshalb bin ich hinausgegangen. Und wie mir scheint, war das auch richtig.«

»Ja«, flüsterte Hermine. »Goldrichtig.«

Kapitel 16

Hermine packte ihre Sachen zusammen. Sie wollte es immer noch nicht richtig wahrhaben, dass sie sich fortan *Spezialärztin für Frauenkrankheiten und Geburtshilfe* nennen durfte. Sie hatte es geschafft! Anfang Dezember 1908 hatte sie ihre Facharztprüfung abgelegt, ein Gremium von fünf Gynäkologen aus drei verschiedenen Krankenhäusern in Bonn, Köln und Göttingen hatte sie zwei Stunden lang befragt. Geheimrat Fritsch war als Beisitzer anwesend gewesen und hatte ihr stolz wie ein Vater als Erster gratuliert. Jetzt war sie die erste in Deutschland geprüfte und zugelassene Spezialärztin für Frauenkrankheiten und Geburtshilfe. Von jetzt an konnte sie sich überall niederlassen, ohne dass sie von irgendwem eine Erlaubnis brauchte. Welch ein Triumph!

Und zugleich … Sie richtete sich auf. Mit den beiden Anatomiebüchern in der Hand blieb sie stehen und schaute durchs Fenster auf den kleinen Hinterhof hinaus. Ein Anblick, der sie drei Jahre lang begleitet hatte. Das Stück Himmel, das sie sehen konnte, war grau, die gegenüberliegende Hauswand glänzend vor Feuchtigkeit. Es regnete beharrlich.

Sie hatte es Betty versprochen – und sich selbst auch. Sie wollte Bonn verlassen. Sie hatte bereits Praxisräume in Köln in Aussicht, zu denen auch eine kleine Wohnung gehörte. Die Räumlichkeiten konnte sie zum ersten April beziehen. Zuvor aber würde sie in Freiburg unter Professor Krönig seine Methoden zur Vermeidung postoperativer Thrombosen kennenlernen. Eine einmalige Gelegenheit und eine lohnende Aufgabe. Und trotzdem – warum fühlte es sich bloß so schwer und so falsch an?

Weil der Mensch nun mal so ist, dachte sie und packte die Bücher in die Kiste. Der Mensch ist erst zufrieden, wenn er alles hat.

Nach Freiburg würde sie nur »mit leichtem Gepäck« gehen, ein paar wichtige Bücher, Wäsche, Kleidung. Den überwiegenden Teil ihrer Möbel und anderen Habseligkeiten durfte sie im Keller der Klinik unterstellen, bis sie die Sachen in Köln brauchte. Das hatte ihr Geheimrat Fritsch zugesagt. Er hatte ihr auch angeboten, weiter in seiner Klinik beschäftigt zu bleiben. In dem Gespräch hatte er sogar angedeutet, dass er sie für die ideale Besetzung der nächsten frei werdenden Oberarztstelle hielt.

Wie gern hätte sie zugesagt! Aber da war das Versprechen, das sie sich und Betty und Otto gegeben hatte: Aus ihrem Leben zu verschwinden, sobald dies möglich war. Und das hieß, dass sie die Stadt verlassen musste. Jetzt. Solange sie noch die Kraft hatte, wegzugehen.

Zwei Tage später waren ihre Möbel und die Bücherkisten in der Klinik. In einem sauberen, trockenen Kellerraum warteten sie dort auf den nächsten Umzug. Die beiden Koffer, die sie nach Freiburg begleiteten, standen schon fast fertig gepackt neben dem Bett. Nur einige wenige Dinge – ein bisschen Wäsche und das Buch, das sie gerade las – fehlten noch.

Es klopfte an der Tür.

»Fräulein Edenhuizen, Sie haben Besuch.« Ihre Wirtin trat zur Seite und machte Platz für …

»Otto! Wieso …«

»Betty hat mir erzählt, dass du übermorgen abreist. Und da wollte ich …« Seine Stimme brach.

»Wir haben doch schon darüber geredet.« Hermine rieb sich die Stirn. Plötzlich wollte sie nicht mehr weg. Plötzlich waren ihr alle gesellschaftlichen Normen, Gesetze und Gebote egal. Plötzlich … plötzlich bekam sie heftige Kopfschmerzen.

»Bitte, Otto, mach es doch nicht noch schwerer!«

»Verzeih, ich konnte nicht anders. Ich …« Otto trat näher, hob sanft ihr Kinn und strich ihre Stirn mit seinem Daumen glatt. »Wie soll es nur werden?«

»Was soll werden? Wir haben keine Zukunft! Du bist verheiratet, hast einen Sohn. Betty liebt dich, und Friedrich liebt dich auch und …«

»Du? Was ist mit dir?«

»Ach, Otto!« Hermine verbarg ihr Gesicht mit ihren Händen und begann zu schluchzen. Wusste er es denn nicht? Wieso war er so unvernünftig und verlangte eine Antwort von ihr?

Er nahm sie in die Arme und zog sie an sich.

»Was haben wir getan?«, flüsterte er. »Und wieso sind wir uns nicht schon viel eher begegnet, als wir noch eine Chance hatten?«

»Es hat keinen Sinn, darüber nachzudenken. Weiß Betty, dass du hier bist?«

»Nein. Aber ich schätze, sie ahnt es. Sie ist eine kluge, empfindsame Frau. Sie spürt, dass ich sie nicht einmal in der ersten Zeit vor und nach unserer Hochzeit so …« Er stockte. »So … wie dich …«

»Nicht. Nein, bitte, sprich nicht weiter. Wir machen uns den Abschied nur schwerer als nötig.«

»Also steht dein Entschluss fest?«

»Ja. Ich gehe drei Monate nach Freiburg. Und danach lasse ich mich in eigener Praxis in Köln nieder. Das ist für uns alle das Beste. Du wirst dich wieder ungeteilt deiner Familie widmen können, ich werde mich mit meiner Arbeit ablenken. Das ist das Beste für uns alle – eine endgültige Trennung. Das einzige Heilmittel.«

»Bist du dir sicher?«

»Nein«, antwortete Hermine leise. Leugnen hätte keinen Sinn gehabt, Otto las in ihr wie in einem offenen Buch. »Aber wir müssen es wenigstens versuchen.«

»Ich weiß, dass du recht hast. Dass es richtig ist. Trotzdem fühlt es sich falsch an.«

Hermine presste die Lippen aufeinander und nickte knapp. Die Tränen stachen in ihren Augen.

»Dabei kann Liebe eigentlich nicht falsch sein, oder?«

Sie hatte keine Worte mehr und schüttelte deshalb den Kopf.

»Hermine. Auch wenn wir uns so nicht mehr sehen können und dürfen, mein Schwur steht: Wenn du Hilfe brauchst, wende dich an mich. Ich bin für dich da, wenn du mich brauchst. Immer.«

Er beugte sich zu ihr herunter und küsste sie. Dann drehte er sich um und ging hinaus, ohne sich noch einmal umzusehen. Ihre Lippen glühten an der Stelle, wo seine sie berührt hatten. Sie wusste, dass seine Worte ernsthaft und aufrichtig waren. Sie wusste aber auch, dass sie dieses Angebot niemals in Anspruch nehmen würde. Ebenso wie sie wusste, dass sie in ihrem ganzen Leben keinen anderen Mann lieben würde als Otto Heusler. Jetzt war es wirklich ihre Bestimmung, ihr Leben der Medizin und ihren Patientinnen zu widmen, so wie sie es vor etlichen Jahren dem friesischen Schriftsteller gesagt hatte. Damals hatte sie sich bei diesem Vorsatz erhaben gefühlt und großartig. Doch jetzt, wo es so weit war und sie wusste, wie es sich anfühlte, einen Menschen aufrichtig und mit vollem Herzen zu lieben, jetzt war von dieser Erhabenheit und Größe nichts mehr übrig. Da war nicht einmal etwas von dem Edelmut zu spüren, zugunsten einer anderen Familie auf ihr eigenes persönliches Glück verzichtet zu haben. Gar nichts. Sie fühlte sich nur klein, zerschunden, jämmerlich. Und einsam. Entsetzlich einsam.

Kapitel 17

Hermine ging auf der Deichkrone entlang. Der Wind wehte von der Nordsee her über den Deich, ein leichter Frühlingswind, verspielt wie die Lämmer, die mit den Mutterschafen das saftige Gras kurz hielten. So selten sie auch mittlerweile in Ostfriesland war – hier war sie zu Hause. Immer noch. Ganz und gar.

Drei Monate in Freiburg lagen hinter ihr. Drei Monate, in denen sie viel gelernt und viel gearbeitet hatte. Professor Krönigs Methode zur Verhinderung von Thrombosen und Embolien war ebenso einfach wie effektiv. Anstatt die Patientinnen nach der Geburt oder nach Operationen tagelang stramm liegen zu lassen und zu schonen, ließ er die Frauen schon am ersten Tag danach aus dem Bett holen. Sie mussten aufstehen und mithilfe der Schwestern ein paar Schritte gehen, und sei es nur zum Waschbecken oder zum Fenster. Hermine hatte erlebt, dass manche der Frauen sogar dankbar waren, wenn sie nicht acht Tage lang liegen mussten. Und die Bewegung half offenbar nicht nur gegen die gefürchteten Thrombosen, von denen Hermine in Freiburg lediglich zwei Fälle gesehen hatte – beides ältere Patientinnen mit schweren Krampfadern, die bereits in ihrer Vorgeschichte Thrombosen gehabt hatten. Die Bewegung schien auch die Stimmung der Wöchnerinnen zu heben. In Freiburg gab es deutlich weniger Fälle schwerer Melancholie nach der Geburt, als sie in ihrer Bonner Zeit gesehen hatte.

Nach diesen drei erfüllten Monaten in Freiburg hatte sie sich mit ihren Geschwistern in Celle getroffen und gemeinsam Ostern gefeiert. Es war seltsam gewesen, in einem Hotel zusammenzukommen, wie eine lose Gruppe Reisender, die zufällig im selben Quartier abgestiegen waren. Aber Gesine wohnte immer noch in Celle im Schwesternwohnheim, und es ging ihr nicht gut, sie konnte nicht reisen. Tatsächlich wirkte sie gesundheitlich angeschlagen. Ihre Beine schwollen oft an, der Blutdruck war zu hoch. Doch sie weigerte sich, sich zu schonen, und tat immer noch vollen Dienst in »ihrer« Klinik. Cornelia wirkte etwas rastlos, und Hermine hatte den Verdacht, dass ihre Schwester mit der Arbeit in der Gärtnerei in Potsdam nicht mehr ausgefüllt war und insgeheim nach einem neuen Betätigungsfeld suchte. Helene studierte mittlerweile Medizin in Marburg, wo sich seit Kurzem Frauen immatrikulieren durften, wie an immer mehr Universitäten im Land. Sie schien zufrieden zu sein. Und Bernhard war seit einem Jahr approbierter Arzt, hatte sich für eine Laufbahn als Chirurg entschieden und eine Assistenzstelle in Hamburg-Eppendorf angetreten. Es war ein wunderbares Osterfest gewesen, sie alle hatten die gemeinsamen Tage genossen, bevor sie sich wieder in alle Himmelsrichtungen zerstreuten.

Danach war Hermine nach Pewsum gereist. Natürlich wollte sie hier auch nach dem Rechten sehen und das Pächterpaar besuchen. Hauptsächlich aber wollte sie die weitläufige Landschaft genießen, Meeresluft atmen und ihren inneren Frieden wiederfinden. Eine Woche Erholung. Vielleicht schafften Wind und der Anblick von Meer, Himmel und Wiesen, was ihr bisher nicht gelungen war – sich tatsächlich auch innerlich von Otto zu lösen.

Denn ganz gleich, wie interessant und hilfreich die Erkenntnisse waren, wie viel sie lernte und in neuen Fachbüchern und Fachzeitschriften las, egal, wie viele Stunden sie länger in der Klinik blieb oder wen sie traf – die Gedanken an Otto ließen sich nicht abschütteln. Sie waren immer da, verborgen unter der Oberfläche. Es konnte in der Kantine beim Mittagessen sein, am Krankenbett bei einer Visite oder im OP bei der Vorbereitung einer Patientin. Plötzlich hatte sie sein Gesicht vor Augen, seine Stimme im Ohr oder glaubte seine Hand zu spüren, die sanft die ihre umschloss. An gesellschaftlichen Veranstaltungen nahm sie nur selten teil – mal hier ein Konzert, dort eine Abendgesellschaft der Abteilung. Ihre Zeit in Freiburg war zu kurz, um engere Bekanntschaften zu knüpfen. Deshalb saß sie abends meistens allein in dem kleinen Zimmer, das sie bei einer freundlichen Wirtin gemietet hatte. Und in diesen Stunden war es besonders schlimm. Sie war ihren Gedanken hilflos ausgeliefert, egal, wie interessant ein Artikel, wie spannend ein Roman war oder wie sehr sie sich nach Schlaf sehnte.

Zur Not flochten sich ihre Sehnsüchte in ihre Träume. Dort lebten sie und Otto gemeinsam in einem Haus, sie nahmen die Mahlzeiten gemeinsam ein, gingen in aller Öffentlichkeit spazieren, küssten sich. Wenn sie dann allein in dem kleinen Pensionszimmer aufwachte und sich bewusst wurde, dass so ein Zusammensein mit Otto ein Traum bleiben musste, dass sie ihn nicht wiedersehen durfte, spürte sie diese Leere in sich besonders schmerzhaft. Und dann musste sie weinen.

Seit fünf Tagen war sie jetzt in Pewsum. Das Pächterehepaar, Doktor Knudsen und seine Frau, hatten sie eingeladen, bei ihnen in der Neuen Burg zu wohnen. Doch Hermine hatte abgelehnt und hatte ein Zimmer in dem Gasthof in Pewsum gemietet. Sie wollte dem Ehepaar und der gewachsenen Familie – mittlerweile hatten sie vier Kinder – nicht zur Last fallen. Und so genoss sie einen friesischen Tee mit Gebäck am Esstisch der Knudsens und wunderte sich im Stillen, dass ihr Haus und Garten, die sie seit ihrer Kindheit kannte, plötzlich fremd waren.

Und dann war gestern das Telegramm gekommen.

Hermine drehte ihr Gesicht in den Wind und schloss die Augen. Die Luft roch herb und frisch nach Salz und Tang, der Wind zerrte an ihrem Haar und versuchte, die mit Kämmen festgesteckten Strähnen zu lösen.

Die Pensionswirtin hatte ihr die Nachricht gestern beim Abendessen gebracht. Ein Telegramm von Otto, in dem er sich ankündigte. Er wollte nach Pewsum kommen. Er müsse mit ihr sprechen. Seitdem war es vorbei mit der Gemütsruhe, die sich angesichts der vertrauten ostfriesischen Landschaft allmählich eingestellt hatte. Sie war aufgeregt wie ein Backfisch. Oder hatte sie von diesem Telegramm nur geträumt? Beinahe hoffte sie es, schließlich hatte sie Betty versprochen, sich von Otto fernzuhalten, ihn nicht mehr wiederzusehen. Sie hatte ihr Wort gegeben!

Andererseits … Sie sehnte sich so nach ihm!

Die Glocke von Sankt Nikolai schlug zwölf Uhr. Hermine beschloss, wieder nach Pewsum zurückzugehen, um Mittag zu essen. Danach wollte sie den Gräbern ihrer Familie noch einen Besuch abstatten. Morgen würde sie schon wieder abreisen. Nach Köln, neuen Aufgaben und Herausforderungen entgegen – die Wohnung und ihre Praxis einrichten, Inserate in den Zeitungen schalten, Patientinnen empfangen und behandeln.

Hermine saß in der Gaststube. Die Wirtin servierte gerade den Pannfisch, als sich die Tür öffnete. Sie musste nicht einmal aufsehen, sie wusste auch so, dass er es war. Sie spürte es, fühlte, wie sich die Atmosphäre in der Gaststube änderte, wie die Luft zu knistern begann und überall kleine goldene Funken zu schweben schienen.

»Moin!«

»Guten Tag.«

Diese Stimme!

»Heusler mein Name.«

Hermine schloss die Augen, gab sich ganz und gar diesem Klang hin.

»Ich habe telegrafiert.«

Die Wirtin klimperte mit dem Schlüssel, dann näherten sich Schritte.

»Guten Tag, gnädige Frau. Darf ich mich wohl zu Ihnen setzen?«

Hermine hob ihren Kopf und schaute in Ottos Gesicht. Ein kleines, fast schüchternes Lächeln umspielte seine Lippen. Aber seine Augen leuchteten vor Liebe und Zärtlichkeit. Tränen schossen ihr in die Augen.

»Hermine. Nicht doch!« Er legte ihr erschrocken eine Hand an die Wange. »Nicht doch, ich komme doch, um dir etwas zu sagen. Hier, schau.«

Aus der Innentasche seines Jacketts zog er ein Schriftstück hervor.

Hermine musste sich erst die Tränen aus den Augen wischen, um klar zu sehen. Sie erkannte den Briefkopf einer Bonner Anwaltskanzlei.

»Was ist das?«

»Lies.«

Und sie las.

Es war die förmliche Einreichung der Scheidung. Otto wollte sich von Betty scheiden lassen.

Hermine schluckte.

»Du hast …«

»Ja, Hermine. Ich habe es versucht. Ich habe versucht, dich aus meinem Verstand, meinen Träumen, meinen Gefühlen zu verbannen. Es geht nicht. Ich wache auf und frage mich, was du machst und ob es dir gut geht. Ich setze mich an den Tisch und überlege, was du wohl gerade isst und ob du dir überhaupt die Zeit zum Essen nimmst. Du bist schrecklich nachlässig in diesen

Dingen, weißt du das eigentlich? Du arbeitest stundenlang, nur mit einem hastigen Frühstück im Magen. Ich glaube, du vergisst es einfach. Und wenn ich schlafen gehe, wünsche ich dir eine gute Nacht.«

Hermine musste unter Tränen lachen. Otto fuhr fort: »Weißt du, ich schätze Betty sehr. Sie ist eine kluge, kultivierte Frau und war mir immer eine gute Gefährtin. Und ich liebe meinen Sohn Friedrich. Aber an keinem Tag unserer Ehe habe ich für sie empfunden, was ich für dich empfinde, und das wird auch nie so sein. Ich habe sie nie wirklich und aufrichtig geliebt. Das zu erkennen und die Ehe trotzdem weiterhin aufrechtzuerhalten, einfach um des schnöden Scheins willen, ist ihr gegenüber ungerecht und auch nicht meine Art. Deshalb habe ich die Scheidung eingereicht.« Er lächelte, und in diesem Lächeln erkannte sie all die schweren Gedanken und die Kämpfe, mit denen er sich in den vergangenen Monaten geplagt hatte, bis endlich diese Entscheidung gereift war. »Natürlich hoffe ich insgeheim, dass du dir vorstellen kannst, danach den Rest deines Lebens mit mir zu verbringen.«

»Otto!« Sie wollte jubeln, ihre Freude hinausrufen auf die See und in den Wind – doch da war ihr Gewissen, schwer und drückend lastete es auf ihr und machte ihr die Kehle eng. »Was sagt Betty dazu?«

»Sie ist unglücklich, weint viel.« Otto schloss die Augen, seine Schultern und sein Brustkorb hoben sich. »Es ist natürlich nicht einfach für sie. Ihre Welt bricht zusammen, und sie liebt mich. Das glaubt sie wenigstens. Nach dem, was ich jetzt erlebe, schätze ich, dass auch sie sich dessen nicht zu sicher sein sollte. Vielleicht trifft auch sie schon bald auf einen Menschen, den sie wirklich liebt, mit aller Kraft und der Urgewalt von Wind und Meer und Fels. Ich wünsche ihr von Herzen ein Glück, wie ich es hatte.«

»Du?«

»Ja, Hermine. Ich liebe dich.« Er legte ihr eine Hand auf die Wange, wischte vorsichtig mit dem Daumen eine ihrer Tränen fort. »Drei Jahre wird es dauern, bis die Scheidung vor Gericht verhandelt wird. Kannst du so lange auf mich warten?«

Drei Jahre, fünf, zehn … Spielte Zeit eine Rolle?

»Ja«, sagte Hermine mit fester Stimme. »Ich werde warten. Drei Jahre sind ja gar nicht so lang.«

Teil 5

Zwischenstation

1909 bis 1912

Köln und Berlin

Kapitel 1

»Wenn wir tatsächlich so liederlich wären, wie es den Anschein macht, würden Otto und ich jetzt puppenlustig in den Restaurants sitzen und uns unseres Daseins freuen.«

Frida lächelte und hakte sich bei Hermine unter. Zusammen mit ihrer Mutter war sie zu Besuch bei einer Tante in Bonn und hatte bei der Gelegenheit den kurzen Umweg über Köln in Kauf genommen, um Hermine in ihrer neuen Wohnung zu besuchen, obwohl sie noch nicht fertig eingerichtet war. Zum ersten Mal seit über einem Jahr trafen sie einander. Sie hatten gemeinsam in einem kleinen Restaurant gegessen und schlenderten jetzt bei bestem Aprilwetter am Rheinufer entlang auf den Dom zu.

»Das schätze ich so an euch beiden«, sagte Frida. »Dass ihr diese Angelegenheit eben nicht auf die leichte Schulter nehmt, dass es euch nicht gleichgültig ist, was Ottos Frau denkt und fühlt, wie es ihr geht. Das macht eure Liebe umso ernsthafter, wahrhaftiger. Vielleicht sogar reiner.«

»Rein?«, rief Hermine aus. »Was kann an einer Liebe rein sein, die auf dem Unglück anderer Menschen aufbaut?«

Und Unglück hatte diese Liebe gebracht. Betty war unglücklich – ihr zerbrach die Familie, sie verlor ihre gesellschaftliche Stellung, verlor Kontakte, sogar die wirtschaftliche Grundlage ihres Lebens. Friedrich fehlte der Vater. Otto fehlte der Sohn. Und sie selbst …

»Weißt du, dass ich gestern einen nicht unterzeichneten Schmähbrief erhalten habe, in dem ich als Dirne und Ehebrecherin bezeichnet wurde?«

»Von hier? Aus Köln?«

»Das weiß ich nicht. Der Brief kam mit der Post und hatte keinen Absender. Hier in Köln kennt mich kaum jemand – höchstens die Handwerker, die meine Wohnung renoviert haben, mein Vermieter und die anderen Hausbewohner. Also vermute ich, dass den Brief jemand aus Bonn geschrieben hat. Bekannte von Betty, vielleicht ehemalige Kollegen. Es gibt viele, die sich zurückgezogen haben und mit mir nichts mehr zu tun haben wollen. Um ehrlich zu sein, hältst nur du zu mir und Fräulein Lange. Und meine Geschwister natürlich. Otto ergeht es übrigens ähnlich, sein Freundeskreis ist erheblich geschrumpft. Die meisten scheinen mich für die eigentliche Schuldige zu halten. Es ist doch immer die Frau, die den Mann verführt und die Ehe bricht. Wie es dieser Briefschreiber ja auch in deutlichen Worten ausgedrückt hat.«

»Das tut mir leid.« Frida legte ihr eine Hand auf den Arm. »Ich hoffe, du lässt dich von solch feigem Geschreibe nicht beeindrucken und schon gar nicht verletzen.«

Natürlich ließ Hermine sich sowohl beeindrucken als auch verletzen. Sie kam nicht dagegen an. Sah sie sich doch in ihren eigenen Augen genau so – als Ehebrecherin. Wenn sie nur stärker gewesen wäre, sich schon eher im Griff gehabt oder auf ihre Weiterbildung in der Gynäkologie verzichtet hätte – es wäre alles anders gekommen. Die Heuslers wären auch heute noch eine zufriedene und glückliche Familie. Und sie? Sie wäre Internistin in Würzburg, Kinderärztin in Breslau oder Halle, Dermatologin in Hannover oder Kiel… Aber wäre sie auch glücklich? Hätte sie in einem anderen Fachgebiet die Erfüllung gefunden, die ihr die Gynäkologie brachte? Wahrscheinlich nicht. Es gab nichts umsonst, alles im Leben hatte seinen Preis.

»Ich verstehe.« Frida blieb stehen, packte Hermine an beiden Armen und schüttelte sie sanft. »Dich trifft doch keine Schuld! Du hast Otto schließlich nicht aufgelauert, ihn nicht willentlich bezirzt, es nicht darauf angelegt, seine Ehe zu zerstören. Was ihr füreinander empfindet, habt ihr euch weder ausgesucht noch provoziert. Es ist geschehen. Es war Schicksal. Fügung.«

»Doch am Ergebnis ändert sich dadurch nichts.«

Frida seufzte, und sie gingen weiter.

»Wie kann man dir helfen?«

Hermine zuckte mit den Schultern. Vor ihnen erhob sich jetzt der Kölner Dom mit seinen dunklen, weit emporragenden Türmen. Zwei Finger, die zum Himmel deuteten als Mahnung, sich um die Gesundheit der Seele zu kümmern, keine Sünden zu begehen. Denn sie würden kommen, die Letzten Dinge, der Tod, das Gericht. Und wie würde sie dann vor Gottes Richterstuhl stehen? Fast erwartete sie, die Türme würden gleich über ihr zusammenbrechen und sie unter ihren Trümmern begraben. Sie schüttelte den Kopf.

»Ich weiß es nicht. Was wir tun, ist nicht richtig, da gibt es keine andere Meinung. Vielleicht sollte ich …« Sie brach ab.

»Hermine!« Frida blieb erneut stehen und schaute sie entsetzt an. »Denk nicht einmal daran, hörst du? Nein! Das ist kein Ausweg. Was hat es denn Jacob gebracht? Was?«

Kurz sahen sich die beiden Frauen eindringlich an. Schließlich nickte Hermine.

»Natürlich hast du recht«, sagte sie leise und fragte sich, wie die Freundin ihre Gedankengänge erraten hatte. War sie so leicht zu durchschauen? »Es ist außerdem nicht meine Art, einen Kampf einfach so aufzugeben, mich ihm zu entziehen. Normalerweise bin ich dafür viel zu stur.«

»Siehst du.« Frida stieß sie freundschaftlich mit dem Ellenbogen in die Rippen. »So kenne ich dich, Hermine!«

Hermine lächelte müde, dann hob sie ihren Blick zu den Wasserspeiern an den Türmen des Doms mit ihren grässlich verzerrten Fratzen, den weit aufgerissenen Mäulern und den langen, heraushängenden Zungen. Es kam ihr vor, als würden sie ihr mit ihren Blicken folgen und sie angrinsen. Ausschließlich sie. *Wir warten auf dich, Hermine, wir warten! Wir haben viel Zeit.*

»Und trotzdem. Manchmal glaube ich, das wäre für alle das Beste.«

Kapitel 2

Stellen Sie den Stuhl bitte dorthin.«

»Aber gnädige Frau, sollen wir nicht warten, bis der Herr Doktor da ist?«

»Der *Herr* Doktor bin ich«, entgegnete Hermine. »Doktor Edenhuizen, Spezialärztin für Frauenkrankheiten und Geburtshilfe. Und ich möchte ihn genau dort stehen haben. An diesem Platz.«

Der Lieferant, ein etwa fünfzigjähriger Mann mit dem dunklen, drahtartigen Haar eines Rauhaardackels, hob seine Mütze und kratzte sich am Kopf. Die Situation schien ihn vor eine bisher unbekannte Herausforderung zu stellen.

»Na, wenn das so ist«, brummte er schließlich und nickte seinem jüngeren Kollegen zu. »Dann werden wir mal tun, was das Fräulein Doktor sagt.«

Hermine beobachtete das nicht zum ersten Mal. Einfache Männer – Lieferanten, Handwerker, Boten, Hilfsarbeiter – rechneten ebenso wenig damit, dass sie Ärztin war, wie Beamte oder andere Akademiker. Doch einfache Männer schienen sich leichter damit abzufinden. Lag es daran, dass in ihren Kreisen viele Frauen arbeiteten – arbeiten *mussten*, um die Familie über die Runden zu bringen? Die Frauen arbeiteten in den Geschäften im Verkauf oder führten die Bücher, sie arbeiteten als Wäscherinnen, Köchinnen, Haushälterinnen, Aufwartefrauen oder in

Fabriken, knüpften Fischernetze, strickten, nähten oder häkelten Wäschewaren. Dass auch Frauen Geld verdienen konnten, war diesen Männern also ein vertrauter Gedanke. Oder lag es einfach daran, dass »diese Gelehrten« in ihren Augen ohnehin alle komisch und irgendwie verrückt oder verschroben waren? Würde dieser Lieferant auch so gleichmütig nicken und die Schultern zucken, wenn seine Tochter oder Frau sich an die Drehbank stellte, am Schusterleisten saß oder Säge und Hobel bediente? Hermine hatte sich einem kleinen Gesprächskreis von Frauen angeschlossen, die sich alle zwei Wochen abends trafen und über Frauenrechte diskutierten. Diese Frage würde sie an den Kreis weitergeben. Die Gedanken der anderen Frauen hierzu interessierten sie.

Der Untersuchungsstuhl, das Herzstück und der letzte Baustein der Praxis, stand mittlerweile an seinem Platz. Hermine bedankte sich für die gute Arbeit und gab den beiden Männern ihr wohlverdientes Trinkgeld. Die beiden verabschiedeten sich, und es kam ihr beinahe so vor, als hätte der Jüngere es eilig, wieder fortzukommen. Vielleicht waren es die gynäkologischen Instrumente und Gerätschaften, die bereits in den zukünftigen Praxisräumen sichtbar waren, die ihm Unbehagen bereiteten. Oder es lag an ihr.

Auch das erlebte sie immer wieder. Es gab Männer, die angesichts ihres Titels und ihres Berufs mit Unglauben reagierten, andere begegneten ihr mit Spott und Hohn, manche wurden auch offen aggressiv und beschimpften sie. Doch immer wieder gab es Männer, die bekamen angesichts einer studierten Frau mit Doktortitel ganz einfach Angst und flohen.

Hermine schloss die Tür sorgfältig. Talea, eine Ostfriesin, die sie nach ihrer Rückkehr aus Pewsum als Dienstmädchen und Haushälterin eingestellt hatte, machte gerade Einkäufe. Sie war allein.

Die Wohnung war so, wie sie es sich in ihren Träumen immer vorgestellt hatte, wenn sie an eigene Praxisräume gedacht hatte. Alles war neu und blitzte vor Sauberkeit. Es roch noch nach frischer Farbe und Tapetenleim, alle Möbel standen an ihrem Platz, die Bücher-, Geschirr- und Wäschekisten waren ausgepackt. Jetzt mussten die Zimmer nur noch mit Leben gefüllt werden. Die Wohnräume – ein Schlafzimmer für Hermine, eines für Talea, ein kleiner Salon sowie Küche und Bad – bereiteten ihr keine Sorgen. Hier würde sie ja leben, ihre Abende verbringen, Gäste empfangen. Aber was war mit den Praxisräumen? Die Wohnung war groß genug, dass sie das Sprechzimmer mit ihrem Schreibtisch und den Fachbüchern vom eigentlichen Untersuchungszimmer trennen konnte. Das war für die Patientinnen angenehmer, und die notwendige Hygiene der Instrumente und der Wäsche ließ sich besser einhalten. Der Wartebereich befand sich in einer Nische des Flurs vor einem Fenster, das fast bis zum Boden reichte. Er war hell und freundlich, mit bequemen Stühlen, sodass sich die Patientinnen wohlfühlen konnten, während sie auf ihren Termin warteten.

Alles passte, so als hätte die Wohnung eigens auf sie gewartet.

Hermine ging in das Untersuchungszimmer. Auch hier hatte alles seinen Platz. Sanft strich sie mit dem Finger über die lederbezogene Armlehne des Untersuchungsstuhls und holte tief Luft. In drei Tagen war es so weit, am dritten Mai würde sie ihre Praxis eröffnen. Würden sie kommen? Würden die Patientinnen sie, eine Ärztin, die erste Frauenärztin in Köln, überhaupt akzeptieren? Es hing so viel davon ab! Ihre Hoffnungen, ihre Träume. Aber auch ihre materielle Existenz, das durfte sie nicht außer Acht lassen. Die Renovierung der Wohnung, der Umbau nach ihren Vorstellungen und schließlich die Einrichtung und Ausstattung der Praxis hatten so viel Geld verschlungen, dass ihr beim Bezahlen der Rechnungen gelegentlich schwindlig geworden war.

Zum Glück hatte sie in den vergangenen Jahren nicht so viel Geld für sich gebraucht, sodass sie von ihrem Anteil an den monatlichen Pachtzahlungen aus Pewsum und ihrem Lohn als Assistenzärztin immer etwas hatte sparen können. Jetzt waren diese Reserven bis auf einen kleinen Rest zusammengeschrumpft. Wenn alles gut ging, war das natürlich ausgezeichnet angelegtes Geld. Wenn nun aber die Patientinnen ausblieben? Wenn nur gelegentlich eine kam, vielleicht sogar gar keine? Zusammen mit dem Pachtzins reichten ihre Ersparnisse noch, um zwei Monate zu überstehen. Drei, wenn sie sehr sparsam lebte, auf die Rechnungen und das Essen achtete. Kartoffeln mit Mehlstippe schmeckten schließlich auch und waren nahrhaft. Doch spätestens nach drei Monaten würden ihre finanziellen Mittel knapp werden. Dann musste sie zusehen, woher sie das Geld hernahm, um die Miete zu zahlen und Taleas Gehalt.

Auf die Praxiseröffnung am Montag hatte sie sich so gut vorbereitet wie nur möglich. Sie hatte Anzeigen in den Tageszeitungen geschaltet, hatte Handzettel drucken und verteilen und ein Schild am Hauseingang anbringen lassen und sogar ein Telefon installiert.

Mehr konnte sie nicht tun. Der Rest war Gnade, Schicksal, Glück…

Do dien best, Gott deit de Rest, hörte sie Cornelias Stimme.

Wie es Otto wohl geht?

Der Gedanke erschreckte sie. So war das oft. Sie versuchte, nicht an Otto zu denken, ihn aus ihren Überlegungen herauszuhalten. Und doch war er immer da. Plötzlich sah sie seine Augen vor sich oder sein Lächeln, hatte seine Stimme im Ohr. Oder sie fragte sich, was er wohl gerade tat. Und ganz im Geheimen, so tief in ihr vergraben, dass sie sich selbst nur ganz selten gestattete, daran zu denken, wünschte sie sich, sie könnte die Praxiseröffnung mit ihm gemeinsam erleben.

In drei Jahren. Dann können wir …

Was? Zusammenwohnen? Heiraten? Vielleicht. In diesen drei Jahren, bis die Scheidung vor Gericht kam und rechtskräftig wurde, war sie vierzig. Eine *reife* Frau, wie manche es ausdrückten. Sie hatte Patientinnen betreut, die in diesem Alter bereits Enkelkinder hatten. Oder die mit einem fortgeschrittenen Krebs starben. In drei Jahren konnte so viel geschehen! Sie wagte es nicht, sich darauf zu verlassen und sich zu freuen.

Es gab nur die Gegenwart. Alles andere war ein menschliches Konstrukt. Und das hieß, dass sie am Montag ihre erste Patientin – sollte denn eine den Weg zu ihr finden – allein in Empfang nehmen und die Flasche Wein, die sie für diesen Tag gekauft und aufgehoben hatte, am Abend allein trinken würde.

Doch in einem war sie sicher: In Gedanken würde Otto bei ihr sein.

Kapitel 3

Montag.

Hermine hatte sich den Wecker zeitig gestellt, trotzdem war sie gut eine halbe Stunde früher wach. Sie hatte gut geschlafen, tief und anscheinend traumlos, zumindest konnte sie sich an nichts erinnern. Das überraschte sie. In den vergangenen Wochen hatte sie ständig wirre Träume gehabt, aus denen sie oft hochgeschreckt war. Am schlimmsten waren die Träume, in denen die Maler einfach die Kübel gegen die Wand warfen, sodass die Farbe herunterlief; Träume, in denen sich halb Köln auf der Straße vor dem Haus versammelte und schrie: »Wir brauchen keine Ärztin!«; in den schlimmsten all dieser Träume lag auf dem Untersuchungsstuhl eine Schwangere. Sie war tot. Und Hermine hielt in ihren blutbesudelten Armen das tote Kind. In dieser Nacht hatten die Gespenster sie in Ruhe gelassen.

Hermine schwang sich aus dem Bett und öffnete die Vorhänge. Es war schön da draußen. Der Tag versprach Sonne, einen wolkenlosen Himmel und Wärme. Ihr erster Praxistag.

Sie wusch sich, zog sich an und ging dann in die Küche, wo sie Talea bereits wirtschaften hörte. Es duftete nach frisch gebrühtem Tee und warmem Brot.

»Guten Morgen, Talea!«

»Huch! Fräulein Doktor!« Talea, in einem vornehm wirkenden schwarzen Kleid, mit blütenweißer Schürze und gestärktem

Häubchen, als würden sie heute wichtige Gäste erwarten, fuhr erschrocken herum. »So früh schon auf?«

»Ja, ich konnte nicht mehr schlafen.«

»Der Tee ist gleich fertig. Und das Frühstücksei auch. Setzen Sie sich, Fräulein Doktor.«

Gehorsam setzte Hermine sich an den Küchentisch, der kaum weniger sauber war als die Instrumente in ihrem Untersuchungszimmer. Talea stellte Teller und Tasse vor sie auf den Tisch, dann holte sie mit einem Löffel ein Ei aus dem Topf auf dem Herd und platzierte es in einen Eierbecher.

»Guten Appetit, Fräulein Doktor!«, sagte Talea, strahlte über das ganze Gesicht und schenkte ihr Tee ein. »Heute ist Ihr erster Praxistag!«

»Ja«, sagte Hermine und musste angesichts der Begeisterung ihres Hausmädchens schmunzeln. »Und ich bin tatsächlich gar nicht so aufgeregt, wie ich gedacht habe.«

Was sicher auch daran lag, dass sich bereits am Freitag drei Patientinnen angemeldet hatten – zwei hatten angerufen, eine hatte ihr Mädchen mit einer Karte geschickt. Die entsetzliche Vorstellung, in den neuen Räumen auf und ab und von Fenster zu Fenster zu wandern und darauf zu warten, dass überhaupt jemand kam, war damit also abgewendet.

»Wann kommt die erste Patientin, Talea?«

Natürlich wusste Hermine das. Seit Freitag, seit die erste Dame angerufen hatte, hatte sie den Termin im Kopf: Montag, dritter Mai, neun Uhr. Doch Talea würde in Zukunft die Terminbuchung übernehmen, sofern Hermine sich selbst nicht darum kümmern konnte. Es schadete also nicht, sie zu fordern und zu testen.

»Einen Moment, ich schaue nach!« Talea verschwand im Flur, wo auf einem Stehpult direkt beim Telefon der Terminkalender lag, damit man die Termine gleich beim Telefonieren eintragen konnte.

»Um neun Uhr, Fräulein Doktor«, rief sie. »Eine Frau Olpe.«

»Danke, Talea.« Keine zwei Stunden mehr bis zu ihrer ersten eigenen Patientin. Da blieb genug Zeit, um noch einmal alle Instrumente zu prüfen.

Hermine trank ihre Tasse leer, als das Telefon läutete. Talea schaute sie erschrocken an. Dieser Apparat war ihr noch nicht ganz geheuer, und wenn sie nicht musste, ging sie nicht hin und nahm den Hörer ab.

Daran werden wir wohl noch arbeiten müssen, dachte Hermine.

»Ich nehme das Gespräch entgegen, Talea, räume bitte den Tisch ab.«

Sie ging in den Flur und nahm den Hörer von der Gabel. In der Leitung rauschte und knisterte es, dann hörte sie die Stimme einer Frau von der Vermittlung.

»Ist da der Anschluss Köln 3417?«

»Ja.«

»Ich habe ein Gespräch aus Bonn für Sie.«

Bonn! Es klickte, wieder ein Rauschen, dann ein Räuspern.

»Hermine?«

»Otto!«

»Guten Morgen, ich hoffe, ich habe dich nicht geweckt?«

»Nein. Ich bin früh aufgestanden. Ich konnte nicht mehr schlafen.«

»Aufgeregt?«

An seiner Stimme konnte sie hören, dass er lächelte. Dieses feine, geliebte Lächeln.

»Es geht. Ich hatte es mir schlimmer vorgestellt. Aber vielleicht kommt das noch.«

»Ich wollte dir jedenfalls einen guten Beginn wünschen, einen erfolgreichen ersten Praxistag. Ich freue mich für dich und mit dir und hoffe, dass viele Patientinnen dich aufsuchen und erfahren können, was für eine ausgezeichnete Ärztin du bist.« Er senkte die Stimme zu einem Flüstern. »Ich liebe dich, Hermine.«

»Ich liebe dich auch, Otto.«

Er legte auf. Behutsam hängte sie den Hörer wieder in die Gabel, als würde jede hastige Bewegung den zarten Zauber zerstören, der durch dieses kurze Telefongespräch gewoben worden war. Wie lange hatte es gedauert? Keine zwei Minuten. Und doch hatte es alles geändert. Alles. Jetzt fühlte sie sich bereit, diesem Tag zu begegnen, egal, was er ihr bringen würde.

Kurz vor neun Uhr klingelte es an der Tür. Hermine hörte, wie Talea die Tür öffnete, jemanden begrüßte, dann hörte sie Schritte den Flur entlanggehen, ein Stuhl wurde gerückt.

Sie atmete tief ein. Wie sie es verabredet hatten, klopfte Talea an die Tür des Sprechzimmers, steckte den Kopf herein und sagte: »Fräulein Doktor, Frau Olpe ist jetzt da.«

»Danke, Talea, schicke die Dame bitte zu mir herein.«

Die Frau erschien, eine gesetzte, leicht übergewichtige Frau in Hermines Alter, gut gekleidet. »Guten Tag, Frau Olpe, Doktor Edenhuizen.« Hermine reichte ihr die Hand, dann deutete sie auf den Stuhl, der vor ihrem Schreibtisch stand. »Nehmen Sie doch bitte Platz. Was kann ich für Sie tun?«

Und während Frau Olpe von ihren Beschwerden zu erzählen begann, hörte Hermine im Flur erneut das Telefon läuten.

Der erste Praxistag ließ sich gut an. Fünf Patientinnen waren gekommen – eine von ihnen, eine junge Frau in ihrer ersten Schwangerschaft, hatte einfach so in der Tür gestanden und musste eine halbe Stunde warten, bevor Hermine Zeit für sie hatte. Sieben Patientinnen hatten sich für den morgigen Tag angemeldet, jeweils fünf für die restlichen Tage der Woche. Und in der kommenden Woche waren auch schon Termine vergeben.

Die Tätigkeiten unterschieden sich im Wesentlichen nicht von denen in der Klinik – sie erhob die Anamnese, stellte Fragen, untersuchte, entschied, was zu tun war. Und doch war es ein ganz anderes Arbeiten. Hier war sie ihre eigene Herrin. Sie stand nicht unter Zeitdruck. Sie konnte mit den Patientinnen alles besprechen, wofür in der Klinik auch ohne Kollegen wie Doktor Kramer, die eine ausführliche Anamnese als Unfug abtaten, nie genug Zeit geblieben war. Das hatte sich bereits bei Frau Olpe gezeigt, mit der sie ein langes und ausführliches Gespräch geführt hatte, bei dem sogar Tränen geflossen waren. Als Frau Olpe die Praxis verließ, drückte sie Hermines Hand herzlich und sagte: »Was ich Ihnen heute erzählt habe, habe ich noch niemandem erzählt. Wie gut, dass ich Sie gefunden habe, Fräulein Doktor!«

Am Abend saß sie mit Talea zusammen am Esstisch. Zur Feier des Tages gab es ein Festessen. Sie mussten zwar sparen, aber an diesem besonderen Tag durften sie verschwenderisch sein. Hermine entkorkte die Weinflasche und goss Talea und sich selbst ein Glas ein.

»Auf einen erfolgreichen ersten Praxistag, Talea!«, sagte Hermine und hob ihr Glas. »Und vielen Dank für deine Hilfe.«

»Ach, Fräulein Doktor, das ist doch nicht der Rede wert.« Das gute Hausmädchen errötete bis zum Haaransatz.

Sie prosteten einander zu und genossen den herrlich zarten Snirtjebraten. Und während Hermine kaute, dachte sie:

Ach, Otto, wie sehr wünschte ich, du könntest jetzt bei mir sein!

Kapitel 4

Die Karte lehnte an der Lampe auf ihrem Schreibtisch, da, wo Hermine sie immer sehen und lesen konnte.

Bin ab 21. Mai für zwei Tage in Köln. Wollen wir uns sehen?

Heute Abend. Heute Abend würde sie Otto endlich wiedersehen! Zum ersten Mal, seit er ihr mitgeteilt hatte, dass er die Scheidung eingereicht hatte. Da auch Otto einen Telefonapparat in seiner Praxis installiert hatte, hatten sie ein paarmal telefoniert. Kostbare Minuten, von denen Hermine lange zehrte. Ein richtiges Gespräch, bei dem sie seine Stimme hören konnte – wenn auch etwas verzerrt durch die Technik –, war schon etwas anderes als ein Brief oder eine Karte. Obwohl die den unschätzbaren Vorteil hatte, dass man sie anfassen, aufbewahren, immer wieder lesen und betrachten konnte. Im Gegensatz zu einem Telefongespräch, von dem nichts blieb als die Erinnerung.

Sie stand auf und knipste die Schreibtischlampe aus. Es war Zeit, sich fertig zu machen. Sie wollten essen gehen und anschließend am Rheinufer entlangspazieren. Im Grunde nichts Großartiges oder Außergewöhnliches. Harmlose Vergnügen, die ihr Gewissen nicht belasten würden. Wenigstens nicht allzu sehr. Trotzdem zitterten ihre Hände vor Aufregung.

»Wann werden Sie denn wieder zu Hause sein, Fräulein Doktor?«

Talea stand bereit und half ihr in den Mantel.

»Vor zehn Uhr bestimmt nicht. Also mach dir keine Sorgen, Talea. Du brauchst auch nicht so lange wach zu bleiben, bis ich wieder zurück bin. Geh einfach schlafen, wenn du müde bist.«

»Jawohl, Fräulein Doktor.«

Hermine holte tief Luft und betrachtete sich im Spiegel. Ihr Gesicht wirkte ernst, vielleicht etwas schmaler als noch vor ein paar Monaten, was nicht allein an der noch immer notwendigen Sparsamkeit lag. Sie hatte auch keinen besonderen Appetit. Obwohl Talea ihr alles kochte, was sie gern aß, auch Gerichte, die man hier im Rheinland gar nicht kannte, wie Kartoffeln mit Mehlstippe, Snirtjebraten oder Bohnensuppe. Sie mochte einfach nicht essen, hatte keinen Hunger. Alles schmeckte irgendwie fad. Meistens aß sie aus reiner Vernunft heraus, weil der Körper die Nahrung eben brauchte und sie keine Lebensmittel verschwenden wollte. Krank war sie zum Glück nicht. Jedenfalls nicht so, dass irgendein Kollege sie hätte kurieren können. Sie wusste selbst, was ihr fehlte.

Drei Jahre noch.

Ob er mich noch mag?

Das Restaurant, das Otto für sie ausgesucht hatte, war ein kleines ruhiges Lokal in einer Seitenstraße, in die sich nur wenige Passanten verirrten. Otto erwartete sie bereits. Er saß an einem Tisch in einer Nische, und als Hermine eintrat, erhob er sich und ging ihr ein paar Schritte entgegen. Sie küssten sich nicht, doch seine Augen leuchteten, und er hielt ihre Hände so fest und gleichzeitig so zart, dass diese Berührung jeden Kuss überflüssig machte.

»Hermine.« Seine Stimme klang rau. »Ich freue mich so.«

»Ich mich auch.«

Alle Zweifel, ob sich an Ottos Gefühlen für sie etwas geändert haben konnte, verflogen augenblicklich.

Der Ober kam und nahm Hermine Hut und Mantel ab, Otto reichte ihr galant seinen Arm und führte sie zum Tisch.

»Was möchten die Herrschaften essen und trinken?«

Der Ober stand bereit. Und in diesem Moment wurde Hermine hungrig.

Das Essen war gut, der Wein auch. Otto und Hermine redeten und redeten, lachten viel, diskutierten über medizinische Fälle und tauschten lustige Begebenheiten aus dem Praxisalltag aus.

»Mit dem Telefon bin ich übrigens sehr zufrieden, es funktioniert hervorragend. Danke, dass du mir dazu geraten hast. Manche Patientinnen – vor allem ältere Damen – schicken zwar immer noch ihr Mädchen, um einen Termin zu vereinbaren, oder schreiben eine Karte. Aber viele Damen rufen an oder lassen anrufen. Das ist wunderbar. Es geht schnell und unkompliziert, ohne großes Hin und Her. Ich bin wirklich begeistert und möchte diesen Apparat nicht mehr missen. Nur …« Sie lächelte. »Talea, mein Mädchen, ist noch nicht so wirklich vertraut mit dem Telefonieren. Ich habe immer den Eindruck, dass sie Angst hat, der Hörer könnte sie ins Ohr beißen, oder die Sprechtülle würde sich jeden Augenblick in eine Schlange verwandeln.«

»Nicht jeder hat sofort einen Zugang zur Technik. Du musst ihr Zeit lassen.«

»Ich weiß. Und es ist ja auch schon besser geworden. Wenn ich gerade eine Patientin untersuche und das Telefon läutet, muss sie das Gespräch annehmen, sie hat keine Wahl. Allerdings frage ich mich, was passiert, wenn ich nicht im Haus bin. Ob sie dann auch an den Apparat geht? Oder lässt sie ihn einfach läuten?« Ein Gedanke schoss ihr in den Kopf. »Weißt du was? Ich werde sie jetzt anrufen. Mal sehen, wie sie reagiert, wenn sie allein in der Wohnung ist.«

Hermine stand auf und ging in den Bereich des Lokals, wo das

Telefon an der Wand hing. Sie ließ sich mit ihrer Telefonnummer verbinden. Es läutete. Nach dem dritten Mal hörte sie Rascheln und Knistern, dann schweres Atmen. Hermine stellte sich vor, dass Talea sich eben die Schürze glatt gestrichen hatte, so wie sie es machte, bevor sie die Tür öffnete. Dass ihr Gesprächspartner am anderen Ende der Leitung sie gar nicht sehen konnte, kam ihr dabei möglicherweise nicht in den Sinn.

»Hier bei Praxis Doktor Edenhuizen.« Talea war anzuhören, wie aufgeregt sie war. Sie sprach langsamer, lauter und artikulierte deutlicher. Es klang ein bisschen, als würde sie mit einem Schwerhörigen reden. Aber Hermine war sicher, dass eine Patientin, die das Mädchen nicht kannte, davon nichts merken würde.

»Guten Abend«, sagte Hermine mit verstellter Stimme. »Entschuldigen Sie bitte die späte Störung. Ich habe nur eine Frage. Nimmt das Fräulein Doktor denn noch neue Patientinnen an?«

»Ja bitte, *gern*!«

»Vielen Dank, ich melde mich dann in den nächsten Tagen. Guten Abend.«

»Guten Abend!«

Hermine legte auf. Schmunzelnd kehrte sie an den Tisch zurück.

»Na?« Otto sah sie erwartungsvoll an. »Hast du dein Mädchen erreicht?«

»Ja. Um sie und ihren Einsatz brauche ich mir keine Sorgen zu machen.«

Nach dem Essen spazierten sie an der Rheinpromenade entlang. Es war noch nicht spät, der Abend war sommerlich mild. Viele Paare waren unterwegs, gingen eingehakt, plauderten, lachten. Auch Hermine und Otto hatten einander untergehakt. Sie fielen nicht auf, waren ein Paar von vielen, ein ganz gewöhnlicher Anblick an diesem schönen Maiabend. Hermine genoss diesen

Moment. Über ihnen zogen die Schwalben auf der Jagd nach Insekten ihre Kreise. Ein beleuchteter Rheindampfer tuckerte gemächlich an ihnen vorbei. Musik wehte zu ihnen herüber, und sie konnten sehen, dass sich auf dem Schiff Paare im Tanz wiegten.

Es fühlte sich alles so natürlich an, als müsse es so sein.

Wie viele der Paare, die uns entgegenkommen, denken wohl, dass Otto und ich verheiratet sind?, dachte Hermine. Und wie viele von ihnen sind es wirklich selbst? Wie vielen mag es ähnlich ergehen wie Otto und mir?

»Wie geht es denn Betty?«

»Sie kämpft«, sagte Otto. »Ich habe ihr angeboten, dass ich in meine Praxis ziehe. Wie du ja weißt, habe ich dort einen kleinen Raum, den ich eigentlich nicht brauche. Anstatt dort Putzmittel und alte Fachzeitschriften zu lagern, könnte ich ebenso gut ein Bett hineinstellen. Ich finde, es wäre eine gute Lösung, weil wir uns dann nicht mehr ständig über den Weg laufen müssten. Aber sie will nicht.« Er seufzte. »Also bin ich in eine leer stehende Kammer unterm Dach gezogen. Ich stehe eine Stunde früher auf als gewöhnlich, damit wir uns wenigstens beim Frühstück nicht begegnen müssen. Auch darum hat Betty gebeten. Ich glaube, es würde sie weniger quälen, wenn ich aus dem Haus wäre. Aber …« Er hob die Schultern.

»Glaubst du, sie hofft, dass du doch noch deine Meinung änderst?«

»Vielleicht spielt auch das eine Rolle. Vor allem aber fürchtet sie das Gerede der Nachbarn, wenn ich morgens nicht mehr aus dem Haus gehe und abends nicht mehr heimkomme. Das Gerede der Patienten, wenn sie merken, dass ich in meinen Praxisräumen wohne. Sie will ihr Gesicht nicht verlieren, ihren Stolz. So war sie schon immer, mir ist es nur nicht so aufgefallen.«

»Redet ihr denn noch miteinander?«

»Natürlich. Das müssen wir zwangsläufig. Die Arbeit der Anwälte hat ja bereits begonnen, auch wenn die für die Scheidung notwendige Trennungszeit noch lange dauert. Wir müssen darüber reden, wie Betty nach der Scheidung versorgt sein wird, wie es mit Friedrich weitergeht. Ob das Haus zu halten ist oder wo die beiden sonst wohnen werden. Es gibt viel zu regeln.«

»Wie geht es Friedrich dabei?«

»Der Junge hält sich ganz wacker. Manchmal ist er natürlich traurig, manchmal spüre ich auch seine Wut. Er ist auf uns beide wütend, sowohl auf mich als auch auf Betty. Er ist der Ansicht, dass auch sie einiges zur Trennung beigetragen hat. Einmal habe ich gehört, wie er sie am Esstisch fragte, warum sie denn nicht studiert hat. Dann hätte ich keinen Grund gehabt, mir eine kluge und gebildete Frau zu suchen.« Er verzog das Gesicht, als täten ihm diese Worte selbst weh. »Ich versuche, so viel Zeit wie möglich mit Friedrich zu verbringen. Wir machen Ausflüge, wandern gemeinsam. Im Sommer möchte ich zwei Wochen mit ihm in die Berge fahren. Das wird uns beiden guttun, denke ich. Ich hoffe nur, dass Betty es erlaubt. Ihre Familie stachelt sie gegen mich auf, erzählt ihr, was sie sich nicht gefallen lassen soll, was ihr zusteht, worauf sie achten muss. Als ob sie alle Experten für Scheidungen wären.«

»Sie wollen Betty eben schützen.«

»Ja, das verstehe ich auch. In ihren Augen bin ich ein gefühlloser alter Narr, der sich von einer jungen Nixe den Kopf verdrehen lässt.« Er lachte. »Dabei saß mein Kopf nie gerader auf den Schultern als jetzt.«

»Und so jung ist die Nixe auch nicht. Mit siebenunddreißig ist man schließlich kein Backfisch mehr. Sieh nur, hier ist sogar schon das erste graue Haar.« Sie zupfte an ihrer Frisur. »Oder glauben sie, ich hätte dir einen Trank verabreicht, damit ich in deinen Augen jung und verführerisch aussehe?«

»Wer weiß!« Otto lachte. »Aber im Ernst, Hermine. Seit ich dich kenne, ist für mich vieles in den richtigen Blickwinkel gerückt.«

»Dann bereust du nicht, dass du die Scheidung eingereicht hast?«

Otto blieb stehen. Sie waren jetzt an einer Stelle angelangt, wo die Promenade eine Biegung machte. Dort gab es ein kleines, von einer mächtigen Buche beschattetes Rondel. Bei Tage, wenn es heiß war, war es unter dem Baum schattig und kühl, deshalb war die Bank ein beliebter Aussichtspunkt. Jetzt war es schon ziemlich dunkel. Der Nachthimmel, den Frischverliebte so gern anschwärmten, war wegen der dichten Krone der Buche nicht zu sehen, der fast schwarze Rhein floss träge plätschernd dahin, und im Laub raschelte es. Es war ein bisschen unheimlich, und sie waren ganz allein. Und hier wagte es Otto, ihr Gesicht in seine Hände zu nehmen. Sanft streichelte er ihre Wangen.

»Wieso sollte ich das bereuen? Die Scheidung ist nur richtig und konsequent. Denn ich liebe Betty nicht. Ich liebe dich.«

Kapitel 5

Die Praxis ließ sich gut an, und Hermine arbeitete viel. Sie bekam sehr schnell Zugang zu den Frauen, die sie aufsuchten, und oft sagte ihr eine Patientin, wenn sie sich verabschiedete: »Darüber habe ich noch nie mit einem Arzt gesprochen, Fräulein Doktor. Ich glaube, das kann auch nur eine Frau verstehen. Wie gut, dass Sie jetzt da sind!« Das sprach sich natürlich herum. Und da Hermine auch bereit war, Schwangere und Wöchnerinnen zu Hause zu besuchen, selbst in entlegeneren Teilen der Stadt, wuchs ihre Klientel ständig.

Manchmal war so viel zu tun, dass Hermine beinahe das Essen vergaß. Zum Glück hatte sie Talea. Das Dienstmädchen kümmerte sich geradezu rührend um sie. Jeden Morgen um sieben Uhr weckte sie Hermine mit einem *Köpke Tee up Berd*, wie es in den vornehmeren ostfriesischen Haushalten Sitte war. Sie sorgte für regelmäßige Mahlzeiten, und es war schon vorgekommen, dass Talea einer wartenden Patientin erklärte, dass es noch ein paar Minuten länger dauere, weil das Fräulein Doktor erst einmal einen Happen essen müsse.

Ja, die Praxis lief gut. Sie lief sogar besser, als Hermine es sich nach einem halben Jahr erträumt hätte. Aber sie wusste auch, wie fragil dieser Erfolg war. Ein Fehler, eine falsche Diagnose, eine Patientin, die unter der Geburt starb, und es wäre vorbei. Da musste sie nicht einmal wirklich schuldig sein, es reichte, wenn verschiedene Faktoren unglücklich zusammentrafen oder die Patientin sie nicht ausreichend von besonderen Umständen in Kenntnis gesetzt hatte. Auch so etwas sprach sich schnell herum. Und schneller, als sie »das Fräulein Doktor, das so gut zuhören kann« geworden war, wäre sie dann die »Kurpfuscherin, die keine Ahnung hat«. Dann bliebe das Wartezimmer wieder leer, und sie konnte sich überlegen, in eine andere Stadt zu ziehen und sich dort niederzulassen. Also ging Hermine vorsichtig mit ihrem Geld um. Sie zahlte ihre Kredite gewissenhaft ab und legte jede Woche einen kleinen Teil ihrer Einnahmen zurück, als Notgroschen für schlechtere Zeiten.

Talea half dabei, den Haushalt sparsam zu führen. Sie achtete darauf, dass das Licht nicht unnötig brannte und nachts in allen Räumen gelöscht war, dass keine Lebensmittel verschwendet wurden und die Gerichte einfach waren. Braten kam höchstens sonntags auf den Tisch.

Die Ostfriesin war eine echte Stütze. Und mehr als einmal dankte Hermine ihrem Schöpfer, dass er ihr diesen Schatz in die Hände gegeben hatte.

Otto hatte sich angewöhnt, mindestens jedes zweite Wochenende in Köln zu verbringen. Er kam dann meistens nach seiner Sprechstunde am Samstag um zwei Uhr mit dem Zug in Bonn an. Hermine holte ihn am Bahnhof ab, dann fuhren sie in einer Droschke zu ihr nach Hause, wo Talea bereits das Mittagessen auf dem Tisch stehen hatte. Danach gingen sie spazieren. Abends aßen sie gelegentlich in kleinen, bescheidenen Lokalen, in denen nur wenige Gäste verkehrten. Den Rest des Abends verbrachten sie bei Hermine zu Hause. Dort saßen sie in der Stube, eng aneinandergeschmiegt auf dem Sofa bei einem Glas Wein, diskutierten über Politik und medizinischen Fortschritt, sprachen über Literatur und Musik, lachten und küssten sich.

So, wie es bei einem Ehepaar sein soll, dachte Hermine.

Immer, wenn ihr dieser Gedanke kam, verdrängte sie ihn rasch wieder, erschrocken über sich selbst und ihre Unverfrorenheit. Dazu hatte sie kein Recht.

Doch egal, wie spät es an diesen Abenden auch wurde – nie fragte Otto, ob er bei ihr übernachten könne, nie bat sie ihn, bis zum Morgen zu bleiben. Er fuhr stets in die kleine Pension zurück, in der er sein Zimmer zu mieten pflegte. Ihr Empfinden von Gerechtigkeit und Moral war sehr ähnlich, keiner von ihnen beiden hätte es ertragen, sich zu nehmen, was ihnen nicht zustand. Zumindest noch nicht. Drei Jahre vergingen schnell. Mittlerweile waren es nur noch zweieinhalb.

Sonntags fuhr Otto dann wieder nach Bonn zurück. Er nahm meistens den Zug um sechs Uhr abends. Wenn sie sich am Bahnhof verabschiedeten und Hermine dem davonrollenden Zug hinterhersah, fühlte sie sich einsam. Dann war sie froh, dass beim Nachhausekommen Talea in der Küche herumwirtschaftete, meist schon einen Teller mit belegten Broten vorbereitet hatte und darauf wartete, dass Hermine ihr einen Abschnitt aus der Bibel vorlas. Das Alte Testament und die Psalmen liebte Talea besonders. Sie lauschte andächtig, mit im Schoß gefalteten Händen und geschlossenen Augen. In diesem Moment der Hingabe und Konzentration waren die herben Züge der Ostfriesin tatsächlich schön. Was Talea über sie und Otto dachte, wusste Hermine nicht. Das Mädchen äußerte sich nie dazu. Aber sie nahm an, dass Talea es sie wissen lassen würde, wenn sie Grund zur Missbilligung gefunden hätte.

Mit den Monaten wurden Hermine und Otto mutiger. Sie begannen, an kulturellen Veranstaltungen teilzunehmen, wenn Otto in Köln war. Nicht oft, das wäre ihnen ungehörig vorgekommen, nur gelegentlich, wenn eine besondere Aufführung oder Ausstellung sie lockte. Meistens besuchten sie Konzerte, die Otto auswählte. Er liebte Musik, kannte in der Regel die Orchester und Dirigenten und wusste, welche Aufführungen sich lohnten und welche nicht. Es ging gut. Obwohl das schlechte Gewissen und die Befürchtung, jemand, der sie kannte, könnte sie zusammen sehen, im Konzertsaal oder Theater immer neben ihnen saßen.

Und dann geschah es tatsächlich.

Es war 1910 an einem Samstag vor Ostern. Sie hörten Bachs Johannespassion, gesungen vom Thomaner-Chor aus Leipzig. Es war ein einmaliges Erlebnis. Ergriffen von den klaren und reinen Stimmen der Knaben lauschte Hermine. Es kam ihr vor, als hätte sie nie etwas Schöneres gehört, und während des ganzen Konzertes hielt Otto ihre Hand. Als sie dann nach dem Ende des Konzerts ihre Mäntel in der Garderobe abholten, kam ein Ehepaar auf sie zu. Offenbar waren sie wohlhabend, denn beide waren teuer und nach der neuesten Mode gekleidet. Insbesondere eine Brosche am Kragen der Frau zog Hermines Blick auf sich: Ein großer goldener Schmetterling, dessen Flügel mit Rubinen, Smaragden und Saphiren besetzt waren.

»Sie sind doch Fräulein Edenhuizen?«, erkundigte sich die Frau. Ihr Tonfall war nicht besonders freundlich, eher der einer Frau, die es gewohnt war, ihren Willen durchzusetzen und andere Menschen zu kommandieren.

Hermine war die Dame völlig fremd. Vielleicht war sie eine Bekannte oder Angehörige einer Patientin? Oder eine Nachbarin? Dass sie nicht gegrüßt oder sich vorgestellt hatte, wie es die Höflichkeit verlangt hätte, erschien ihr zwar seltsam. Andererseits gab es überall ungehobelte Menschen, selbst in besseren Kreisen. Vielleicht war sie sogar eine hochgestellte Persönlichkeit und ging ganz selbstverständlich davon aus, dass Hermine wusste, wer sie war?

»Ja, das ist richtig. Ich bin Doktor Edenhuizen. Was kann ich …«

»Dass Sie sich nicht schämen, so in aller Öffentlichkeit!« Das

Gesicht der Frau wurde so rot wie die Rubine auf ihrer Brosche. »So ein liederliches, lasterhaftes Weib! Traut sich tatsächlich, mit einem verheirateten Mann ins Konzert zu gehen, noch dazu in die Johannespassion! Sünde ist das, Sünde! Vom Arztberuf ausschließen sollte man Sie, verbannen! Die arme Frau Heusler. Man sollte Sie …«

Was man noch alles mit ihr anstellen sollte, erfuhr Hermine nicht mehr.

»Wir kennen jetzt Ihre Meinung«, unterbrach Otto die Frau, sein Tonfall war ruhig und bestimmt, »obwohl wir Sie nicht darum gebeten haben. Den Rest dürfen Sie allerdings gern für sich behalten. Guten Abend.«

Er nahm Hermine am Ellenbogen und führte sie nach draußen. Der Abend war kühl und feucht, offenbar hatte es gerade geregnet. Vom Frühling war – obwohl schon Ende März – noch nicht viel zu bemerken. Hermine fror trotz des Mantels, aber das war weniger der Wetterlage als dieser unglücklichen Begegnung zuzuschreiben. Sie zitterte, so aufgewühlt war sie.

Immer wieder hatte sie den Gedanken verdrängt, dass das, was sie taten, eigentlich unredlich und verworfen war. Dass sie kein Recht auf dieses Glück hatte, wenn im Gegenzug Betty unglücklich und traurig mit ihrem Sohn in Bonn saß. Und nun hatte sie es gehört. Aus einem fremden, vielleicht sogar unverschämten Mund, ja. Aber wurde es allein dadurch zur Lüge?

»Welch ein Frauenzimmer!« Auch Otto zitterte. Sie spürte es an dem Arm, mit dem er sie führte. Doch bei ihm war es weniger Erschütterung, sondern Wut. So zornig hatte sie ihn noch nie gesehen. »Was bildet sich dieses Weib eigentlich ein!«

»Hat sie denn etwas Falsches gesagt?« Hermine rang ihre Hände, die Tränen brannten in ihrem Augen. »Hat sie im Gegenteil nicht völlig recht? Wir dürfen nicht … Es ist Unrecht … Bin ich denn nicht wirklich liederlich?«

Sie konnte nicht weitersprechen und presste ihre Hand auf den Mund, um das Schluchzen zu unterdrücken. Nur nicht noch einmal auffallen! Auf dem kleinen Platz vor der Konzerthalle standen noch viele Menschen, um Höflichkeiten auszutauschen oder über das Konzert zu plaudern. Es war noch früh am Abend.

»Meine geliebte, wunderbare Hermine!« Otto umfasste ihre Schultern, dann legte er ihr sanft eine Hand unter das Kinn. »Du bist nicht liederlich, ganz und gar nicht. Im Gegenteil. Du bist ein tief moralischer und aufrichtiger Mensch, sonst könnte ich dich gar nicht lieben. Und ich glaube, das Gleiche auch für mich in Anspruch nehmen zu dürfen. Die Menschen da, insbesondere diese schreckliche Frau eben, wissen nichts um die Kämpfe, die schon hinter uns liegen und die wir immer noch ausfechten. An jedem Tag. Sie wissen nichts über unsere Gespräche miteinander und mit Betty, sie wissen nichts über unsere Vergangenheit, und sie wissen schon gar nichts über unsere Liebe. Unsere große und tiefe Liebe, die sogar Betty in all ihrem verständlichen Schmerz und Unglück anerkennt. Sie sehen nur einen winzigen Ausschnitt der Wahrheit – eine Frau, die mit einem Mann, der eigentlich noch verheiratet ist, ein Konzert besucht – und meinen in ihrer Borniertheit, ein Urteil über uns fällen zu können. Dabei sehen sie nur den kleinsten Teil des großen Ganzen. Und in ihrer scheinheiligen Entrüstung über unsere ›Sünde‹ vergessen sie die Grundpfeiler des Evangeliums: Liebe, Barmherzigkeit und Vergebung. Nicht umsonst sprechen wir im Vaterunser: ›… und vergib uns unsere Schuld, wie auch wir vergeben unseren Schuldigern …‹ Das Urteil dieser Frau zählt nicht. Es ist Gebrabbel, weiter nichts. Und auch wenn es dich in diesem Moment verletzt – lass dir dein Leben nicht von dem Geschwätz einer Fremden zerstören.«

Hermine schloss die Augen. Otto hatte ja recht, und trotzdem …

»Komm, wir nehmen keine Droschke, sondern gehen zu Fuß nach Hause. Den Abend hat uns diese Dame leider verdorben. Aber ein bisschen frische Luft wird uns jetzt guttun.«

Hermine nickte. Sie schlug ihren Mantelkragen gegen die Feuchtigkeit hoch und hakte sich bei Otto unter. Vom Rhein wehte der Geruch nach Wasser herüber, doch er konnte den Duft von Salz und Tang nicht ersetzen. Und der Wind war eher ein Säuseln, viel zu leicht und zu sanft.

»Woran denkst du gerade?«, fragte Otto. Sein Blick ruhte auf ihr, liebevoll, mit diesem feinen Lächeln, das sie so sehr liebte, und doch auch ernst und ein bisschen besorgt.

»Ich wäre jetzt gern zu Hause in Ostfriesland. Den Geruch von Tang und Salz in der Nase, die Gischt im Gesicht und einen Wind um mich herum, der alles aus dem Kopf schüttelt, selbst die übelsten Gedanken. Und dann diese Weite, diese Freiheit.« Sie schloss die Augen und atmete so tief ein, als stünde sie wirklich dort, das Rauschen der anrollenden Nordsee im Ohr. »Vor mir das Meer, hinter mir das Grün der Wiesen, über mir ein Himmel, der alles umspannt und an dem sich die Wolken zu riesigen Haufen türmen. Eine Stunde am Deich, und alles ist wieder geradegerückt.«

»Das klingt schön«, sagte Otto leise und streichelte sanft ihre Hand. »Was hältst du davon, wenn wir gemeinsam hinfahren, eines Tages? Wenn ich rechtskräftig geschieden bin und wir uns weder schämen noch verstecken müssen – nicht einmal vor den Augen so einer alten protzigen Spinatwachtel?«

Es kam sehr selten vor, dass Otto Schimpfworte gebrauchte. Meistens blieb er höflich und bestimmt, gelegentlich äußerte sich sein Unmut auch in Ironie, doch er wurde niemals laut oder ausfallend. Tatsächlich hatte Hermine ihn erst einmal schimpfen und fluchen hören, als ein betrunken zur Arbeit erschienener Handwerker mitten in seiner Praxis einen Eimer frischer weißer

Farbe umgeworfen hatte. »Wo haben Sie denn Ihre Augen, Sie Blödmann!« Das war das Äußerste, wozu er sich jemals hatte hinreißen lassen. Deshalb wog die »Spinatwachtel« besonders schwer. Bei diesem Wort stellte sie sich die Dame vor mit ihrer teuren Kleidung, dem aufwendig dekorierten Hut, der auffälligen, gewiss teuren, im Grunde aber viel zu protzigen Brosche am Kragen und dem vor Entrüstung puterroten Gesicht. Sie dachte auch an den Mann, der sich im Hintergrund gehalten hatte und Hermines Blick still und beinahe verschämt ausgewichen war. Und sie musste lachen.

»Spinatwachtel! Das trifft es sehr gut.«

»Na, dann hat sich mein Schimpfen ja wohl gelohnt.« Otto lächelte vergnügt. »Und nun lass uns nicht mehr davon reden. Wie hat dir die Johannespassion gefallen?«

Und den Rest des Weges, bestimmt eine Stunde das Rheinufer entlang und durch die schmalen Gassen und Straßen ihres Wohnviertels, schwärmten sie beide von der Musik, den engelsgleichen Kinderstimmen und der einzigartigen Atmosphäre in der Konzerthalle.

Die Spinatwachtel erwähnten sie nie wieder.

Kapitel 6

Doch wie es mit den Spinatwachteln dieser Welt so ist – das von ihnen versprühte Gift bleibt haften. Ein langsam und dauerhaft wirkendes Gift, das sich nie wirklich abwaschen lässt, das unter die Haut geht und selbst in kleinen Dosen noch seine Wirkung entfaltet, egal, wie viel Zeit verstreicht.

Obwohl Hermine Otto recht gab, obwohl sie wie er davon überzeugt war, dass Liebe von Gott geschenkt wurde und Gott keine Fehler machte, die Begegnung im Konzertsaal vergaß sie nicht.

Plötzlich sah sie ihre Umgebung mit anderen Augen. Sie nahm Zwischentöne wahr, die sie vorher nicht gehört hatte. Sei es bei den Nachbarinnen, die im Treppenhaus plaudernd zusammenstanden und verstummten, sobald sie aus der Tür trat. Sei es beim Kaufmann, wenn sie meinte, eine Kundin mit einer der Verkäuferinnen vielsagende Blicke tauschen zu sehen. Oder bei Patientinnen, wenn sie Termine aus Gründen absagten, die ebenso wahr wie vorgeschoben sein konnten. Alles war vergiftet von Scham und Misstrauen. Das hatte die Dame mit ihren erbosten, von Rechtschaffenheit erfüllten Bemerkungen erreicht. Und da half es nicht einmal, wenn sie sich an ihren Kampf um die Beisetzung ihres Bruders erinnerte und ihre feste Überzeugung, dass Gott Jacob nicht verurteilte, ganz gleich, was Amtskirche, Geistlichkeit und Gemeinde dazu sagen mochten.

Gott war Liebe und Barmherzigkeit, Verständnis und Vergebung. Gottes Gebote waren keine Fesseln, sondern sollten das Leben und das Miteinander der Menschen erleichtern. Gott hatte seinen Sohn ans Kreuz geschickt, damit jeder gerettet werden konnte. Würde Gott ähnlich urteilen wie die Menschen, dann hätte wohl niemand auch nur ansatzweise die Chance auf einen Platz im Paradies.

Und trotzdem fühlte sie sich schuldig. Das war eine unumstößliche Tatsache.

Etwa vier Wochen nach dieser unschönen Begegnung im Konzertsaal, es ging auf Ende April zu, saß Hermine an ihrem Schreibtisch im Sprechzimmer. Die letzte Patientin war vor wenigen Minuten gegangen, Talea hatte gerade den Nachmittagstee zusammen mit ein paar *Piepkoken* serviert, und Hermine ging ihre Post durch. Ein Brief von Fräulein Lange war dabei. Sie schob den Stapel vor sich beiseite, Briefe, die vor allem Rechnungen enthielten und auch noch ein paar Minuten länger warten konnten, und öffnete den Brief ihrer alten Mentorin und Freundin. Es war ein längeres Schreiben, in dem sie über sich und ihre Freundin Gertrud Bäumer schrieb und ihr vom Tod von Fräulein Dr. Hacker berichtete. In dem Kuvert lag noch ein weiteres Schreiben. Es handelte sich um einen Brief der *Klinik weiblicher Ärzte* in Berlin, der namentlich an Hermine gerichtet war. Fräulein Dr. Hacker, die in Zürich approbiert worden war und ihre Ausbildung zur Spezialärztin ebenfalls dort absolviert hatte, war an dieser Klinik für Operationen zuständig gewesen. Ihr viel zu früher, unerwarteter Tod hatte eine große Lücke in die Belegschaft gerissen: Die Klinik weiblicher Ärzte hatte jetzt keine Operateurin mehr. Höflich fragten die Kolleginnen an, ob Hermine sich vorstellen könnte, in ihrer Klinik tätig zu werden. Unterschrieben hatten acht Ärztinnen.

Hermine faltete den Brief sorgfältig zusammen und lehnte ihn gegen die Lampe auf ihrem Schreibtisch.

Sollte sie diesem Ruf folgen? War das ein Fingerzeig, wie sie der Nähe zu Bonn und Menschen wie dieser »Spinatwachtel« entkommen konnte? In Berlin wusste niemand von Betty, niemand kannte Otto. Und wenn man sie auf der Straße oder in einem Konzertsaal zusammen sah, würde man sie für Verlobte oder gar Eheleute halten. Nicht für ein Paar, das sich unrechtmäßig traf, weil der Mann noch verheiratet war. Sollte sie also die Stelle in Berlin annehmen? Obwohl sie die Stadt wegen ihrer Größe, des Lärms und der vielen Menschen immer noch nicht mochte?

Hermine grübelte lange.

Als Otto das nächste Mal nach Köln kam, zeigte sie ihm den Brief und erzählte ihm von der frei gewordenen Stelle.

»Lass uns spazieren gehen«, sagte er. »An der frischen Luft und mit Bewegung lässt es sich besser nachdenken.«

Schweigend gingen sie die Straßen entlang zu einer Brücke, überquerten den Rhein und wanderten dann das Ufer entlang. Die Uferböschung war hier weniger gepflegt, die Bäume und Sträucher wuchsen bis zum Wegrand. Man stieß hier auch auf weniger Menschen, konnte dafür umso öfter Vögel beobachten – auf dem Wasser, aber auch in den Bäumen. Sowohl Otto als auch Hermine zogen diese Flussseite dem Trubel der Rheinpromenaden vor.

Sie waren fast eine Stunde unterwegs, als Otto schließlich nickte.

»Ich glaube, du solltest dem Ruf folgen. Es ist eine anspruchs- und verantwortungsvolle Aufgabe, die dich in jeder Hinsicht ausfüllen wird. Und in Berlin kennt uns niemand. Dort können wir ein Konzert besuchen, ohne dass wir beschimpft werden.«

»Würdest du denn mitkommen?«

Er lächelte.

»Nicht sofort. Aber ich komme nach. Spätestens, wenn die

Scheidung rechtskräftig ist. Bis dahin werde ich dich so oft wie möglich besuchen. Vielleicht wird es weniger häufig sein als jetzt, die Fahrt nach Berlin dauert natürlich länger als nach Köln. Aber es gibt ja noch das Telefon.«

»Willst du das wirklich auf dich nehmen?«

»Ja. Es sind ja nur noch knappe zwei Jahre bis zur Gerichtsverhandlung. So lange werde ich wohl die Zähne zusammenbeißen und etwas länger im Zug sitzen können.«

»Otto, ich weiß nicht, ob ich das von dir verlangen kann. Es ist doch sehr anstrengend und ...«

»Du verlangst es ja gar nicht von mir«, sagte Otto, und er lächelte. »Ich will es selbst. Denn wo du bist, will auch ich sein. So einfach ist das.«

Kapitel 7

Wieder in Berlin.

Als sie zwölf Jahre zuvor nach dem ersten Semester ihres Studiums und nach Jacobs Tod dieser Stadt den Rücken gekehrt hatte, hatte sie geglaubt, es wäre für immer. Bonn und Köln hatten ihr in ihrer Beschaulichkeit gefallen, und der Rhein war ein Gewässer, das der Nordsee zwar in keiner Weise gleichkam, aber ihr wenigstens annähernd das Gefühl gab, am Wasser zu wohnen. Sie hätte auch in Göttingen oder Freiburg leben können, die sie wegen ihrer malerischen Gässchen liebte. Oder natürlich im heimischen Emden, wo man selbst in den Straßen der Stadt noch die nahe See roch und die Möwen gegen den Wind schrien.

Aber nun war sie doch wieder in Berlin gelandet.

Kurz nach sieben Uhr am Morgen war Hermine auf ihrem Weg zur Poliklinik. Noch hatte das Gewühl, Gewimmel und Gelärme auf den Straßen nicht seinen Höhepunkt erreicht – das geschah erst ab neun und hielt bis weit in die Nacht hinein an, wenn sich zu den Schichtarbeitern noch die Besucher der Varietés, Theater und Konzerthäuser gesellten. Dennoch waren auch so früh schon die Straßenbahnen und Autobusse voll, sie brachten Arbeiter in die Fabriken. Fuhrwerke lieferten Obst, Gemüse und andere Waren an die Kaufleute, Zeitungsjungen riefen die Schlagzeilen der Morgenblätter aus. Doch noch fehlten die

Droschken, die vornehmen Herren und Damen auf den Gehwegen und vor allem die Automobile. Seit Hermine das letzte Mal in Berlin gewesen war, war deren Zahl deutlich angestiegen. Sie ratterten und knatterten den ganzen Tag und insbesondere abends durch die Straßen, hupten laut und verpesteten die Luft mit ihrem Gestank von verbranntem Benzin. Auf ihrem morgendlichen Weg verglich Hermine Berlin oft mit ihren früheren Wohnorten: Im Vergleich zu dieser Stadt waren Zürich und Köln beschaulich, Bonn und Halle verschlafen, Emden ein rückständiges Nest. Und Pewsum … vorsintflutlich, das Relikt aus einer längst vergangenen Zeit. Und doch war dieses ostfriesische Dorf – denn mehr war Pewsum in der Tat nicht, ein Dorf mit einer Kirche, einem Kaufmann, einem Arzt und ein paar Häusern – einst für sie der Nabel der Welt gewesen und Emden die große Stadt. Bei dem Gedanken musste sie schmunzeln.

Sie wich einem Bierkutscher aus, der ein Fass über den Bürgersteig in den Keller eines Lokals rollte, und nickte der Blumenfrau an der Straßenecke zu, die sie schon als Patientin in der Poliklinik behandelt hatte.

Es war kurz vor halb acht, als sie ihre neue Wirkungsstätte erreichte, die *Poliklinik weiblicher Ärzte für Frauen und Kinder.* Hinter diesem langen, unhandlichen Namen verbarg sich das Konzept einer Poliklinik, in der Ärztinnen die Betten mit den Patientinnen aus ihren Praxen belegen konnten, als wären sie Ärzte in einem Krankenhaus. Verschiedene Frauenvereine, die die Poliklinik unterstützten, sorgten mit ihren Spenden außerdem dafür, dass Frauen und Kinder gegen geringes Entgelt oder sogar kostenlos behandelt werden konnten. Frauen aus der untersten Schicht, mittellos und mit großen, hungrigen Familien. Wie jene Blumenfrau, die mit den Erlösen ihres kleinen Verkaufsstands eine achtköpfige Familie zu versorgen hatte, da der Mann kurz vor der Geburt des siebten Kindes spurlos verschwunden war. Die Klinik war natürlich auf Frauenkrankheiten, Geburtshilfe und Kinderheilkunde spezialisiert. Aber da alle dort tätigen Ärztinnen auch praktische Erfahrungen in anderen medizinischen Disziplinen hatten, behandelten sie in gewissem Umfang außerdem internistische, neurologische und dermatologische Erkrankungen, versorgten kleinere Wunden und schienten sogar unkomplizierte Knochenbrüche. Selbst größere chirurgische Eingriffe wurden hier durchgeführt. Für diese war Hermine zuständig – neben der Geburtshilfe und den Frauenkrankheiten. Wobei die Verantwortung doppelt wog. Ihre Arbeit entschied nicht nur über das Leben der Patientinnen, die sich ihr anvertrauten, sondern auch über alle Frauen, die nach ihr Ärztinnen werden wollten. Jeder Fehler, den sie machte, wurde in der Wahrnehmung der Öffentlichkeit nicht allein ihr angelastet, sondern allen Frauen, jeder Ärztin im gesamten Deutschen Kaiserreich. Dieser Verantwortung war sie sich durchaus bewusst. Entsprechend sorgfältig bereitete sie sich auf jede Operation vor. Und entsprechend schlecht schlief sie in den Nächten vor größeren Operationen, die über gynäkologische Routineeingriffe hinausgingen.

Dennoch gefiel Hermine die Arbeit in der Poliklinik, sie war abwechslungsreich und erfüllend. Vor allem war es eine erstaunliche und bereichernde Erfahrung, ausschließlich mit Frauen zusammenzuarbeiten. Es gab keinen männlichen Kollegen an der Klinik, nicht einmal einen Krankenpfleger. Natürlich änderte sich dadurch nichts am Standard der medizinischen Versorgung. Die war weder besser noch schlechter als an anderen Kliniken und Krankenhäusern irgendwo in Deutschland. Die finanzielle Lage war vielleicht etwas weniger gesichert als anderswo, da die meisten Patientinnen aus armen Verhältnissen stammten und nur wenig oder sogar gar nichts zahlen konnten. Demgegenüber standen neben den gut situierten Patientinnen, die sich lieber einer Frau als einem Mann anvertrauten und volles Honorar zahlten, auch etliche wohlhabende Gönnerinnen und Frauenvereine, die sie großzügig unterstützten. Das Frauennetzwerk hielt, und die Klinik war trotz aller notwendigen Sparsamkeit bei Material und Nebenkosten nicht einen Tag von der Schließung bedroht. Die Arbeitsatmosphäre unterschied sich allerdings grundlegend von anderen Krankenhäusern. Weil sie alle an einem gemeinsamen Ziel arbeiteten und alle ähnliche Erfahrungen hinter sich hatten – Kämpfe um das Abitur, das Studium, die Begegnung mit Spott und Geringschätzung, Ablehnung, Misstrauen und sogar Hass – gab es unter ihnen nicht das Kompetenzgerangel, das sonst unter den Assistenzärzten herrschte. Und die süffisanten Sticheleien zwischen Ärzten unterschiedlicher Fachrichtungen fehlten hier ganz. Die Internistin beriet sich auf Augenhöhe mit der Kinderärztin und der Gynäkologin – zum Wohle der Patientinnen. Doch Hermine gab sich keiner Illusion hin: Wenn es eines Tages nicht mehr exotisch sein würde, von einer Ärztin behandelt zu werden, wenn Frauen sich ihren festen Platz an den Universitäten und in der Wissenschaft erobert hatten und die ausgestandenen Kämpfe allmählich in Vergessenheit gerieten, würden auch unter ihnen das Konkurrenzdenken und der Neid einsetzen. Denn darin unterschieden sich Frauen ebenso wenig von Männern wie in ihrer geistigen Leistungsfähigkeit. Sie hatten die gleichen Ellenbogen, die gleichen spitzen Zungen. Und Intrigen spinnen konnten sie mindestens ebenso gut wie ihre männlichen Kollegen, vielleicht sogar besser.

Das Gebäude, in dem die *Poliklinik weiblicher Ärzte* untergebracht war, war vor noch gar nicht so langer Zeit ein ganz normales Wohnhaus gewesen. Die beiden Pionierinnen des Frauenstudiums, Frau Doktor Tiburtius und Frau Doktor Lehmus, hatten es über Jahre hinweg umbauen lassen, und mittlerweile unterschied es sich kaum von anderen Kliniken.

Als Hermine die schwere Eingangstür öffnete, empfing sie der Geruch von Kernseife und Karbollösung. Eine Schwester mit einem Korb voll Schmutzwäsche querte den Flur und öffnete die Tür zum Hinterhof, wo sich die Wäscherei und die Küche befanden. Auch dort arbeiteten ausschließlich Frauen. Sehr oft waren es ehemalige Patientinnen, die ihre damalige Behandlung nicht hatten bezahlen können, jetzt aber über die Poliklinik ein regelmäßiges Einkommen hatten. Besonders stolz waren alle hier auf Emma, die Tochter einer der Waschfrauen, die dank einiger Spenden ihr Abitur gemacht hatte und tatsächlich im Sommer mit ihrem Studium in Berlin beginnen würde.

Hermine ging in das Arztzimmer, zog sich den weißen Kittel über, steckte sich Stethoskop und Notizblock in die Tasche und ging dann zu dem Zimmer, in dem sie sich alle zur Frühbesprechung trafen: acht Ärztinnen unterschiedlicher Fachrichtungen. An diesem Morgen war Hermine die Erste, die anderen trafen innerhalb von fünf Minuten ebenfalls ein.

Als Letzte kam die Diensthabende, Hildegard Jessen, die wie die meisten von ihnen in Zürich studiert und promoviert hatte.

»Guten Morgen!«, sagte sie und gähnte herzhaft.

»Wie war die Nacht?«

Hildegard klappte ihren Notizblock auf.

»Im Großen und Ganzen ruhig. Ein Neuzugang, eine Fünfzigjährige mit heftigen Unterbauchschmerzen, die sich aber nach Anamnese und Untersuchung als Blähungen bei Verstopfung entpuppten. Sie bekommt gerade einen Einlauf. Den beiden Wöchnerinnen geht es gut, sie haben offenbar geschlafen, jedenfalls hat mir die Nachtschwester nichts gemeldet. Bei den beiden Kindern mit Fieber gibt es leider noch keine Entwarnung. Sie sind weiterhin isoliert, aber wenigstens ist das Fieber nicht weiter angestiegen. Das Wartezimmer 1 füllt sich bereits mit Kindern, in Wartezimmer 2 haben wir eine Schwangere und eine Dame, die zur Kontrolle nach Wundnaht kommt.« Sie hob den Kopf. »Es ist die Frau des Schlachters, die sich …«

»Danke, wir erinnern uns daran.«

Hildegard lächelte.

»Nun gut, wenn ihr alle Bescheid wisst …« Sie blätterte weiter auf ihrem Block. »Wie schon gesagt, die Nacht war so ruhig, dass ich Zeit hatte, unsere Bestände durchzugehen. Wir brauchen Mullbinden, Karbollösung, Salycin und Morphium. Ich habe alles aufgeschrieben. Den Bestand im OP müsstest du kontrollieren, Hermine.«

»Mache ich.«

»Schaffst du das bis heute Nachmittag? Dann kann Klara die Bestellung noch heute an unseren Apotheker weiterreichen.«

»Das werde ich sicher einrichten können.«

»Dann werde ich jetzt …« Hildegard brach ab und hob lauschend den Kopf. Sie alle lauschten. Draußen meldete sich die Glocke eines Krankenwagens. Sie wurde immer lauter, näherte sich … »Ich glaube, wir bekommen einen Neuzugang.«

Es war eine bleiche, schmerzgeplagte Frau, die von den Fahrern des Krankenwagens ins Gebäude getragen wurde. Hermine nahm die Patientin in Empfang.

»Was ist geschehen?«

Einer der beiden Fahrer kratzte sich am Kopf.

»Keine Ahnung, Fräulein Doktor. Sie war zu Hause, als wir sie abholten. Sie lag in ihrem Bett, die Laken waren blutig.«

»Eine Fehlgeburt? Kennen Sie ihren Namen?«

Der Fahrer zuckte mit den Schultern.

»Danke. Wir übernehmen.« Hermine nickte einer Schwester zu. Die wenigsten Patientinnen konnten es sich leisten, die Fahrt mit einem der modernen Krankenwagen in Anspruch zu nehmen. Wenn die Schwere des Falles das notwendig machte, sprang die Poliklinik ein und übernahm die Kosten. Auch das hatte sich schnell herumgesprochen. Zum Glück, denn so kamen viele Patientinnen wenigstens noch rechtzeitig in die Klinik. Die Schwester eilte ins Büro, um Geld zu holen. »Lassen Sie uns bitte noch die Adresse der Frau hier.«

Hermine beugte sich über die Patientin, tastete ihren Puls.

»Ich bin Doktor Edenhuizen«, sagte sie laut. »Können Sie mich hören?«

Die Lider der Frau flatterten, schließlich öffnete sie die Augen.

»Wie heißen Sie?«

»Paula. Paula Jahnke.«

»Was ist passiert, Frau Jahnke?«

Die Frau antwortete nicht, bewegte nur langsam den Kopf von einer Seite zur anderen.

»Frau Jahnke, sind Sie schwanger?«

Jetzt öffnete die Frau ihre Augen und schaute Hermine an.

»Nicht mehr«, flüsterte sie, und eine Träne lief ihr über die Wange.

Mehr musste Hermine nicht wissen.

»Ist der OP fertig?« Die Schwester nickte. »Gut. Frau Jahnke, wir bringen Sie jetzt in unseren Operationssaal. Ich werde Sie dort untersuchen. Sie werden keine Schmerzen haben, da Sie eine Narkose bekommen. Und wenn es nötig ist, werde ich Sie auch gleich operieren. Sie haben schon sehr viel Blut verloren. Wir können nicht riskieren, dass es mehr wird. Schwester Henrike wird Ihnen jetzt noch ein paar Fragen stellen, die Sie bitte alle sehr genau beantworten. Sie müssen keine Angst haben, wir behandeln Ihre Angaben vertraulich, nichts, was hier gesprochen wird, verlässt diese Klinik. Ja?« Die Frau nickte schwach. »Ich sehe Sie dann gleich im OP.«

Gegen Mittag stand Hermine im OP und schrieb auf, was im Materialschrank zur Neige ging. Es lenkte sie ab. Wenn sie Naht- und Verbandsmaterial, Ätherflaschen und Desinfektionsmittel zählte, musste sie nicht an Frau Jahnke denken. Wenigstens nicht die ganze Zeit. Doch irgendwann waren alle Bestände gesichtet, die Liste geschrieben. Und dann kamen sie zurück, die Bilder, die Worte, die Erinnerungen, die sich mit ihren Erinnerungen aus Bonn vermischten, mit dem Schicksal von Veronika und einer ganzen Reihe weiterer Frauen. Auch wenn die Operation bei Frau Jahnke einfacher gewesen war und sie wohl überleben würde – vorausgesetzt, sie hielt sich an alle Anweisungen und blieb tatsächlich noch ein paar Tage in der Klinik, um einer Infektion vorzubeugen. Die Geschichten aber ähnelten sich auf schmerzhafte Art.

Es klopfte an der Tür.

»Ja?«

Klara Ehrenstein stand auf der Schwelle. Sie war eine der Kinderärztinnen ihres Kollegiums und kümmerte sich darüber hinaus um die Bestellungen.

»Hast du schon die Liste für mich?«

»Ja, sie ist gerade fertig geworden.« Hermine reichte ihr den Bogen.

»Alles in Ordnung mit dir? War die Operation so kompliziert?«

Hermine seufzte.

»Nein. Eigentlich nicht. Eine komplikationslose Ausschabung, nichts weiter. Aber die Hintergründe …«

»Sie war bei einem Kurpfuscher?«

»Nein. In diesem Fall hat sie es selbst getan. Sie hat bereits vier Kinder, der Mann hat vor einem Monat seine Arbeit in der Fabrik verloren. Natürlich hat er keinen Beruf gelernt und somit Schwierigkeiten, eine neue Arbeit zu finden. Sie arbeitet als Aufwartefrau bei zwei älteren Damen, damit hält sich die Familie über Wasser. Als sie nun gemerkt hat, dass sie wieder schwanger ist, ist ihr Mann wütend geworden. Ich habe die blauen Flecke noch gesehen, Klara.« Hermine schüttelte sich. »Er hat ihr gedroht. Er hat gedroht, sie zu verlassen oder sie so lange zu schlagen, bis ›das Balg weg ist‹, wenn sie nicht selbst etwas unternimmt. Sie hatte Angst. Und nun plagt sie das Gewissen.«

Klara nickte langsam.

»Du weißt, dass wir eigentlich …«

»Nein. Kommt gar nicht infrage. Die Frau ist schon genug gestraft. Sie wollte das Kind nämlich eigentlich behalten. Not und der Ehemann haben sie gezwungen, und da soll ich hingehen, sie der Polizei melden und dafür sorgen, dass sie ins Gefängnis kommt? Während ihr sauberer Ehemann nicht einmal Strafe zahlen muss?« Sie schüttelte heftig den Kopf. »Nein, Klara. Das mache ich nicht. Was mich angeht, hat sie eine Fehlgeburt erlitten, mehr nicht. So steht es auf ihrer Patientenkarte.«

»Schon gut, Hermine, wir sind hier alle auf der gleichen Seite.«

»Zum Glück.« Hermine lächelte gequält. »Aber das reicht noch nicht. Man sollte etwas tun. *Wir* sollten etwas tun, Klara. Wir sollten diese Frauen schützen und gegen diesen unseligen Paragrafen vorgehen. Gegen diese Ungerechtigkeit.«

Die Nachmittage verbrachte Hermine in ihrer eigenen Praxis. Seit einigen Wochen hielt sie jeden Tag zwischen drei und fünf eine Privatsprechstunde in den beiden Räumen ab, die sie ihrer kleinen Mietwohnung abgetrotzt hatte. In den ersten Tagen hatte sie nur zwei oder drei Patientinnen täglich behandelt. Doch das »Fräulein Doktor, das so gut arbeitet wie ein Arzt, aber viel besser zuhören kann« sprach sich schnell herum. Und so füllte sich die Sprechstunde mittlerweile, sodass die zwei Stunden nicht mehr ausreichten. Das machte ihr nichts aus. Je mehr sie arbeitete, umso weniger Zeit hatte sie, an Otto zu denken, ihn zu vermissen und sich ihren Gewissensbissen hinzugeben.

An diesem Tag war Hermine recht früh fertig. Es war nicht einmal acht, als die letzte Patientin gegangen war, sie alle Patientenkarten geschrieben und aufgeräumt hatte. Die Frau, die Praxis und Wohnung sauber hielt, kam jeden Morgen um acht Uhr, wenn Hermine bereits auf dem Weg in die Poliklinik war.

Hermine ging in die Küche und machte sich etwas zu essen. Sie hatte nur wenig Appetit. Lustlos kaute sie auf ihrem Brot herum, ganz allein an ihrem Küchentisch. Die Wohnung, die sie gefunden hatte, war deutlich kleiner als jene in Köln. Sie hatte zwei Zimmer weniger, und so hatte sie Talea schweren Herzens kündigen müssen. Viele Möbelstücke hatten keinen Platz gefunden und mussten eingelagert werden. Mal wieder. Manchmal kam es ihr vor, als wäre die Hälfte ihres Besitzes nur für die Kellerräume netter Menschen bestimmt, die sie gegen ein Handgeld aufbewahrten. Und so waren auch das Büfett ihrer Großmutter, der große Esstisch und die dazu passenden Stühle sorgfältig in Tücher eingeschlagen und mit Holzwolle geschützt in Kisten verpackt worden und warteten im Keller eines Weinhändlers darauf, wieder aus dem Schlaf geweckt zu werden. Später. In etwas weniger als zwei Jahren vielleicht. Wenn Ottos Scheidung hoffentlich ohne große Scherereien rechtskräftig war und er endlich nach Berlin umsiedeln konnte. In den vier Monaten, die sie mittlerweile in Berlin lebte, hatten sie sich nur selten gesehen. Vielleicht einmal im Monat für ein Wochenende. Dafür telefonierten sie regelmäßig alle zwei Tage. Das war der einzige Luxus, den Hermine sich für ihre Wohnung und die Praxis gegönnt hatte: einen Telefonanschluss. Damit die Patientinnen sie erreichen konnten. Und damit sie wenigstens alle zwei Tage mit Otto sprechen konnte. Oder mit Bernhard, der immer noch in Hamburg in der chirurgischen Abteilung arbeitete, mit Helene, die für ihr letztes

Studienjahr nach Freiburg gegangen war. Und – wenn auch sehr selten – mit Gesine in Celle.

Hermine stand auf und wusch ihren kaum benutzten Teller ab. Heute Abend war es wieder so weit, heute war Telefontag. Sie schaute auf die Uhr. Kurz vor halb neun, in zwei Minuten konnte sie Otto anrufen. Dann war auch er mit seiner Patientenkartei fertig.

Sie schaute zu, wie sich der Minutenzeiger langsam der Sechs näherte und sie endlich erreichte. Dann erst nahm sie den Hörer ab und gab dem Fräulein von der Vermittlung Ottos Telefonnummer in Bonn durch. Es dauerte, bis die Verbindung stand. Und dann hörte sie endlich seine vertraute und geliebte Stimme.

Nachdem sie sich gegenseitig von ihrem Tag erzählt hatten, berichtete Hermine vom Fall der Frau Jahnke und von ihrem Wunsch, tätig zu werden.

»Und was ist dein Ziel?«

»Es ist ungerecht, dass die Frauen doppelt leiden – sie müssen mit den Konsequenzen von Pfusch und Unwissenheit leben, bezahlen das oft mit dem Leben. Und darüber hinaus werden sie vom Gesetz bestraft, während es oft die Männer sind, die sie zu diesem Schritt zwingen.«

»Willst du, dass auch die Männer bestraft werden?«

»Nein. Niemand soll bestraft werden. Die Strafe sollte am besten vollständig aufgehoben werden. Damit die Frauen nicht mehr Zuflucht bei dubiosen Heilerinnen oder gescheiterten Ärzten suchen müssen, die in irgendwelchen Kellerlöchern und Hinterhofkammern herumpfuschen. Oder es sogar selbst tun mit ganz furchtbaren Mitteln – Seifenlösungen, Strick- oder Hutnadeln, du glaubst nicht, was ich schon alles gesehen habe. Wenn die Frauen und die ordentlichen Frauenärzte keine Angst mehr vor dem Gefängnis haben müssen, könnten sich die Frauen ganz einfach an ihre Ärzte wenden.«

»Und das würdest du tun? Schwangerschaften beenden?«

»Ich weiß es nicht, Otto. Es wären sicher nicht die Eingriffe, um die ich mich reiße und die ich jeden Tag machen möchte. Aber im Gegensatz zu diesen Kurpfuscherinnen, die normalerweise Hosen bügeln oder Wäsche nähen, oder den Ärzten, die ihre Approbation wegen Alkohol oder schwerwiegender Fehler verloren haben, wüsste ich wenigstens, was ich tue und wie ich es tun muss, um der betroffenen Frau und ihrer Familie größeres Leid und eventuell sogar den Tod zu ersparen.«

Am anderen Ende war es einen Moment still. Hermine glaubte schon, dass die Leitung mal wieder unterbrochen war. Das kam gelegentlich vor. Doch dann sprach Otto wieder.

»Darüber habe ich noch nie nachgedacht. Aber das Argument kann ich verstehen und nachvollziehen. Hast du denn eine Lösung für dieses Problem?«

»Nein. Eine Lösung habe ich nicht. Noch nicht. Ich denke darüber nach. Und ich weiß, dass ich damit nicht die Einzige bin.«

Kapitel 8

Dass es Gesine schon lange schlecht ging, hatten sie alle gewusst. Bei den wenigen Gelegenheiten, zu denen Hermine ihre Geschwister traf – hauptsächlich Ostern und Weihnachten – hatten sie das rote Gesicht ihrer Schwester gesehen, ihre angeschwollenen Beine. Es fiel ihr offensichtlich schwer, sich vorwärtszubewegen, und so war es selbstverständlich, dass sich nicht ausgerechnet Gesine in einen Zug setzen und irgendwohin reisen musste. Bluthochdruck, Lymphstauungen, sie wussten, was das bedeutete. Schließlich waren sie mit Ausnahme von Cornelia alle Ärzte oder wenigstens auf dem Weg dorthin.

Wie schlecht es Gesine aber wirklich gegangen war, begriff Hermine erst, als der Anruf kam.

Es war ein Dienstagnachmittag, Hermine hatte gerade ihre zweite Patientin aus der Sprechstunde verabschiedet, als das Telefon läutete.

»Hier Doktor Edenhuizen.«

»Ein Gespräch für Sie aus Celle. Wollen Sie es annehmen?«

Celle?

»Ja natürlich.«

Es knackte und rauschte in der Leitung.

»Gesine?«

»Nein, Fräulein Doktor, hier ist nicht Ihre Schwester.« Die Frau am anderen Ende der Leitung schrie beinahe in den Hörer, ein sicheres Zeichen, dass sie nicht geübt im Telefonieren war. »Hier spricht Schwester Dorothea.«

Das vage Bild einer kleinen rundlichen Diakonissin mit weißem Haarknoten tauchte vor Hermines innerem Auge auf. Schwester Dorothea war die Vorsteherin der Krankenschwestern in der Klinik, in der Gesine seit dem Ende ihrer Ausbildung arbeitete. Aber warum rief Schwester Dorothea sie an? Hermines Herzschlag beschleunigte sich.

»Schwester Dorothea, ist etwas mit meiner Schwester? Ist sie erkrankt?«

»Liebe Frau Edenhuizen, es tut mir sehr leid. Ihre Schwester ist heute unerwartet von uns gegangen.«

»Wie bitte?«

»Ihre Schwester Gesine ist verstorben.«

Hermine blinzelte. Der aufgeschlagene Kalender auf dem Pult neben dem Telefon zeigte Dienstag, den 20. September 1910. Das konnte doch nicht sein. Gesine war im Mai erst zweiundvierzig geworden. Sie war gerade mal vier Jahre älter als Hermine. Sie konnte nicht einfach so sterben. Das war unmöglich!

»Sie müssen sich irren, Schwester Dorothea.«

»Leider nein, Fräulein Doktor.«

Hermine hielt sich am Pult fest und holte tief Luft.

»Was ist passiert?«

»Schwester Gesine ist heute früh nicht zum Dienst erschienen – ganz gegen ihre Gewohnheiten und Prinzipien. Deshalb bin ich selbst zu ihrem Zimmer gegangen, anstatt eine der Lernschwestern zu schicken. Ich habe geahnt, dass etwas passiert sein musste. Und da habe ich sie gefunden. Halb angekleidet lag sie vor ihrem Bett. Sie muss wie gewohnt aufgewacht und aufgestanden sein. Und während sie sich angezogen hat, ist es wohl passiert.« Schwester Dorothea machte eine Pause, und ihrer Stimme war anzuhören, dass es ihr schwerfiel, weiterzusprechen. Für diese Ergriffenheit dankte Hermine ihr im Stillen. »Die Ärzte vermuten, dass es ein schwerer Schlaganfall war. Sie hat noch geatmet, war aber kaum ansprechbar. Wir haben sie gleich auf die Station gebracht, aber der Arzt meinte, dass er nicht viel für sie tun könne. Und dann ist sie vor einer Stunde entschlafen.« Hermine hörte das Schnäuzen. »Entschuldigen Sie, eigentlich sollte ich Sie jetzt trösten. Aber Schwester Gesine war eine Stütze unserer Klinik. Fleißig, zuverlässig, keine Arbeit hat sie jemals gescheut. Und die Lernschwestern mochten sie. Sie haben sie respektiert, mehr noch, sie war ihnen ein Vorbild. Und nun …« Die Schwester räusperte sich. »Mein aufrichtiges Beileid, Fräulein Doktor.«

»Danke. Ich …«

»Werden Sie Ihre Schwester hier bei uns in Celle beisetzen wollen?«

»Nein. Ich meine … Ich muss erst mit meinen Geschwistern sprechen. Wir haben in Pewsum in Ostfriesland eine Familiengruft, dort sind alle Familienmitglieder beigesetzt.« Vater, Mutter, Jacob, Ubbo, jetzt Gesine … Die Gruft füllte sich, und der Kreis der Lebenden wurde immer kleiner. Hermine wischte sich eine Träne von der Wange. »Ich rufe Sie morgen wieder an, wenn ich mit meinen Geschwistern gesprochen habe.«

»Gut, Fräulein Edenhuizen«, sagte Schwester Dorothea. »Ich warte auf Ihren Anruf. Und nochmals mein aufrichtiges Beileid zu Ihrem Verlust.«

Hermine legte auf.

Danach rief sie das Telegrafenamt an, gab Telegramme nach Freiburg und nach Hamburg auf und telefonierte mit der Gärtnerei in Potsdam, in der Cornelia arbeitete. Zum Glück erwartete sie an diesem Nachmittag nur noch zwei Patientinnen. Als sie hinter der letzten abschloss, lehnte sie die Stirn gegen die Haustür und gestattete sich endlich zu weinen.

Genau eine Woche später standen sie auf dem Friedhof in Pewsum. Es war ein Tag, wie ihn Gesine geliebt hätte: Die Luft war klar, frisch und feucht wie frisch gewaschene Wäsche. Goldenes Licht fiel durch die Kronen der Bäume, und gelegentlich segelte schon das erste Blatt zu Boden.

Cornelia, Helene, Bernhard und Hermine standen dicht aneinandergedrängt zwischen den Grabsteinen und sahen zu, wie der schmale schlichte Sarg mit Gesines sterblichen Überresten in die Familiengruft hinabgelassen wurde. Außer ihnen war nur noch der Pastor anwesend, ein junger Mann, der den mittlerweile verstorbenen Pastor Beeck schon vor einigen Jahren abgelöst hatte. Und der Verwalter, der alte Hinnerk Ohlsen, war inzwischen wirklich alt geworden. Ein klappriges, gebeugtes Männchen mit runzligem Gesicht, sein feines weißes Haar tanzte in der herbstlichen Brise wie Spinnweben.

Die Zeremonie war schlicht und kurz. Auch das hätte Gesine gefallen. Sie hatte nicht gerne geredet, und schon gar nicht über sich selbst. »Reden hält mich nur von der Arbeit ab«, hatte sie oft gesagt. Tätig sein lag ihr mehr. Und nun?

Nun bist du zur Untätigkeit verdammt, dachte Hermine und seufzte schwer.

Der Pastor sprach sein Schlussgebet, und sie warfen Erde auf den Sarg. Drei Schaufeln voll. So, wie es Brauch war.

»Wer weiß«, sagte Bernhard leise, als er seine Pflicht erfüllt hatte und sich neben Hermine stellte. »Im Himmel gibt es bestimmt auch etwas zu putzen und genug Wäsche, die gewaschen werden muss!«

Hermine sah ihn an. Eine Träne lief an seiner Wange hinunter, doch er lächelte. Und dabei hatte er große Ähnlichkeit mit ihrem Vater.

Sie fasste seinen Arm und drückte ihn, dankbar, dass sie ihn hatte. Und Cornelia und Helene. Sie war nicht allein.

Kapitel 9

Ein Jahr später, im Mai 1911, war die Zahl der Ärztinnen in Berlin dermaßen angewachsen, dass die *Poliklinik weiblicher Ärzte* nicht mehr genug Betten zur Verfügung hatte, um alle Ärztinnen zu versorgen. Und da Hermine es gewohnt war, nicht lange auf eine Lösung zu warten, sondern selbst aktiv zu werden, mietete sie sich eine schöne helle Wohnung in einem Hinterhaus in der Nähe des Alexanderplatzes und gründete dort eine eigene *Poliklinik für Frauenerkrankungen und Geburtshilfe*. Dazu fand sie noch Belegbetten im nahen Stadtparksanatorium, wo sie ihre Patientinnen auch operieren konnte. Für die Poliklinik engagierte sie eine tüchtige und freundliche Frau, mit der sie so gut zusammenarbeitete, dass sie sich gelegentlich in ihre Zeit in Köln zurückversetzt fühlte, als Talea sich um die Anrufe und die wartenden Patientinnen gekümmert hatte. Und das Operieren im Stadtparksanatorium erinnerte sie an ihre Tätigkeit in Bonn. Die männlichen Kollegen waren bis auf wenige Ausnahmen kollegial, freundlich und respektvoll. Offenbar hatte man sich mittlerweile auch in Berlin an den Anblick von Ärztinnen gewöhnt.

Hermines Poliklinik füllte sich schnell, der Bedarf war groß. Waren es in der ersten Woche noch fünf Patientinnen an jedem Vormittag, so kamen in der zweiten Woche schon zehn, in der dritten zwanzig und danach vierzig und mehr. Die meist mittellosen Frauen wurden von Hermine kostenlos behandelt. Lediglich ein kleines Entgelt für die Unkosten, das ihrer Sprechstundendame zugutekam, sowie das Geld für die Unterbringung im Stadtparksanatorium mussten die Patientinnen zusammenbringen. Und wo selbst das schwierig wurde, sprangen wieder Frauenvereine ein und Gönnerinnen, meist ehemalige Patientinnen, die Hermine über die Zahlung des angemessenen Honorars hinaus dankbar für die erfolgreiche Behandlung waren. Vormittags Poliklinik und Operationen, nachmittags Privatsprechstunde in ihrer Wohnung, zwischendurch und vor allem nachts Hausbesuche bei Schwangeren und Gebärenden – dieser Rhythmus bestimmte Hermines Leben. Zum Glück hatte sie schon während des Gymnasialkurses bei Fräulein Lange gelernt, mit wenig Schlaf auszukommen, sodass ihr das enorme Arbeitspensum nicht so viel ausmachte. Wenn sie aber mit Otto telefonierte oder er sie an einem Wochenende im Monat in Berlin besuchte, war er immer sehr besorgt um ihre Gesundheit. Hermine amüsierte sich über diese Fürsorge, die sie völlig unnötig fand.

Was ihr wirklich zu schaffen machte, war das Misstrauen, dass ihr als Ärztin immer wieder entgegenschlug. Nicht von den Patientinnen, die kamen meistens auf Empfehlung einer Freundin oder einer Verwandten. Aber insbesondere die Angehörigen junger schwangerer Frauen waren sehr argwöhnisch. Oft hatte Hermine eine Mutter oder sogar einen Ehemann in ihrem Wartezimmer sitzen, die sich einfach nur das »Fräulein Doktor« anschauen und auf ihre Tauglichkeit prüfen wollten. In der Regel schaffte sie es, die Menschen zu überzeugen, indem sie sich die Zeit nahm, alle Fragen geduldig zu beantworten. Doch in einigen, zum Glück eher seltenen Fällen blieben die Bedenken gegen eine Ärztin so groß, dass es ihr nicht gelang, sie zu entkräften, und sie die eigentliche Patientin nicht mehr wiedersah. Anfangs ärgerte sich Hermine über diese Engstirnigkeit und die

Vorurteile. Dann aber tröstete sie sich damit, dass manche Menschen eben wie Schnecken waren – für die Gewöhnung an neue Gedanken und Überzeugungen brauchten sie sehr viel länger als andere.

Hermines *Poliklinik für Frauen* war ein gutes Jahr alt, als sie es mal wieder mit der skeptischen Familie einer Patientin zu tun bekam. Es war eine Privatpatientin, die sie nach einer komplizierten Zangengeburt zu Hause weiterbetreute. Wie sie es bei Professor Krönig in Freiburg gelernt hatte, wollte sie die Patientin gleich am folgenden Tag aufstehen lassen, um eine mögliche Thrombose zu verhindern, und stieß auf derart massiven Widerstand der ganzen Familie – vom Ehemann bis hin zu Mutter, Schwestern und Schwägerinnen der jungen Frau – dass nichts zu machen war. Sie konnte mit den Leuten nicht reden, niemand wollte ihr zuhören, ihre Erfahrungen aus Freiburg zählten offenbar nicht. An diesem Abend ging sie wütend und frustriert zugleich nach Hause. Und als Otto sie etwas später anrief, klagte sie ihm ihr Leid.

»Weißt du, ich kann ja eine gewisse Skepsis verstehen, wenn sich bestimmte Verhaltensweisen eingebürgert haben. Aber wieso wollen sie mir nicht einmal zuhören? Dabei bin ich fest davon überzeugt, dass die ganze Familie deutlich weniger Vorbehalte hätte, wenn ich ein Mann wäre.«

»Glaubst du wirklich?« Otto lachte leise. »Es gibt Menschen, denen einfach alles Neue suspekt ist, gleichgültig, ob es ihnen von einem Mann oder einer Frau nahegebracht wird.«

»Ist dir so etwas denn auch schon passiert in deiner Praxis?«

»Natürlich. Manche Patienten weigern sich standhaft, ein neues Schmerzmittel einzunehmen, egal, welche Vorzüge es bietet. Versuche einfach, so etwas nicht persönlich zu nehmen, sondern werte es als strukturelle Verbohrtheit. Ich hoffe ja, dass ich dir eine deutlich bessere Stütze in solchen Angelegenheiten sein kann, sobald ich in Berlin bin.«

Hermine horchte auf.

»Sobald du in Berlin bist? Das heißt…«

»Ja. Heute kam der Brief von meinem Anwalt. Die Verhandlung ist am 27. August.«

»Im August? Das sind ja keine drei Monate mehr!« Hermine musste lachen und gleichzeitig rollte eine Träne über ihre Wange. »Und das sagst du erst jetzt?«

»Na ja, ich wollte dich überraschen.«

Sie schloss die Augen. Es war erstaunlich, wie gut sie mittlerweile seinen Gesichtsausdruck anhand seiner Stimme erahnen konnte. Jetzt lächelte er, auf seine typische feine Art. Das war so gewiss, als würde er direkt vor ihr stehen.

»Das ist wunderbar!«

»Ja. Und dann komme ich endlich zu dir nach Berlin.«

Und wir werden uns regelmäßig sehen. Jeden Tag, wenn wir wollen.

An ein Zusammenleben wollte sie noch nicht denken. Sie hatten noch nicht darüber gesprochen, vielleicht aus Vorsicht, vielleicht auch aus Aberglauben, und sie wollte nichts überstürzen. Es konnte doch sein, dass Otto nach der Scheidung erst einmal Abstand von der Ehe brauchte? Er sprach nur selten am Telefon darüber. Aber wenn sie sich trafen, erzählte er ihr gelegentlich, wie schwer es für ihn in Bonn war. Die Verwandten von Betty mieden ihn, Freunde und Bekannte hatten sich von ihm abgewandt und Friedrich, seinen geliebten Sohn, bekam er nur noch selten zu Gesicht. Betty schirmte den Jungen von seinem Vater ab, und wie sehr Otto darunter litt, wusste außer ihm selbst wahrscheinlich nur Hermine.

»Eines gibt es aber noch.«

»Ja?« Waren etwa Schwierigkeiten aufgetaucht? Hindernisse,

die eine rechtskräftige Scheidung verhindern konnten? Unwillkürlich hielt Hermine den Atem an.

»Betty möchte dich gern besuchen und mit dir sprechen, bevor wir vor Gericht gehen. Sie hat mich gebeten, dich zu fragen, ob du damit einverstanden bist.«

Einen Augenblick wusste Hermine nicht, ob sie erleichtert oder besorgt sein sollte. Was konnte Betty von ihr wollen? War zwischen ihnen nicht bereits alles gesagt und entschieden? Andererseits war sie noch immer Ottos Ehefrau, sie hatte lange Zeit an der Seite dieses Mannes gelebt. Es war ihr gutes Recht, mit ihr zu sprechen.

»Natürlich«, sagte sie schließlich. »Du kannst ihr gern meine Telefonnummer geben.«

Kapitel 10

Tatsächlich rief Betty noch am selben Abend an und bat um ein Treffen. Und das fand schon einen Sonntag später statt.

Hermine hatte die Visite ihrer Patientinnen im Stadtparksanatorium gleich morgens um acht Uhr erledigt. Allen operierten Damen ging es gut, keine klagte über Beschwerden. Das gab ihr genug Gelegenheit, den Rest des Vormittags nervös zu sein, obwohl Betty sich erst für den Nachmittag angekündigt hatte – zum Tee. Hermine hatte in einer Konditorei Kuchen gekauft und den Tisch hübsch gedeckt. Mit dem guten Teeservice ihrer Mutter und einer schönen Vase mit einem kleinen Strauß Ranunkeln, die Cornelia ihr aus der Gärtnerei besorgt hatte. Dabei würde es heute keinesfalls das Treffen zweier Freundinnen werden. Auch nach all den Jahren schlug ihr Gewissen.

Pünktlich um vier Uhr klingelte es an der Tür.

»Guten Tag, Hermine.«

Betty stand vor ihr in einem hellblauen Kleid und cremefarbenem Hut, beides passte gut zu ihrem braunen Haar. Ihr Gesicht war allerdings schmäler geworden, als sie es in Erinnerung hatte, vielleicht auch etwas blasser. Die Leichtigkeit und Lebendigkeit, die Hermine so an ihr bewundert hatte, war kaum noch spürbar. Stattdessen wirkte sie melancholisch, unsicher und verbittert.

»Komm herein, Betty. Darf ich dir den Hut abnehmen? Ein Mädchen habe ich zur Zeit nicht. Die Wohnung ist zu klein.«

Sie führte Betty in den Raum, der ihr als Wohn-, Arbeits-, und Esszimmer diente.

»Darf ich dir Tee einschenken?«

»Nein danke. Ich möchte keine Umstände machen und will auch nicht lange bleiben.«

»Aber setzen wirst du dich doch? Wir wollen doch bestimmt nicht im Stehen miteinander reden.«

»Nun ...« Betty spitzte den Mund, und ihre Augen verengten sich auf eine Art, wie es Hermine an ihr noch nie gesehen hatte. Dieser neue Gesichtsausdruck gefiel ihr nicht. Er wirkte berechnend, beinahe boshaft. »Ein Momentchen werde ich mich wohl setzen können.«

Ich darf mich nicht beschweren – dies ist schließlich mein Werk, dachte Hermine. Wenn ich mich nicht in Otto verliebt hätte, würde Betty jetzt nicht so verbiestert vor mir sitzen.

Hermine setzte sich ebenfalls, und beide Frauen schwiegen. Es war schwierig. Wo sollten sie beginnen? Schließlich fasste Hermine sich ein Herz. Wenn sie sich jetzt nicht ihre Gedanken von der Seele redete, dann wohl nie.

»Betty, ich möchte dir noch einmal versichern, dass es mir wirklich leidtut, wie alles gekommen ist. Ich weiß, ich habe es schon ein paarmal gesagt. Ich habe es nie darauf angelegt, eure Ehe zu zerstören. Im Gegenteil. Ich war selbst überrascht und entsetzt von meinen Gefühlen. Und als ich gemerkt habe, dass Otto meine Gefühle erwidert, wollte ich nur weg. Wir haben es beide versucht. Immer wieder haben wir Abstand gehalten. Aber nichts half.« Sie hob hilflos ihre Hände. »Wir waren machtlos.«

»Natürlich.« Das Porzellan klirrte leise, als Betty ihre Teetasse auf dem Tisch etwas zur Seite schob, als wollte sie Hermine zu verstehen geben, dass sie den Tisch nicht auf die richtige Art gedeckt hatte. »Ich bin auch nicht hier, um dir Vorwürfe zu machen. Dazu ist es zu spät, und Sinn hätte es ohnehin nicht.

Ich bin hier, um das eine oder andere klarzustellen, bevor es zu Missverständnissen kommt.«

Hermine faltete die Hände im Schoß und wartete. Was blieb ihr auch anderes übrig?

»Ich hatte viel Zeit zum Nachdenken. Viel Zeit, um in mich zu gehen und mich zu erinnern. Und mir ist einiges klar geworden. Es mag sein, dass Otto sich scheiden lässt, weil er glaubt, dich zu lieben. Und es mag auch sein, dass du glaubst, dass du ihn lieben würdest. Tatsächlich wisst ihr beide offenbar nicht, was Liebe, Pflichtgefühl und Ehrenhaftigkeit bedeuten. Im Grunde könnte ich darüber hinwegsehen. Unglücklicherweise aber hat euer Leichtsinn eine Familie zerstört. Und das lässt sich jetzt auch nicht mehr ändern.«

Hermine hielt den Atem an.

»Weshalb ich heute gekommen bin: Ich möchte dir nur sagen, dass ich Otto freigebe. Gegen die Scheidung wollte ich mich ohnehin nie wehren. Das wäre mir würdelos vorgekommen, erniedrigend. Mittlerweile bin ich mir aber bewusst, dass es auch keinen Sinn hätte. Wie auch immer du es angestellt hast, Otto ist dir völlig verfallen. Ich erkenne ihn nicht wieder, es ist, als hätte ihn eine entstellende Krankheit heimgesucht. Unsere Ehe ist nicht mehr zu retten, die Scheidung ist das Einzige, was ich noch tun kann, um den Rest meiner Würde und meiner Gesundheit zu wahren. Das also hast du geschafft.« Sie presste ihre Lippen aufeinander, was ihren Zügen einen strengen, verkniffenen Ausdruck verlieh. »Es gab eine Zeit, da hast du mich getäuscht. Ich habe dich gemocht, Hermine. Aber nun bin ich aufgewacht. Den Mann hast du mir genommen. Meinen Sohn aber bekommst du nicht.«

Hermine war sprachlos.

»Wie bitte?«

»Du hast richtig gehört. Friedrich bleibt bei mir. Ich habe

einen entsprechenden Antrag beim Gericht gestellt, und wenn es noch Gerechtigkeit auf Erden gibt, wird das Gericht diesem Antrag zustimmen. Friedrich ist mein Sohn, und er bleibt bei mir. Otto wird ihn nie wiedersehen.«

»Betty!« Hermine war entsetzt. Sie wusste, wie sehr Otto und sein Sohn aneinanderhingen. »Willst du das wirklich tun? Du weißt, wie sehr du Otto und auch Friedrich damit verletzt. Das ist hart!«

»Hart? Sprich du mir nicht von hart.« Betty erhob sich. »Ich habe gesagt, was ich sagen wollte. Ich muss jetzt gehen.«

»Ich werde dich bestimmt nicht aufhalten. Nur eines noch: Was sagt denn Friedrich dazu? Wie gefällt es ihm, dass er seinen geliebten Vater nicht mehr wiedersehen darf? Weiß er überhaupt davon?«

»Friedrich ist dreizehn. Er ist noch nicht alt genug, um zu verstehen oder gar zu entscheiden, was wirklich gut für ihn ist. Aber er wird sich damit abfinden. Und eines Tages wird er mir dankbar sein.«

Sei dir dessen nicht zu sicher!

»Ich würde dir Lebewohl wünschen«, sagte Betty und zog sich ihre Handschuhe an. »Aber dann würde ich lügen. Zum Glück werden wir uns nicht wiedersehen.«

»Es tut mir aufrichtig leid, dass du es so siehst«, sagte Hermine. »Ich wünsche dir jedenfalls, dass du eines Tages ebenfalls einen Menschen triffst, den du von ganzem Herzen liebst.«

»Den Menschen habe ich bereits getroffen«, erwiderte Betty, und jedes Wort traf Hermine wie ein Hieb. »Doch du hast ihn mir gestohlen.«

Ohne weiteres Wort verließ Betty die Wohnung und eilte die Treppe hinunter. Hermine blieb an der Tür stehen, bis sie die Haustür ins Schloss fallen hörte, erst dann kehrte sie in ihre Wohnung zurück. Ihr war kalt.

Mehrmals an diesem Abend spielte sie das Gespräch innerlich noch einmal durch, analysierte Sätze, einzelne Worte, die Gesten und den Tonfall. Natürlich war Betty noch immer zutiefst verletzt. Und sie wünschte, dass sie irgendetwas für sie tun, ihr helfen könnte, diese Verletzungen zu überwinden. Diese einstmals fröhliche, lebendige Frau so bitter und bissig zu erleben war erschreckend. Und natürlich fühlte Hermine sich dafür verantwortlich. Wenn sie sich nicht in Otto verliebt hätte, wäre es niemals so weit gekommen. Vielleicht hatte sie Bettys Hass verdient. Wahrscheinlich sogar. Aber was war mit Otto und Friedrich? Wieso wurden Vater und Sohn ebenfalls so hart bestraft?

Kapitel 11

Der 27. August war ein Dienstag.

Wie zerschlagen stand Hermine auf. Schon seit einigen Tagen schlief sie schlecht, heute Nacht hatte sie gar nicht in den Schlaf gefunden. Blitzwach hatte sie im Bett gelegen und an die Decke gestarrt. Zwischendurch war sie aufgestanden, hatte sich Milch warm gemacht, etwas gelesen, nur um dann wieder ins Bett zu gehen und erneut an die Decke zu starren.

Der 27. August. Das schicksalhafte Datum. Ob alles gut gehen würde, in Bonn, vor Gericht?

Nach Bettys Besuch war sie wochenlang unruhig gewesen, ihr schlechtes Gewissen hatte sich wieder in aller Deutlichkeit gemeldet. Und jetzt, wo der Gerichtstermin da war, nahmen ihre Ängste geradezu monströse Ausmaße an. War das wirklich richtig? Was, wenn Betty sich nun anders entschieden hatte und die Scheidung doch ablehnte? Auch wenn sie daran nicht glaubte, so war es doch möglich. Menschen änderten ihre Meinung, besonders, wenn Emotionen im Spiel waren. Oder die Anwälte, der Richter … Vielleicht gab es irgendeinen Fehler in dem Verfahren, der eine Scheidung verhinderte? Vielleicht würde alles wieder von vorn beginnen, und sie mussten weitere drei Jahre warten?

Um vier Uhr morgens hielt sie es nicht mehr aus. Sie stellte ihren Wecker ab und stand auf, wusch sich und kleidete sich an. In der Küche machte sie sich Frühstück – eine Tasse Kaffee und eine Scheibe Brot. Aber sie kaute nur lustlos auf dem Marmeladenbrot herum. Schließlich ließ sie die halb gegessene Scheibe auf dem Teller liegen, trank nur den Kaffee und machte sich dann auf den Weg ins Stadtparksanatorium. In ihren eigenen vier Wänden würden ihre Gedanken nur kreisen, ihre Ängste würden wachsen und die Visionen, was im Gerichtssaal in Bonn wohl passieren könnte, immer düsterer und schrecklicher werden. Dagegen half nur eins: Arbeit.

Um fünf Uhr morgens war es geradezu gespenstisch ruhig auf Berlins Straßen. Nur wenige Fuhrwerke waren unterwegs. In den Bäckereien legten die Verkäuferinnen gerade die frischen Backwaren in die Körbe, gelegentlich fuhr eine Straßenbahn vorbei, die Arbeiter zur Frühschicht in die Fabriken außerhalb der Stadt brachten. Straßenkehrer fegten den Unrat zusammen, den die Nachtschwärmer hinterlassen hatten. Vor einem Gebäude warteten ein paar Jungen darauf, ihre Zeitungspakete in Empfang zu nehmen.

Im Stadtparksanatorium war es still. Das Licht war gedämpft, nur jede vierte Gaslampe brannte. Als Hermine der Nachtschwester begegnete, hätte diese vor Schreck beinahe das Tablett mit den Fieberthermometern fallen lassen.

»Herr im Himmel! Fräulein Doktor Edenhuizen! Was machen Sie denn hier um diese Zeit?«

»Guten Morgen, Schwester Alma. Ich bin heute etwas früh dran, ich weiß.«

»Etwas früh? Es ist kurz nach fünf! Die Schwestern vom Frühdienst sind noch nicht einmal da.«

»Wie war denn die Nacht?«

»Es gab nichts Auffälliges. Ihren Patientinnen geht es gut, sie haben alle ruhig geschlafen.«

Schwester Alma eilte davon, und Hermine ging zum Arztzimmer, zog sich den Kittel über und nahm dann die Akten ihrer

Patientinnen aus den Karteischränken, um sie zu studieren. Der diensthabende Kollege betrat das Stationszimmer. Die Belegärzte übernahmen abwechselnd die Nachtdienste, und Hermine fragte sich, warum sie sich eigentlich nicht für diese Nacht gemeldet hatte. Sie kannte sich doch. Sie hätte wissen müssen, dass sie kein Auge zutun konnte.

»Doktor Edenhuizen? Sie hier? Ist es etwa schon halb acht?«

»Nein, keine Sorge. Es ist kurz nach fünf. Ich bin heute etwas früher dran als sonst.«

»Das nennen Sie etwas früher? Hat es Sie nicht mehr zu Hause gehalten?«

»So in etwa. Ich konnte nicht schlafen. Und da dachte ich mir, bevor ich nur stumpf zu Hause herumsitze, mache ich lieber etwas Sinnvolles.« Hermine versuchte sich an einem Lächeln. »Wie war die Nacht? Schwester Alma sagte, bei meinen Patientinnen war alles ruhig?«

»Ja, Ihren Patientinnen geht es gut. Aber die beiden frisch Operierten von Doktor Gehrke haben hohes Fieber.« Der Diensthabende zog sich einen Stuhl heran und ließ sich darauffallen. Sichtlich müde fuhr er sich durch das Haar und stützte die Ellenbogen auf. Müde sah der Kollege aus, abgekämpft.

»Eine Leistenhernie und ein Karpaltunnelsyndrom. Beides kleine Routineeingriffe. Nun steigt seit gestern Nachmittag bei beiden Patienten das Fieber. Und es gibt kaum etwas, was wir tun können. Wir können versuchen, das Fieber zu senken mit Eis und Wadenwickeln. Aber darüber hinaus?« Er schüttelte resigniert den Kopf. »Es müsste ein Medikament geben, mit dem man die Bakterien im Blut eines Menschen gezielt abtöten kann, ohne dem Menschen zu schaden. Also kein Gift, sondern eine Substanz, die nur im Bakterium selbst wirkt. Anders kommen wir gegen solche Infektionen wohl nie an.«

»Wie das Salvarsan gegen die Erreger der Syphilis?«

»Genau. Nur scheinen andere Erreger sich um das Salvarsan nicht zu scheren. Zumindest verliefen bisher alle Studien negativ. Aber man müsste doch …«

Sie waren so in ihre Diskussion über mögliche Ansätze zur Entwicklung eines Medikaments gegen Bakterien vertieft, dass sie überrascht waren, als die anderen Kollegen zum Dienstbeginn erschienen. Zweieinhalb Stunden waren vergangen, ohne dass Hermine an das bevorstehende Gerichtsverfahren gedacht hatte. Wenigstens nicht besonders oft.

Der Rest des Vormittags plätscherte so dahin, dann kehrte Hermine in ihre Poliklinik zurück. Ein paar Schwangere kamen zur Untersuchung, zwei Patientinnen wurden für eine Operation am kommenden Tag vorgemerkt. Es war eigentlich nicht viel zu tun. Um sich abzulenken, kümmerte sie sich noch intensiver um ihre Patientinnen als sonst, stellte ausführlichere Fragen, erklärte mehr. Und immer wieder schaute sie zur Uhr. Um zwölf Uhr dreißig sollte die Verhandlung beginnen. Wie lange würde die Prozedur wohl dauern? Eine Stunde? Etwas länger? Um zwei Uhr konnte sie wohl damit rechnen, dass Otto das Gerichtsgebäude verließ. Vielleicht schickte er ein Telegramm, sonst würden sie telefonieren. Gegen sieben am Abend würde sie also spätestens Bescheid wissen. Erst einmal musste es aber zwölf Uhr dreißig werden.

Doch der Minutenzeiger auf dem Ziffernblatt der Wanduhr bewegte sich so träge vorwärts, als würde er ein Gewicht hinter sich herziehen. Der Stundenzeiger bewegte sich gar nicht. Beinahe hätte sie geglaubt, dass die Uhr kaputt war, doch alle Uhren waren so langsam, auch die kleine auf ihrem Schreibtisch. Verging die Zeit denn überhaupt nicht mehr?

Sie saß gerade am Schreibtisch und notierte die Befunde einer Schwangeren auf einer Patientenkarte, als ihre Sprechstundenhilfe klopfte und eintrat.

»Fräulein Doktor, ein Telefongespräch für Sie. Aus Bonn.«

Ein rascher Blick zur Uhr: eins. Es war gerade erst ein Uhr.

Etwas war schiefgegangen. Die Verhandlung war abgebrochen, vertagt, ausgesetzt worden, oder wie auch immer die Juristen das nannten. Otto war nicht geschieden.

Hermine sprang auf und eilte in den Flur zum Telefonapparat.

Ihre Hand zitterte, als sie den Hörer entgegennahm, ihn förmlich an sich riss.

»Hier Edenhuizen …«

»Hermine? Ich bin es, Otto.«

Ihr Herzschlag rauschte in ihren Ohren, schwarze Punkte tanzten vor ihren Augen.

»Otto, wie …«

»Die Verhandlung ist gerade beendet. Es gab keine Schwierigkeiten, alles ist schnell und reibungslos gegangen. Ich bin geschieden.«

»Wirklich?«

»Ja. Seit …« Es gab eine kleine Pause. »Seit vierzehn Minuten bin ich kein verheirateter Mann mehr.«

Hermine schloss die Augen. Für einen kurzen Moment fühlte sie sich schäbig, weil sie so erleichtert war. Doch dann überwog die Freude.

»Otto!« Sie musste schlucken. »Wie schön!«

»Ja. Es ist endlich vorbei. Das Versteckspiel, die Heimlichkeiten, die Trennung.« Durch den Hörer hindurch konnte sie seine Erleichterung hören. »Ich werde jetzt meine Sachen packen und so schnell wie möglich nach Berlin kommen. Und dann werden wir erst einmal feiern.«

»Ich freue mich so!«

»Ich mich auch.« Sie konnte sein Lächeln erahnen. »Bestell schon einen Tisch in einem Restaurant. Spätestens am Samstag bin ich bei dir.«

Kapitel 12

Am Samstag darauf holte Hermine Otto am Bahnhof ab. Sie hatte die Klinik etwas früher als sonst verlassen und war schon eine halbe Stunde vor Ankunft des Zuges am Bahnsteig, aufgeregt und nervös wie ein junges Mädchen. Und dann kam er endlich, der Zug. Noch nie war es Hermine so lang und umständlich erschienen, wie die behäbige Lokomotive in den Bahnhof einrollte und gemächlich bremste. Wie lange es dauerte, bis sie endlich zum Stehen kam und der Schaffner das Signal gab, dass die Abteiltüren geöffnet werden durften! Und wie viele Menschen aus dem Zug quollen, bis endlich derjenige auf dem Bahnsteig stand, auf den sie so sehnsüchtig wartete. Otto.

Er stand da, schlank und aufrecht, in der rechten Hand einen Koffer, in der linken eine Reisetasche und lächelte. Wenn es am Bahnsteig so dunkel gewesen wäre, dass man nur noch Schemen sah, sie hätte ihn allein an seiner Haltung erkannt.

»Otto!« Hermine winkte. Dann ließ sie jegliche Erziehung und alle Regeln, wie sich eine gesetzte Dame von vierzig Jahren zu benehmen hatte, sausen, lief ihm entgegen und fiel ihm um den Hals. Eine ältere Dame schüttelte auch prompt missbilligend ihren Kopf und rümpfte die Nase. Sollte sie ruhig. Heute war es ihr egal.

Etwa eine Stunde später hatte Otto sein Gepäck in der kleinen Pension untergebracht, wo er ein Zimmer für das Wochenende gemietet hatte. Danach spazierten sie bis Unter den Linden, wo Hermine einen Tisch in einem der Lokale reserviert hatte. Es war ein feines Restaurant mit Tischdecken und Servietten aus Leinen, geschliffenen Kristallgläsern und Silberbesteck. Der Kellner, der sie zu ihrem Tisch führte, trug Livree und Fliege, und auf der Karte, die er ihnen reichte, standen französische Gerichte.

Sowohl Hermine als auch Otto gingen nicht verschwenderisch mit ihrem Geld um. Aber wenn sie heute nicht feierten – wann dann?

Sie wurden ausgesucht höflich bedient. Der Blick auf die Allee war traumhaft, der Rotwein funkelte in den Gläsern, das Essen war hervorragend. Und mehr noch als alles andere genossen sie es, beieinander zu sein. Sie hielten sich über den Tisch hinweg an den Händen, lächelten einander zu, versanken im Anblick des anderen. Und das in dem Wissen, dass es nicht mehr verboten war. Otto war ein freier Mann.

Als sie das Essen beendet hatten, flüsterte Otto dem Ober ein paar Worte ins Ohr, und wenig später kam der zurück mit einem kleinen Servierwagen, auf dem ein Kübel mit einer Flasche und zwei schlanken, langstieligen Gläsern stand.

Der Ober öffnete die Flasche mit einem leisen »Plopp«, dann goss er die schäumende goldgelbe Flüssigkeit in die Gläser. Hermine staunte.

»Champagner? Otto! Wieso …«

»Wir haben etwas zu feiern, richtig?« Otto nahm lächelnd die beiden Gläser und reichte eines davon Hermine. »Wir sitzen hier, gemeinsam an einem Tisch, und brauchen uns weder zu fürchten noch zu schämen.« Er lächelte, und sie prosteten sich zu. »Und dann gibt es noch etwas …« Er wirkte plötzlich verlegen, wie ein Schüler, der seine Bücher zu Hause vergessen hatte. »Ich wollte …«

»Ja?« Als würde sich seine plötzliche Aufregung auch auf sie übertragen, schlug ihr Herz plötzlich schneller. »Was ist denn, Otto?«

»Ich wollte …« Er nestelte an seiner Jacketttasche herum und zog ein kleines Kästchen heraus. »Ich wollte dich fragen, ob du dir vorstellen kannst, mich zu heiraten.« Dann stand er auf, trat neben sie, räusperte sich, nahm ihre Hand und sank dann neben ihrem Stuhl auf das linke Knie. »Hermine Egberta Edenhuizen. Wollen Sie meine Frau werden?«

Und mit einem schüchternen, jungenhaften Lächeln hob er den Deckel des Kästchens an und hielt es Hermine hin. Es war ein Ring. Ein schmaler, schlichter Goldring mit einem kleinen weißen Stein, der im Licht der Kerzen bunte Funken auf das weiße Tischtuch streute.

Hermine stockte der Atem. Zuerst hatte sie geglaubt, sich verhört zu haben. Und es dauerte, bis der Sinn seiner Worte tatsächlich in ihrem Bewusstsein angekommen war. Otto wollte sie heiraten. Sie, Hermine Edenhuizen, vierzig Jahre alt, eine widerspenstige, eigensinnige Frau, eine alte Schachtel. Und sie, diese alte widerspenstige Schachtel, dieser Blaustrumpf, der sich vor etlichen Jahren geschworen hat, dass außer der Medizin keine Leidenschaft und keine Liebe Platz in ihrem Leben hatte – was war mit ihr? Wollte sie geheiratet werden? Wollte sie den Rest ihres Lebens mit diesem Mann verbringen, diesem wundervollen, intelligenten, gebildeten, klugen, liebevollen, humorvollen, ruhigen, sturen …

»Hermine?« Sein Lächeln geriet unsicher, und sie konnte die Zweifel auf seinem Gesicht erkennen. »Du sagst …«

»Ja«, sagte sie mit fester Stimme. »Ich sage ja. Und ob ich dich heiraten will!«

Sie schlang die Arme um seinen Hals und küsste ihn. Dann steckte er ihr den Ring an den Ringfinger der linken Hand.

»Weißt du denn auch, was du tust, wenn du mich heiratest?«, fragte sie.

»Und ob ich das weiß«, antwortete er, nahm ihre Hand und lächelte. »Ich hatte noch nie in meinem Leben einen klareren Kopf. Ich liebe dich, Hermine. Und ich möchte den Rest meines Lebens mit dir an meiner Seite verbringen.«

Kapitel 13

Als Otto eine Woche später am Freitag wieder nach Berlin kam, gingen sie zuallererst gemeinsam zum Amt, um das Aufgebot zu bestellen. Ein Vorgang, der viel schneller und reibungsloser ablief, als Hermine erwartet hatte. Sie mussten ihre Papiere vorlegen, Otto außerdem die Scheidungsurkunde, alles wurde notiert, und dann stand es fest: Am Mittwoch, den 2. Oktober um elf Uhr würden Hermine und Otto auf dem Standesamt in Berlin Charlottenburg getraut werden. Es war kaum zu glauben.

Jetzt saßen sie beim Essen in einem ihrer Lieblingslokale im Tiergarten, schauten ins Grüne und besprachen die Zukunft. Ihre gemeinsame Zukunft, auf die sie nun gar nicht mehr so lange warten mussten.

»Mit dem Umzug habe ich es mir so überlegt«, sagte Otto und tupfte sich den Mund mit der Serviette ab. »Die Abwicklung meiner Praxis in Bonn wird wohl noch den September über dauern. Ich habe bereits einen Nachfolger gefunden, der meinen Patientenstamm übernehmen wird. Aber der Kollege kann erst zum 30. September kündigen. So lange kann ich meine Patienten nicht gänzlich unversorgt lassen. Also werde ich wohl die nächsten Wochen noch in Bonn sein müssen. Allerdings werde ich die Sprechzeiten reduzieren, sodass ich immer schon ab Freitag nach Berlin komme. Im Oktober, nach unserer Hochzeit, könnte ich dann eine Spedition mit dem Umzug beauftragen. Und so Gott will, kann ich im November hier mit der Arbeit beginnen.« Er nahm ihre Hand und küsste sie. »Ich freue mich auf unser gemeinsames Leben.«

»Hast du dir schon mal Gedanken über deine Praxisräume gemacht?«

»Ja. Ich würde mich freuen, wenn wir eine Wohnung fänden, die groß genug ist, dass ich dort auch praktizieren kann. Vielleicht sogar gemeinsam mit dir? Ein Sprechzimmer für mich, ein oder zwei Sprechzimmer für dich, einen Salon, ein Schlafzimmer, ein Esszimmer, eine Bibliothek, ein Zimmer für das Hausmädchen …«

Hermine lachte.

»Du hast es dir schon gut überlegt!«

»Du könntest vormittags, wie bisher, in deine Poliklinik gehen und im Stadtparksanatorium operieren. Zum Mittagessen, das unsere Perle gekocht hat, kommst du nach Hause, und am Nachmittag empfängst du Privatpatientinnen in deinen Zimmern in unserer Wohnung. Und abends sitzen wir beisammen, reden, diskutieren, streiten …«

»So! Du denkst jetzt schon ans Streiten? Gut, dass ich das weiß …«

»Nur fachlich natürlich, meine Liebste! Oder darüber, ob es zum Nachtisch Rote Grütze oder Arme Ritter gibt.«

Hermine lachte, dann nahm sie seine Hand und legte sie an ihre Wange.

»Das klingt schön«, sagte sie leise und schloss kurz die Augen. Ihr war fast schwindelig vor Glück. »Soll ich mich schon nach einer Wohnung umsehen? In der Donnerstagsausgabe der Zeitung stehen immer viele Wohnungsanzeigen. Wir könnten gemeinsam heraussuchen, was von der Lage und der Größe her passt. Hier, schau mal.« Sie schob ihm den zusammengefalteten

Anzeigenteil der Zeitung über den Tisch. »Ich habe schon ein paar Inserate markiert. Schau dir an, was dir zusagt. Dann kann ich mir die Wohnungen schon unter der Woche ansehen, und was wirklich gut ist, schauen wir uns dann noch gemeinsam an, wenn du in Berlin bist. Was hältst du davon?«

»Das klingt vernünftig.« Er überflog die Anzeigen mit gerunzelter Stirn. »Das klingt alles gut. Allerdings kenne ich mich in Berlin auch nicht aus, ich weiß nicht, in welchem Viertel es sich gut leben lässt. Hast du Vorlieben?«

»Ja.« Hermine deutete auf eine Anzeige unten auf der Seite. »Diese Wohnung ist etwas kleiner als die anderen. Aber sie liegt ganz in der Nähe vom Zoologischen Garten. Da ist die Luft gleich ganz anders, und wir wären schnell im Grünen.«

Otto nickte langsam. »Meinst du, wir können heute noch einen der Makler erreichen?«

»Warum nicht? Probieren wir es. Zwei Makler haben nicht nur ihre Adresse, sondern auch eine Telefonnummer angegeben. Und dort in der Ecke ist ein Telefon.«

»Das erledige ich am besten sofort.« Otto legte sorgfältig seine Serviette zusammen, nahm die zusammengefaltete Zeitung und stand auf.

Als er zurückkam, strahlte er.

»Wir können beide Wohnungen besichtigen. Heute noch.«

Tatsächlich kam keine der beiden besichtigten Wohnungen infrage. Die eine war zu klein, zu verwinkelt und durch ihre Lage im Hinterhaus zu dunkel für ihre Bedürfnisse. Doch der Makler war ein pfiffiger und rühriger Geschäftsmann. Und als er verstand, wonach sie suchten, lächelte er zuversichtlich.

»Ich glaube, ich habe genau das Richtige für die Herrschaften.« Hermines Status war ihm wohl nicht so ganz klar, da sie auch von »meinen Praxisräumen« und »meinen Patientinnen«

sprach. Deshalb vermied er es, Otto oder Hermine einzeln anzusprechen. »Da ist eine Wohnung in einem Vorderhaus, hier ganz in der Nähe, in der Rankestraße 35. Zehn Zimmer Hochparterre, zusätzlicher separater Eingang, Bad, Küche und zwei separate Toiletten. Sie ist gerade frei geworden, und ich habe sie noch nicht inseriert. Wollen Sie sich die Räumlichkeiten ansehen?«

Hermine und Otto nickten.

Eine halbe Stunde später wussten sie beide: Das ist es. Die Wohnung war weitläufig und hell, die Zimmer großzügig und der Grundriss so geschnitten, dass sie ohne Probleme ihre Sprechzimmer vom privaten Bereich trennen konnten. Und sie hatten sogar noch genug Platz, um einem Dienstmädchen oder einer Haushälterin ein Zimmer bieten zu können, inklusive eigenem Wasch- und Toilettenbereich. Die Miete war allerdings nicht gerade niedrig.

»Wir überlegen es uns und geben Ihnen bis Montag Bescheid«, sagte Hermine, die gesehen hatte, wie ihr sparsamer zukünftiger Ehemann beim Nennen der Summe blasser geworden war.

»Das ist mir recht«, sagte der Makler. »So lange reserviere ich die Wohnung für Sie und werde sie auch keinem anderen Mieter anbieten.«

»Danke.«

Sie verließen das Haus und kehrten in Hermines Wohnung zurück. Während sie Kaffee kochte und Otto im Wohnzimmer den Teetisch deckte, fiel ihr erst richtig auf, wie klein, dunkel und beengt diese Wohnung war. Und wie großzügig, luftig und schön die andere.

»Was meinst du?«, fragte sie und schenkte Kaffee in die Tassen.

Otto seufzte.

»Die Wohnung erfüllt eigentlich alle Ansprüche. Aber …«

»Sie ist recht teuer. Meinst du das?«

»Ja, du sagst es. Und ich weiß ehrlich nicht, ob wir uns das leisten können. Oder leisten sollten. Ich werde meine Praxis neu aufbauen müssen. Was, wenn nun keine Patienten kommen?«

»Natürlich ist das ein Risiko. Aber ich habe einen durchaus umfangreichen Patientinnenstamm. Und die Patientinnen sind fast alle verheiratet, haben Ehemänner, Väter, Brüder, Mütter, Schwestern – es gibt viele Menschen in Berlin mit Magenproblemen oder Herzbeschwerden.« Sie lächelte. »Aber das ist alles Spökenkiekerei. Lass uns lieber rechnen.«

Sie rechneten. Hermines Einnahmen aus Poliklinik und Praxis, der Zins, den sie regelmäßig aus den in Pewsum verpachteten Wiesen, Äckern und der Neuen Burg erhielt, eine Schätzung, was Otto wohl im Minimum verdienen würde. Sie wogen ab, diskutierten, zählten ihre Ersparnisse zusammen. Und am nächsten Wochenende unterschrieben sie den Mietvertrag.

Kapitel 14

Während Otto noch zwischen Bonn und Berlin hin- und herpendelte, arbeitete Hermine weiter in der Poliklinik, operierte, empfing am Nachmittag ihre Privatpatientinnen und begann außerdem damit, die Renovierung der neuen Wohnung und den Umzug zu organisieren. Und sie traf sich mit Helene Lange.

Ihre alte Mentorin war ihr mittlerweile eine sehr gute Freundin geworden. Schon oft hatte Hermine sich bei ihr Rat geholt, und den brauchte sie auch dieses Mal. Denn einen Haken hatte die Ehe: Eine verheiratete Frau galt als versorgt. Sie durfte, so lautete das Gesetz, nicht ohne Einwilligung des Ehemannes berufstätig sein, außerdem gehörte dem Ehemann alles, was sie erwirtschaftete. Ein Gesetz, das Otto nicht weniger empörte als Hermine. Und er war es auch, der ihr vorgeschlagen hatte, mit Fräulein Lange zu besprechen, was man denn da machen könne.

Und so war Helene Lange an diesem Septembersonntag zu Hermine gekommen. Sie saßen an dem Tisch in ihrer kleinen Wohnung, inmitten gepackter Kisten und Stapeln von Büchern, die sie bereits aus den Regalen geräumt hatte, tranken Tee – nach ostfriesischer Art mit Kandiszucker und einem Klacks frischer Sahne –, und Hermine erzählte von ihrem Anliegen.

»Ihr habt recht. Auch wenn dein Otto ein anständiger Mensch ist, der dich nicht ausnutzt, dich nicht übers Ohr haut oder nach der Hochzeit plötzlich sein wahres Gesicht zeigt. Aber da draußen, die Behörden, die können dir Schwierigkeiten machen. Solange du nicht verheiratet bist, musst du als Frau ja irgendwie leben. Das versteht jeder, selbst die Männer in den Amtsstuben. Also nimmt es dir niemand wirklich krumm, wenn du als unverheiratete Frau dein eigenes Geld verdienst. Sie rümpfen höchstens die Nase und fragen sich, was an dir wohl falsch ist, dass du keinen Ehemann abgekriegt hast. Aber wenn du verheiratet bist, ändert sich alles.« Helene Lange schob ihre Tasse und den Teller mit Keksen zur Seite und stützte sich auf die Tischplatte. »Das ist im Grunde ganz simpel. Als verheiratete Frau hast du ja einen Ehemann, der für deinen Unterhalt sorgt. Du brauchst also nicht zu arbeiten. Es ist nicht notwendig. Und solltest du arbeiten wollen, musst du deinen Ehemann um Erlaubnis bitten. Er muss sein Einverständnis geben. Und erst dann darfst du.«

Hermine nickte. »Ich weiß. Aber was kann ich dagegen tun? Otto ist anständig, wie Sie schon sagten. Er würde mir nie das Arbeiten verbieten und selbstverständlich seine Erlaubnis geben. Aber allein das ist doch schon entwürdigend. Und das will er nicht, genauso wenig wie ich. Wir beide wollen gleichberechtigte Partner sein.«

»Ja natürlich. Aber so sind die Gesetze. Das betrifft übrigens jede Frau. Auch die Frau eines Bierkutschers, die bei einer alten Witwe die Fußböden wischt. Jede verheiratete Frau braucht die Einwilligung ihres Mannes, wenn sie arbeiten und Geld verdienen möchte.« Helene Lange sog tief die Luft ein und zeigte dadurch lebhaft ihren Widerwillen. »Und mehr noch. Dein Lohn, dein erarbeitetes Geld gehört laut Gesetz nicht dir, sondern deinem Ehemann. Umgekehrt gilt das natürlich nicht. Du wirst schließlich von ihm versorgt. Wie ein Kind. Oder ein Haustier.«

»Aber man muss doch dagegen vorgehen können! Dagegen

klagen oder rechtliche Schritte einleiten oder …« Hermine hob hilflos die Hände. »Irgendetwas tun.«

»Wir kämpfen ja mit dem Frauenverein und verschiedenen Frauengruppen für eine Änderung. Aber bis es so weit ist, werden sich Ebbe und Flut wohl noch oft abwechseln. Das hilft dir jetzt natürlich nicht weiter.«

»Nein.«

Hermine klang offenbar so mutlos, dass Fräulein Lange ihr beruhigend eine Hand auf den Arm legte.

»Na, nun mach dir mal keinen Kopf. Das kriegen wir schon hin. Es gibt nämlich eine Möglichkeit, solchen Scherereien rechtzeitig einen Riegel vorzuschieben.« Fräulein Lange beugte sich vor, ihre Augen funkelten. »Das Geheimnis ist ein Ehevertrag.«

»Ein Ehevertrag?«

»Ja. Ein Schriftstück, in dem erklärt wird, dass du eine selbstständige Frau bist, die arbeiten kann, was, wann und wie viel sie will, und das selbst erwirtschaftete Geld eigenständig verwalten darf. Aufgesetzt von einem Notar, unterschrieben von dir und deinem Otto, beglaubigt und besiegelt. Und dann, meine Liebe, kann dir keiner deine Praxis verbieten. Nicht der letzte Hein aus der Amtsstube, nicht einmal der Kaiser persönlich.«

»Wirklich?« Nachdenklich rührte Hermine in ihrer Tasse, der Kandis klirrte leise. »So einfach ist das?«

»Ja. Letztlich einfach. Wenn man mit den Gesetzen vertraut ist und rechtzeitig daran denkt.«

»Kennen Sie einen Notar, der mir diesen Ehevertrag aufsetzen kann?«

»Natürlich. Leider gibt es noch keine weiblichen Juristen. Aber wir haben einen, der schon oft für den Frauenverein tätig war. Er wird den Vertrag aufsetzen, wenn ihr, du und dein Otto, das möchtet. Er weiß genau, worauf es ankommt. Es wäre für ihn nicht das erste Mal.«

Hermine musste nicht lange überlegen.

»Geben Sie mir bitte die Adresse. Hat er ein Telefon? Dann kann ich morgen anrufen und einen Termin vereinbaren.«

Als sie an diesem Abend mit Otto telefonierte, erzählte Hermine ihm von Fräulein Langes Vorschlag, einen Ehevertrag aufzusetzen.

»Das klingt doch sehr vernünftig«, sagte Otto. »Und es ist sicher, dass du dann keine Erlaubnis mehr von mir brauchst? Egal, ob du dich entscheidest, doch wieder in einer Klinik zu arbeiten oder an die Universität zu gehen oder was auch immer?«

»Ja. So hat es Fräulein Lange erklärt.«

»Und wenn du andere Praxisräumlichkeiten mieten möchtest, kannst du das tun, ohne dass du erst meine Unterschrift brauchst?«

»Ja.«

»Und du darfst ein eigenes Konto führen und dein Geld für dich behalten?«

Jetzt musste Hermine lächeln.

»Ja. Vorausgesetzt, dass ich das möchte.«

Sie hörte, wie Otto am anderen Ende der Leitung erleichtert die Luft ausstieß.

»Da bin ich aber froh«, sagte er. »Ich weiß nicht, ob du dir das vorstellen kannst, aber diese Frage hat mir wirklich auf der Seele gelegen. Du bist eine selbstständige Frau. Du brauchst mich als deinen Ehemann nicht für berufliche Dinge. Und ich wäre kreuzunglücklich, wenn so ein dummes Gesetz dir diese Selbstständigkeit wieder nehmen würde. Aber so …« Er machte eine Pause. »Du hast mit dem Notar einen Termin vereinbart?«

»Ja. Für diesen Freitag, sechs Uhr. Er erwartet uns zur Vorbesprechung der einzelnen Punkte. Und er sagte, eine Woche später können wir dann die Urkunde unterzeichnen.«

»Gut. Sehr gut. Ich bin erleichtert. Habe ich dir von meinem Großvater und seiner Frau erzählt?«

»Ja, hast du.« Ottos Großvater, der Vater seiner Mutter, war ein ziemlich bekannter Theologe und Lyriker gewesen, der eine Sängerin geheiratet hatte. Dass diese Künstlerin in der Ehe ihren Beruf nicht aufgeben wollte, hatte er nicht verstanden und sich deshalb von ihr scheiden lassen. »Warum fragst du?«

»Mein Großvater hat sich an seiner Frau versündigt, Hermine«, sagte Otto, und sie konnte das Beben in seiner Stimme hören. »Und das will ich an dir wiedergutmachen. Du sollst deinen Beruf frei und ohne irgendwelche Fußketten durch diese undurchdachten, frauenfeindlichen Gesetze ausüben dürfen.« Sie hörte, wie er schluckte. »Ich liebe dich.«

»Ich dich auch.«

Kapitel 15

Und dann war es so weit, der 2. Oktober 1912 brach an.

Hermine wachte vom schrillen Klingeln ihres Weckers zur üblichen Zeit auf. Sie hatte gut geschlafen, fühlte sich wach und ausgeruht. Während sie auf dem kühlen Dielenboden mit den Füßen nach den Hausschuhen angelte, horchte sie in sich hinein. War sie nervös? Ängstlich? Aufgeregt? Von anderen Frauen hatte sie gehört, wie das war vor der Hochzeit: Man war so nervös, dass man Tage vorher bereits nicht schlafen oder essen konnte, dass man ständig Dinge vergaß und hin und her schwankte zwischen überschäumender Freude, panischer Angst und tiefster Traurigkeit. Frida hatte ihr erzählt, dass ihre Hände am Morgen der Hochzeit so gezittert hatten, dass sie es nicht einmal geschafft hatte, die Ohrringe selbst anzulegen. Ihre Mutter hatte ihr dabei helfen müssen. Andere berichteten von tagelanger Appetitlosigkeit und Übelkeit am Tag der Trauung, von drohender Ohnmacht und weichen Knien.

Nichts davon spürte Hermine.

Sie ging in die Küche und setzte Teewasser im Kessel auf. Mit ruhiger, zitterfreier Hand maß sie den Tee in die kleine Kanne und schnitt eine Scheibe Brot vom Laib. Sollte sie nicht auch aufgeregt, nervös, ängstlich sein, mit Appetitlosigkeit, Kreislaufschwäche und Stimmungsschwankungen reagieren? Stimmte etwas nicht mit ihr?

Bei diesem Gedanken musste sie schmunzeln. Hatte sie sich jemals darum gekümmert, wie sie sich als Mädchen oder Frau fühlen und verhalten sollte? Vielleicht machte es auch bereits den Unterschied, ob man mit zwanzig eine Braut war oder erst mit vierzig.

Braut.

Sie hielt inne. Ein Wort, das sie nie mit sich selbst in Verbindung gebracht hatte. Im Gegenteil, es hatte sogar eine Zeit gegeben, da hatte sie das Heiraten und die Ehe so strikt von sich gewiesen, als hätte sie mit dem Beginn des Medizinstudiums ein Ordensgelübde abgelegt. Nur zu gut erinnerte sie sich noch an den Streit mit dem Schriftsteller damals, während ihres Volontariats in Dresden. Wie wütend der Mann geworden war!

Braut.

Jetzt war sie doch selbst eine geworden. Eine ungewöhnliche Braut vielleicht. Viel älter als die meisten Bräute. Eine Braut ohne weißen Schleier, nicht einmal ihr Kleid war weiß, sondern eher cremefarben. Eine Braut, die niemand zum Altar führte, kein Vater, kein Bruder, kein Schwager, kein Onkel. Denn es würde auch keine kirchliche Trauung geben, kein Glockengeläut, kein Orgelspiel und keine feierliche Ansprache eines Pastors. Natürlich nicht. Otto war ja bereits einmal verheiratet gewesen, und die Scheidung galt zwar vor dem Gesetz, nicht aber in den Augen der Kirche. Da hieß es »bis dass der Tod euch scheidet«. Hermine hob den Kopf und schaute aus dem Fenster. Das Stück Himmel, das sie oberhalb des gegenüberliegenden Daches erkennen konnte, war blau. Es sah aus, als könnte es ein schöner Oktobertag werden. Und wenn es regnete? Was wäre anders? Wäre ihr Herz dann schwer, würde sie sich Sorgen machen, traurig sein, sich ärgern?

Der Kessel begann zu pfeifen. Hermine nahm ihn vom Herd und goss das kochende Wasser in die Kanne.

Eine komische Braut bist du, dachte sie. Eigentlich solltest du hier sitzen, umringt von einer Schar Frauen, die alle vor Aufregung durcheinanderreden, dir Hunderte gut gemeinter Ratschläge erteilen und ständig an dir herumzupfen.

Wieder musste sie schmunzeln. Die einzige Frau, die ihr überhaupt im Zusammenhang mit Hochzeit und Ehe einen Rat gegeben hatte, war Helene Lange gewesen. Ein Ehevertrag gehörte gewiss nicht zu den Ratschlägen, die andere Bräute üblicherweise zu hören bekamen. Ebenso wenig konnte sie sich Helene Lange vorstellen, wie sie eine gelockerte Haarsträhne wieder feststeckte oder Spitzen zurechtzupfte. Die Vorstellung war so absurd, dass Hermine laut lachen musste.

Sie goss den Tee durch ein Sieb in ihre Tasse und setzte sich an den Küchentisch.

Aber war es denn gar nichts Besonderes für sie? War die Hochzeit einfach nur eine Unterbrechung ihres gewöhnlichen Trotts, ein Mittwoch, an dem sie ausnahmsweise nicht in der Poliklinik erschien und am Nachmittag keine Patientinnen in ihrer Wohnung empfing?

Nein. Denn dann wäre es eben ein ganz gewöhnlicher Mittwoch, nur ohne Dienst. Dann wäre da nicht diese Wärme in ihrer Körpermitte, diese tiefe Zufriedenheit. Das wunderbare Gefühl, etwas, das schon so lange bestand wie ihre Liebe zu Otto, endlich auf sichere Füße stellen zu können, sodass nichts und niemand sich mehr daran stoßen konnte – weder das Gesetz noch die Nachbarn oder Verwandten. Niemand. Schon morgen konnten sie in einer gemeinsamen Wohnung, in einem Zimmer, sogar in einem Bett aufwachen, und es war in Ordnung. Ohne jede Scham, ohne schlechtes Gewissen.

Freude. Das war es. Das war das Gefühl, das dominierte. Anders ließ es sich nicht beschreiben.

Hermine nahm den letzten Bissen und trank ihre Tasse leer.

Sie stand auf und stellte das Geschirr in die Spüle, ließ Wasser in das Becken laufen und wusch ab. Ihre Schritte hallten auf dem Weg ins Bad. Die Wohnung war schon so gut wie leer geräumt. Ein paar wenige Kochutensilien und etwas Geschirr in der Küche, ein paar Kleider hingen noch im Schrank, im Schlafzimmer standen ihr Bett, ein Tisch, ein Stuhl. Die Überreste ihres Lebens als alleinstehende Frau. Morgen würde sie neben Otto in der neuen Wohnung aufwachen, in der Rankestraße 35, in einem großen, luftigen Schlafzimmer. Sie würden Frühstück machen, sich im Esszimmer an den Tisch setzen und gemeinsam frühstücken – bei Kaffee und Tee die Morgenzeitung teilen, sich anlächeln. Noch hatten sie kein Mädchen und keine Haushälterin, noch mussten sie sich um alles selbst kümmern: den Tisch decken, kochen, abräumen, abwaschen. Sie hatten sich darauf geeinigt, diese Arbeiten unter sich aufzuteilen, bis sie endlich Personal gefunden hatten. Und da sie beide diese Art von Hausarbeit verabscheuten, würde das eine ihrer ersten Amtshandlungen als Ehepaar sein: Eine Annonce in die Zeitung setzen und nach einem Dienstmädchen oder einer Haushälterin suchen.

Hermine steckte das Haar mit Kämmen am Kopf fest und betrachtete sich eine Weile im Spiegel. Da waren schon erste graue Fäden in ihrem Haar zu sehen.

Braut, in wenigen Stunden Ehefrau. Von allen Menschen auf der Welt habe ich wohl am wenigsten damit gerechnet.

Jetzt wurde sie doch etwas aufgeregt.

Hermine beschloss, zu Fuß zum Amt Charlottenburg zu gehen. Sie genoss die frische klare Oktoberluft, in der noch ein Rest Sommerwärme gespeichert war, und beobachtete die Menschen, die ihr entgegenkamen. Sie versuchte sich vorzustellen, welches Ziel sie wohl haben mochten an diesem Oktobertag.

Eine Viertelstunde vor Beginn der Zeremonie kam sie am Amtsgebäude an. Auf dem kleinen Platz vor den Stufen zum Haupteingang hatten sich bereits ihre Hochzeitsgäste versammelt. Es waren etwa zwanzig Leute, ihr engster Kreis – Frida als ihre Trauzeugin und ihr Ehemann waren natürlich dabei, ebenso Helene Lange und Gertrud Bäumer, ein paar Kolleginnen, mit denen sie noch aus ihrer Zeit an der *Poliklinik weiblicher Ärzte* Kontakt hatte. Dazu Hermines Schwestern Cornelia und Helene, die seit dem Frühjahr approbierte Ärztin war und sich zur Zeit in Dresden in der Kinderheilkunde ausbilden ließ, sowie ihr Bruder Bernhard, der aus Hamburg angereist war, wo er bald seine chirurgische Weiterbildung beenden würde.

Die Letzten, die von den Edenhuizens noch übrig sind, dachte sie mit einem Anflug von Wehmut. Alle anderen sind tot.

»Da bist du ja endlich!« Otto eilte auf sie zu und umfasste ihre Hände. »Ich habe schon begonnen, mir Sorgen zu machen.«

»Hattest du Angst, ich könnte kalte Füße bekommen haben?«

»Das nicht. Aber bei dem Verkehr hier in Berlin kann ja alles Mögliche passieren.« Doch eine leichte Röte überzog sein Gesicht und verriet Hermine, dass sie mit ihrer Vermutung nicht ganz so falschlag.

»Soll ich dir ein Geheimnis verraten?« Sie stellte sich auf die Zehenspitzen und flüsterte ihm ins Ohr. »Ich kann es nicht erwarten, dort hineinzugehen und dich endlich meinen Mann nennen zu dürfen.«

Das Strahlen auf seinem Gesicht war Antwort genug.

»Darf ich dir meinen Bruder Fritz vorstellen, Hermine? Er wird mein Trauzeuge sein.« Ein schlanker, hochgewachsener Herr verbeugte sich leicht vor ihr. Die Ähnlichkeit mit Otto war unverkennbar, auch wenn er lauter wirkte, irgendwie rheinländischer. Sie bemerkte, dass Otto sich immer wieder umsah, als wartete er noch auf jemanden. Hermine wusste sogar, auf wen er wartete: Friedrich, seinen Sohn. Die Enttäuschung stand ihm deutlich ins Gesicht geschrieben.

»Otto, Betty möchte es nicht.«

»Ich weiß«, sagte er, und einen Moment glaubte sie das Blitzen von Tränen in seinen Augenwinkeln zu erkennen. »Aber ich habe gehofft …«

Er seufzte schwer. Hermine tat es unglaublich leid um ihn und um Friedrich. Und sie wünschte sich, sie könnte etwas gegen die Trennung von Vater und Sohn tun. Sie wünschte, es gäbe auch dafür einen Vertrag, den ein Notar aufsetzen konnte und der verfügte, dass Friedrich regelmäßig nach Berlin kam, um Zeit mit seinem Vater zu verbringen. Leider war das nicht möglich. Sie hatten sich erkundigt.

Ein Amtsdiener trat aus dem Gebäude.

»Das Brautpaar Heusler und Edenhuizen möge sich bitte zum Standesamt begeben.«

»Oh.« Hermine holte tief Luft. »Jetzt wird es ernst.«

Zu ihrer Überraschung drückte ihr Frida einen kleinen Blumenstrauß in die Hand.

»Das gehört dazu!«, wisperte sie und zwinkerte ihr zu.

Otto reichte ihr seinen Arm, und an seiner Seite stieg sie die Stufen hinauf, durchschritt die hohe Eingangshalle und ging den Flur entlang zu der Stube, in der das Standesamt untergebracht war. Eheschließungen, Geburten, Taufen, Todesfälle. In diesem Zimmer wurde die ganze Bandbreite menschlichen Lebens festgehalten.

Der Standesbeamte begrüßte sie an der offenen Tür. Ein freundlicher, grauhaariger Mann mit Backenbart, dem anzusehen war, dass er seinen Beruf mit Stolz und Liebe ausübte. Er deutete auf die beiden bequemen Stühle vor seinem Schreibtisch und die an der Wand aufgereihten Stühle für die Trauzeugen und Gäste. Sie nahmen alle Platz. Er fand ein paar schöne einleitende Worte, dann verlas er das Protokoll und sprach schließlich die Formel, die sich gar nicht so sehr von jener in der Kirche unterschied.

»Wollen Sie, Herr Doktor Otto Ludwig Heusler, die hier anwesende Hermine Egberta Edenhuizen heiraten? Dann antworten Sie mit Ja.«

»Ja. Ich will.« Seine Stimme war fest und sicher.

»Wollen Sie, Fräulein Doktor Hermine Egberta Edenhuizen, den hier anwesenden Otto Ludwig Heusler heiraten? Dann antworten Sie mit Ja.«

»Ja. Ich will.« Ja, ja, ja! Sie hätte dieses Wort am liebsten hinausgejubelt oder gesungen.

»Somit erkläre ich Sie kraft meines Amtes zu Mann und Frau. Sie müssen jetzt nur noch die Urkunden unterschreiben. Die Heiratsurkunde sowie diesen Ehevertrag.« Er schob ihnen die Dokumente entgegen. »Es ist richtig, dass Sie einen Doppelnamen führen wollen, Frau Heusler?«

»Ja, das ist richtig.«

»Dann unterschrieben Sie bitte auch mit *Heusler-Edenhuizen.*«

Der Füllfederhalter zitterte ein bisschen in ihrer Hand, doch als sie ansetzte, um zum ersten Mal ihren neuen vollständigen Namen zu schreiben, war jede Unsicherheit und Aufregung vergessen.

Hermine Heusler-Edenhuizen.

Sie hob ihren Kopf und schaute Otto in die Augen. Er brauchte nichts zu sagen. Er war ebenso glücklich wie sie.

Die Zukunft lag vor ihnen.

Und auch, wenn sie nicht immer rosig war, wenn Schwierigkeiten auftauchen und es mal nicht einfach werden würde – sie würden alles gemeinsam meistern.

Schritt für Schritt.

Epilog

1931 - Berlin

Hermine ordnete die Notizen, die sie sich für die heutige Ansprache gemacht hatte, und überflog sie noch einmal. Natürlich war sie gut vorbereitet, ebenso wie die anderen beiden Frauen, die Juristin Dr. Edith Klausner und die Schriftstellerin Thea von Harbou. Sie warteten alle drei in dem kleinen Nebenraum der Spichernsäle auf ihren Einsatz, den Moment, wenn sie hinaustreten und vor den versammelten Menschen ihre Reden halten sollten. Reden, die um eine Abschaffung oder doch wenigstens radikale Änderung des Paragrafen 218 warben. Es musste etwas geschehen. Dringend. Und heute war ein entscheidender Tag auf diesem Weg.

Hermine hörte das Stimmengewirr, das Knarren des Parketts unter Schuhen, das Rücken der Stühle und das Scharren vieler Füße hinter der Tür, die zum Podium des Saales führten. Nur noch zehn Minuten. Dann würde sie hinaustreten, sich an das Rednerpult stellen, die versammelten Menschen begrüßen und ihr Anliegen erklären. Sie schloss die Augen und atmete tief ein.

Die Tür zum Flur öffnete sich, Schritte näherten sich, dann spürte sie Hände auf ihren Schultern. Sanfte, vertraute und geliebte Hände.

»Und? Bist du sehr aufgeregt?«

Sie drehte sich um. Auf Ottos Gesicht spiegelten sich Liebe, Stolz, Vertrauen. Sie nickte.

»Ein bisschen schon. Heute ist schließlich ein wichtiger Tag. Wenn wir heute unser Anliegen, diesen unsäglichen Paragrafen zu ändern, deutlich machen können, könnten wir einen großen Schritt vorankommen. Aber …« Sie zögerte. Wollte sie das wirklich jetzt schon wissen, oder wollte sie lieber abwarten? Nein. Es war besser, vorbereitet zu sein. Besser, sie wusste jetzt, ob sie vor drei Personen oder vor dreihundert sprechen würde. »Wie viele sind da?«

»In diesem Saal sind es wohl an die zweitausend, und im Nebensaal ebenso. Beide Säle sind überfüllt. Das Personal der Spichernsäle musste am Eingang schon Leute abweisen.«

»Wirklich?«

»Ja, das habe ich mit eigenen Augen gesehen.« Er lächelte. »Ihr habt mit eurem Aufruf viele Frauen mobilisiert, du und Anne-Marie.«

Anne-Marie Durand-Wever war ärztliche Kollegin, ebenfalls Spezialärztin für Frauenkrankheiten und Geburtshilfe und siebzehn Jahre jünger als sie. Eine, der sie mit ihren Kämpfen und ihrer Beharrlichkeit den Weg leichter gemacht hatte.

»Gut«, sagte Hermine. »Sehr gut.«

»Heute werdet ihr die verdiente Aufmerksamkeit bekommen. Ich habe mindestens zwei Reporter unter den Zuhörern gesehen.«

»Danke.« Hermine legte ihren Kopf auf Ottos Brust und schloss die Augen. »Was würde ich nur ohne dich machen?«

»Wie ich dich kenne, wahrscheinlich genau das, was du heute tust.« Sie hörte das Lächeln in seiner Stimme und musste ebenfalls lächeln.

»Ja. Aber mit deiner Unterstützung fällt es leichter.« Sie dachte an die ständigen Anfeindungen. An die erste Zeit des Bundes deutscher Ärztinnen, an dessen Gründung sie maßgeblich beteiligt war, als sie in etlichen Zeitungen – medizinischen Schriften,

Frauenzeitschriften und Tageszeitungen – Häme und Gespött ertragen musste. Unter den Kollegen waren selbst damals, im Jahr 1924, noch bei Weitem nicht alle überzeugt, dass Frauen in der Medizin auch einen anderen Platz einnehmen sollten als nur den der pflegenden Krankenschwester. Und sie dachte an die Drohbriefe, die sie beinahe täglich erreichten, seit sie gemeinsam mit anderen Ärztinnen des Bundes öffentlich gegen den unsäglichen Abtreibungsparagrafen vorging. Als Hure, gottloses Weib, zänkische Hexe und sogar Kindsmörderin hatte man sie beschimpft. Man hatte ihr angedroht, sie zu vergewaltigen, zu verprügeln, ihre Praxis zu verwüsten, sie einzusperren oder sie zu »verbrennen, wie man es mit Hexen macht«. Manchmal konnte sie über diese Briefe lachen oder sie wenigstens mit einem gleichgültigen Achselzucken hinnehmen. Manchmal machten sie ihr aber auch Angst. Und da war es gut, Otto an ihrer Seite zu wissen. Otto, der diese Briefe weder als Unfug abtat noch von ihr verlangte, um der persönlichen Sicherheit willen ihr Engagement doch endlich aufzugeben. Im Gegenteil. Er nahm die Drohungen ernst, riet ihr, sie jedes Mal zur Polizei zu bringen und Anzeige zu erstatten. Er wurde sogar selbst bei der Polizei vorstellig und erstattete ebenfalls Anzeige, weil er das Leben und die Unversehrtheit seiner Frau bedroht sah. Otto gab ihr jeden Tag den Mut, weiterzumachen, egal was die anonymen Schmierfinken schrieben, und setzte seinerseits Briefe auf – Briefe an Politiker und Zeitungsredakteure. Briefe, in denen er hervorhob, dass kein Mann es ernsthaft gutheißen konnte, Frauen das Recht auf Bildung, Selbstständigkeit und Ausübung eines frei gewählten Berufs zu versagen. Briefe, in denen er als Mann die Ungeheuerlichkeit des Abtreibungsparagrafen darstellte, der einen Mann ungeschoren davonkommen ließ, während die Frauen meistens von ihren Männern zur Abtreibung gezwungen wurden, die Risiken des Eingriffs trugen und zusätzlich noch mit Gefängnisstrafen rechnen mussten. Wie gut, wichtig und wertvoll war es doch, einen solchen Mann an der Seite zu haben!

»Danke«, flüsterte sie. »Ich habe dich noch nie gefragt. Tust du das alles – die Briefe, die regelmäßigen Vorstellungen bei der Polizei, dass du jetzt hier bist – machst du das, weil ich es tue?«

»Vielleicht ist auch das ein Grund«, sagte er und runzelte leicht die Stirn, als müsste er überlegen. »Aber wenn ich darüber nachdenke … Nein. Das mag *ein* Grund sein. Die Hauptsache ist aber, dass ich die Ziele, für die du und deine Kolleginnen kämpfen, sinnvoll und lohnend und wichtig finde. Allerdings, wenn ich dir nicht begegnet wäre … Ich weiß nicht, ob ich dann auf die Ungerechtigkeiten, die Frauen erdulden müssen, wirklich aufmerksam geworden wäre. Wir Männer haben es ja gut, wir brauchen nichts auszustehen. Wir können tun und lassen, was wir wollen, und höchstens Gesetz oder Geld können uns aufhalten. Wieso hätte ich mich mit Frauenrechten beschäftigen sollen?« Er lächelte und strich ihr sanft mit dem Handrücken über die Wange. »Du hast mir die Augen dafür geöffnet.«

»Hermine?« Edith Klausner stand schon neben Thea von Harbou an der Tür. »Es ist so weit. Wir werden auf dem Podium erwartet.«

»Viel Erfolg«, sagte Otto, küsste sie und drückte ihre Hände.

Er ging, und Hermine nahm wieder ihre Notizen zur Hand. Drei Seiten, auf denen sie alle wichtigen Argumente, die gegen den Abtreibungsparagrafen in seiner jetzigen Form sprachen, zusammengefasst hatte. Sie würde nicht allein sprechen. Edith Klausner würde den Zuhörern die rechtliche Seite erklären, Thea von Harbou sprach für die Künstlerinnen unter ihnen, die Schriftstellerinnen, Malerinnen, Schauspielerinnen und Musikerinnen. Auf dem Podium im anderen Saal gab es eine vergleichbare Konstellation. Anne-Marie Durand-Wever würde dort gemeinsam mit Käthe Kollwitz und Margarete Berent sprechen.

Ob die Öffentlichkeit ihnen jetzt zuhören würde, damit endlich ein Umdenken einsetzen konnte?

Hermine schloss die Augen und dachte an Veronika. Das Schicksal des Mädchens war ihr nie aus dem Kopf gegangen. Seit sie an Veronikas Sterbebett gesessen hatte, waren mehr als zwanzig Jahre vergangen. Viele ähnliche Schicksale hatte sie in der Zeit miterleben müssen. Junge Mädchen, die aus Unerfahrenheit und Naivität oder durch einen gewaltsamen Akt schwanger geworden waren, mittellose Frauen, die ohnehin schon zu viele Kinder hatten, Frauen, deren deutlich ältere Ehemänner sich von Kindergeschrei belästigt fühlten, Frauen, die ein Verhältnis mit einem verheirateten Mann hatten und als Alleinstehende mit Kind keine Perspektive sahen. Oft hatte Hermine die Folgen einer selbst oder von einem unkundigen Scharlatan in einer schmuddeligen Hinterhofkammer durchgeführten Abtreibung gesehen. Sie hatte im Grunde gesunden Frauen die Gebärmutter entfernen müssen. Sie hatte Frauen am Blutverlust, den schweren inneren Verletzungen oder den aus mangelnder Sorgfalt und Hygiene resultierenden Infektionen sterben sehen.

Es war höchste Zeit, dass sich etwas änderte. Dass Ärztinnen und Ärzte in den Krankenhäusern und Polikliniken Schwangerschaftsabbrüche durchführen durften – unter sicheren hygienischen Bedingungen und nach dem neuesten Stand der medizinischen Forschung –, ohne dafür ins Gefängnis zu wandern. Keine Frau sollte gezwungen sein, heimlich abzutreiben. Vor allem aber war wichtig, dass man sich endlich auf die Rolle des Mannes in der Familienplanung besann und ihn ebenso zur Verantwortung zog. Hermine und ihre Mitstreiterinnen waren sicher: Wenn Männer, die eine Frau schwängerten und ihr die Unterstützung für Geburt und Kindeserziehung verweigerten oder sie sogar offen zu einer Abtreibung zwangen, wenn diese Männer ebenfalls mit empfindlichen Strafen rechnen mussten – dann würden sie sich das mit der Verhütung deutlich häufiger überlegen. Darum ging es.

Die Tür öffnete sich einen Spalt, und der Saaldiener winkte ihnen zu. Hermine hob ihr Kinn und trat zusammen mit Edith und Thea hinaus auf das Podium. Als sie sich an das Rednerpult stellte, brandete Applaus auf. Ein Tosen wie bei einem der Wasserfälle im Gebirge, wo sie mit Otto in den Sommerferien oft wandern ging. Sie ließ ihren Blick durch den Saal schweifen. Kein Stuhl war mehr frei, und in den Gängen und entlang der Wände standen die Menschen. Wie Otto gesagt hatte, waren es meist Frauen, die erwartungsvoll zu ihr hochschauten. Aber es waren auch Männer da. Wenige. Aber es gab Männer, die zuhörten. Es gab Hoffnung.

Hermine suchte am Rand der ersten Reihe Otto. Da stand er, an eine Säule gelehnt, und schaute sie mit diesem liebevollen, zuversichtlichen Lächeln an. Sie nickte ihm leicht zu.

Dann holte sie Luft und begann ihre Rede.

Nachwort

Wenn ich einen neuen Roman beginne, steht üblicherweise eine Idee im Vordergrund, die irgendwann aus den Tiefen meines Bewusstseins aufgetaucht ist und nicht mehr lockerlassen will. Manchmal wird mir aber auch eine Figur oder eine Idee förmlich vor die Füße gelegt.

So ist es mir mit Hermine Heusler-Edenhuizen ergangen.

Als der Piper Verlag bei meiner Agentin nachfragte, ob sie eine Autorin wisse, die eine Romanbiografie über die erste deutsche Fachärztin für Gynäkologie schreiben wolle, fiel ich ihr ein.

Ich gestehe: Ich musste das Internet bemühen, der Name Heusler-Edenhuizen sagte mir nichts, obwohl ich selbst Medizin studiert und sogar einen Teil meiner studentischen Ausbildung im Praktischen Jahr in der Gynäkologie absolviert habe. Doch schon das erste Foto, das ich von Hermine Heusler-Edenhuizen sah, traf mich. Ich schaute in die Augen einer Frau, die mir auf Anhieb sympathisch war. Ich wollte ihre Geschichte kennenlernen. Und je mehr ich mich in ihre Biografie vertiefte, umso sicherer war ich: Dieses Buch will ich schreiben!

Hermine Heusler-Edenhuizen hat, neben einigen Schriften über die Eklampsie, die Ursachen des Kindbettfiebers und zum § 218 auch ihre Lebenserinnerungen hinterlassen: »Du musst es wagen! – Lebenserinnerungen der ersten deutschen Frauenärztin«. Ihre eigene Stimme bildet die Grundlage dieses Romans.

Viele Anekdoten und Personen, die hier erwähnt werden, stammen aus diesem Buch und sind somit historisch belegt: Hermines Geschwister, etliche ihrer Lehrer und Professoren, die Geschichte mit den Pensionswirtinnen in Halle oder diverse Kindheitserinnerungen. Anderes habe ich dazuerfunden. Hilfreich dabei waren meine Recherchen im Internet, in medizinischer Fachliteratur, in Podcasts und in medizinhistorischen Museen.

Dass die männlichen Studenten die ersten Frauen im Hörsaal tatsächlich mit Pfeifen und Gescharre begrüßt haben, ist ein Fakt. Ebenso, dass bekannte Mediziner, deren Namen und Ruf ich noch aus meinem eigenen Studium kenne, erklärte Gegner des Frauenstudiums waren, und dass man sogar in Forschung und Lehre behauptete, die Gehirne von Frauen seien zu klein und strukturell nicht geeignet, um Chemie, Latein oder eben Medizin zu verstehen. Und es waren nicht allein die Herren, die bildungswilligen Frauen Steine in den Weg legten. Oft waren es andere Frauen, von denen sie beschimpft, verunglimpft und abgelehnt wurden. Auch das ist belegt.

Diesen täglichen Kampf um einen Sitz im Hörsaal und andere Rechte, die uns heute so selbstverständlich sind, stelle ich mir zäh und mühsam vor. Und doch ging es für Hermine Heusler-Edenhuizen nie ausschließlich um die äußeren Widerstände. In ihren Lebenserinnerungen wird deutlich, wie oft sie auch gegen die eigenen, von Erziehung und Gesellschaft eingeschliffenen Überzeugungen angehen musste. Der Gedanke, als Frau nicht so viel leisten zu können, schwächer zu sein, weniger wert zu sein als ein Mann. Erst ganz allmählich, von Erfolg zu Erfolg, gelang es ihr, diese Selbstzweifel zu überwinden. Es war ihre Beharrlichkeit, die ihr immer wieder über die verschiedenen Krisen hinweggeholfen hat. Und natürlich die Unterstützung anderer Frauen, allen voran Helene Lange. Sie wurde für Hermine nach dem erfolgreichen Abschluss des Abiturs mehr als nur Mentorin. Die beiden Frauen verband bis zu Helene Langes Tod im Jahr 1930 eine tiefe Freundschaft – und der gemeinsame Kampf für die Rechte der Frauen.

Für Hermine war nämlich mit ihrer Approbation, dem Erwerb des Doktortitels und der Facharztbezeichnung nicht Schluss mit dem Engagement. Sie setzte sich für eine Änderung oder Abschaffung des § 218 und für Frauenbildung ein, gründete gemeinsam mit vier Kolleginnen nach internationalem Vorbild den »Bund deutscher Ärztinnen«, der sich mittlerweile »Deutscher Ärztinnenbund« (DÄB) nennt. Außerdem forschte sie weiter nach den Ursachen des Kindbettfiebers und machte unter anderem den ungeschützten Geschlechtsverkehr vor und unmittelbar nach der Geburt für diese Krankheit verantwortlich.

Mit Otto Heusler führte sie eine stabile und gleichberechtigte Ehe, die bis zu seinem Tod im Jahr 1943 andauerte. Eigene Kinder bekamen die beiden keine, weshalb sie 1917 ein Mädchen und 1919 einen Jungen adoptierten.

Doch auch heute wird an sie gedacht. An dem Haus in der Rankestraße 35 in Berlin Charlottenburg, wo sie gemeinsam mit ihrem Mann Otto lebte und praktizierte, gibt es eine Gedenktafel, an ihrem Elternhaus, der Neuen Burg in Pewsum, ebenfalls. Und die Deutsche Gesellschaft für Gynäkologie verleiht ihr zu Ehren den »Hermine Heusler-Edenhuizen Preis« für journalistische Leistungen auf dem Gebiet der Gynäkologie und Geburtshilfe.

Am 16. März 2022 wäre Hermine Heusler-Edenhuizen hundertfünfzig Jahre alt geworden.

Ich bin dankbar, dass ich dieses Buch über sie schreiben durfte. Und wenn ich Ihnen das Leben und den Werdegang dieser faszinierenden, eigensinnigen, hartnäckigen und großartigen Frau näherbringen konnte, freue ich mich.

Hermine Heusler-Edenhuizen kann uns so viel erzählen. Für uns als heutige Frauen mag der Weg zu echter Gleichberechtigung leichter geworden sein. Viele kluge, unbeugsame Frauen haben schließlich vor uns dafür gekämpft. Aber das Ziel ist noch nicht erreicht – nicht in unserem Land, und global gesehen schon gar nicht. Es liegt immer noch ein gutes Stück des Weges vor uns. Um sowohl die äußeren Hindernisse zu überwinden, als auch die in unseren eigenen Köpfen, gibt es nur eine Möglichkeit:

Wir müssen es wagen.

Herzlich
Yvonne Winkler
Hamburg, Oktober 2021